NATIVE

LE BERCEAU DES ÉLUS

LAURENCE CHEVALLIER

LA SAGA NATIVE

Volume 1 : La trilogie de Gabrielle

Le berceau des élus

Tome 1

Le couronnement de la reine

Tome 2

La tentation des dieux

Tome 3

Volume 2 : La Quadrilogie d'Isabelle

Les héritiers du temps

Tome 4

Compte à rebours

Tome 5

La malédiction des immortels

Tome 6

L'éternel crépuscule

Tome 7

ROMAN

NATIVE

Le berceau des élus

* * *

Tome 1

BLACK QUEEN

ÉDITIONS

Relecture finale : Émilie Chevallier Moreux

ISBN : 9781503174658

Deuxième Édition
Dépôt légal : décembre 2014

Réalisé avec Vellum

À ma grand-mère,

INTRODUCTION

L'histoire de cette saga s'étale sur de nombreuses années...

Pour un natif, tout commence à l'âge de son éveil...

PROLOGUE

Saint-Girons, place de Lédar, Ariège, 1253

— Isabelle Castellane ! cria l'inquisiteur dont la voix forte fit taire l'assemblée. Reconnais-tu devant le peuple les accusations de sorcellerie dont tu fais l'objet ?

La femme fixa son bourreau franciscain d'un regard acéré, puis toisa la foule massée autour d'elle. Ces gens qui souhaitaient sa mort, et dont les yeux fiévreux révélaient le désir impatient d'assister à une exécution. Certains la connaissaient pourtant depuis l'enfance, mais, en ces temps si troublés, la peur et la haine se répandaient comme une maladie. L'Église traquait les hérétiques et la région était bien connue pour sa résistance à la doctrine. Le pape Innocent IV menait une impitoyable croisade pour éradiquer les païens. Loin des préceptes de la Bible, l'Inquisition pratiquait la torture et l'immolation comme châtiment suprême, afin de purifier les âmes rebelles au dogme.

Bien que la femme en question ne soit guère concernée par l'idéologie cathare, elle représentait néanmoins tout ce que le clergé voulait définitivement éliminer. Sentant son sang couler le long de sa jambe et la douleur aiguë qui la tenaillait de toute part, elle avait parfaitement conscience de vivre ses derniers instants. Elle s'était juré de ne jamais abdiquer face à l'Inquisition ; elle en payait maintenant le prix.

— Je ne reconnais rien ! déclara-t-elle d'une voix sinistre. Je suis ainsi que Dieu m'a créée et je n'ai jamais renié Son nom !

— C'est là que tu te trompes, païenne ! rétorqua l'inquisiteur. C'est le diable qui t'a enfantée ! Dieu ne reconnaît pas les impies, les sorcières ou quoi que tu puisses être. Tu as été reconnue coupable, et tu vas expier tes péchés dans les flammes !

L'assistance en liesse applaudit. D'un geste impatient de la main, l'homme en aube noire fit cesser la funèbre ovation. Le silence pesant qui suivit cachait mal la ferveur malsaine qui agitait le peuple, tandis qu'un rictus féroce déformait les traits du jeune prêtre.

— Nous ne pouvons tolérer un sang aussi impur que le tien, reprit-il, glacial, aussi, et avant que tu rendes ton dernier souffle, sache que ta lignée s'arrêtera au moment où je retrouverai ta bâtarde de fille !

— NON !

Le hurlement d'Isabelle déchira l'atmosphère. Ses larmes de désespoir laissèrent de fines traînées blanches sur son visage sali par de nombreux jours de captivité. Son regard se fit implorant, cette fois, quand elle s'adressa au franciscain.

— Tu as prêté serment, prêtre ! Nous avions un accord, je me rendais à la condition que tu la laisses vivre !

— Pourquoi t'aurais-je blessée à l'aide de ma dague, d'après toi, pécheresse ? Ainsi, j'ai fait couler ton sang et tu n'as plus les ressources pour te défendre. Aucun serment ne tient face au malin et ta fille subira le même sort que toi ! Où que tu l'aies cachée, nous la retrouverons !

— JE NE LE PERMETTRAI PAS !

La femme fit éclater sa colère. Un frissonnement perceptible secoua l'assemblée tandis qu'une lueur de crainte traversait le regard de l'inquisiteur. Certains reculèrent d'un pas.

— Avec cette blessure en ton flanc, crois-tu vraiment m'effrayer ? persista l'homme d'Église. Tu n'es plus que l'ombre de toi-même et…

— Tu devrais prendre peur, le coupa Isabelle, la voix sombre, car je ne partirai pas seule ! Vous mourrez tous avec moi. Je le jure devant Dieu !

Ses mots se perdirent dans un long silence durant lequel la condamnée, haletante, considéra la foule. Tous écarquillaient les yeux, horrifiés par les paroles de celle que l'on qualifiait communément de sorcière. Certains avaient été témoins des événements étranges qu'elle déclenchait parfois autour d'elle. Ceux-là mêmes qui l'avaient dénoncée afin de bénéficier des faveurs du clergé. Elle ne leur avait pourtant jamais fait le moindre mal et s'étonna de voir leurs enfants assister à ce misérable spectacle. À présent, les marmots pleuraient d'effroi dans les jupons de leur mère. Dans ce climat de terreur, tous se tournèrent vers l'inquisiteur qui, contre toute attente, éclata d'un rire sinistre. Les fidèles, rassurés, l'imitèrent devant une Isabelle aux abois.

— Cela suffit ! lança le franciscain. Qu'on la brûle ! Isabelle Castellane, tu expieras tes fautes par la purification des flammes !

L'assistance acclama la sentence du prêtre. Isabelle ferma les yeux. Malgré la gueuserie de son apparence, elle avait toujours été dotée d'une grâce innée et d'une silhouette attrayante. La vingtaine passée, elle avait été adulée par nombre de jeunes gens de la région, mais elle n'avait eu d'yeux que pour le père de sa fille. Il avait disparu en montagne, un an plus tôt, à la veille de célébrer leur mariage. Le chagrin l'habitait jour et nuit, mais elle n'avait jamais regretté la faiblesse d'avoir cédé sa vertu avant la noce, car de leur courte union était née son enfant, Éléonore. Considérée comme fille légère, Isabelle fut la cible de toutes les moqueries et des pires ressentiments. Mais Éléonore était tout ce qui lui restait de son défunt fiancé, ainsi que le seul et unique cadeau qu'elle ait reçu de toute son existence… Éléonore.

Isabelle releva la tête, les paupières toujours closes. Des hommes s'avançaient déjà en brandissant leurs torches. Les flammes prirent aussitôt, et une épaisse fumée grise s'enroula autour de la condamnée. On ne voyait déjà plus que son faciès qui, étrangement, n'affichait pas le moindre signe de douleur. Le bûcher s'embrasa d'un coup, mais Isabelle resta immobile, inerte, sans expression. On commençait à humer une terrible odeur de chair brûlée quand les flammes léchèrent ses jambes et remontèrent vers son visage noirci. Ses vêtements s'émiettèrent et se répandirent dans la brise de cette matinée lugubre. Aucun son, juste l'infatigable bruit crépitant du feu, qui s'était maintenant emparé du corps tout entier de la pécheresse. Soudain, un hurlement inhumain brisa le silence suffocant qui régnait dans la foule. Les villageois comprirent trop tard que ce cri abominable provenait du milieu de la fournaise, et les événements s'enchaînèrent, scellant à jamais leurs funestes destins.

Un tourbillon de feu s'éleva et se lova tel un serpent autour du corps d'Isabelle. Un grondement sourd déchira les tympans de l'auditoire qui braillait sa souffrance. Le vacarme se fit de plus en plus strident, tandis que la tornade incendiaire se transformait en une gigantesque boule de feu. Les gens hurlèrent de terreur. Certains tentèrent de prendre la fuite en se couvrant les oreilles. D'autres furent bousculés ou piétinés, en ne sachant plus où aller. La panique s'intensifia. Le prêtre écarquilla des yeux épouvantés, quand, tout à coup, la sphère flamboyante émit un sifflement aigu. Et avant que chacun comprenne comment un tel phénomène avait pu se produire, l'orbe explosa dans un torrent de feu.

Plus un cri. Le silence. Brûlant tout sur son passage, les flammes laissèrent le corps calciné d'Isabelle dressé au-dessus du massacre, et des centaines de cadavres en cendres.

CHAPITRE 1

De nos jours, lycée Georges Clemenceau,
Villemomble, Seine-Saint-Denis

MA RENTRÉE des classes en terminale. Enfin, j'allais faire partie de l'élite du lycée Clemenceau. Et bien que cela puisse sembler futile pour une quelconque adolescente, il était pourtant vital pour moi de commencer cette année sous les meilleurs auspices. La cause en revenait à une relation de trois semaines avec un type nommé Cédric Fabre. Cet abruti avait fait courir la rumeur que j'étais devenue complètement dingue après notre premier baiser. Et quand je dis dingue, le mot est faible. Sans la moindre explication, il avait ruiné ma réputation en l'espace de quelques heures. J'en avais donc conclu que ma prestation buccale avait été si désastreuse qu'une campagne de calomnies s'était avérée être le seul moyen pour cet enfoiré de rompre avec moi. Je n'avais pourtant pas le souvenir que mes précédents flirts s'étaient plaints, mais je devais admettre qu'ils se comptaient sur les doigts d'une main. Encore vierge de toutes relations charnelles, j'étais plus qu'heureuse de ne pas avoir sauté le pas avec Cédric. Encore aurait-il fallu que l'on passe l'étape de la langue, étape qui, soyons lucides, ne s'était pas révélée comme un franc succès. De toute façon, il avait maintenant intégré la fac et, de mon côté, j'espérais démarrer une nouvelle vie.

Mon nom est Gabrielle Chène, pas tout à fait dix-huit ans. À une époque pas si lointaine, je pensais être jolie et plutôt bien foutue. Avec ma peau laiteuse, mes longs cheveux noir de jais et mes grands yeux verts, j'estimais finalement ne pas avoir à me plaindre, même si un léger espace entre mes incisives me complexait un peu. « Les dents du bonheur », disait-on. *Tu parles !* J'aurais bien passé un temps fou à m'apprêter le matin devant mon miroir, mais l'histoire « Cédric Fabre » avait anéanti le peu d'estime qu'il me restait, sans parler de ma perception de la gent masculine qui en avait pris un sacré coup. Alors je considérais que rien ne méritait le moindre effort de ma part, surtout s'il fallait se lever une demi-heure plus tôt chaque matin.

Je vivais à Villemomble depuis deux ans, mais l'année précédente m'avait paru durer un siècle. Mon père adoptif, Samuel Gregory, alias Sam, travaillait dans l'armée, ce qui nous amenait à déménager très souvent. La vie en région parisienne avait l'air de lui convenir, cette fois, alors il semblait que nous allions rester ici pour une durée indéterminée. Le problème, c'était qu'avec la réputation que je me traînais au lycée, j'avais pensé qu'un dernier déménagement n'aurait pas été inutile. Mais Sam avait l'air d'être heureux, alors…

Je devais tout à Sam. Il m'avait recueillie à la mort de mon père, Nathanaël Chène. Je n'avais alors que quatre ans. Un suicide. Sam refusait de m'en parler et pensait sans doute me protéger, ainsi que lui-même, d'ailleurs. Ça l'éprouvait d'évoquer seulement son nom et il se comportait bizarrement quand je tentais d'en parler. C'était son cousin, et des quelques réponses que j'obtins de lui, je m'étais fait l'image d'un père charismatique et loyal. Hélas, il ne me restait plus de lui qu'une photo toute racornie par le temps.

Les raisons de son suicide, je les avais découvertes seule. Ma mère était morte un an après ma naissance, en tentant de donner la vie à son deuxième enfant, mon frère sans nom… J'avais supposé que mon père avait dû vivre une lente et douloureuse dépression pour s'être donné la mort au lendemain de mon quatrième anniversaire. Il lui avait donc fallu trois ans pour réaliser qu'il ne se remettrait jamais de ces deux pertes.

Je n'avais aucun souvenir de tout cela, évidemment, et c'était préférable. L'histoire de ma famille ressemblait à une véritable tragédie grecque et je ne voulais pas en souffrir davantage. Sans Sam, j'aurais passé mon existence en foyer avec toutes les conséquences d'une telle éducation. Mon objectif se résumait donc à le rendre fier par tous les moyens, mais cette image de lycéenne psychopathe ne m'aidait pas beaucoup. Voilà pourquoi je devais tout faire pour me réhabiliter.

Olivia, ma meilleure amie, se tenait au milieu de la cour à m'attendre, un large sourire sur ses lèvres diaboliquement charnues. C'était une des seules à ne pas avoir changé d'attitude envers moi, après la diffusion des chroniques scandaleuses signées Cédric.

— Gaby ! lança-t-elle en me tendant les bras. C'est le grand jour !

— Salut, Liliv. Alors, prête pour une nouvelle année ?

— Et comment ! Enfin, à condition qu'il y ait de beaux mâles, des nouveaux de préférence, ce ne serait pas de refus !

— Ah, ouais... dis-je en souriant. T'es déjà en mode chasseresse.

— Je me suis fait chier tout l'été. Je mérite une distraction.

Olivia n'était pas le genre de fille à avoir froid aux yeux, et son expérience, comparée à la mienne, semblait être un long parchemin à côté d'un post-it. Elle tenait d'ailleurs une liste de toutes ses conquêtes, et parmi elles se trouvaient les plus beaux partis du lycée. Les relations longue durée n'étaient pas franchement sa tasse de thé. Elle se lassait vite et remarquait toujours le moindre défaut, qui devenait aussitôt un prétexte pour rompre. Elle se représentait les garçons comme des Kleenex géants, et je lui faisais souvent remarquer qu'elle avait trop tendance à se moucher avec. Olivia était très belle et une « véritable » blonde – à préciser, car, d'après elle, les « fausses » étaient des garces, jalouses d'une minorité en voie d'extinction –, les yeux bleus, mesurant dans les un mètre soixante-quinze, soit dix bons centimètres de plus que moi. Elle affichait toujours une assurance à toute épreuve. J'enviais d'ailleurs beaucoup ce trait de caractère qui me faisait horriblement défaut.

— Attraper du beau mâle ? commentai-je. Tu sais bien que traîner avec moi ne va pas te faciliter la tâche. Tu as oublié que j'étais cinglée !

— Justement, c'est du tout cuit ! Pas de concurrence !

— Je me disais bien que ton amitié était intéressée...

— Tu parles ! lâcha-t-elle, avant d'afficher un air agréablement surpris. Oh, mais vise un peu vers ta gauche, en voilà deux qui ne nous quittent pas des yeux !

Ayant deviné qu'il s'agissait de deux représentants de la gent masculine, je n'allais pas entreprendre de les regarder d'emblée. Je simulai donc une douleur à la nuque pour lentement tourner mes yeux dans leur direction. Au passage, je remarquai que seules les terminales attendaient maintenant l'appel du proviseur, qui se tenait au micro, planté sur les marches de la cour.

Le lycée était un ancien hôpital entièrement rénové. L'aile est était d'origine et l'aile ouest datait de quelques années. Pour l'anecdote, des bruits couraient que le réfectoire était une ancienne morgue ! Dans la cour, on trouvait aussi *La Rotonde*, une sorte de café des lycéens, où l'on pouvait étudier, mais aussi jouer au baby-foot, au billard et même aux fléchettes. Le tout était chapeauté par Arlette, la « tôlière », comme on l'appelait. C'était une femme forte, d'une quarantaine d'années, qui savait faire respecter les règles. Même la petite racaille du bahut la redoutait et contrairement à la majorité des élèves, elle m'appréciait beaucoup. Je l'aidais donc régulièrement à préparer les sandwichs du déjeuner afin de la remercier de cette faveur que peu m'accordaient. *La Rotonde* était mon endroit préféré. Je pouvais y lire, faire mes dissertations et converser avec Arlette dès que j'avais du temps libre. Seulement aujourd'hui, c'était fermé, rentrée oblige, mais sous son porche, je découvris deux fascinants visages.

Des deux individus, l'un était très grand, les cheveux châtain-blond, coupés ras, et avait des traits durs, agrémentés d'un bouc parfaitement taillé et d'un regard qui aurait pu percer un mur à distance. Il affichait une bonne vingtaine d'années. Je me fis aussitôt la réflexion qu'il avait dû en redoubler, des classes, pour être encore au lycée à son âge. De là où j'étais, je ne discernais pas la couleur de ses yeux, mais il m'était impossible de rester indifférente tant son attention était pénétrante. Un frisson me parcourut la colonne vertébrale, et mon regard se reporta enfin sur l'autre. Il n'avait que quelques centimètres de moins que son voisin, et était tellement beau que c'en était presque douloureux de le regarder. C'était tout l'opposé, il était brun, les cheveux ébouriffés, son teint pâle était relevé de deux yeux incroyablement clairs. Son expression était plus douce et son sourire en coin aurait pu faire fondre un iceberg. J'en eus le souffle coupé. Je pouvais déjà sentir mon cœur battre à tout rompre et mes jambes trembler sous le coup de l'émotion. Je tentai de contenir l'attraction saisissante qui me poussait vers ces deux individus, tandis que je goûtais curieusement l'effervescence qui agitait ma propre chair. Même le beau Cédric Fabre n'avait pas provoqué un tel déferlement d'émotions lors de notre première rencontre. Durant mon inspection visuelle, je remarquai que le brun portait une veste de cuir sombre sur un jean délavé et des baskets Stan Smith vintage. Son allure nonchalante et sa gueule d'ange n'avaient rien à envier aux plus beaux acteurs de notre génération. C'était à se demander comment un homme aussi beau pouvait encore être inconnu. N'importe quelle émission de téléréalité aurait pu miser sur son sex-appeal pour accroître sa cote d'audimat, c'était certain. Et le blond, à côté de lui, n'était pas en reste. Il portait un pantalon militaire et une parka noire, ouverte sur un tee-shirt blanc près du corps, laissant deviner un torse bien charpenté. Avec son regard énigmatique, il me faisait penser à Brad Pitt dans *Fight Club*, un mec à l'aspect dangereux, mais terriblement séduisant.

Le brun pencha légèrement la tête quand il s'aperçut que je les dévisageais. Je réalisai alors la longueur de notre échange visuel et détournai aussitôt les yeux comme si de rien n'était.

« ... Michel Gomez, Terminale ES2 », continuait l'appel du proviseur.

« ... Éric et Thomas Valérian, Terminale L1... »

Les deux bellâtres se dirigèrent vers le proviseur et montèrent les marches de la cour afin de rejoindre leur rang.

Éric et Thomas Valérian. Ils sont donc frères !

— Oh la vache ! Ils sont en Littéraire comme nous ! s'extasia Olivia. Non, mais t'as vu comme ils nous mataient !

Je restai silencieuse, estomaquée par cette rencontre. Mais en y repensant bien, je réalisais me trouver à côté de ma meilleure amie. Olivia était sublime, bien plus belle que moi. Sans parler de toutes les filles que j'avais surprises, limite la bave aux lèvres, à les reluquer lascivement. Alors qui étais-je pour attirer l'attention de deux garçons aussi parfaits ?

« … Karim Mezaour, Terminale S2, Olivia Kaprisky, Terminale L1… »

— Oh putain ! lâcha Olivia, qui se retenait de sautiller sur place. La même classe qu'Adonis et Apollon ! À tout de suite, Gaby !

Et elle s'élança vers les nouveaux dieux grecs du lycée.

« … Sophéa Chang, Terminale L2 »

« … Gabrielle Chène, Terminale L2 »

Oh, non !

Ils avaient changé les classes de l'an passé. Je contins aussitôt mes larmes et vis le visage d'Olivia se décomposer à cette annonce. En me voyant avancer d'un pas lent, telle une condamnée à mort se traînant vers la potence, elle me sourit tristement. Derrière elle, j'aurais juré apercevoir les deux frères s'interroger, comme si eux non plus ne comprenaient pas cette injustice, mais je savais bien qu'à l'exception d'Olivia, tout le monde se foutait bien de savoir que j'allais encore passer une année pourrie dans ce bahut ! Alors, je me rangeai en bout de file des élèves de ma classe. Olivia essaya de me faire lire sur ses lèvres *on-se-voit-à-la-sortie.* J'acquiesçai d'un hochement de tête, tout en priant pour que cette maudite journée se termine au plus vite.

CHAPITRE 2

Premier cours de l'année, enfin si on pouvait vraiment parler de « cours ». Plutôt deux longues heures à écouter le prof principal nous présenter le nouveau règlement du lycée et notre nouvel emploi du temps.

Plus tôt, j'étais d'une énergie débordante à l'idée de commencer cette nouvelle ère de mon existence, mais l'annonce de ma séparation avec Olivia m'avait à présent ôté toute force morale. J'étais assise au fond, seule, la main calée sous le menton pour retenir ma tête qui, si je l'avais lâchée, aurait fini le front sur le bureau. Plus de trois quarts d'heure que le professeur principal Keller, allemand de son état – bien ma veine, étant donné que j'étais affreusement nulle dans cette matière – présentait la structure de notre emploi du temps. Je daignais tout de même lui montrer une once d'intérêt quand je compris pourquoi, Olivia et moi, nous trouvions dans deux classes différentes. Deux jours auparavant, le conseil des profs avait soumis l'idée, depuis validée par le proviseur, de diviser les classes en fonction de leurs options, et ceci afin d'éviter le mélange d'élèves dans les cours qui provoquaient, soi-disant, des nuisances dans le déroulement des activités du lycée. Donc, les élèves d'options « langues » et ceux d'options « mathématiques » devaient être séparés en deux classes bien distinctes. En écoutant ces balivernes, je maudis les profs de tout un tas de noms d'oiseau. Non, mais ils ne pouvaient pas le dire plus tôt ! L'an passé, j'aurais pris option « langues », comme Olivia !

Des coups à la porte m'extirpèrent de mes sombres pensées. Monsieur Keller invita la personne à entrer, et mon souffle se coupa net lorsque je reconnus l'individu qui s'avançait.

— Je m'excuse de vous interrompre, professeur, mais il y a une erreur dans la répartition des classes, déclara l'importun avec assurance.

— Tiens donc ? s'interrogea monsieur Keller qui, cela se ressentait, n'était pas homme à aimer les couacs dans une organisation.

— Je viens de m'entretenir avec le proviseur à ce sujet, et il est d'accord pour dire qu'il y a eu manifestement méprise sur le choix de mon option aux admissions.

— Donc, vous avez pris option « mathématiques », monsieur... euh...

— Valérian, Thomas Valérian.

— Bien. Installez-vous à côté de mademoiselle Chêne, au fond à droite, la place est disponible. Et je ne vous en voudrais pas si vous arrivez à lui décrocher un sourire.

Tous les élèves pouffèrent bêtement de rire, mais mon bellâtre brun ne releva pas la remarque. Il s'avançait déjà dans ma direction et je bénissais le ciel d'être assise, car mes jambes devenaient dangereusement molles. Dans la classe, les commentaires fusèrent : *« Le pauvre, il est placé à côté de la cinglée »* ou *« La garce, elle a trop de chance d'être au fond avec le nouveau »*. Monsieur Keller fit mine de ne rien entendre. À moins d'être sourd, c'était impossible, mais cela faisait un bon moment que les professeurs ne s'offusquaient plus des réflexions méprisantes à mon égard.

On pouvait se demander pourquoi un simple baiser m'avait valu d'être élue paria du lycée. Moi-même, je l'ignorais. J'avais déjà essayé de parler à Cédric afin d'obtenir des explications, mais il m'avait aussitôt lancé un regard épouvanté et m'avait fuie sans jamais me répondre. D'après Olivia, qui était au courant de tout dans le lycée, Cédric avait raconté qu'après notre fameux échange buccal, je m'étais comportée comme une hystérique et, la rumeur enflant dans le rang des mégères du lycée, j'avais aussi essayé de m'arracher les cheveux, hurlé comme la gamine dans *L'Exorciste* et lui avais balancé mon sac à main à travers la tronche, après l'avoir frappé de toutes mes forces. De mon côté, je me souvenais de quelque chose de doux et délicat, qui s'était subitement arrêté quand Cédric s'était carapaté à toutes jambes. Je pouvais néanmoins jurer que je n'avais rien fait d'autre que l'embrasser. Depuis ce jour-là, je me faisais une bien piètre image des garçons. Mais quand Thomas Valérian s'assit à côté de moi, j'en oubliai mes préjugés. Je ne pensais plus. J'étais comme... hypnotisée.

Il me fixait de son regard diaphane, alors je tournai vivement les yeux en direction du tableau en piquant un fard. Je vis alors toutes les têtes de la classe nous fixer et éclater de rire en voyant le rose me monter aux joues. La dernière heure allait être un supplice.

— Bon, cela suffit ! s'exclama monsieur Keller. Revenons à nos emplois du temps. Alors nous allons...

Le silence gênant entre mon voisin et moi pesait lourd tout à coup. Devais-je m'adresser à lui la première ? Lui dire bonjour, tout simplement ? C'est alors que mon beau brun se permit de poser ses doigts sous mon menton et ramena délicatement mon visage dans sa direction. En pleine catatonie, je n'arrivais même plus à cligner des yeux.

Je rêve ou il me touche, là !

À son contact, je sentis une charge puissante me traverser le corps et des soubresauts me secouèrent le bas-ventre. Lui ne bougeait pas, et ses yeux ancrés dans les miens m'empêchèrent d'émettre le moindre son. Puis il retira sa main de mon visage, se colla au fond de sa chaise et d'un air satisfait me lança :

— Tu as vu comme je les ai embobinés.

Plutôt que de lui répondre, je m'interrogeais. N'avait-il pas entendu les autres se moquer de moi ? N'avait-il pas remarqué mon exil au banc des pestiférés, au fond à droite ?

— Co... comment ? bafouillai-je d'une voix blanche.

— Eh bien, murmura-t-il en s'approchant de mon oreille, il n'y avait aucune erreur dans les répartitions.

Manifestement, il avait l'air très fier de lui. J'aurais voulu lui demander les raisons qui l'avaient poussé à échafauder cette entourloupe, mais je gardais en tête que converser avec moi allait entacher sa réputation de nouvel arrivant. Il méritait tout de même d'être au courant, alors je préférais arrêter les frais tout de suite pour lui éviter toute déconvenue.

— Écoute, Thomas…

— Ta manière de prononcer mon prénom me plaît bien, dit-il, je pensais que tu n'écoutais pas quand je suis arrivé. Alors, tu l'as retenu ?

Il avait ce sourire en coin terriblement ravageur. Seigneur, qu'il était beau !

— Oui… euh… non… euh… écoute, balbutiai-je, tu es nouveau ici et, si tu tiens à garder une certaine popularité dans ce lycée, il serait plus judicieux pour toi de m'éviter.

— Et si je n'en ai pas envie ?

— Quoi ? Euh… eh bien, fais ce que tu veux.

— D'accord.

— D'accord, répétai-je un peu trop prestement à mon goût.

Venais-je vraiment de lui demander de s'éloigner de moi ?! *Putain…* Il fallait que je me rattrape. Oh, et puis zut ! Mais qu'est-ce que je croyais ? Ce mec était bien trop sublime pour quelqu'un comme moi.

Durant les interminables dernières minutes, monsieur Keller nous abreuva des directives à propos des nouvelles règles d'hygiène au lycée. Mon voisin ne m'adressa plus le moindre mot. Je sentis pourtant son regard se poser sur moi à plusieurs reprises, et je dus déployer des efforts monstrueux pour rester fixée sur le prof. Pour me donner une certaine contenance, je me passais délicatement la main dans les cheveux. Je devais avoir l'air gauche, mais je savais qu'au fond je voulais définitivement attirer son attention. Ce fut à ce moment précis qu'il me posa *la* question :

— Pourquoi te prennent-ils tous pour une cinglée ?

La douche froide. Comme j'étais lasse de cette histoire… Je n'avais plus envie de me justifier, alors je lui répondis d'une voix glaciale :

— Parce que j'embrasse mal !

J'étais dévastée, un couteau en plein cœur aurait été moins douloureux. Un long silence s'ensuivit. Cela valait mieux, finalement. Après un moment, il s'approcha à nouveau de mon oreille. Je sentis son souffle chaud caresser ma nuque.

— Je suis sûr que tu mens, affirma-t-il sérieusement.

— C'est ce qu'on dit, pourtant, rétorquai-je sèchement, tentant tant bien que mal de contrôler des pulsions qui jusque-là m'étaient inconnues.

— Non, tu ne m'as pas bien compris.

— Pardon ?

— Je suis convaincu que tu embrasses très bien.

La sonnerie retentit.

DANS LE COULOIR, à deux portes de ma classe, se tenait une Olivia toute souriante, adossée contre le mur pour m'attendre. J'avais tout de même réussi à me lever de ma chaise après la tornade « Valérian ». Qu'est-ce que j'avais dû paraître stupide face à lui ! J'étais restée bouche bée et avais simplement dit : *« Faut que j'y aille ! »*. Pathétique.

— Qu'est-ce que t'as ? s'enquit-elle, en haussant un sourcil. T'es blanche comme un cachet d'aspirine.

— Allons manger, je vais *tout* te raconter, répondis-je, l'air las.

— OK, parce que moi, j'en ai des choses à te dire. Oh la la, Gaby ! Cette année promet d'être intéressante !

C'était le moins qu'on puisse dire.

NOUS NOUS RENDIONS vers l'arrêt de bus quand je remarquai, sortant du parking du lycée, les deux frères Valérian dans une Audi A6 grise métallisée. Je pouvais distinguer Éric au volant, lancé dans une discussion visiblement animée avec son frère Thomas.

— Non, mais, tu as vu leur bagnole ! s'émerveilla Olivia, adepte des belles voitures allemandes. Ils sont parfaits, ces types !

Quand nous arrivâmes enfin chez moi, j'allai préparer le déjeuner, pendant que ma meilleure amie me racontait les détails de sa matinée. Elle m'expliqua la curieuse agitation qui s'était emparée des deux frères, lorsque le prof principal leur avait expliqué le détail des nouvelles répartitions de classes. C'est à ce moment précis que Thomas avait évoqué son simulacre de problème d'option, et avait quitté le cours précipitamment. Fait étrange, les deux frères avaient eu l'air d'être en total désaccord sur le sujet. Peut-être qu'Éric ne voulait pas être séparé de Thomas dans son nouveau bahut. Mais je voyais mal le beau blond ténébreux se morfondre dans son coin pour cette raison. Après cet échange, Olivia avait passé la totalité des deux heures de cours à vouloir attirer l'attention d'Éric. Il n'avait cependant pas daigné lui jeter un regard. En même temps, elle se trouvait deux rangs derrière lui. Forcément, ça n'aidait pas.

C'était maintenant à mon tour de tout raconter. Je ne lui passai évidemment aucun détail, et je ne l'avais jamais vue aussi attentive.

— Comment ? dit-elle, ahurie. Il t'a dit : « *Je pense que tu embrasses bien* » ? Waouh ! C'était chaud, ton cours. Tu te rends compte, Gaby !

— Oh oui ! ironisai-je. Je me rends surtout compte qu'il se fout de moi.

— N'importe quoi ! Ce n'était pas Sophéa Chang qu'il reluquait ce matin dans la cour, c'était bien toi !

Sophéa Chang, lycéenne très populaire, mon fléau de l'an passé et accessoirement ex de Cédric Fabre. Autant dire que je ne figurais pas dans ses petits papiers.

— Que lui as-tu dit après ça ? continua de me questionner Olivia.

— *« Faut que j'y aille ! »*

— Quoi ?! Tu déconnes ? Non, mais, Gaby, t'exagères ! C'est quand la dernière fois qu'un mec t'a fait une drague pareille ?

— Jamais. Mais c'est pas logique, cette histoire.

— Parce qu'il est canon ?

— Ouais…

— Tu me saoules !

— Je sais.

Notre discussion sur le thème « Valérian » arriva à son terme. Nous poursuivîmes sur d'autres sujets nettement moins excitants, mais ô combien importants : l'achat de nos livres pour l'année, notre prochaine sortie au cinéma et nos projets pour les congés de la Toussaint. À peine avions-nous repris les cours que l'on pensait déjà aux prochaines vacances.

Olivia partit vers dix-sept heures, et j'en profitai pour faire un peu de ménage. Sam et moi vivions dans une petite maison, à l'angle d'une rue pavillonnaire de Villemomble. C'était une petite bâtisse en meulière des années trente, avec uniquement deux chambres, une cuisine américaine donnant sur un grand salon, et deux salles de bains. J'avais l'étage pour moi toute seule, une bénédiction, car Sam n'y montait que rarement.

Pour le dîner, je décidai de cuisiner des fajitas mexicaines. À peine avais-je fini de découper les poivrons que la porte d'entrée s'ouvrit. Il était dix-neuf heures. Sam rentrait tôt aujourd'hui, ce qui était assez rare pour être signalé.

— Salut, Gabe. Alors, cette rentrée ? s'enquit-il, en m'embrassant sur une joue.

— Très sympa !

Je n'allais quand même pas lui raconter les détails.

— Tant mieux. J'espère que cette année sera moins éprouvante pour toi. N'oublie pas ce que je t'ai dit : laisse couler, tu te moques des autres. Dans quelques années, t'y penseras plus et ça ne sert à rien de s'énerver.

— Merci pour ton laïus habituel, Sam, mais c'est facile à dire pour toi, t'es d'un calme olympien. Je fais de mon mieux et surtout je ne veux pas leur donner une autre occasion de me faire passer pour une dingue.

— C'est bien dit ! Sinon, des nouveaux au lycée ?

Pourquoi me demandait-il ça ? Il avait lu dans mes pensées ou quoi ?!

— Euh, oui… deux frères, l'un est dans ma classe, d'ailleurs. Olivia pense que je ne lui suis pas indifférente. Dans la cour, il me regardait, voilà tout.

Euh… J'ai dit ça tout haut ? Meeeeerde…

— Hum… Comment s'appellent-ils ?

— Hé ! J'ai bientôt dix-huit ans, Sam ! m'insurgeai-je en pensant avoir trouvé la bonne parade.

Le voyant soulever un sourcil d'un air *si-tu-crois-que-je-vais-te-lâcher-tu-rêves !*, j'abdiquai minablement.

— Bon, OK, Éric et Thomas Valérian, c'est tout ce que je sais, alors n'insiste pas.

Sam eut l'air songeur tout à coup. Qu'il était protecteur par moment !

— Fais bien attention, d'accord, tu ne les connais pas.

— Oh, ils n'ont pas l'air dangereux.

Certes, ce n'était pas tout à fait la vérité si on considérait la soudaine combustion spontanée de mes joues face à Thomas. Une tomate aurait eu l'air moins rouge. Qui plus est, Éric le blond n'avait pas franchement l'allure d'un enfant de chœur, mais à quoi bon développer devant Sam ? Si j'enfonçais le clou, il allait se mettre en tête qu'ils étaient des terroristes infiltrés. Je n'oubliais pas que mon tuteur bossait pour l'armée française, dans l'organisation des opérations spéciales. De son boulot, je ne savais pas grand-chose. Il en parlait rarement. Un fait était certain : il possédait des ressources pour systématiquement effectuer des recherches sur mes proches, et particulièrement mes petits copains. Willy, le deuxième – sur cinq, on ne peut pas dire que Sam ait eu beaucoup de taf avec mes relations amoureuses – avait été arrêté pour trafic de cannabis à quinze ans ; Damien, mon quatrième, avait une mère aux mœurs très légères pendant les absences de son mari, tandis que le père de Cédric fraudait le fisc. Aucun n'avait, évidemment, trouvé grâce aux yeux de Sam.

— D'accord, je te fais confiance, me dit-il.

Tu parles !

Il partit prendre sa douche pendant que j'installais la table. Puis, nous dînâmes devant une énième rediffusion des *Experts Las Vegas* et vers vingt-trois heures, je me couchai.

Ma nuit fut agitée. Je n'arrêtais pas de penser aux allusions de Thomas, à ses yeux magnifiques, à sa main qui me touchait le visage, à son corps qui s'approchait du mien… Les dernières images tenaient du pur fantasme, tandis que je sombrais enfin dans un profond sommeil.

CHAPITRE 3

J'arrivais à Clem juste avant la fermeture des portes. Mon réveil avait été laborieux, alors j'avais rapidement enfilé un jean, des baskets, et un sweat à capuche. Mes cheveux n'ayant pas voulu se discipliner, je les avais relevés en queue de cheval. Pas le temps pour le maquillage, j'attrapai mon bus juste à temps pour rejoindre Olivia devant l'entrée.

— T'es pas en avance, ce matin, me lança-t-elle.

— Réveil difficile.

— Bon, on se voit à onze heures pour le cours de sport, OK ?

— D'accord. À t'à l'heure !

Je me mis en direction de l'aile ouest du lycée. Mes deux heures de cours de philosophie avaient lieu au deuxième étage. Madame Devesniel était ma prof. Une magnifique brune, dans la trentaine, qui se tenait assise derrière son bureau, le regard plongé dans *Le Discours de la méthode* de Descartes. Depuis qu'elle avait débarqué au lycée, deux ans auparavant, le taux d'absentéisme des garçons en philo avait chuté de 90 %. Voilà le secret d'une école assidue : embaucher des profs canon !

— Aujourd'hui, nous allons parler de Descartes ou de la recherche de la vérité. Mais je vais faire l'appel, avant de commencer…

C'est le moment que choisit Thomas pour faire son entrée. Magistrale, bien sûr. Il s'installa de nouveau à mes côtés. Je sentais déjà une boule me remonter le long de la gorge. Il retira sa veste et dévoila un tee-shirt gris, près du corps, qui épousait à merveille sa musculature à la fois longiligne et puissante. Il me considéra avec ses yeux bleu océan, mais cette fois, je soutins son regard.

— Bonjour, Gabe, lança-t-il, un sourire amusé sur les lèvres. J'adore tes grands yeux de biche, mais je crois que la prof t'appelle.

— Oh ! Euh...

Je levai la main en signe de présence. La prof ne fit aucune remarque, mais s'arrêta quelques secondes pour dévisager le nouvel arrivant.

— Vous êtes le nouveau... Thomas Valérian, c'est ça ?

— Oui, Madame.

— Et de quel lycée venez-vous exactement ?

J'étais aussi curieuse qu'elle de le savoir. D'où pouvait bien venir cet éphèbe, et qu'est-ce qu'il faisait ici, qui plus est, à côté de moi ?

— D'un peu partout en fait, répondit-il simplement. Ma famille bouge beaucoup.

— Ah, lâcha Devesniel, le regard étrangement suspicieux. Eh bien, commençons le cours. Descartes avait élaboré une méthode pour sa recherche de la vérité, qui peut m'en parler ?

Sophéa Chang se porta volontaire immédiatement, comme d'hab ! De mon côté, plutôt que de penser aux fondements de la rationalité, je me demandais encore quels points communs j'avais avec mon beau brun. Moi aussi, j'avais beaucoup bougé. Je voulais en savoir plus sur lui. Il me prit alors une envie irrésistible de l'interroger. Je respirai un grand coup.

— Pourquoi es-tu venu ici ?

J'avais l'intuition qu'il s'attendait à ce que je lui pose cette question. Il esquissa son envoûtant sourire et je restai bouche bée à le contempler comme une crétine.

— Tu veux dire dans cette ville, ou dans cette classe ?

— Oh... euh... eh bien, les deux, je suppose.

— Ça tombe bien, la réponse est la même.

— Ah bon ?

Il baissa la tête, marqua une pause, puis la releva lentement. Son regard me transperça littéralement.

— Pour toi.

Hein ?!

À l'observer, il avait l'air sincère, mais sa réponse était absurde. Quand allait-il arrêter de se foutre de ma gueule, celui-là ? J'étais furax et me renfrognai sur ma chaise, la mine boudeuse. Je n'avais plus envie de parler. J'étais maintenant en mode intense réflexion sur la métaphysique cartésienne quand Thomas se rapprocha dangereusement.

— On en reparlera.

— Bien sûr...

Puis ce fut un long silence jusqu'à la fin du cours.

Je m'apprêtais à quitter la salle après avoir fini de ranger mon sac, lorsque la prof m'interpella, sa voix se noyant dans la cacophonie des chaises que les élèves rangeaient sans la moindre délicatesse.

— Mademoiselle Chêne, voulez-vous rester une minute, s'il vous plaît ?

J'approchai de son bureau, me tenant droite comme un I, et curieuse de savoir ce qu'elle me voulait. Elle attendit un moment avant d'engager la conversation, voulant visiblement s'entretenir avec moi seule à seule. Une fois le dernier élève sorti, elle s'adressa enfin à moi.

— Comment allez-vous, Gabrielle ?

— Très bien, Madame.

— J'en suis ravie. Je sais que, l'année dernière, les choses n'ont pas été faciles pour vous.

— Vous êtes au courant, vous aussi...

— Sophéa Chang est une bonne élève, mais la discrétion n'est pas son fort.

Tu m'étonnes !

Devesniel sourit. Pendant un instant, son attention me mit mal à l'aise. Ses prunelles noires, insistantes, avaient quelque chose d'étrange. Bizarre, cette femme, pensai-je, mais venant d'une prof de philo, ce n'était pas inhabituel.

— Je vous pose cette question, car j'ai cru remarquer un certain trouble au début du cours, reprit-elle. C'est ce nouveau qui vous distrait ?

— Pas du tout. Je vous prie de m'excuser si j'ai pu paraître ailleurs, mais cela n'avait rien à voir avec lui, je vous l'assure.

— Bien. Mais si cela devenait le cas, n'hésitez pas à me le faire savoir. Je prendrais les dispositions nécessaires pour vous séparer.

— C'est très aimable à vous, Madame.

— Eh bien, bonne journée, Mademoiselle Chène.

— Merci, Madame.

Je quittai la salle en pensant que c'était bien la première fois qu'un enseignant de ce bahut s'intéressait à ma petite personne. J'étais contente de cet intérêt soudain, mais même si Thomas était bel et bien la source de distraction dont elle parlait, et même s'il se foutait ouvertement de moi, je n'avais aucune envie de le voir s'installer à un autre bureau que le mien. Tant qu'il le voudrait, il y serait le bienvenu. Après tout, Olivia n'était pas là, alors l'année risquait d'être longue.

CHAPITRE 4

Sport, mon cours favori. Avec Sam, j'avais pratiqué presque toutes les disciplines. Il pensait qu'une vie sans sport, c'était la mort à cinquante ans. Alors j'avais eu la chance d'essayer une multitude d'activités, des arts martiaux à la danse, en passant par le volley-ball. Depuis peu, je pratiquais avec lui le tai-chi, deux fois par semaine. D'après mon père adoptif, c'était un exercice indispensable pour canaliser son énergie et contrôler son souffle. J'adorais ça, mais j'avais besoin de plus d'action. Je rajoutais donc une séance de cardio-training tous les samedis et courais le dimanche matin. Cet entraînement me permettait d'avoir un corps mince et athlétique. Je pouvais ainsi me permettre de manger tout ce dont j'avais envie, j'avais au moins cette chance.

Les cours d'éducation physique se pratiquaient dans le gymnase à côté du lycée et, cerise sur le gâteau, Olivia avait les mêmes heures hebdomadaires que moi. Je passais la porte quand je remarquai mon amie s'entretenir avec Éric Valérian. Fait plus étrange, Sophéa Chang se tenait à côté d'eux, le visage bouleversé et rougi de larmes. Olivia semblait, elle, à bout de nerfs. Cela devait faire des mois qu'elles ne s'étaient pas adressé la parole et manifestement, la conversation n'allait pas dans un sens pacifique. Soudain, Olivia brandit un doigt menaçant à deux centimètres de la tête de son interlocutrice, qui vira cramoisie.

Puis, elle virevolta brusquement dans ma direction. Éric demeura planté face à mon « ennemie » en la dévisageant d'un air méprisant. Cette dernière perdit de sa légendaire assurance et je crus percevoir les lèvres d'Éric bouger, ainsi que l'expression blême et anxieuse de Sophéa, qui baissa aussitôt les yeux.

Cela aurait dû m'alerter et j'aurais dû ressentir un semblant de compassion pour cette furie larmoyante, mais je la détestais tellement que je me délectai de voir enfin quelqu'un lui clouer le bec ! Je me demandais quand même, ce qui avait bien pu se passer pour que cet échange paraisse si musclé et, surtout, pourquoi ma meilleure amie et qui plus est Éric, conversaient avec cette sangsue. J'allais poser la question à Olivia qui arrivait en trombe, d'une démarche outrée, mais elle me lâcha un furtif *« J'arrive dans cinq minutes »* avant de quitter le gymnase. Je remarquai alors toutes les paires d'yeux braqués sur moi. Ils étaient plutôt nombreux si on considérait la quarantaine d'élèves présents dans le gymnase. Les chuchotements s'intensifièrent et j'aurais été bien stupide de croire ne pas en être l'objet. Quelque chose clochait. Éric se posta à mes côtés et s'adressa à moi d'une voix irrésistiblement grave.

— Tu devrais venir avec moi.

Après avoir estimé l'ambiance générale plutôt hostile dans le gymnase, je suivis Éric au pas de course.

Loin de cette atmosphère étouffante, Éric alla s'asseoir sur les gradins qui surplombaient le stade de football. Je me plantai devant lui et l'interrogeai aussitôt :

— Qu'est-ce qu'il se passe ?

— Je pense que ta copine te l'expliquera mieux que moi, Gabrielle.

Il connaissait mon prénom, et sa façon de le dire me fit plus d'effet que je ne l'aurais souhaité. Son regard brun-vert me transperça de part en part et j'eus un mal fou à garder mon aplomb face à lui.

— Tu connais mon prénom ? soulevai-je d'une voix presque naturelle. C'est Olivia qui te l'a dit ?

— Qui ?

— Olivia. Ma copine. Que tu avais l'air de soutenir il y a cinq minutes face à cette garce de Sophéa Chang !

Il s'esclaffa d'un rire de ténor qui me transporta littéralement. Je ne pus m'empêcher de rire également, avant de reprendre un air sérieux.

— Désolée, je ne devrais pas insulter quelqu'un que tu ne connais pas.

— Ne t'excuse pas, dit-il. Après tout, j'ai cru comprendre qu'elle ne t'appréciait pas vraiment non plus.

— Mais que s'est-il passé exactement ?

— Je préférerais que ce soit ton amie qui t'en parle.

— Bon… OK, me résignai-je.

Je pris place à côté de lui. Manifestement, j'étais concernée et cela avait l'air d'être assez grave, d'après les événements. J'aurais dû davantage m'en inquiéter, mais, au lieu de cela, je repensai à ce que j'avais vu dans ce gymnase : Éric, un parfait inconnu, prenant manifestement ma défense. Je l'observai de profil. Contrairement à l'aspect dangereux qu'il dégageait, je me sentais en sécurité auprès de lui. Mon instinct me soufflait pourtant qu'il y avait quelque chose de louche en lui, tout comme chez son frère, d'ailleurs.

— C'est Thomas qui m'a parlé de toi, lança-t-il subitement.

— Ah bon ? En bien, j'espère !

Comme réponse, il me lança un regard qui m'électrisa. Une onde de chaleur me traversa la poitrine. Olivia nous interrompit avant que j'aie le temps de rougir.

— Gaby, il faut que je te parle. Excuse-nous, Éric, s'il te plaît.

— Bien sûr.

Il descendit les marches des gradins et disparut à l'entrée du gymnase.

— Mais bon sang, que se passe-t-il, Olivia ?! Encore une satanée rumeur, c'est ça ?

— Gaby… murmura Olivia avant de marquer une pause et que ses yeux se remplissent de larmes. Cédric est mort.

Le sang quitta mes joues. Je crus que mon cœur allait s'arrêter net. Tout autour de moi devint flou, car ma vision se brouillait, sûrement à cause des larmes que j'essayais de contenir. Je tentai de prononcer des mots, mais ils demeurèrent coincés dans ma gorge. Durant plusieurs secondes, je ne réussis à émettre le moindre son ; même mes oreilles n'entendaient plus.

— Comment ? articulai-je en sanglotant.

— On ne sait pas vraiment. Sophéa a reçu un coup de fil de sa mère dans le gymnase, et quand elle a raccroché, elle a hurlé et pleuré que c'était ta faute, que Cédric était mort assassiné et qu'il n'y avait qu'une… enfin… folle telle que toi pour faire une chose pareille ! Tu te rends compte, devant tout le monde ! J'ai failli lui sauter dessus, mais Éric m'en a empêchée. Il a tenté de calmer le jeu et a pris ta défense. Sophéa s'est ensuite un peu ressaisie et nous a expliqué qu'il avait été retrouvé cette nuit, dans une rue sordide du 19ème arrondissement. Il aurait été torturé et aurait plus de quarante fractures. La police ne l'a reconnu que grâce aux papiers d'identité qu'il avait sur lui.

— Alors, ce n'est peut-être pas lui ! Peut-être que quelqu'un lui avait volé ses papiers, je ne sais pas… Ce n'est peut-être pas Cédric !

Je l'aurais tant voulu. C'est vrai qu'après ce qu'il m'avait fait, je lui avais souhaité mille morts, en imagination, bien sûr ! Mais jamais je n'aurais désiré qu'il lui arrive quelque chose d'aussi atroce. Personne ne méritait de finir de cette manière.

— Son corps a été identifié par la famille d'après ses taches de naissance. Quand je pense que Sophéa t'a accusée de son meurtre, j'en suis malade ! Et vu le silence qui pesait dans le gymnase, tout le monde a entendu. Je crois que cette pouffe est encore amoureuse de Cédric. Même si je ne la supporte pas, je dois reconnaître qu'elle m'a fait un peu de peine.

— Oui, je comprends, convins-je, anéantie.

Pendant un moment, aucune de nous n'osa prononcer le moindre mot et, finalement, nous ne mîmes pas un pied en cours. Tous les élèves repartirent dans l'enceinte du lycée, non sans me lancer des regards accusateurs et même parfois des insultes. Finalement, ce ne serait pas l'année du renouveau. Et pour l'instant, je m'en moquais. Je ressentais trop de tristesse pour Cédric. Je me souvenais de tous les instants passés avec lui, de son sourire, de sa manière de plisser les paupières quand il réfléchissait, de ses dents parfaitement blanches et de son sourire éclatant. *Alors c'est ainsi que l'on raisonne quand quelqu'un disparaît ? On ne se souvient que des bons moments ?*

Olivia et moi étions tellement abattues que nous décidâmes de rentrer directement chez moi. Sam ne serait pas là de la nuit, alors je lui demandai de rester dormir à la maison. Je ne voulais pas être seule. Olivia accepta et fila chercher ses affaires. Elle habitait avec sa mère dans un immeuble de neuf étages, à tout juste dix minutes à pied. Dès qu'elle pouvait sortir de chez elle, elle en profitait immédiatement. Et pour cause, depuis son divorce, sa mère s'était mise à boire et passait des soirées entières à dénigrer sa fille unique. À notre première rencontre, elle m'avait interpellée pour me dire d'une voix alcoolisée : « *Ça te gêne pas de côtoyer une traînée !* ». Charmant accueil. Olivia était folle de rage. Bien sûr, elle ne se doutait pas de la présence de sa mère à mon arrivée, alors elle s'était excusée pendant des heures, tandis que je m'évertuais à lui faire comprendre que ce n'était pas à elle d'avoir des regrets. En fin de compte, en savoir plus sur sa famille m'avait aidée à mieux comprendre le personnage exubérant qu'elle incarnait tous les jours au lycée. De plus, je n'avais pas de parents, alors j'étais bien mal placée pour juger ceux des autres.

Je préparai une quiche au saumon et de la salade pour le dîner. Cela faisait déjà plus de trois quarts d'heure qu'Olivia était partie.

Elle fout quoi, putain !

Avec ce qui était arrivé à Cédric, je n'avais pas l'esprit tranquille. Quelques minutes plus tard, on toqua à la porte, et j'allai ouvrir tout en déclarant :

— Tu m'as foutu les jetons, Olivia ! Mais bordel, qu'est-ce qui t'a pris tant de...

Coupée net. Olivia n'était pas seule. Et, alors qu'elle était partie morose après les événements de la journée, la voilà qui arrivait tout sourire... et pas toute seule.

— Regarde qui j'amène ! dit-elle, transportée de joie.

Thomas et Éric Valérian se tenaient juste derrière elle. Thomas affichait son sourire en coin on ne peut plus destructeur, et Éric, l'air jovial, me fixait de son regard étincelant. Ahurie, je ne sentais de nouveau plus mes jambes et comme à l'accoutumée, mes mots restèrent bloqués dans ma gorge.

— Entrez, euh... Asseyez-vous... Un truc à boire ? bafouillai-je, minable.

Olivia m'expliqua :

— Je les ai rencontrés sur le chemin. Ils partaient boire un verre sur Paris, ça te dit de les accompagner ?

Non, mais elle se fichait de moi ou quoi ? J'avais enfilé mon pyjama prune – heureusement que je n'avais pas mis le violet avec ses motifs en forme de nounours, je n'aurais jamais pu leur adresser la parole après ça ! –, des chaussons noirs, et mes cheveux étaient relevés dans une structure difforme moitié chignon, moitié queue de cheval. De plus, j'avais le moral dans les chaussettes, car, l'aurait-elle oublié, mon ex venait tout de même de passer l'arme à gauche !

— Olivia, je suis déjà habillée pour la nuit, au cas où tu ne l'aurais pas remarqué.

— Et alors ? Change-toi ! Y en a pour cinq minutes, puis on file, qu'en dis-tu ?

Pensais-je vraiment que l'excuse du pyjama allait la stopper aussi facilement ? Autant être directe.

— Écoutez, je ne voudrais pas vous paraître rabat-joie, mais la nouvelle concernant Cédric m'a un peu remuée, et je ne suis pas d'humeur à sortir ce soir. Mais tu peux y aller, Olivia, ça ne me dérange pas du tout.

— Pas question ! lança Thomas. Nous n'allons pas gâcher vos plans pour la soirée.

— Eh bien, restons ici, alors ! décida Olivia, l'air jovial. Ça ne te dérange pas, n'est-ce pas, *Gabrielle* ?

Je n'avais pas manqué sa manière appuyée de formuler mon prénom – en entier, qui plus est, ce qu'elle ne faisait jamais – et son regard accusateur voulant signifier *si-tu-leur-dis-de-partir-je-te-tue !*

— Non pas du tout, cédai-je, embarrassée. Il y a de la quiche au saumon et de la salade verte. Je peux ouvrir une bouteille de vin, si vous voulez.

— Volontiers ! approuva Éric en entrant.

— En ce qui me concerne, dit Olivia, je vais prendre un Coca light, s'il te plaît.

— Mais bien sûr, ma chérie ! Tu viens m'aider du côté de la cuisine ?

— D'accord.

À peine avais-je passé l'îlot central qui séparait la cuisine du salon que je lui chuchotai à l'oreille :

— Mais qu'est-ce qui t'a pris ? On ne les connaît même pas. Sam va me tuer !

— Oh la la ! Te vexe pas, mais t'es devenue franchement coincée depuis cette histoire l'année dernière. Dis-moi, droit dans les yeux, depuis quand tu ne t'es pas retrouvée seule à seul avec un mec dans la même pièce ?

— Mais je ne suis pas seule avec un mec puisque tu es là et, quel que soit le mec, son propre frère est présent, c'est glauque !

— Alors t'aimerais bien, avoue !

— Liliv…

Tout à coup, nous nous rappelâmes que nos deux invités se trouvaient juste à quelques mètres de là. Nous tournâmes nos têtes de quatre-vingt-dix degrés pour constater que nos chamailleries à voix basse les amusaient. Ma première idée fut de fuir à l'étage, mais les laisser en plan dans le salon n'aurait pas été du meilleur effet. Olivia pouffa de rire et devant cette situation burlesque, j'en fis autant. Cela m'apaisa un peu et ce fut presque détendue que j'installai les couverts sur la table basse.

La discussion ne fut pas des plus animées pendant le repas. J'en déduisis que mon plat devait être à leur goût, mais je sentais pourtant une gêne. Peut-être fallait-il que je m'adresse à eux en premier ? J'étais l'hôtesse, après tout.

— La quiche est bonne ?

Pathétique, je sais…

— Délicieuse, répondit aimablement Thomas.

— Gaby prépare les repas tous les jours, lança Olivia avec ses gros sabots d'entremetteuse. Son tuteur n'a plus qu'à mettre les pieds sous la table. Elle sera une vraie fée pour l'homme qui aura la chance de partager sa vie !

Elle déconne ou quoi ?

— Tu vis avec un tuteur ? s'enquit Éric, intrigué. Où sont tes parents ?

La question tant redoutée. En temps normal, j'esquivais rapidement. Je savais néanmoins que si les deux frères n'étaient pas venus ce soir, j'aurais passé ma soirée à me morfondre aux côtés d'Olivia, et ça faisait déjà un an qu'elle subissait mon humeur maussade. L'annonce de la mort de Cédric m'avait chamboulée, et leur compagnie m'empêchait de trop y penser. De plus, Olivia avait retrouvé le sourire et d'après mes constatations, Éric allait être la victime de ses charmes incontournables. Je ne pouvais donc pas écourter cette soirée, sinon ma meilleure amie allait m'en vouloir jusqu'à la fin de ses jours. Après tout, je leur devais bien d'être honnête avec eux, ne serait-ce que pour les remercier de leur présence.

— Ma mère est morte en couche et mon père s'est suicidé, je n'en ai presque aucun souvenir.

J'aurais pu me montrer moins directe. Mais bon, c'était la stricte vérité. Il était clair que l'histoire de ma famille n'allait pas égayer la soirée, mais je pensai étrangement que l'heure était à la confidence. Quelque chose en eux me disait que je pouvais avoir confiance. Peut-être commettais-je une nouvelle erreur, mais au point où j'en étais, de toute façon…

— Je ne sais d'eux que ce que Sam a bien voulu me dire, poursuivis-je, et on ne peut pas dire qu'il soit très loquace. Au fond, je préfère. J'ai peur de découvrir d'autres tragédies inavouées.

— Qu'est-ce qui te fait dire ça ? demanda Olivia, circonspecte.

— Je ne sais pas. Ces derniers temps, j'ai de plus en plus le sentiment qu'il me cache des choses.

— Tu penses à des trucs importants ?

— Non… je n'en sais rien. C'est le meilleur des pères adoptifs et il fait tout pour que je me sente le mieux possible, on fait même du tai-chi ensemble.

— Du tai-chi ? C'est pas banal, lâcha Thomas.

— Il dit que ça aide à canaliser mon énergie. Il y a des moments où j'ai l'impression qu'il me voit comme une cocotte-minute prête à exploser.

— Comme tous ces couillons à Clem ! s'exclama Olivia. Finalement, t'es peut-être bien une psychopathe, Gaby !

Elle éclata de rire. Je souris, pour mieux dissimuler cette vieille inquiétude qui me rongeait depuis quelque temps déjà. Olivia ignorait tout des questions qui me taraudaient. Les histoires de l'an passé et la ténacité des rumeurs à mon sujet n'avaient fait qu'accroître mon trouble. Après tout, mon père s'était suicidé. Si cette tragédie s'était déroulée l'année suivant la mort de ma mère, j'aurais compris, mais pourquoi trois ans après ? Peut-être était-ce une lente agonie mentale qui l'avait amené à prendre cette décision. Ou peut-être était-il sûr, à ce moment-là, de me laisser entre de bonnes mains à sa mort et avait-il mis tout ce temps pour s'y préparer. Je voulais tellement me convaincre qu'il ne m'avait pas abandonnée en ayant toutes ses capacités, car s'il était sain d'esprit, alors il devait être conscient de laisser derrière lui sa fille de quatre ans, seule, et sans père pour se construire. En conclusion, depuis une année qu'on m'accusait d'être aliénée, je commençais à croire que quelque chose devait bel et bien clocher chez moi. Thomas m'arracha à mes réflexions.

— Tu es loin d'être dingue, Gaby.

À croire qu'il lisait dans mes pensées, lui aussi ! J'étais donc si facile à cerner ? Néanmoins, son observation me toucha.

Une fois le récit tragique de mon histoire familiale terminé, Éric et ma meilleure amie discutèrent de leur côté. Olivia l'accapara littéralement et lui déroula son jeu de séduction comme jamais. Thomas, quant à lui, me fixait de ses yeux de loup, et j'aurais pu me noyer dans ce regard si clair. Je pouvais encore mieux le détailler. Son visage était parfait, avec son nez aquilin et sa bouche dont les lèvres semblaient littéralement appeler les miennes, sans parler de sa musculature fine et ferme. Le regarder était une épreuve pour les nerfs. Il m'envoûtait.

— Tu connaissais bien ce Cédric Fabre ? s'enquit-il en me tirant de ma contemplation.

— Oui, répondis-je dans un murmure. Je suis sortie avec lui l'année dernière. Paix à son âme, mais c'est à cause de lui que je passe pour la cintrée du bahut.

— Que s'est-il passé ?

— Oh ! Euh… je ne sais pas vraiment. Cela faisait quelques semaines qu'on se tournait autour. Il m'appelait tout le temps, m'envoyait des messages et des e-mails. Il voulait qu'on se voie de plus en plus souvent. Il était plutôt gentil, en fait.

Je baissai tristement la tête en remarquant, au passage, qu'Éric tendait l'oreille pour m'écouter, sans pour autant quitter Olivia des yeux.

— Et un soir où nous nous trouvions ici, j'ai décidé de ne plus le faire poireauter… euh… attendre, je veux dire.

Thomas souriait de ses lèvres dévastatrices, ce qu'il était beau… Bon, où en étais-je ?

— Bref, nous avons fini par nous embrasser. Après quelques secondes, il a reculé avec des yeux épouvantés, je ne me l'explique toujours pas. Il a tourné les talons et est parti en courant. Le lendemain matin, il avait dit à tout le monde que j'étais une folle. J'ai voulu comprendre ce qui s'était passé, mais il ne m'a jamais reparlé.

Contre toute attente, Thomas éclata de rire. J'étais furieuse. Pourquoi avait-il fallu que je lui raconte ça ?! Mais c'était lui le coupable, avec son corps d'Adonis ! Il me tirait les vers du nez avant que j'aie le temps de dire ouf ! Il s'approcha de moi avec un air faussement sérieux.

— Tu ne penses tout de même pas qu'un simple baiser ait pu provoquer une réaction pareille. Je n'ai jamais rien entendu d'aussi stupide !

J'étais mortifiée.

— Ne te méprends pas, Gabe. Je ne pense pas que tu sois stupide, et je ne pense absolument pas que tu aies tenté de le crucifier à coups de perceuse non plus.

Tiens, je ne la connaissais pas, celle-là.

— Ce que j'essaie de te dire, poursuivit-il, c'est qu'il a dû se produire autre chose pour qu'il se tire de cette manière. Aucun homme ne serait assez barge pour s'enfuir après... Bref, crois-moi.

— Tu penses ? Mais qu'est-ce qui a bien pu se passer, alors ?

— Je ne sais pas, mais je connais un moyen de le savoir.

— Je te rappelle qu'il est mort, le pauvre.

— Ça, c'est sûr. Mais il y a peut-être une autre façon de le découvrir.

— Et laquelle ?

— Tu dois m'embrasser.

Qu... Quoi ?! Venait-il vraiment de dire ce que je pensais qu'il venait de dire ? J'en restai coite. Non seulement sa proposition me paraissait diablement alléchante, mais elle pouvait aussi s'avérer être la solution idéale pour me rassurer. Ma surprise alla crescendo quand je crus remarquer qu'Éric fulminait. Pensait-il que son frère était capable de tout pour profiter de la situation ? Et d'ailleurs, qui parlait de profiter ? C'est moi qui devais m'estimer heureuse, il était somptueux, et j'étais banale et... en pyjama.

— Je suis sérieux, reprit-il. C'est une façon assez théâtrale de résoudre le problème, mais c'est la seule qui me vienne à l'esprit. Je ne te drague pas, si tu veux savoir... Enfin, si, un peu. Je ne vais pas non plus faire mine de ne pas en profiter, mais regardons les choses en face, as-tu seulement retenté le coup avec un autre, depuis ?

— Non.

— Alors, c'est le seul moyen. Si tu es désastreuse, je te le dirai, promis.

Euh... Il vient de dire qu'il me draguait ou pas ? Finalement, sa proposition ne me paraissait plus si farfelue. Ça demandait réflexion, tout de même ! Mais Olivia et Éric se tenaient à deux mètres de nous. La situation s'avérait bien trop scabreuse pour que je roule un patin à Thomas juste à côté d'eux. Néanmoins, ce fut le moment que choisit Éric pour se lever, sous prétexte d'aller prendre l'air avec Olivia qui voulait fumer sa cigarette. Eux aussi avaient besoin d'intimité, apparemment, car Olivia ne fumait que rarement.

Ayant plus tôt verrouillé la porte à clé, je les accompagnai sur le seuil de l'entrée pour leur ouvrir. Après avoir fermé derrière eux, j'eus à peine le temps de me retourner que Thomas me plaquait contre le mur. Il me regarda droit dans les yeux, ma respiration s'arrêta net. Il m'embrassa à pleine bouche.

Une rafale d'électricité me traversa le corps. Un feu ardent se diffusa jusqu'à mon visage. Au lieu de le repousser, ne serait-ce qu'un peu, histoire de faire durer un peu le plaisir, je posai mes mains autour de son cou, tentant de l'attirer davantage à moi, comme si cela était encore possible. Il m'imita, les mains enfouies dans mes cheveux. Je pouvais sentir la pression de ses doigts et sa bouche n'en devenait que plus insatiable. J'eus l'impression d'être de la roche en fusion quand il m'agrippa par la taille et me fit valser vers le divan. Je pouvais nettement ressentir l'effet de son excitation comme si elle m'était projetée par des sortes de pulsations soniques. Je ne comprenais pas cette nouvelle sensation, mais je la trouvai si agréable que rien ne me parut plus normal que de me trouver, à cet instant même, à califourchon sur son bas-ventre. Le temps était comme suspendu. Sa bouche s'avérait tendre et voluptueuse, alors que notre baiser devenait de plus en plus bouillonnant sous la ferveur de nos langues mêlées. Son haleine chaude m'envoûta. Je ne pus retenir un feulement quand sa main droite empoigna une mèche de mes cheveux. D'un geste du bras, il me retourna et se plaça au-dessus de moi. Nos corps s'imbriquaient à tel point que je pouvais sentir, à travers mes vêtements, la partie la plus virile de son corps, furieusement bombée et prête à l'emploi. Ce qui me prouva définitivement qu'il ne trouvait pas notre étreinte si terrifiante. Je me sentis libérée et me laissai envahir par tous les sentiments qui s'agitaient en moi. La joie, l'envie, la gourmandise, l'excitation. Je voulais son corps, là, tout de suite.

Éric et Olivia choisirent précisément cet instant pour se manifester derrière la porte. A priori, ils tentaient d'attirer notre attention depuis un moment. Heureusement qu'il fallait une clé pour rentrer de l'extérieur, car ils allaient me casser la poignée !

— Eh ! Oh ! Y'a quelqu'un ? hurla Olivia.

Thomas se détacha lentement de ma bouche et se releva en se mordant la lèvre inférieure, le regard toujours plongé dans le mien. Je me serais damnée pour une vision pareille, mais la porte allait céder sous les assauts de ma meilleure amie. Je pris dix secondes pour me recoiffer et remettre les lanières du haut de mon pyjama sur mes épaules. Pour mes joues cramoisies, il n'y avait plus rien à faire, j'étais cuite.

— J'arrive ! lançai-je.

Avant d'enclencher la poignée, je me tournai vers Thomas pour le découvrir souriant de satisfaction et installé nonchalamment, un bras posé en travers de l'assise du divan. Il m'envoya un clin d'œil et j'ouvris la porte, encore toute frémissante et luttant pour dissimuler un sourire nerveux.

— Désolée, Sam a téléphoné, mentis-je. J'étais dans la chambre et Thomas n'a pas pris la peine de vous ouvrir.

Après tout, c'était sa faute s'ils avaient poireauté dehors. Mais je n'allais pas m'en plaindre.

— Quand je ne suis pas chez moi, je n'ouvre pas les portes, répliqua Thomas en s'esclaffant.

Olivia afficha une mine suspicieuse, puis entra comme si de rien n'était. Éric, quant à lui, n'était pas dupe et observa son frère silencieusement.

— Il faut qu'on y aille, Thomas.

— Maintenant ? lâcha Olivia, l'air déçu.

— Oui, maintenant, approuva Thomas tout en se levant. Encore merci de nous avoir invités chez toi, Gabe.

— Euh... je t'en prie.

— Oui, encore merci, renchérit Éric. On se voit demain ?

— Bien sûr, lui répondit joyeusement Olivia.

— OK, alors à demain.

Je les raccompagnai. Sur le seuil, Thomas pivota vers moi.

— J'ai envie de recommencer, murmura-t-il lascivement avant de fermer la porte derrière lui.

Je m'adossai contre le mur, encore médusée par notre étreinte, quand j'entendis leurs voix s'éloigner.

— Alors ? demanda Éric.

— C'est elle. On en a la preuve, maintenant...

Mais de quoi parlaient-ils ? Je n'entendis plus rien, et j'avais l'esprit bien trop embrouillé pour relever quoi que ce soit, de toute façon. Le salon était dans un sale état. Je n'avais pas réalisé la pagaille provoquée par notre petite soirée. Je rangeais donc tout soigneusement avant de rejoindre Olivia, que j'allais trouver dans la salle de bains de l'étage, en train de se brosser les dents. Je l'imitai puis entrepris de m'allonger dans le lit. Olivia se flanqua à côté de moi, les yeux plissés.

— Que s'est-il passé derrière cette putain de porte ?

— Tu ne vas pas me croire !

Et je lui racontai tout. Son visage rayonna. Elle attendait ce moment peut-être depuis plus longtemps que moi encore.

— Enfin un homme qui remarque à quel point tu es sublime ! dit-elle, toute souriante. C'était torride, tout de même. Encore un peu, et tu passais à l'étape suivante, ma vieille.

— J'en avais diablement envie. Je n'avais jamais ressenti une telle délivrance. Tout mon être le voulait, je n'avais plus aucune barrière. C'était... étrange.

— Oui, eh bien, minute papillon, faut les faire mariner un peu, les mecs. N'oublie pas ce que je t'ai appris !

— Promis, acquiesçai-je, peu convaincue. Et Éric, a-t-il été sensible à tes déploiements de charme ? Tu m'as sidérée.

— J'ai honte de l'avouer, mais à certains moments, il me paraissait ailleurs. Il a quand même dit que j'étais superbe, et qu'il serait ravi de m'emmener dîner un soir, c'est pas mal, non ? Maintenant, et après ce que tu viens de me raconter, je trouve subitement que mon petit moment à deux n'était pas aussi excitant. Non, mais où va le monde si Gabrielle Chène embrasse un mec une heure après qu'il a passé sa porte !

Nous pouffâmes de rire en même temps. La fatigue aidant, nous décidâmes de nous coucher. Les lumières éteintes, je ne pensais plus qu'à Thomas. Il n'avait pas fui ! J'étais heureuse, délivrée. J'avais l'impression de pouvoir soulever une montagne et mon corps tout entier bouillonnait encore de cette étreinte torride. Si Olivia n'avait pas été là, ma main se serait volontiers glissée sous la couverture, me laissant fantasmer sur ce qui aurait bien pu se passer si personne n'avait frappé à cette *putain* de porte.

CHAPITRE 5

Malgré la courte nuit que j'avais passée, je me levai sans difficulté. J'avais tellement hâte de revoir Thomas que je ne tenais plus. L'anxiété me nouait l'estomac, car, bien que ce baiser ait été d'une rare intensité, en tout cas pour moi, ce n'était peut-être qu'une simple expérience pour lui, celle de m'aider à comprendre ce qui avait cloché avec Cédric. Ou peut-être avait-il simplement satisfait sa curiosité. Et dans ce cas, il ne projetait pas de recommencer. Cette dernière suggestion me déplut tant que je la balayai aussitôt de mon esprit. Pour le moment, j'étais sur un nuage et je comptais bien y rester. Je pris même le temps de me maquiller légèrement, il ne fallait pas trop marquer le changement non plus. Je passai un jean bleu clair moulant sur les fesses, mais large sous le genou, des chaussures à talons pas trop hauts, et un top noir, dos nu. Je laissai mes cheveux détachés et agrémentai ma tenue d'un sac à main patchwork très tendance qu'Olivia m'avait prêté. Évidemment, elle n'était pas étrangère à ma préparation. Elle m'aida dans mes choix de vêtements ainsi que pour mon maquillage, car pour elle, la deuxième impression après un baiser était primordiale. Je devais lui donner envie de recommencer.

Ainsi parée, je me rendis au lycée. Olivia n'était pas en reste. Tous les hommes assis dans le bus avaient les yeux braqués sur elle. Son choix d'une robe chasuble près du corps, avec une mini-veste perfecto, faisait son plus grand effet. Naturellement, son allure n'était destinée qu'à faire tomber les barrières d'Éric Valérian. Elle le voulait et, croyez-moi, elle était tout à fait décidée à déployer les grands moyens. À voir son regard concentré, n'importe qui aurait pu croire qu'elle révisait mentalement un contrôle de physique appliquée. Moi, je savais pertinemment qu'elle établissait une stratégie pour conquérir le bel Éric.

La déception fut rude à camoufler quand nous scrutâmes attentivement la cour du lycée pour finalement nous rendre à l'évidence : ils étaient absents. En revanche, il m'était impossible de ne pas remarquer tous les regards haineux qui se tournaient vers moi. Mes yeux se baissèrent vers le sol. Comment pouvaient-ils croire que j'avais pu faire le moindre mal à Cédric ?! J'avais eu des sentiments pour lui ! Sa mort m'attristait bien plus que la majorité d'entre eux. J'aurais voulu avoir encore l'occasion de lui parler. Lui dire que, malgré ma rancœur, je ne le haïssais pas. J'aurais aussi voulu une dernière fois lui demander les raisons qui l'avaient poussé à s'éloigner aussi brutalement de moi. On aurait fait la paix, et j'en aurais fini avec ce cauchemar. Seulement, Cédric ne pouvait plus se confier et j'allais donc être encore longtemps la cible de mes camarades de lycée. Alors, j'avançai à travers la cour, et les chuchotements se firent de plus en plus distincts. Je n'étais pas à l'abri d'une insulte, pourtant aucune ne fusa. Olivia, quant à elle, était furieuse.

— Non, mais il s'est moqué de moi ! J'ai bien entendu « *À demain* » quand il est parti hier soir, non ? Je te jure que ce Valérian ne va pas longtemps se foutre de ma gueule ! lança-t-elle, haineuse, alors qu'elle fixait du regard une fille de première année qui nous toisait d'un air mauvais. Qu'est-ce que t'as, toi ?!

La fille baissa aussitôt les yeux. Vu l'humeur d'Olivia, elle avait fait preuve d'une grande sagesse, car mon amie pouvait se montrer particulièrement effrayante quand elle s'énervait. Celle-ci partit de son côté tout en marmonnant au sujet d'Éric, l'air courroucé.

Je fus la première à m'installer dans la classe de français. Le prof n'avait pas remarqué ma présence et au fur et à mesure que les secondes s'égrenaient, les élèves s'installaient à leur place. Il n'y avait toujours pas de Thomas à l'horizon alors que Mohamed Belhak ferma la porte derrière lui. Ce dernier se tourna vers moi, s'arrêtant un instant pour m'observer.

— Dis donc, Chêne, t'es bonne, aujourd'hui !

Hum... Quel tact, ce Mohamed... même si, venant de lui, je devais considérer que c'était un compliment, et qu'il était au maximum de ses possibilités en matière d'élégance. Mais au moins, il n'avait cure des rumeurs à mon sujet, car tout ce qui intéressait Mohamed Belhak, c'était le foot et les potes. Il n'avait jamais émis la moindre remarque déplaisante à mon encontre. Il m'ignorait, voilà tout.

Durant tout le cours, je me morfondis dans mon désarroi. La plus futile de mes pensées étant l'absence de Thomas à mes côtés, et la plus douloureuse, celle de la mort soudaine de Cédric. Je m'enfonçai alors dans la mélancolie, tout en me posant un nombre incalculable de questions. Qu'avait-il bien pu lui arriver ? Torturé ? Quarante fractures ? Plus j'y pensais, plus cette histoire me paraissait incroyable. Quelle rencontre fatale pouvait mener à une fin aussi funeste ?

J'ÉTAIS ENCORE PLUS ABATTUE à la pause de onze heures. Mes cours ne reprenaient que dans trois heures, alors il fallait m'occuper tout ce temps. Je décidai donc de me rendre à *La Rotonde* pour donner un coup de main à Arlette. C'était l'heure pour elle de préparer les sandwichs, alors je ne fus pas surprise de la voir avec son immense tablier attaché sommairement autour de son ventre potelé. Vendre des chips, des barres chocolatées et des bonbons toute la journée n'aidait pas forcément à garder la ligne. Elle me confia qu'elle avait entendu les rumeurs me concernant, et avait foutu dehors trois élèves dans la matinée pour cette raison.

À midi, j'étais encore plus maussade en quittant *La Rotonde*. Entendre de la bouche d'Arlette ce que tout le monde pensait tout bas confirmait que Sophéa avait bien travaillé pour me saper à vie.

Olivia arriva, déterminée. Son air rageur ne l'avait toujours pas quittée. C'est qu'elle n'avait pas l'habitude qu'on lui résiste, Olivia ! Je la suivis en direction du réfectoire. On prit place dans la file d'attente.

J'hésitai entre un plat steak haché/frites ou une poêlée de légumes aux blancs de poulet. *Steak haché/frites, bien sûr !* Puis je m'installai à une table aux côtés de ma meilleure amie qui restait silencieuse. Je me risquai à tenter une approche.

— Alors, ton cours d'espagnol ? demandai-je.

— Pourri.

OK…

— Olivia, tu vas faire la gueule tout le repas ?

Elle me dévisagea un moment puis, finalement, se radoucit.

— Excuse-moi, Gaby. Entre Éric qui se fiche de moi et les autres abrutis qui n'arrêtent pas de dire des conneries sur ton compte, je n'arrive plus à me détendre !

— Et qu'est-ce que je devrais dire ! répliquai-je avec lassitude. Je suis la risée du lycée, encore plus qu'auparavant, et je me suis jetée sur un mec seulement quarante-huit heures après l'avoir rencontré.

— D'une, tu es la risée de tout le monde depuis si longtemps que ça ne va pas changer tes habitudes et la bonne nouvelle, c'est que maintenant ils ont tous la pétoche de toi. De deux, c'est Thomas qui s'est jeté sur toi le premier.

— Ouais… pas faux.

— Salut, les filles !

Nous fûmes interrompus par Johnny Forbe. Johnny était un bel athlète noir, au crâne rasé, au visage lisse orné d'un joli bouc finement sculpté, bref, un mec splendide du haut de son mètre quatre-vingt. N'importe quelle fille aurait pu s'évertuer à le séduire s'il n'avait été irrévocablement homo.

— T'es pas avec ta bande de mégères, aujourd'hui ? lui lança Olivia sur un ton insolent.

Johnny traînait beaucoup dans le cercle de Sophéa Chang, mais ne lui laissait pas l'exclusivité de sa présence. Il était copain avec tout le monde en général, et particulièrement friand des potins les plus scabreux. Bien sûr, il ne manquait pas d'en informer Olivia et moi-même, avec des rapports scrupuleusement détaillés. Olivia et lui se connaissaient depuis la maternelle. Elle avait été présente pour lui quand il avait réalisé sa véritable orientation sexuelle. Une période pas banale à vivre, et particulièrement dans une banlieue parisienne comme la Seine-Saint-Denis. Ils avaient depuis développé une amitié très forte, même si, à les entendre discuter, on pouvait en douter.

— T'as tes règles, Kaprisky, ou quoi ?

— Oh ! ça va ! Allez, installe-toi.

Johnny posa son plateau et fit circuler son regard sur l'ensemble du réfectoire. Je savais que s'installer à ma table allait lui valoir des remarques désobligeantes. Mais Johnny adorait être au centre de l'attention, alors c'est avec un large sourire au coin des lèvres qu'il s'assit sur sa chaise.

— *It's the place to be,* les meufs ! Tout le monde nous regarde !

— Ils se demandent surtout ce que tu peux bien foutre ici ! lâcha Olivia, médisante.

— Oui, eh bien, j'ai la réponse. Ils sont devenus complètement barges ! Sophéa n'arrête pas de déblatérer sur Gabe, et les autres l'écoutent comme des demeurés. C'est pas méchant, Gaby, mais j'en ai ma claque d'entendre parler de toi.

— Comme je te comprends ! Moi-même, j'en ai ras le bol d'entendre parler de moi.

— Dis donc, toi ! l'interpella Olivia, ses yeux fixés toujours sur Johnny. Alors tu décides comme ça de me parler, alors que depuis deux mois je n'ai aucune nouvelle.

— Oh, ma pauvre chérie ! Mais si tu savais l'été que j'ai passé, tu serais morte de jalousie !

Olivia soupira, puis esquissa un grand sourire. Johnny l'observa de son regard le plus enjôleur. Ils éclatèrent de rire. De mon côté, même si j'adorais Johnny, je n'étais pas très chaude à l'idée d'écouter le récit de ses prouesses sexuelles de l'été.

Johnny affichait toujours une assurance à toute épreuve. Je savais, pourtant, qu'il n'avait pas été épargné par les allusions douteuses sur sa sexualité depuis son enfance, mais les gens préféraient éviter le sujet maintenant. Et, pour cause, il était le frère cadet d'un des caïds de la principale cité de Montfermeil, Elvis Forbe. Papa Forbe avait trouvé amusant d'appeler ses fils par les prénoms de ses chanteurs préférés – Elvis Presley et Johnny Halliday – et personne ne cherchait de noises à

Elvis. C'était une grande armoire à glace d'au moins deux mètres, avec une impressionnante balafre au milieu de la joue droite.

— Quoi de neuf dans vos petites vies, les filles ? nous interrogea Johnny.

— Eh bien, je chasse actuellement un mec sublime pendant que Gaby se débauche avec son frère.

— Sérieux ?!

Silencieuse, je fusillai mon amie du regard. Le dire à Johnny, c'était le crier dans un haut-parleur au milieu de la cour.

— Olivia, t'abuses !

— Oh, allez, Gaby… Ce n'est pas tous les jours qu'il t'arrive quelque chose d'aussi excitant et Johnny ne dira rien, pas vrai, *Johnny* ?

— Bien sûr ! répondit-il, faussement sérieux face au regard appuyé que lui lançait Olivia. Raconte !

— Elle a galoché le nouveau. Tu sais, le beau brun aux yeux de husky, Thomas Valérian.

— Salope ! lâcha-t-il, en tournant ses yeux ronds vers moi. Il est mortel, ce mec ! T'as vu son frangin ? C'est un dieu vivant. Je te jure que si je le tenais…

— Éric est à moi ! le coupa Olivia, les yeux en mode AK-47.

— OK ! Moelleux, cousine ! De toute façon, c'est clair qu'ils sont hétéros, ces deux-là. Mais, Gabe, je suis choqué ! Tu galoches un mec… Petite dévergondée, va !

— Eh bien, dis-je, embarrassée, il n'y a rien de sérieux, on s'est juste embrassés.

— Oui, mais si je me rappelle bien, la dernière fois que t'as embrassé un mec, t'es passée pour *Carrie au bal du diable*. Alors, s'il s'est pas enfui à toutes jambes, ça vaut le coup de s'en réjouir, non ? Et ça peut faire monter ta côte de popularité en flèche, ma puce ! À ta place, je lui roulerais une grosse pelle au beau milieu de la cour, histoire de fermer la bouche de tous ces connards.

Je m'imaginais la scène. Dans mon film, Thomas s'avançait vers moi, avant de plaquer sa bouche contre la mienne, devant le regard médusé de tous les élèves du bahut. J'éclatai de rire.

. . .

Une heure plus tard, je pris place dans la salle d'allemand de monsieur Keller, qui consentit à m'adresser un timide bonjour de la main. Ce déjeuner avec Johnny avait eu le don de me remonter le moral, mais ce ne fut rien à côté de la surprise de voir Thomas installé à notre bureau, au fond à droite. Je me demandai soudain s'il était content de me voir, mais sa façon de mordiller sa lèvre en m'observant dissipa toutes mes inquiétudes.

— Tu es magnifique, lança-t-il de sa voix douce et chaude à la fois.

Mmmh… Que ça faisait du bien de l'entendre !

— Tu étais où, ce matin ?

— Pourquoi, je t'ai manqué ?

— Un peu, avouai-je, une pointe de stress dans la voix.

— Nous avions des papiers à mettre en ordre à la préfecture. Nous sommes arrivés depuis peu de temps dans la région, alors nous avons encore quelques formalités à régler.

— D'où viens-tu, exactement ?

— C'est une longue histoire que je te raconterai à un autre moment, si tu veux bien.

— D'accord, dis-je, un peu contrite, ce qu'il remarqua.

— Que dirais-tu de sortir avec moi ce soir, après les cours ?

Waouh ! Je frétillai. C'était un rêve ou quoi ?! Alors, je ne l'avais pas dégoûté, et il m'invitait même à sortir ! Je tentai de dissimuler mon effervescence, contenant l'envolée de papillons qui s'élevait dans ma poitrine, mais ce fut âprement difficile, tant j'avais envie de hurler mon bonheur.

— Si tu veux, répondis-je, faussement blasée. Tu proposes quoi ?

— Nous pourrions sortir sur Paris, qu'en dis-tu ?

— Oui, pourquoi pas ? Je te rejoins au RER ?

— RER ?! s'étonna-t-il, effaré. Mais ça va pas ! Je viens te chercher en voiture à vingt heures.

— Oh ! Tu as le permis ?

— Oui.

— Quel âge as-tu ?

— Dix-neuf ans.

Dix-neuf ans ?!

— OK, alors vingt heures.

Durant les quatre heures d'allemand et d'anglais qui suivirent, mon corps fut totalement dominé par celui de Thomas. J'éprouvais encore cette sensation étrange, provenant de lui, me parvenant comme des émissions voluptueuses, et s'emparant de tout mon être. De temps à autre, il glissait sa main sur ma jambe, ce qui avait le don de me faire systématiquement sursauter sur ma chaise. Quand il souffla sur ma nuque, je fus agitée de tremblements. Je ne pensais plus qu'au moment où nous allions être seuls tous les deux. Je voulais l'embrasser, le toucher. Il me caressa lentement le dos, penché de sorte que personne ne surprenne ses doigts se promenant sur ma peau. Il me tardait tellement d'être à ce soir ! La sonnerie retentit enfin.

— À tout à l'heure, me lança-t-il du bout des lèvres.

Je le regardai s'éloigner, ne manquant pas de m'attarder sur ses fesses moulées dans son jean parfaitement coupé. Olivia se planta derrière moi.

— Alors ? Tes cours se sont-ils bien passés ?

— Mmmh... Merveilleux.

Sur le chemin du retour, mon amie entama son rapport quotidien. Éric était également revenu, et pour les deux dernières heures, il s'était installé à côté d'elle. Elle était aux anges. Comme moi, elle avait aussi eu sa dose d'émotions pour la journée. Je lui narrais mon côte à côte torride avec Thomas avant de lui annoncer qu'il m'avait invitée à sortir pour la soirée. Elle fut si enthousiaste qu'elle m'ordonna d'enfiler ma petite robe turquoise hyper sexy pour l'occasion. Je promis de l'appeler le lendemain pour tout lui raconter et rentrai tranquillement à la maison. Je me sentais légère et goûtais vivement l'air emplissant mes poumons. Quelques minutes plus tard, mon ventre commença pourtant à se tordre d'angoisse en pensant à la soirée qui m'attendait.

Sam arriva une heure plus tard, tandis que je prenais ma douche. Bien sûr, j'avais pris soin de m'épiler partout – *on ne sait jamais, même si c'était hors de question... bien sûr !* – et entrepris un brushing aventureux avant de me maquiller. Le résultat n'était pas si mal. Je descendis les escaliers en peignoir de bain afin de saluer Sam.

— Oh ! Mais… tu es splendide, déclara Sam, sur un ton un peu hésitant. Tu sors, on dirait ?

— Oui, on m'a invitée.

— Hum… Qui est l'heureux élu ? demanda-t-il en s'éclaircissant la gorge.

— Thomas. Et je te prie de ne pas poser de questions.

— Mais tu ne le connais pas, n'est-ce pas ?

— Sam ! Pas de questions. Et pour le moment, je souhaite juste sortir avec un mec qui me plaît. Ça fait longtemps, tout de même !

— Tu as raison, je m'incline, concéda-t-il après une trop longue réflexion, tandis que je remontais en vitesse finir de me préparer.

CHAPITRE 6

Thomas arriva à vingt heures précises, mais nous n'avions pas convenu des formalités à adopter quant à son arrivée. J'avais espéré qu'il klaxonnerait pour signaler sa présence, alors je l'aurais rejoint dans sa voiture et nous serions partis, tout simplement. Espérance anéantie quand on toqua à la porte. Mon cœur se mit à battre la chamade. Je dévalai les escaliers et arrivai juste à temps pour empêcher Sam d'ouvrir. Je le fusillai du regard tandis qu'il se retournait, l'air amusé.

— Prête ? me demanda Thomas de sa voix enchanteresse.

— Je prends mon sac et on y va.

À toute vitesse, j'attrapai mon sac à main et m'éclipsai. Je voulais à tout prix éviter la confrontation Thomas/Sam au premier rendez-vous, car Sam et sa suspicion naturelle pouvaient, à coup sûr, hypothéquer toutes mes chances de vivre une belle histoire.

Thomas était adossé à une Golf noir métallisé, modèle sportif. Fascinant de beauté avec sa crinière échevelée, il me détailla de la tête aux pieds avec son regard azur. Il portait un jean foncé sur des chaussures noires, un manteau sombre assorti dont le col large, remonté jusqu'aux oreilles, lui donnait une allure sexy en diable. En m'approchant de lui, je ne le quittais pas des yeux. Je pouvais ressentir son désir, signe que mon apparence lui plaisait. Je ne m'expliquais toujours pas cette faculté à deviner instantanément les émotions physiques qui le traversaient. Ce n'était peut-être qu'un miroir de mes propres sensations, car je le désirais ardemment. Il passa délicatement son bras autour de ma taille et m'attira contre lui. Ses mains se posèrent enfin sur mes joues. Il m'embrassa. Un simple baiser du bout des lèvres, doux, romantique, voluptueux, en total contraste avec le feu qui couvait en moi, et ô combien délicieux. Il baissa les yeux et observa ma tenue. J'avais adopté les conseils d'Olivia et portais ma robe turquoise, moulante sur la poitrine et vaporeuse jusqu'à à mi-cuisse. Tellement légère que j'avais presque l'impression d'être nue. Aux oreilles, de grandes créoles en argent venaient orner ma chevelure détachée.

— Tu es magnifique, jolie Gaby, murmura-t-il.

Un grand sourire se dessina sur mon visage alors qu'il m'invitait de la main à prendre place dans la voiture.

Durant le trajet, j'étais évidemment très nerveuse. Thomas semblait, lui, totalement concentré sur la route. Je ne me sentais pas prête à mettre fin à ce silence ; je craignais que Thomas entende les battements affolés de mon cœur. Ce qu'il faisait chaud dans cette voiture, nom de Dieu !

— As-tu dîné ? s'enquit-il soudain.

— Non. En fait, tu n'as pas été très clair sur ce que nous allions faire ce soir et j'avais l'estomac bien trop noué pour manger quoi que ce soit.

— Dans ce cas… je serais ravi de t'inviter.

— Entendu, dis-je en dissimulant un sourire.

— Pourquoi avais-tu l'estomac noué ? Je te rends nerveuse ?

— Un peu.

— Je me demande bien pourquoi, je suis un agneau.

— J'en doute, rétorquai-je, amusée.

— Tu doutes de moi ! lâcha-t-il en simulant d'être affecté.

— Absolument !

— Je suis anéanti par cette réponse.

— Ça aussi, j'en doute !

— Je ne suis pas dangereux, se défendit-il.

— Je dirais le contraire, vu l'effet que tu me fais.

— Alors nous avons une chose en commun, affirma-t-il, étrangement plus sérieux.

Nous arrivâmes bientôt place de la Concorde où Thomas tourna dans la direction des Champs-Élysées. L'avenue la plus éclairée au monde nous accueillit les bras ouverts. J'observai les badauds se promenant d'un pas lent pour mieux admirer les couleurs et l'effervescence de cette nuit parisienne. La circulation était affreusement dense, mais Thomas réussit à s'engager dans la voie du parking Georges V, où nous allâmes garer la voiture.

Une fois que nous fûmes sortis de l'habitacle, Thomas vint à ma rencontre et m'embrassa à nouveau, ses mains ne desserrant pas l'étau qui me liait à lui. Au bout de quelques minutes d'un baiser endiablé, nous fûmes interrompus par un petit groupe de gens ; l'un d'eux se racla la gorge. Je repris mes esprits tandis qu'une frayeur soudaine s'imposait à moi. Thomas devait penser que je n'étais pas farouche ! J'avais tellement envie de lui que je ne pensais plus à rien d'autre. J'aurais d'ailleurs juré que cette attirance était anormale tant mon corps s'embrasait pour cet homme, tant j'avais envie de le toucher, de le caresser. Et j'étais absolument certaine qu'il ressentait la même chose pour moi. Je le repoussai, stoppant ainsi la danse fiévreuse de nos deux corps qui ondulaient l'un contre l'autre.

— Tu veux me rendre fou, c'est ça ? lâcha-t-il lorsque mes lèvres quittèrent les siennes.

Je lui répondis par un sourire confiant, alors qu'intérieurement je me disais que c'était bien l'hôpital qui se foutait de la charité !

Nous marchâmes à travers la rue du Colisée. Cent mètres plus loin, il s'arrêta devant une entrée très lumineuse où il m'invita à pénétrer. Je fus époustouflée par l'endroit. Des couleurs vives se mêlaient à la lumière des néons, un grand bar très design surplombait la salle de restaurant. Le *Toi* était un resto lounge très tendance, dont j'avais récemment lu de bonnes critiques dans le dernier *Cosmo*. Thomas répondait à toutes mes envies, et apprécia mon engouement.

La serveuse nous installa à une petite table dans un coin de l'une des pièces du restaurant. Chacun de nous s'installa dans le coin d'un canapé d'angle très confortable, et plutôt à l'écart des autres clients. Nos genoux se touchaient, parfaitement cachés sous la table, et une chaleur insoutenable irradia mon corps tout le long de la soirée. Je consultai la carte et portai mon choix sur des noix de Saint-Jacques à la plancha, tandis que Thomas optait pour du saumon grillé. À peine avions-nous commandé notre plat qu'il posa sa main sur ma cuisse. Je sentis sa main chaude sur mon épiderme, et comme je ne portais pas de collants, j'eus tout le loisir d'éprouver les effets du mouvement de ses doigts sur ma peau. Je me fis la réflexion qu'il était affolant qu'une simple caresse puisse provoquer un tel déferlement de sensations. À moins d'être à plus d'un mètre de lui, j'étais condamnée à ressentir cette ébullition sans fin. Il me fallut un effort considérable pour écarter sa main.

— Pardon, Gaby, dit-il, embarrassé. Dès que je suis avec toi, j'ai un mal fou à me contrôler.

— Oh ! Euh… je ressens la même chose, tu sais.

Une part de moi fut soulagée qu'il ressente la même attraction que la mienne à son égard, mais je trouvais aussi étrange que nous soyons si fusionnels, comme si nos deux corps s'étaient trouvés dans l'univers. J'en avais des frissons rien que d'imaginer aller plus loin avec lui, et je ne pensais plus qu'à ça. Quelle hypocrite ! Mais Sam avait raison, je ne connaissais rien de lui. J'entrepris alors de l'interroger sur sa vie pour me sortir mes idées salaces d'ado surexcitée de la tête.

— Où habitez-vous, avec Éric ?

— Nous avons un appartement au Raincy.

— Vos parents sont de la région ?

— Non. Nous sommes comme toi, Gabrielle, nous n'avons que peu connu nos parents. Ils sont morts très jeunes.

— Je suis désolée que vous ayez vécu une telle tragédie, déclarai-je, stupéfaite et loin de me douter de son malheur.

— C'est peut-être pour ça que je me sens si proche de toi, ajouta-t-il, tu as vécu la même chose.

— C'est vrai, et heureusement nous sommes peu de notre âge dans ce cas. Mais vous vivez avec qui, alors ?

— Nous vivons seuls depuis presque deux ans. Avant, nous étions sous la tutelle de notre oncle Giuseppe, mais il est mort d'un cancer. Depuis, nous nous débrouillons.

Il détourna son visage et je compris qu'il n'en dirait pas plus à ce sujet pour l'instant. J'imaginais parfaitement ce qu'il avait dû ressentir toutes ces années et n'allais pas le forcer à se dévoiler plus, s'il n'en avait pas envie. Cependant, quelque chose m'échappait. Il fallait qu'Éric et lui aient des moyens importants pour avoir un appartement au Raincy, une Audi A6 et une Golf, toutes deux très récentes. De plus, les deux frères portaient toujours des vêtements de marque. J'en conclus finalement qu'ils avaient dû hériter d'une belle somme d'argent et arrêtai d'y penser pour mieux me focaliser sur l'instant présent. Thomas était magnifique, et l'entendre parler de sa famille avait ouvert un horizon encore plus grand.

— Je vais avoir du mal à te quitter après cette soirée, me lança-t-il, le regard fiévreux.

— Nous n'en sommes pas là. Nous n'avons même pas encore été servis.

— C'est que le temps passe bien trop vite à tes côtés, jolie Gaby.

Il esquissa un sourire pendant que sa main gauche longeait de nouveau la courbure de ma jambe, me donnant ainsi l'impression de fondre comme neige au soleil. Peu désireuse cette fois de rompre ce contact physique avec lui, j'entrepris de me contrôler plus sérieusement. Ce qui fut beaucoup plus aisé une fois les plats servis.

Le repas fut succulent en tout point. Nous avions enfin eu l'occasion d'échanger sur nos loisirs mutuels. Je savais maintenant qu'il adorait la musique soul, le cinéma d'action et qu'il se passionnait pour l'Histoire, à travers ses anecdotes sur les divers sujets qu'on avait abordés. Il était passionnant. Il m'expliqua également, et j'en fus surprise, qu'il n'avait jamais fréquenté de lycée jusqu'à présent. Ceci parce qu'Éric et lui avaient été éduqués par un précepteur qui n'était autre que leur oncle. Un Italien du nom de Giuseppe Ferloni. Contrairement à ce que je pensais, Thomas avait un niveau scolaire bien supérieur au mien. Simplement, la mort de Giuseppe et les dispositions qu'Éric et lui avaient dû prendre suite à son décès avaient temporairement annulé tout passage d'examen, et notamment le baccalauréat. Ils s'étaient donc inscrits au lycée pour terminer leur cursus. Je lui demandai alors pourquoi ils n'avaient pas passé l'examen en candidat libre. Il me répondit qu'ils avaient tous deux le désir de découvrir la vraie vie de lycéen. En fin de repas, je me risquai à une autre question qui me taraudait l'esprit depuis notre rencontre.

— Si tu n'as pas connu les joies du lycée comme moi, et, crois-en mon expérience, tu as eu beaucoup de chance, alors comment as-tu fait des rencontres ?

— Je sortais beaucoup avec mon frère, et Giuseppe voyageait souvent. Nous avons vécu à Rome, à Londres et aux États-Unis, notamment.

Puisqu'il n'avait pas compris mon allusion, je respirai un grand coup avant de lui poser la question qui me brûlait les lèvres depuis un moment :

— As-tu déjà été amoureux ?

— Pas vraiment.

OK. Bon, il n'allait pas lâcher le morceau si facilement.

— Mais tu as déjà… euh… fréquenté intimement des filles ?

— Quelques-unes, mais ça fait un moment que… s'interrompit-il alors que j'écoutais, tout ouïe. Où veux-tu en venir exactement ?

Mes joues s'empourprèrent à vue d'œil.

— Eh bien… je manque un peu d'expérience… et… je ne voudrais pas que tu sois déçu.

Il me toisa de ses prunelles enflammées et s'esclaffa.

— Il n'y a aucun risque, dit-il alors que ses yeux s'ancraient dans les miens. Crois-moi, bébé, je ne me fais pas de souci là-dessus.

Ma respiration s'accéléra d'un coup. Il approcha son visage du mien et m'embrassa. Quand il se recula un peu, il m'imprégna de son regard transparent et fit courir sa main gauche vers le haut de ma cuisse, effleurant à peine les dentelles du seul dessous que je portais. Je fermai les yeux, mon corps tout entier à sa merci. La serveuse nous interrompit durant ce moment de pure délectation et nous fila l'addition. Je piquai un fard quand je compris qu'elle nous avait surpris, jusqu'à ce qu'elle me lance discrètement un subtil clin d'œil approbateur, signe de solidarité féminine signifiant clairement : « *Profite, ma fille, celui-là, c'est un canon !* » Thomas paya la note et ce fut presque à regret que nous quittâmes le *Toi*, tous deux conscients que la soirée se terminait.

Le trajet du retour fut aussi silencieux que l'aller, même si sa main droite ne s'était décollée de ma cuisse que pour passer les vitesses de son bolide. Il me raccompagna devant la maison, toutes lumières éteintes. J'en conclus que Sam était parti se coucher. Sur le pas de la porte, Thomas me quitta sur un baiser fougueux. Les jambes molles et le cœur battant à tout rompre, je n'avais plus aucune envie de le laisser partir. Mais il recula d'un pas, me laissant choir avec le goût de ses lèvres sur les miennes.

— Il faut remettre ça très vite.

— Je suis d'accord, répondis-je, hagarde.

— À demain, jolie Gaby.

— Oui, à demain.

Il monta dans sa Golf, puis disparut au coin de la rue. Je rentrai dans la maison, encore toute frémissante. J'entrepris d'enlever mon gilet et l'accrochai sur le crochet derrière la porte. Ivre de bonheur, je m'affalai sur le canapé et découvris un mot posé sur la table basse. :

Suis parti pour le week-end à la base militaire de Toulon. Ai laissé de l'argent dans le premier tiroir de la cuisine. Bisou, Sam.

Heureusement que je n'avais pas eu connaissance de son absence cinq minutes plus tôt, car j'aurais sûrement craqué et invité Thomas à entrer. Qui sait comment ça aurait pu se terminer à l'allure où nous allions ? Mon cerveau était maintenant assailli de tout un tas de questions. Au regard de la situation, comment allais-je me retenir pour ne pas sauter le pas avec lui durant le temps que je m'étais fixé de respecter avant d'aller plus loin ? Et qui a dit qu'on ne devait le faire qu'au bout de quelques mois, d'abord ? Thomas aurait-il les mêmes sentiments pour moi si je craquais d'emblée ? Cela ne faisait que trois jours que je le connaissais, après tout ! Finalement, je me résolus à rester sage… encore quelque temps du moins.

Le lendemain, je me rendis au lycée, toujours d'humeur mélodieuse. Comme le temps était doux et agréable en cette matinée ensoleillée ! J'aperçus tout de suite Thomas à l'entrée du lycée, qui m'attendait. Il portait un jean et un tee-shirt qui soulignait parfaitement sa sublime musculature. Pas rasé, sa barbe naissante le rendait encore plus sexy, si cela était possible. Quand il me vit, un sourire dévastateur se dessina sur ses lèvres. Il s'avança vers moi, posa ses mains sur mes joues, attira mon visage à lui et m'embrassa. Après ce moment de pur délice, je découvris une multitude de regards médusés braqués sur nous, dont celui, glacial, de Sophéa Chang.

J'aurais menti si j'avais nié savourer intérieurement être vue en la compagnie de Thomas. Incapable de comprendre exactement pourquoi un si bel homme avait jeté son dévolu sur moi, j'avais décidé d'apprécier chaque seconde de ces moments enchanteurs, sans me poser plus de questions. Je n'avais jamais été aussi heureuse que depuis ma rencontre avec lui et, après une longue année de galère dans ce bahut, je méritais bien un peu ma part de bonheur.

CHAPITRE 7

Durant plus d'un mois, nous perpétuâmes ce rituel matinal, et nous retrouvâmes chaque matin devant les portes du lycée. J'arrivais à mieux contrôler mes pulsions d'ado surhormonée, du moins pendant les cours. Mais quand Thomas s'avisait de me toucher ou de me susurrer des mots doux à l'oreille, je chancelais à chaque fois. Je pris sur moi de ralentir un peu le rythme, aussi restions-nous rarement seuls depuis la soirée au restaurant. Il m'avait pourtant proposé de sortir à plusieurs reprises, mais j'inventais toujours un prétexte quelconque pour esquiver. Cette violente attirance pour lui me faisait un peu flipper, partagée que j'étais entre l'angoisse de paraître frivole et la trouille de sauter le pas. J'appréciais néanmoins qu'il n'insiste jamais et qu'il respecte la distance que j'essayais d'imposer entre nous. Olivia, de son côté, avait récemment mis le grappin sur Éric. Et croyez-moi, elle se fichait bien d'être raisonnable, elle ! Quand elle me narra sa première soirée avec lui, j'en restai bouche bée. Ils étaient sortis boire un verre dans un bar branché de la capitale, puis s'étaient retrouvés chez lui pour *un dernier verre*. Conclusion, ils s'étaient littéralement jetés l'un sur l'autre. En voilà une qui ne se formalisait pas avec les convenances, et pour cela, je l'enviais beaucoup. Au lycée, ils ne se montraient pas beaucoup ensemble, mais une fois en dehors, ils passaient le plus clair de leur temps à deux. Olivia allait très souvent chez Éric et s'étonnait de n'y voir Thomas que rarement. Cela faisait donc une semaine que j'avais perdu un peu de ma nouvelle allégresse, à cause d'une paranoïa latente. Où pouvait bien être Thomas quand il n'était pas au lycée ou avec moi ? Voyait-il quelqu'un d'autre ? Dans ce cas, je me fourvoyais dès le début sur ses véritables sentiments à mon égard.

L'angoisse me gagnait davantage chaque jour. Thomas remplissait la moindre de mes pensées et je paniquais totalement à l'idée de le perdre. Pour couronner le tout, un jeune inspecteur, nommé Clovis Carrère, était venu m'interroger à propos de la mort de Cédric. Sur mon petit nuage ces derniers temps, je devais avouer que je n'avais plus qu'occasionnellement pensé à mon ex-petit ami. Les élèves du lycée étaient, eux aussi, passés à autre chose et me laissaient dorénavant tranquille. Je pensais aussi que la présence constante de Thomas calmait leur désir de faire des remarques méprisantes sur ma supposée implication dans son meurtre. Sam avait lui aussi rencontré l'inspecteur pour témoigner de ma présence à ses côtés, le soir de l'assassinat de Cédric. Carrère n'avait pas été chercher plus loin, c'était du moins ce que je pensais à ce moment-là.

NOUS ÉTIONS VENDREDI et Sam partait passer le week-end à la base de Toulon. Piquée par une curiosité maladive aux sujets des absences de Thomas, je profitai de l'absence de mon tuteur pour l'inviter.

— Tu voudrais venir dîner à la maison, ce soir ?

— Comment ? lâcha Thomas, en haussant un sourcil. Alors ça y est, tu vas enfin nous autoriser à nous voir en tête à tête, dans un lieu clos !

— Il faut croire, dis-je en souriant. Sam n'est pas là ce week-end.

— Eh bien, d'accord, je viens dîner, répondit-il d'un air très satisfait.

— Tu pourrais venir directement après les cours.

— Oui, mais je n'aurai pas de vêtements de rechange.

Je ne compris pas son allusion sur le moment. Puis ça fit tilt !

— Oh ! Mais je ne te conviais pas à dormir chez moi ! m'insurgeai-je, alors que mes joues viraient au cramoisi.

— On ne sait jamais ! Tu pourrais changer d'avis, enfin... C'est sûr que je ne serais pas contre, mais rassure-toi, jolie Gaby, je peux parfaitement rester sage pendant toute une nuit.

Son sourire en disait long sur sa sincérité. Je n'y croyais pas une seconde et je sentis mon bas-ventre entrer en ébullition rien que d'y penser. Que j'avais hâte d'être à ce soir ! Non ! Il ne fallait pas considérer les choses de cette manière, ou toutes mes résolutions voleraient en éclats. Et pourtant…

— Que dirais-tu de commander chinois ? suggéra Thomas alors que je déglutissais.

— Si tu veux !

À la fin des cours, nous rentrâmes directement. Olivia m'appela sur mon portable pour me demander de passer la nuit à la maison, le lendemain soir. J'acceptai aussitôt, car, ces derniers temps, je n'aimais pas rester seule chez moi. Depuis la mort de Cédric, j'avais la curieuse impression qu'on m'épiait. J'en devenais presque parano. Je fermais toujours les portes à double tour en rentrant et me surprenais parfois à guetter par la fenêtre d'éventuels individus malintentionnés. N'importe quoi !

À peine arrivé dans l'entrée de la maison, Thomas me souleva dans ses bras. Les jambes enroulées autour du corps de mon ténébreux éphèbe, je n'eus d'autre choix que de fondre littéralement sous ses baisers. Ce fut un effort surhumain de le repousser. Il m'observa d'un air ahuri puis, comme s'il réalisait enfin ce que je lui demandais, il me reposa. Je pris sa main et lui demandai de s'asseoir. Je me postai face à lui, une jambe à moitié allongée en travers du divan. Il s'empara délicatement de mon pied et enleva une de mes bottes. Rien que ce geste mettait à mal le contrôle de mes sens. *Putain...*

— Ça fait un moment que quelque chose me travaille et je voudrais t'en parler, me lançai-je, impatiente de rentrer dans le vif du sujet et de calmer mes ardeurs.

— Quoi donc ? s'enquit-il en haussant un sourcil.

— Ça va te paraître ridicule, mais il faut que je sache. Comme tu le sais, Olivia sort avec Éric. Elle m'a dit que tu n'étais pas souvent chez toi. Comme elle passe tout son temps là-bas, je suis un peu curieuse de savoir ce que tu fais le reste de tes journées.

— Et comment que je ne suis pas chez moi ! rétorqua-t-il comme si la réponse était évidente. Dès le premier soir où ils sont rentrés tous les deux, j'ai compris que je ne pourrai plus fermer l'œil la nuit. Les cloisons sont minces !

— Oh ! lâchai-je, surprise.

— Je préfère m'absenter quand c'est possible.

— Oui, je comprends.

— Pourquoi me demandes-tu ça ? Tu as pensé à autre chose ?

— Eh bien, oui, je l'avoue. Comme il ne s'est encore rien passé entre nous... Enfin, je ne suis pas bête, tu as connu des femmes très intimement et... j'ai pensé que... peut-être... tu voyais quelqu'un d'autre.

Je devinais qu'il me scrutait attentivement alors que je gardais la tête basse. J'avais maintenant honte d'avoir pensé qu'il pouvait me trahir et, ainsi, lui dévoiler ma jalousie. Un sentiment qui m'était inconnu jusqu'alors. Ce ne devait pas être facile pour lui de partager son appartement avec son frère, d'autant qu'Olivia y séjournait très souvent, ne serait-ce que pour éviter d'être avec sa mère, joignant ainsi l'utile à l'agréable. Mon manque de confiance en Thomas n'était dû qu'à une seule raison : je ne comprenais toujours pas ce qu'il pouvait bien trouver à une fille comme moi. Cette idée ne me quittait plus.

— Gabe, je vais être franc, lâcha-t-il subitement.

Aïe ! Finalement, j'avais peut-être vu juste.

— Tu es celle que je recherche depuis longtemps, et je suis sérieux. Regarde-moi, s'il te plaît.

Surprise par cette déclaration, je sentais déjà des larmes envahir mes yeux. Je relevai la tête.

— Je te veux, toi, et uniquement toi, ajouta-t-il, le regard intense. Je te veux tout à moi, et à jamais.

Il s'avança pour me prendre dans ses bras et déposa un délicat baiser sur mes lèvres. Je restai hébétée par sa révélation.

— Tu m'autorises à prendre une douche ?

— Oui... euh... bien sûr, répondis-je, chancelante, ma salle de bains est à l'étage et tu as des serviettes propres sous le lavabo.

Il disparut en haut des escaliers. Je restai figée sur le divan et mis un moment à réaliser ce qu'il venait de m'avouer. Comment était-ce possible que ce soit si parfait ? Pourquoi avais-je ce stupide sentiment que quelque chose ne collait pas ? Était-ce à cause du peu d'estime que je m'attribuais en raison des péripéties de l'an passé ? Peut-être était-ce aussi mon inexpérience par rapport à lui qui me rendait soupçonneuse ? Je n'avais pas les réponses et j'en avais plus que marre de me poser toujours les mêmes questions. Je décidai d'enfin balayer toutes ces interrogations de mon esprit et me levai, plus résolue que jamais.

Je demeurai derrière la porte de la salle de bains, la main posée sur le mur ; ma respiration s'accéléra. Lentement, je baissai la poignée et entrai, à pas feutrés. À travers le verre granité des portes coulissantes, je devinais le corps nu de mon sublime compagnon, ses mouvements virils et délicats tandis qu'il se passait le gel douche sur le torse. Je me déshabillai. Je fis glisser mes dessous et les laissai choir sur le sol. Je pensais être devenue folle, je n'avais jamais été nue devant qui que ce soit auparavant, mais, loin d'être intimidée à cet instant, j'ouvris lentement les portes coulissantes. Thomas se retourna brusquement. Après la surprise de me découvrir là, il admira la vue qui s'offrait à lui. Ma peau blanche devait paraître encore plus pâle sous mes longs cheveux bruns qui tombaient en cascade sur ma poitrine. J'entrai et sentis, avec délectation, mes seins se raffermir au contact des gouttelettes d'eau qui ricochaient sur son torse. Lui, un sourire plein d'envie aux lèvres, me dévoila un corps parfait. L'effet de l'eau sur sa peau soulignait sa musculature scintillante. Ses cheveux mouillés lui donnaient une allure plus sauvage, tandis que chaque parcelle de son corps était prise de légers frémissements. Ses muscles étaient tendus, ses pupilles dilatées. Puis mon regard se posa plus bas sur son anatomie. J'en restai coite. Quand je disais que ses muscles étaient tendus, c'était un euphémisme comparé à ce que j'avais devant les yeux. Aussitôt, je fus saisie d'une angoisse euphorisante. Je n'avais encore jamais vu d'homme nu, du moins en chair et en os, et, devant les proportions impressionnantes de Thomas, j'étouffai un rire nerveux.

Ô Seigneur ! Dans quoi je m'embarque !

Il se recula d'un pas, me laissant suffisamment d'espace pour admirer son corps d'éphèbe. Désormais, l'eau plaquait mes cheveux sur ma poitrine. D'un geste lent, il les passa derrière ma nuque. Il fit couler le gel douche dans ses mains puis les posa sur moi. Le touché de ses doigts provoqua un frissonnement exquis sous ma peau. Il commença à me laver le cou. La mousse ruisselante atteignit mon buste, ainsi que le firent plus tard ses mains, un pouce effleurant chaque mamelon de mes seins tendus au possible. Je chancelais, mes yeux toujours ancrés dans les siens, puis haletai davantage quand sa main descendit vers le creux de mes reins, avant de contourner ma taille et de se glisser jusqu'à mon entrejambe. Mon corps palpitait, ma respiration se faisait de plus en plus hachée. Il avait atteint la zone sensible et la caressait, sa bouche et son souffle chaud à quelques centimètres de mon oreille. Je levai la tête, l'eau se déversa sur mon visage. Il m'attrapa par le menton et attira mes lèvres contre les siennes. Nos langues se trouvèrent. Il ralentit à peine la cadence de sa main. Je réussis tant bien que mal à pousser son bras pour me saisir du savon, puis, me reculant un peu, je commençai par laver son torse. Ensuite, dans un mouvement que j'espérais gracieux, je m'avançai et me plaquai contre lui, mouvement qui eut l'air de faire son effet au contact de ses atouts démesurés. Mes mains dérivèrent sur ses fesses. Elles étaient dures et fermes, et je m'attardai sur cette partie de son corps que j'aimais tant. Du bout des doigts, je revins vers son ventre. Dans une caresse délicate, j'attrapai ce que je n'avais jamais encore touché chez un homme. L'avoir dans mes mains, c'était comme être sensuelle et puissante à la fois. Il me contemplait de ses yeux diaphanes et fiévreux. Nos corps ondulaient, impatients. Comme s'il avait lu mes pensées, il coupa l'eau et s'empara d'une serviette de bain, avant de me soulever dans ses bras jusqu'au lit de la chambre. Il me posa à terre et, debout, m'observa à nouveau de son regard clair. Il souriait de plus belle.

— Allonge-toi sur le ventre, murmura-t-il d'une voix douce et ténébreuse.

Je m'exécutai. Il colla alors son corps humide contre le mien. Tous mes membres irradiaient tandis qu'une vaste éruption de chaleur gagnait mon cerveau. Je n'avais jamais connu pareille émotion. Ce sentiment d'attente de ce qui va indubitablement se produire. Du bruit alentour faillit me sortir de mon agréable transe. Un objet tomba et s'écrasa sur le sol de ma chambre. Je voulus relever la tête, mais Thomas m'en empêcha. M'embrassant sur le coin de ma bouche, il ne desserrait plus son étreinte.

— Concentre-toi sur nous, me susurra-t-il à l'oreille, une lueur étrange traversant sa voix.

Je fermai les yeux. Ses mains se glissèrent le long de mon dos et s'attardèrent un peu sur la courbure de mes fesses. J'entendis le bruit d'un sachet déchiré. Puis il me retourna face à lui, enfermant mes bras dans une poigne virile. J'étais totalement à lui, à sa merci, et, incapable de bouger, je le laissai se glisser entre mes jambes.

Je sentis une bulle de chaleur incandescente me traverser le corps, comme si la foudre me frappait. Une douleur aiguë faillit m'arracher un cri, tandis que Thomas se pressait davantage contre moi. En moi. Je ne réalisais pas encore ce qui m'arrivait tant mon esprit était assaillie par la passion du moment. Mais, à mesure que ses va-et-vient s'intensifiaient, cette douleur disparut, laissant place à une extase sans nom. Je fermai les yeux pour mieux ressentir le mouvement ondulé de ses hanches et les contractions de ses fesses sous mes mains. Je rivai mon regard au sien. Ma respiration devint de plus en plus saccadée. Thomas était encore plus somptueux, sa bouche légèrement entrouverte. Une veine ressortait au milieu de son front sous l'effort. Soudain, sa main empoigna mes cheveux. Un nouveau souffle chaud sillonna ma colonne vertébrale. J'agrippai ses fesses, désireuse de ressentir plus largement les proportions étonnantes de mon bel amant, et je compris alors qu'il n'avait pas été jusqu'au bout de sa démarche. J'eus une réaction violente et perdis tout contrôle sur mon corps. Il passa sa main droite sous le creux de mes reins et m'attira à lui. Des feulements s'échappèrent de ma gorge. Je fus saisie de spasmes violents. Un peu gênée de ma soudaine ardeur et peu confiante en mes aptitudes amoureuses, je tentai de tourner la tête loin de son regard de braise, mais il m'en empêcha.

— Je t'en supplie, regarde-moi ! implora-t-il, comme si son plaisir en dépendait.

De nouveau, il me plaqua en travers du lit. Ses bras s'enroulèrent sous mes épaules quand il accéléra la cadence. Je crus que ma tête explosait. Je poussai un cri d'extase. La fièvre avait littéralement envahi mon cerveau et me laissa empreinte d'un délicieux sentiment de béatitude. Thomas me suivit dans un gémissement rauque, son corps nerveux se cabrant, tandis que ses lèvres demeuraient à deux centimètres des miennes. J'entendis un gros BOUM !

— Qu'est-ce que c'est ? demandai-je, en tentant de me relever.

— Je pense à un orgasme, répondit-il, essoufflé et un grand sourire sur les lèvres.

— Oh ! Euh... Oui, j'ai cru comprendre. Mais je parlais du bruit.

— Viens là.

Il m'allongea face à lui et fit glisser le dos de sa main le long de mon bras. Plongée dans ses yeux, j'avais déjà oublié le boucan qui m'avait sortie de ma délicieuse transe.

— C'était fantastique, avouai-je, un sourire béat sur les lèvres. As-tu aimé ?

— Ai-je l'air de ne pas avoir aimé ?

Soulagée par sa réponse, j'observai son visage. Ses lèvres se retroussèrent.

— Et on peut recommencer au bout de combien de temps ?

Il s'esclaffa.

— Laisse-moi recharger les batteries et je te promets de ne pas trop te faire attendre.

Il m'embrassa à nouveau. Au bout d'un moment, et malgré une légère douleur à l'entrejambe, je me levai enfin. La chambre n'était éclairée que par la porte entrouverte de la salle de bains, créant ainsi une ambiance tamisée dans la pièce. J'y découvris un incroyable désordre. Des livres et des bibelots étaient renversés sur le sol, voire fracassés, et j'aurais juré que le lit avait été déplacé. Je n'avais pas réalisé le raffut provoqué par notre virée dans la chambre ni l'impétuosité de nos ébats. J'allais en avoir pour pas mal de temps à ranger tout ça. Avant de m'y employer, je fis une petite toilette sous la douche et finis de me laver les cheveux. Je pris peu à peu conscience de ce qui venait de se passer. Je fus alors saisie d'une euphorie telle que j'en éclatai de rire. Thomas était la sensualité personnifiée et je n'aurais jamais pu rêver d'une meilleure « première fois ». J'avais maintenant hâte de vivre la deuxième, et repensais sans cesse à sa bouche qui me dévorait de baisers, à ses yeux plongés dans les miens, à son visage marqué par l'effort... Je revivais encore la scène tandis que des répliques se réveillaient dans mes entrailles. Était-il normal de tant aimer ça ? Était-il sincère quand il disait que je m'étais bien débrouillée ? Je n'avais désormais plus le temps de me poser ce genre de questions, car Thomas, que je n'avais pas entendu entrer dans la douche, se tenait derrière moi. Je ne pris pas la peine de me retourner, sentant ce qui allait irrémédiablement suivre. Il me plaqua délicatement contre le mur, mes seins se durcissant un peu plus au contact du froid trempé de la faïence. Sa main gauche passa sur mon ventre et se faufila entre mes cuisses, tandis que les doigts de sa main droite s'enchevêtraient dans ma chevelure à peine rincée, il me pénétra à nouveau.

LE LENDEMAIN MATIN, nous nous réveillâmes dans les bras l'un de l'autre. Après un soigneux lavage de dents, j'enfilai enfin une nuisette. J'avais l'impression d'être nue depuis des lustres et je n'avais pas pour habitude de l'être aussi longtemps, surtout en compagnie d'un homme ! En retournant dans la chambre, je constatai que Thomas dormait toujours. Il était tellement beau, là, les yeux fermés, un bras calé sous son visage. Je le quittai à regret et allai dans la cuisine afin d'y préparer le petit déjeuner. Radieuse, j'aurais pu sautiller de joie. J'installai deux sets sur la grande table du salon et fis couler le café. Il était déjà onze heures du matin. Je pris ma première tasse, confortablement assise, les jambes allongées sur le canapé en me repassant à nouveau le film de notre folle nuit. Je n'avais perdu que très peu de sang, assez, néanmoins, pour réaliser qu'il n'y aurait plus jamais de retour en arrière. Je n'en avais d'ailleurs aucune envie. J'avais passé la plus belle nuit de mon existence, et j'aurais voulu que ce bonheur continue indéfiniment. Il me vint alors une idée, et j'attrapai mon portable pour téléphoner à Olivia.

— Allô ? me répondit Olivia d'une voix rauque.

— Je te réveille ?

— Oui, mais c'est pas grave, je t'écoute.

— Oh ! Eh bien, m'en voudrais-tu si je te décommandais ce soir ?

— Tu me décommandes !

— Excuse-moi, Liliv, mais j'aimerais beaucoup avoir ma soirée, finalement.

— Tiens donc. Tu as des projets ?

— J'aimerais demander à Thomas de rester ce soir.

— Il en serait ravi ! lâcha une voix derrière moi.

C'était Thomas, nu comme un ver. Je pus ainsi constater que la légende des hommes au réveil n'avait rien d'un mythe.

— C'est Thomas que j'entends ?

— Liliv, écoute… euh… je t'appelle demain, si tu veux.

— Oh que oui ! Et tu me racontes tout ! Oh, Gabe, peux-tu seulement me dire si oui ou non tu t'es envoyée en l'air avec lui ?

— Euh… oui.

— Oui ! Oh putain ! Et c'était : a. Génial, b. Très douloureux, c. Absolument orgasmique.

— c.

— Oh, ma chérie ! Il me tarde tant de te voir !

— OK, alors à demain, dis-je avant de raccrocher en souriant.

Thomas se tenait planté debout au milieu de la pièce ; la vue était incroyable.

— Je ne serais pas contre un vêtement propre, dit-il, un sourire amusé sur les lèvres.

— Moi, si.

NOUS PASSÂMES la journée à lézarder entre ma chambre et le canapé du salon. J'avais emprunté pour lui un bas de survêtement et un tee-shirt trouvés dans l'armoire de Sam. Quant à moi, je décidai de rester vêtue de ma nuisette toute la journée. Le soir venu, il me demanda de l'accompagner chez lui pour prendre quelques affaires. Nous fîmes le chemin en bus. Il y avait tant de monde agglutiné que Thomas et moi restâmes plaqués l'un contre l'autre, tout le long du trajet, ce qui n'était pas pour me déplaire. Une fois sortis de la cohue du transport en commun, nous arrivâmes devant un immeuble entièrement blanc, dont l'architecture épurée donnait un design très contemporain à la structure du bâtiment.

L'entrée disposait de deux interphones et s'ouvrait sur un grand hall marbré avec, dans le fond, un ascenseur aux dimensions exagérées, si on considérait que cet immeuble ne possédait que cinq étages. Il appuya sur le bouton du deuxième.

— Éric doit être là, alors on ne traîne pas, d'accord ?

— Euh… OK.

Je ne voyais pas vraiment où il voulait en venir. Je n'avais aucune envie de taper la discut' avec Éric, mais plutôt de retourner au fond de mon lit, avec pour seule compagnie mon fabuleux petit-ami.

Thomas ouvrit la porte. Éric se tenait au-dessus de la table basse à trier quelques documents. J'aurais d'ailleurs juré l'avoir vu en cacher quelques-uns en me voyant approcher, derrière Thomas.

— Où as-tu passé la nuit ? lui demanda Éric sur un ton presque impétueux.

— Chez Gaby.

À cet instant, les prunelles d'Éric se transformèrent en lance-flammes. Puis il tourna la tête et me dévisagea de ses yeux perçants.

Dans l'incompréhension devant son attitude étrange, et sachant qu'Éric avait certainement tout deviné de nos activités nocturnes, le rouge me monta jusqu'aux oreilles. Je n'avais décidément aucun talent pour soutenir son regard. Il s'aperçut de ma gêne.

— Excusez-moi, j'ai à faire.

Il attrapa sa veste et ses clés de voiture, puis passa devant moi sans un regard. Il disparut derrière la porte.

— C'est quoi, son problème ? m'enquis-je.

— Éric est juste… très protecteur avec son petit frère. Il veut simplement être sûr que je suis entre de bonnes mains. Et crois-moi, il peut être rassuré à ce niveau-là, car, bébé, tu sais te servir de tes mains !

— C'est ça !

Il gloussa en se dirigeant vers sa chambre. Dans le salon, j'observai la décoration : des meubles sombres, quelques tableaux, un canapé en cuir, pas de bibelots sans intérêt. On devinait tout de suite que cet appartement était celui d'un homme. Les murs étaient blancs, les rideaux couleur taupe étaient assortis aux deux fauteuils. Une énorme télévision, accrochée au mur, trônait au-dessus d'un buffet aux angles sensiblement arrondis. J'avais beau chercher, il n'y avait aucune photo. Je rentrai ensuite dans la chambre de Thomas. Une énorme bibliothèque emplissait tout le mur de gauche, chargée d'une quantité très impressionnante de livres, dont certains, à la reliure très abîmée, devaient dater de quelques décennies. Sur l'autre mur était accolé un grand lit aux draps immaculés, à côté d'un bureau sur lequel était posé un ordinateur portable. Thomas prit quelques affaires dans sa penderie et les enfouit dans son sac. Il m'attrapa le bras pour sortir.

— On peut y aller.

Je le suivis jusqu'à l'ascenseur. Il appuya sur le bouton du sous-sol, j'en conclus qu'on allait prendre la Golf garée dans le parking. Pendant un court instant, je me surpris à l'imaginer stopper la cabine afin d'y assouvir un de mes fantasmes inavoués, signe que j'étais définitivement devenue obsédée. Thomas resta pensif, mais ne manqua pas de remarquer les rougeurs sur mes joues.

— Tu as encore envie ?

— Ça serait mal si c'était le cas ? répondis-je, prise sur le fait.

— Non, mais tu vas me tuer, à ce rythme.

— Oh !

Dos aux portes de l'ascenseur qui s'apprêtaient à s'ouvrir, il m'embrassa. Acte tendre qui néanmoins l'empêcha de distinguer l'homme qui se tenait derrière les portes, un fusil à canon scié dans les mains. Il tira.

CHAPITRE 8

Décrire le fil des événements de ce soir-là, c'est d'abord admettre des faits invraisemblables. Mes yeux s'étaient brusquement ouverts, sentant instinctivement une présence derrière Thomas. Dans un geste insensé, car il ne pouvait servir à rien, sauf peut-être à me faire perdre les doigts, j'avais brandi la paume de ma main en direction de l'arme. La cartouche du fusil ne m'avait jamais atteinte, pas plus que Thomas. Notre agresseur, lui, en avait reçu une en plein milieu du crâne. Il était tombé raide mort, la moitié de la tête arrachée sous l'impact. Des lambeaux de cervelle s'étaient éparpillés sur deux mètres autour de son corps. Le sang avait giclé sur nous, me laissant hébétée et tremblante. J'avais dû retenir une brusque envie de vomir. Thomas m'avait dévisagée un moment avant de me sommer de le suivre. J'étais trop choquée pour réfléchir de façon cohérente, aussi je lui avais obéi sans sourciller. Haletante, je m'étais glissée dans la Golf, et Thomas avait démarré tous feux éteints. Au bout de très longues minutes, pendant lesquelles mon comportement était resté catatonique, nous étions enfin arrivés devant chez moi.

Plus tard, assise sur le divan, j'arrivais à peine à maîtriser mes tremblements nerveux.

— Gabe, calme-toi ! Écoute-moi ! Regarde-moi !

Ces derniers mots provoquèrent un effet apaisant. C'étaient les mots qu'il m'avait susurrés à l'oreille, un peu plus tôt. À croire que même la mort et l'horreur n'avaient pas assez d'impact sur moi pour m'empêcher de penser au sexe. Je levai lentement les yeux et l'observai.

— Tu n'as pas appelé la police, lâchai-je, pâle comme un linge.

— Il sera retrouvé bien assez tôt.

— On aurait dû appeler…

— Aie confiance en moi. Il vaut mieux que nous ne soyons pas mêlés à cette histoire.

— Mais au moins une ambulance, l'implorai-je, alors que la culpabilité m'empoisonnait l'esprit.

— Ce type est mort, Gabe. Une ambulance n'y changerait rien.

— Co… comment est-il mort ?

— Je ne sais pas et je m'en moque. Ça a failli être toi, c'est tout ce que je sais.

— Nous aurions dû appeler la police, Thomas !

Je pleurais, choquée qu'il reste si calme après être passé à deux doigts d'une mort certaine. Une fois cette idée morbide imprimée dans mon esprit, une bouffée de colère me remonta la gorge ; Thomas m'empoigna aussitôt les bras.

— Calme-toi, Gaby, c'est fini, maintenant. Il n'y a aucune caméra dans mon immeuble, et je ne veux pas que cet inspecteur puisse entrevoir un quelconque rapport avec la mort de Cédric.

Je me souvins de l'inspecteur Carrère, un gars plutôt mignon, dans la trentaine. Avec sa couleur de cheveux poivre et sel et ses yeux noisette, il aurait pu passer pour un cadre sup sans problème, si on exceptait son regard aiguisé et son aptitude à douter de tout dans un haussement de sourcil. Il ne m'avait pas paru antipathique, seulement me voir sur les lieux d'un meurtre pouvait changer sa première appréciation. De plus, nous n'avions pas vu d'autres tireurs dans le parking, alors, comment expliquer cette balle dans la tête de notre agresseur ? J'étais prête à jurer qu'il avait été tué par sa propre balle. Peut-être un ricochet ? Non. C'était impossible. Mais plus j'y repensais, plus ma culpabilité disparaissait. Ce type voulait nous tuer tous les deux, il n'avait pas hésité une seconde à tirer dès que les portes de l'ascenseur s'étaient ouvertes.

Outre le choc de voir pour la première fois un homme sans vie et, de surcroît un homme à qui il manquait la moitié de la tête, je devais néanmoins admettre que c'était lui ou nous. Je *nous* choisissais, évidemment.

Thomas me prit dans ses bras. Constatant mon calme apparent, il se décida ensuite à prendre son portable. Je montai dans la chambre tandis qu'il passait un appel. Le ton était monté, mais je ne sus à qui il s'adressait. Je voulais seulement me doucher puis me coucher. La fatigue des dernières vingt-quatre heures devenait insoutenable. Après une douche expéditive, j'enfilai une nuisette et m'allongeai, grelottante, au fond de mon lit. Malgré mon abattement, je ne trouvais pas le sommeil. Je revoyais l'homme sans tête dès que je fermais les yeux.

Le lendemain, le soleil inondait la chambre de ses rayons. En me couchant, j'avais oublié de fermer les volets. La lumière m'aveugla. À mes côtés, le lit était vide. Thomas avait dû se lever plus tôt, alors je descendis au salon, pensant le retrouver. Avec tous ces événements, mes pensées s'entrechoquaient. J'avais perdu mon sourire de la veille, et ma belle nuit d'amour semblait très loin maintenant. Je fus arrachée à mes songes en découvrant, stupéfaite, Éric assis sur le divan. Son regard perçant me colla un nouveau frisson tandis que je m'arrêtais net devant lui.

— Bonjour, Gabrielle. Tu es ravissante dans cette tenue.

— Oh !

Mon expression le fit sourire, aussi je remontai illico enfiler une robe de chambre. Je ressentis alors une certaine colère. Peut-être étaitelle dirigée contre Éric, ou alors contre Thomas, peu m'importait, j'étais d'une humeur de chien. Je redescendis au salon, prête à cuisiner Éric sur les raisons de sa présence ici.

— Je ne te dérangerai pas longtemps, lança-t-il avant même que je puisse ouvrir la bouche. Thomas avait des choses à régler, il va revenir très vite.

— Où est-il ?

— Il va revenir, ne t'inquiète pas. Mais après l'épisode d'hier soir, il était hors de question de te laisser seule.

Je crus discerner un subtil agacement dans sa voix. Lui m'observait de ses prunelles brun-vert. Je resserrai un peu plus la ceinture de ma robe de chambre.

— Tu veux un café ? demandai-je.

— Volontiers.

Préparer le café me permettait de garder une certaine contenance face à un Éric plus énigmatique que jamais. Je devais reconnaître qu'après les événements de la veille, sa présence m'était finalement salutaire. Tout son être inspirait une certaine sécurité. Mon humeur devint alors plus chaleureuse. Je l'invitai à s'attabler et disposai des gâteaux pour accompagner nos tasses de café. Un silence s'installa. Éric n'était pas le genre d'homme à meubler une conversation, aussi je décidai de briser la glace avec un sujet qui n'avait rien à voir avec le cauchemar de la veille, et que j'espérais vite oublier.

— Tout se passe bien, avec Olivia ?

Sa réaction fut surprenante, car il baissa aussitôt les yeux. Je devinai, par son comportement, qu'il aurait préféré que je ne m'aventure pas sur ce terrain. Puis l'ébauche d'un sourire s'imprima sur ses lèvres.

— Disons qu'elle a de la suite dans les idées.

— Oui, ça, je te crois, dis-je, ne pouvant dissimuler un sourire à mon tour, en pensant à la détermination implacable de ma meilleure amie.

— Et toi ? Avec Thomas, tu es heureuse ?

— Euh… oui, balbutiai-je, désarçonnée par la franchise de sa question.

Un nouveau silence.

— Peut-être pourrions-nous parler de ce qui s'est passé hier soir ? reprit-il.

— Vraiment ?

— Explique-moi tout en détail.

Je dus faire face et lui narrer toute l'histoire. Éric se montra attentif. Je terminai par lui confier mes scrupules au sujet de notre délit de fuite.

— Thomas a eu raison, lâcha-t-il.

— Tu le penses aussi ?

— Oui.

— Tu ne trouves pas tout ça étrange, tout de même ?

— Je ne sais pas. Les événements s'enchaînent à une telle vitesse, dans ces moments-là.

Il me répondait comme s'il avait déjà vécu ce genre de situation. J'étais troublée.

— Éric, tu as l'air de me cacher quelque chose.

Il se leva, le visage fermé. En silence, il arpenta la pièce. Je compris alors qu'un problème de conscience le travaillait. Soudain, il se dressa droit comme un I. La porte s'ouvrit sur Olivia et Thomas.

— Salut, vous deux !

Olivia me serra dans ses bras, puis se dirigea vers Éric et lui déposa un baiser du bout de ses lèvres pulpeuses. Lui n'avait pas détaché son regard du mien, si bien que j'en éprouvais un vif embarras, vite dissipé par l'intervention de Thomas qui m'invitait à le suivre à l'étage. Je m'exécutai.

QUAND J'ARRIVAI dans la chambre, la pénombre y régnant m'étonna. Comment avait-il fait pour fermer les volets aussi vite ? Il se tenait là, planté devant le lit, avec encore ce sourire dévastateur marquant sa fossette sur la joue droite.

— Tu m'as trop manqué.

En mon for intérieur, je savais que j'aurais dû être bien plus affectée par la mort de notre mystérieux agresseur de la veille, et par le surréalisme de la situation. Lui aussi aurait dû l'être. Pourtant, mes yeux rivés dans les siens, je ne pensais plus. Je n'étais vouée qu'à lui et à ses bras, qui me soulevèrent sans le moindre effort.

JE N'AVAIS PAS ESTIMÉ le temps passé dans la chambre, mais à voir la tête déconfite d'Éric et les yeux impatients d'Olivia, j'en conclus que cela devait faire un long moment. J'avais tout de même pris une douche rapide, passé une tenue adéquate avant de maquiller d'un coup de mascara mes yeux légèrement bouffis. Et tout ça, après avoir rangé ma chambre qui, soit dit en passant, était encore dans un état pitoyable.

Thomas était encore sous la douche quand je rejoignis mes invités oubliés. Devant la tête que tiraient Éric et Olivia, je me dis que, finalement, je pouvais très bien remonter, quitte à me laver une seconde fois. Je pris une profonde inspiration et m'assis sur le fauteuil en face d'eux. Le flux de sang dans mes joues trahit mon embarras. Olivia était contrite, Éric était furax.

— Figure-toi qu'on a dû sortir de chez toi, Gaby ! lâcha Olivia sur un ton outré. Nom de Dieu, mais c'était quoi, ça ? Y'avait un tremblement de terre, là-haut !

Alors là ! Moi qui pensais qu'ils faisaient la gueule à cause de l'attente !

— Euh… je suis désolée, bredouillai-je, le faciès cramoisi. Pour être parfaitement honnête, nous vous avions… oubliés. Je suis vraiment navrée.

— Oubliés ?!

Olivia, atterrée et stupéfaite, me fixait. J'avais la douloureuse sensation d'être engloutie par des sables mouvants, mais ce fut de courte durée, car le visage de ma meilleure amie se radoucit. Elle éclata de rire.

— Non, mais Gaby, tu n'es plus vierge depuis une heure que tu bats déjà des records sur l'échelle de Richter !

Même si son ton plus enjoué me rassurait, un détail me revint en mémoire et je trouvai leur attitude un peu culottée, pour le coup.

— Dis donc, t'es pas gênée de me faire des leçons de morale quand on sait que tous les deux avez fait exactement la même chose à Thomas.

— Non ! Jamais ! riposta Olivia.

— Premier soir, je n'ai pas fermé l'œil de la nuit, rétorqua Thomas du haut des escaliers, incroyablement sexy vu d'en bas, une véritable statue grecque.

Éric lui lança un regard noir. Cette fois, il était fou de rage. Un nouveau frisson me traversa l'échine en le voyant si furieux. Une image relevant du fantasme se matérialisa alors dans mon cerveau.

Ô mon Dieu ! Mais c'est quoi cette frénésie, putain !

Je me reconnaissais à peine. Il devenait nécessaire de me contrôler, et tout de suite !

Une porte claqua, ne me demandez pas laquelle, j'étais trop concentrée pour le remarquer. Quand je levai les yeux, Éric m'observait de ses prunelles enflammées. J'étais presque certaine qu'il avait capté quelque chose dans mon attitude, mais je restai impassible.

— Nous allons vous laisser, dit-il sèchement.

— Tu es sûr ? lui demanda Olivia, voulant manifestement rester encore un peu.

Moi aussi je souhaitais qu'elle reste, et je voulais surtout que Thomas et Éric s'expliquent, car, visiblement, il y avait un problème entre eux à régler. J'avais finalement réussi à balayer de ma tête le fait que, pendant une seconde, j'avais fantasmé sur le propre frère de mon petit ami, mais, confondue, je ne souhaitais pas qu'ils en restent à cet échange de regards musclé.

— Vous restez tous les deux ! leur ordonnai-je sans ambages, avant de me radoucir. C'est l'heure du déjeuner, et j'ai faim, pas vous ?

FINALEMENT, après la scène théâtrale jouée par les frères Valérian, la journée se termina sous de meilleurs auspices. J'avais totalement expulsé de mon esprit mon envie furtive devant un Éric en colère, après m'être convaincue que ma nouvelle vie de *non-vierge* apportait son lot de surprises hormonales.

Les deux frères s'adressèrent à peine la parole durant le repas, mais je réussis à obtenir mon entretien privé et tant attendu avec Olivia. En dehors du meurtre et des détails un tantinet scabreux de ma nuit torride avec Thomas, je n'omis aucun détail.

— Gaby, c'est formidable !

J'étais certaine qu'Olivia dirait cela, et c'était bien pour cette raison que je l'aimais tant, personne ne me comprenait aussi bien qu'elle.

— Oh, Liliv ! C'est la nuit la plus incroyable que j'aie passée !

— Plus incroyable que ce midi ? Tu veux rire ! Je ne sais même pas comment vous avez eu la force de bouger après un marathon pareil.

J'éclatai de rire. À l'entendre, ce n'était pas normal. Pourtant, je me sentais en pleine forme et radieuse, toujours perchée sur mon petit nuage, le ciel vaguement assombri par un meurtre, tout de même. Mais j'avais toujours eu cette faculté naturelle d'éluder les événements les plus traumatisants. Je devais sans doute cette aptitude à la mort de mes deux parents. Olivia n'avait, elle, aucune idée de tout cela, et ça me soulageait de la savoir étrangère à toute cette histoire. Néanmoins, les événements de la journée méritaient bien quelques excuses.

— Je suis vraiment désolée pour ce matin. Je ne comprends pas ce qu'il m'a pris.

— Tu sais, on a failli rentrer. Mais Éric pensait que ça ne se faisait pas de s'éclipser sans prévenir. Nous sommes donc sortis une bonne demi-heure et en revenant… j'ai cru que la maison allait s'écrouler !

— Ô mon Dieu !

— Laisse-le en dehors de ça, pécheresse ! rit-elle. Quant à Éric, il était sidéré et furieux. Il a de ces principes ! Mais je vais te dire, moi, je n'y ai rien vu de malsain. Tu semblais si heureuse dans ta jouissance, ma belle !

Olivia s'esclaffa dans un rire qui n'en finissait plus. Affreusement embarrassée, je finis par l'imiter de bon cœur. Je n'avais pas réalisé à quel point la situation était grotesque. Heureusement qu'il était dans le caractère d'Olivia de tout dédramatiser, je doutais cependant qu'Éric l'ait pris aussi bien. Ceci dit, son frère n'avait aucun compte à lui rendre. J'étais chez moi, après tout, et personne ne leur avait demandé de venir !

J'avais donc rapidement oublié mon malaise et allai me blottir contre Thomas. Dos à Éric, je sentais pourtant son regard posé sur moi. À dix-huit heures, ils partirent. Thomas resta encore un quart d'heure.

— Tu as passé une bonne journée ? s'enquit-il, son visage à dix centimètres du mien, ses bras encerclant ma taille.

— Excellente ! J'en passerais bien d'autres comme ça, excepté le spectre du mort dans le parking, et la situation extrêmement gênante de ce midi, bien sûr.

— Mmmh… Oui, peut-être…

— Peut-être ! Ils nous ont entendus… euh… conclure !

Il s'esclaffa un moment, puis son visage redevint sérieux avec, néanmoins, toujours ce sourire ironique sur le coin des lèvres. Il revivait ce moment dans sa tête.

— Thomas, je ne plaisante pas, plus jamais ça ! La prochaine fois, nous attendrons d'être seuls, OK ?

— Comme tu veux, rétorqua-t-il tout en s'éloignant vers la porte, mais je serai toujours là si tu as besoin de… conclure.

Cette fois, c'est moi qui riais. Il m'embrassa fougueusement avant de sortir. Était-ce possible de ressentir un si grand bonheur ? D'afficher un sourire jusqu'aux oreilles toutes les deux secondes ? De rougir d'excitation après chaque relecture mentale du film de nos moments intimes ?

Pourtant, l'image de l'homme dans le parking me revint en tête comme un boomerang, telle une ombre tapie dans un recoin, prête à surgir dans n'importe quelle pensée. J'allai rapidement consulter les dernières nouvelles sur le journal local du net. Il n'y avait pas la moindre information sur la découverte d'un corps dont il manquait la moitié de la tête. Cependant, la rubrique des faits divers présentait un article sur un meurtre avec des caractéristiques assez similaires, à la différence que le corps avait été retrouvé dans la forêt de Fontainebleau. À moins que l'homme sans tête ne se soit déplacé à cent bornes de là, post-mortem, il ne pouvait décemment être le même type. Après quelques clics sur d'autres sites sans la moindre découverte, je décidai d'en rester là et de tenter d'oublier cette tragédie. Je voulais sans contraintes goûter les joies d'une belle histoire d'amour. Et non sans un certain égoïsme, j'estimais le mériter.

VERS VINGT HEURES, Sam rentra et j'eus un mal fou à cacher ma nouvelle allégresse. De plus, j'avais constamment l'impression d'avoir le mot « *dépucelée* » imprimé sur le front. Il s'était finalement couché tôt. Manifestement préoccupé, il ne m'avait posé aucune question sur mon weekend, ce qui s'avéra pratique si l'on considère le sourire nerveux que j'affichais systématiquement quand il m'arrivait de mentir.

CHAPITRE 9

Les semaines qui suivirent furent incontestablement les plus belles de mon existence. Insouciantes et heureuses, tels étaient les qualificatifs que je chéris durant tout ce temps. Le lycée et les cours pouvaient, certes, s'avérer être un supplice parfois, mais chaque seconde avec Thomas était une providence. Un pur moment de délectation. Sam n'avait pas quitté le secteur depuis un bail et nous avions décidé de nous voir le moins possible dans son appartement, préférant laisser la priorité à Olivia, sachant l'importance pour elle de se trouver loin de chez elle. À présent, il me tardait de revoir Thomas en toute intimité. Sam avait justement prévu de partir le week-end suivant. À défaut d'être seuls pour le moment, nous squattions une table du réfectoire, à nous dévorer des yeux. Nous dûmes retrouver nos esprits quand un raclement de gorge nous signala que Johnny s'impatientait, debout, et que nous ne l'avions pas remarqué. Une fois qu'il eut obtenu l'effet escompté, il installa son plateau sur la table.

— Vous êtes limite flippants, tous les deux, maugréa-t-il, visiblement de piètre humeur.

— Pourquoi dis-tu ça ? demanda Thomas, tout sourire.

— Eh bien, c'est incroyable comme on a l'impression de se sentir de trop quand on est en votre compagnie.

— Arrête, Jo ! Tu délires ou quoi ?! T'es toujours le bienvenu !

— Ouais, tu parles, beau gosse ! En attendant, arrêtez vos regards libidineux et laissez-moi manger mon assiette sans que je vous imagine en train de baiser.

Thomas s'esclaffa en se levant de sa chaise. D'une main qu'il posa sur mon front, il me pencha la tête en arrière et m'offrit un long baiser. Quand il s'éloigna, j'étais toute ragaillardie et tournai mon regard vers Johnny qui afficha son faciès le plus impassible.

— Gabe, efface ton sourire idiot, s'il te plaît ! Je suis en période creuse en ce moment, et tu m'aides pas, là.

— Oh ! Excuse-moi, tu veux. C'est donc fini avec Jonathan ?

— Ça fait un mois, bordel ! T'es vraiment dans ton monde, toi !

Il avait raison, ces derniers temps, je ne pensais plus qu'à Thomas, c'était lamentable. Je n'avais plus en tête que les instants passés avec lui, je me demandais sans cesse à quel moment je le retrouverais, ou encore ce qu'il était en train de faire, écartant ainsi le peu d'amis sur lesquels je pouvais compter, soit Olivia et Johnny. Olivia avait le statut privilégié de meilleure amie, mais même elle, je ne lui avais pas parlé au téléphone depuis une semaine, un record ! Il fallait absolument que je l'appelle dans la soirée. Un coup de fil d'une heure au moins ferait l'affaire pour me rattraper.

— Je suis désolée, Johnny. J'ai peu de temps avec Thomas et…

— Peu de temps ? répéta-t-il, effaré. Mais vous êtes toujours ensemble, Gabe ! Des fois, j'ai l'impression que vous allez finir par vous envoyer en l'air devant tout le monde ! C'est dingue, j'te jure ! Est-ce que tu as seulement remarqué qu'Olivia traverse une période un peu mitigée en ce moment ? Non, hein ? J'en étais sûr.

— Qu'est-ce qui se passe ?! m'enquis-je, choquée par cette révélation.

— C'est Éric. Elle pense qu'il ne l'aime pas et ça la rend folle. Tu connais le dicton : « Fuis-la, elle te suivra ».

— T'es sérieux, là ? Je n'ai pas eu cette impression.

— Évidemment ! lâcha Johnny acerbe. Collée à la bouche de ton mec, tu m'étonnes ! Tu conviens quand même que leur relation n'est pas aussi… extrême que celle de ton jules et toi.

Je repensai à leur façon de se comporter ensemble. Ils ne s'embrassaient que rarement devant nous, et même s'ils partageaient les mêmes cours, ils n'affichaient toujours pas leur histoire au lycée. S'il n'y avait pas eu Johnny la commère, personne n'aurait été au courant de leur relation. Mais malgré cela, je restais persuadée qu'Éric tenait énormément à Olivia. De plus, tout le monde n'éprouve pas forcément le besoin d'être démonstratif. Mais il me fallait aussi reconnaître que Johnny avait raison. Thomas et moi en faisions certainement un peu trop, mais je n'avais vraiment aucune intention d'arrêter.

— Je vais l'appeler ce soir et programmer une soirée avec elle, déclarai-je fermement.

— Ouais, ce serait cool. Bon, je dois te laisser, ma puce, la géographie m'attend, et ça me fait chier.

— Bon après-midi ! répliquai-je, amusée par son verbe toujours aussi élégant.

J'allai rejoindre Thomas dans la cour. Il était adossé sous le porche de *La Rotonde,* somptueux dans son jean légèrement élimé et sa veste aviateur. Un doux mélange de James Dean dans *La Fureur de vivre* et de Tom Cruise dans *Top Gun,* en beaucoup plus grand, bref, éblouissant – l'avais-je déjà mentionné ? Je m'approchai de lui à pas lents. Il mordilla sa lèvre inférieure, son regard figé dans le mien. Il saisit alors mon visage et se pencha pour m'embrasser. Sa façon de faire était sensuelle, j'adorais ça. Même le simple fait de le rejoindre dans la cour était un moment d'extase pour moi.

Bon... d'accord, j'ai définitivement quelque chose qui ne va pas.

Le soir venu, j'appelai Olivia et lui demandai de passer la soirée à la maison. Quand elle arriva, affichant son éternel air jovial, il me fallut une dizaine de minutes pour déceler la faille. Quand elle mentionna le nom d'Éric, une ombre voila son regard azur. De plus, elle ne s'étala pas sur le sujet, ce qui n'était certes pas une habitude chez elle. Je tentai d'y revenir pour comprendre.

— Gabe, je crois que je vais quitter Éric, finit-elle par lâcher.

— Comment ?!

Tout de même, j'étais loin de m'attendre à ça ! Je n'avais pas réalisé que c'était à ce point.

— Mais pourquoi ? Je pensais que tu l'aimais !

— Oui, je l'ai cru aussi. Et j'aurais bien aimé que ce soit réciproque. Mais c'est lui… il est parfois très distant. Il me cache quelque chose, et je ne sais pas… je me demande s'il ne pense pas à quelqu'un d'autre.

— Sérieux ?! lâchai-je, les yeux écarquillés de stupéfaction. Je suis désolée. Je n'avais pas remarqué que c'était aussi grave.

— Écoute, Gaby, c'est plutôt à moi de m'excuser. J'ai passé pas mal de temps à t'éviter quand j'étais avec lui.

— Quoi ?!

Alors là, c'était la meilleure ! Je pensais que ma relation avec Thomas avait affecté notre amitié et je culpabilisais à mort de ne pas avoir donné plus de nouvelles. Et voilà que j'apprenais que c'était elle qui m'évitait !

— Mais pourquoi ?

— J'espère que tu ne m'en voudras pas, reprit Olivia, le regard sombre, mais je soupçonne Éric… d'être amoureux de toi.

— Quoi ?! répétai-je, ahurie.

— Ouais, je sais, c'est bizarre. Mais j'ai commencé à avoir des doutes quand nous vous avons entendus… dans la chambre. Ça avait l'air de rien, mais Éric était bien trop furax, et là, j'ai eu mon premier signal d'alarme.

— Parce que tu en as eu d'autres !

— Oui, plein de fois. Par exemple, chez lui. Parfois, il faisait la gueule, et quand tu passais à l'appartement voir Thomas, son visage s'illuminait comme par hasard. Ou quand je l'ai surpris à te regarder pendant qu'il m'embrassait ! C'est ce qui a été le plus dur à encaisser, mais le plus révélateur. Bon, ça ne s'est passé que trois ou quatre fois, mais je l'ai vu faire, j'en suis certaine. Et aussi, il dissimule des trucs. C'est de loin le mec le plus bizarre que j'aie jamais rencontré.

— Non, mais tu fabules ! C'est Thomas et Éric, ils sont frères !

— Si tu descendais de ton nuage deux secondes, ma vieille, me rappela à l'ordre Olivia, tu te rendrais compte qu'il y a quelque chose de louche dans leur histoire. Tu remarqueras qu'ils ne parlent jamais de leur passé, ou, alors, ils ne s'étendent jamais sur le sujet. Je veux bien croire qu'ils n'ont pas eu une enfance facile avec la mort de leurs parents, mais c'est étrange, tout de même. Ils font beaucoup plus vieux que leur soi-disant âge. Thomas t'a dit qu'il avait dix-neuf ans et Éric, vingt, je suis sûre qu'ils mentent là-dessus. Éric est très loin d'être un couillon, alors explique-moi ce qu'il fout encore au lycée ? Ils n'ont aucune photo d'eux ou de leur famille, et à part nous, ils n'ont aucune autre relation. C'est pas bizarre, ça ?

En entendant ces mots, je reçus une sacrée gifle. Je n'avais absolument pas réfléchi à la question, et pourtant, ce n'était pas faute de voir des incohérences par-ci, par-là. Elles me passaient au-dessus de la tête, voilà tout. Je n'avais pas mis les événements bout à bout jusque-là, et j'avais un dernier argument à ajouter dont Olivia n'avait pas connaissance : le type derrière les portes de l'ascenseur, un fusil braqué sur Thomas.

— Je n'y avais pas réfléchi, mais c'est vrai qu'ils ont parfois un comportement étrange.

— Tu m'étonnes ! acquiesça Olivia. La vie de Thomas se résume au lycée et à toi. Et cette connexion entre vous... c'est bizarre, ça aussi, Gabe.

— Oh ! T'es bien placée pour me parler, toi !

— Écoute, ça fait trois mois que je suis avec Éric et c'est extraordinaire à chaque fois, il est absolument torride. Mais Thomas et toi, c'est carrément flippant. On dirait que vous êtes branchés sur la fréquence sexe depuis le début. Plus le temps passe, plus je trouve ça étrange.

— Pourtant, depuis un moment, on n'a pas pu faire grand-chose et...

— Ouais, à part les escaliers du lycée !

Olivia éclata de rire, j'étais mortifiée.

— Une fois !

— Deux fois, menteuse !

Meeeerde...

Elle savait.

— Comment, tu... ?

— T'inquiète ! Johnny a étouffé l'affaire.

— Ah, euh... OK.

— Ma chérie, t'es carrément devenue dingue. Mais ça me plaît ! Maintenant, ça me gonfle qu'Éric soit branché sur toi.

— C'est n'importe quoi ! Tu te fies à des signaux que tu captes seulement parce que tu es devenue complètement parano.

— Non, Gaby ! lança-t-elle, véhémente. Tu sais aussi bien que moi que je ne suis pas quelqu'un de parano, et le problème n'est pas là. Je ne suis pas heureuse, et cette situation me bouffe, alors, demain, je vais rompre.

— Oh, je suis désolée, Liliv.

— Mouais… dit-elle avant d'esquisser un sourire, c'est dommage, il avait un de ces engins… Mmmh !

Je ne pus m'empêcher de rire. Et c'est donc sur la mention de l'*engin* d'Éric que nous mîmes un terme à cette conversation. Nous descendîmes ensuite dans le salon pour dîner avec Sam.

Un lourd silence régnait autour de la table. Sam avait étonnamment éteint la télévision, et je sentis un vent froid souffler sur nous.

— Il faut que je vous parle, les filles.

Sam semblait anxieux. Olivia m'envoya un regard furtif pour me signaler qu'elle aussi avait détecté le malaise.

— Je dois vous parler de vos amis respectifs, les frères Valérian.

— Oh non, Sam, lâchai-je en redoutant le pire, tu as encore fait des recherches, tu m'avais promis de ne plus le faire.

— Désolée, ma belle, mais tout ça me paraissait bien trop beau pour être vrai et en creusant un peu, il s'avère que je ne m'étais pas trompé.

Il m'avait désarçonnée, comme à chaque fois que j'allais découvrir ses révélations. Olivia était tout ouïe.

— Je n'ai rien trouvé à propos d'eux.

Ouf !

— Waouh, tu me soulages ! lâchai-je.

— Non, tu ne m'as pas bien compris, je n'ai *rien* trouvé à propos d'eux. Ni acte de naissance, ni passeport, le formulaire d'inscription du lycée contient des copies de fausses pièces d'identité, et leurs numéros de sécu sont totalement bidon. Ils n'ont pas de permis de conduire, et pourtant ils se baladent en Audi et en Golf. Je ne sais pas qui sont ces mecs, Gabe !

— Quoi ? Tu veux dire que… quoi ?!

Sam me dévisagea et adressa un doigt dans ma direction.

— Je ne veux plus que tu le voies.

— C'est hors de question !

— Je te préviens, ma belle, je serai collé à tes basques. Fini les week-ends où je m'absentais. Après la nuit de samedi, je ne programme plus de rendez-vous extérieur. Je sais bien que tu veux passer plus de temps avec lui, mais ça ne va pas être possible sous mon toit, jeune fille.

— Tu veux que je rompe avec lui ? Tu veux que je me retrouve seule à nouveau et malheureuse comme les pierres. C'est ça que tu veux pour moi, Sam ?

Mes larmes commencèrent à couler. De colère, je les essuyai aussitôt. Olivia, de son côté, restait étonnamment silencieuse, l'index droit posé sur la bouche. Sur le moment, je ne compris pas ce dédain d'intérêt pour ma situation. C'était parfaitement impossible pour moi de quitter Thomas. Rien que de l'envisager, j'en avais des frissons, des sueurs presque, j'avais chaud tout à coup. La télé s'alluma. Olivia sursauta. Sam, parfaitement calme, m'observa un moment, son visage se radoucit.

— Je sais que je te fais du mal, Gaby, mais rappelle-toi que ça pourrait être pire. Je pourrais les dénoncer, et dites-vous bien que si je ne le fais pas, c'est pour vous, les filles. Ces Valérian ne m'inspirent pas confiance, et les preuves sont là, leur existence elle-même est un mystère pour tout le monde.

— Je ne renoncerai pas à lui, Sam.

— Je sais. Je l'ai bien compris. Je sais aussi qu'il t'aime, ma chérie, mais y'a trop de questions que je ne peux ignorer. Ça me démange de leur en parler…

— Non ! le coupai-je.

— Tu as raison, Gabe, car c'est toi qui vas lui expliquer.

— Je vais le faire, évidemment, ripostai-je, faussement résolue.

Son regard s'assombrit. La déception se lut sur son visage. Il ne me croyait pas.

— Promets-moi d'être prudente et de continuer les cours de tai-chi au moins le lundi soir avec moi.

Quoi ? C'est quoi, le rapport ?

— C'est d'accord, répondis-je sèchement, sans chercher à comprendre.

— Alors soit, je ne veux plus le revoir ici, tu devras lui dire de te rencontrer en dehors de cette maison. Et s'il te fait le moindre mal, c'est simple, je le tue. Tu devras lui dire tel quel, c'est compris !

Du mal ? Pourquoi Thomas me ferait-il du mal ?

— Oui, Sam ! J'ai compris ! lançai-je, contenant à peine ma colère. J'espère au moins que tu es ravi de la nouvelle !

— Ça ne me fait pas plaisir.

— Pourtant, à force, je me dis que tu adores gâcher ma vie amoureuse !

— Gaby, ce n'est pas juste.

— Je sais. Mais je n'ai pas franchement envie d'être juste ce soir. Je te laisse regarder ta télé. Je monte. Tu viens, Olivia ?

— Olivia va rester un moment avec moi.

— J'arrive, Gaby ! me dit-elle.

Je montai à l'étage dans un état de fureur tel que je dus prendre appui contre un mur pour reprendre mon souffle et maîtriser mes jambes tremblantes. J'avais des palpitations dans les tempes, et ma tête me faisait un mal de chien. Tout vibrait autour de moi, mais peu à peu, je repris mes esprits et respirai normalement. J'attendais qu'Olivia monte avec impatience, mais ce fut Sam qui se montra sur le seuil de ma chambre.

— Olivia est partie. Je te prie de m'excuser, mais je n'étais pas d'humeur pour de la compagnie, ce soir. Je voulais tout de même qu'elle entende la vérité sur les Valérian.

Prise d'une colère froide, je lui lançai le regard le plus noir qu'il me restait en réserve. *Tu parles d'une vérité !* Avec cette soirée, j'en avais eu pour mon compte. En résumé, je ne devais plus voir Thomas à la maison, et Sam ne partirait plus en week-end. Et pour couronner le tout, j'avais un affreux mal de tête. Sans penser le moins du monde aux élucubrations de mon tuteur, mais plutôt à la manière dont j'allais arranger les choses, je me retournai dans le lit, incapable de trouver le sommeil.

. . .

Jusqu'au samedi suivant, j'avais volontairement mis de côté ce que Sam m'avait révélé. J'avais décidé de parler à Thomas durant notre nuit, seuls à la maison, et non au beau milieu de la cour du lycée. Le temps me parut long jusque-là. Je n'avais pas revu Olivia et elle ne m'avait pas téléphoné non plus. Je ne savais donc pas si, oui ou non, elle avait rompu avec Éric.

Le samedi soir, je vécus le départ de Sam comme un immense soulagement. Après des jours de vive tension, j'allais enfin rester seule. La semaine m'avait paru interminable tant l'atmosphère était pesante à la maison. Désormais, je pouvais savourer ma solitude. Cette solitude que je préférais partager avec Thomas, bien entendu. L'ultimatum lancé par Sam était loin de me travailler l'esprit à ce moment-là et, pour tout dire, quand Thomas posa un pied dans la maison, je n'y pensais plus du tout.

— Enfin seuls ! dit-il en posant ses mains sur mes hanches.

— Je croyais que tu arriverais dans une heure.

— Oui, mais j'ai guetté Sam. J'ai déjà attendu dix longues minutes, c'est pas si mal, non ?

Son visage s'engouffra dans mes cheveux, à la base de mon cou.

— Thomas, tu penses que c'est normal, cette attirance entre nous ?

— Bien sûr ! Pourquoi tu me demandes ça ?

— Je veux dire… As-tu déjà ressenti ça pour une autre ?

— Non, jamais, dit-il, un peu embarrassé, ce qui me surprit à cet instant, mais je ne vois pas où est le mal. Je t'ai dans la peau, ça me suffit comme explication.

Il coupa court à la discussion pour détailler ma tenue. J'avais pris soin de mettre une robe toute simple, sa seule originalité étant son décolleté plongeant dans le dos. J'adorais cette robe, pourtant, elle n'avait tenu qu'une minute avant que les mains de Thomas ne fassent tomber la première bretelle. Il me souleva avec une facilité déconcertante avant de me poser sur le plan de travail de la cuisine, faisant bouillir mes sens. Il se glissa entre mes jambes. Une bouffée de chaleur me parcourut jusqu'à la racine des cheveux.

— GABRIELLE !

Sam venait de faire une entrée fracassante. Une interruption si embarrassante qu'en l'espace d'une seconde mon visage passa de rose pourpre à blanc comme un linge. Les yeux pleins de larmes, je ne pouvais que difficilement contenir ma honte et ma colère, mais la tête de Sam me calma tout de suite. Il y avait de la fureur dans ses yeux, mais ce n'était rien à côté de sa déception. Je remontai immédiatement la robe sur ma poitrine et constatai que, contrairement à moi, Thomas semblait parfaitement calme.

— Gabe, monte dans ta chambre, tout de suite ! ordonna Sam, fou de rage.

Je courus vers les escaliers, laissant Thomas seul face à lui. Il avait hoché la tête en signe d'approbation, alors j'étais partie sans demander mon reste. J'aurais voulu me dissimuler au plus profond de mes draps pour cacher mon humiliation, mais je restais derrière la porte de la chambre à tendre l'oreille. Sam commença.

— Laisse-la tranquille, Valérian !

— Je ne peux pas.

— Penses-tu vraiment que je ne sais pas qui vous êtes, toi et ton maudit frère ?

Ah bon. Il le sait, alors ?!

— Je ne vois pas de quoi vous parlez, Sam.

— Ne me prends pas pour un imbécile, tu es l'un d'entre eux.

— Non ! Et je préférerais que nous en parlions ailleurs.

— C'est hors de question ! Sors d'ici !

— Il faut que vous sachiez quelque chose. Nous sommes persuadés qu'ils en ont après elle.

— Quoi ? s'étonna mon tuteur d'une voix blanche, toute colère disparue momentanément.

— S'il vous plaît, venez chez moi que je vous explique tout. Éric sera là, nous avons des preuves de ce que nous avançons. L'éveil de Gaby a déjà commencé.

Un silence pesant régna soudain dans la pièce.

— Oui… je sais, lâcha Sam, accablé.

Pendant quelques minutes, je n'entendis plus rien, ils devaient chuchoter. Quand la porte d'entrée claqua, je savais qu'ils étaient partis tous les deux. Seule, je continuais à pleurer pendant au moins une heure, avant de réussir à me relever et à filer sous la douche. J'en étais ressortie un peu calmée, mais dans un état d'extrême confusion.

Je descendis au salon. Prostrée sur le canapé, je ne faisais que penser à Sam. Je lui avais désobéi pour la première fois de mon existence, et le pire, c'est qu'il m'avait surprise dans une posture plus que délicate avec Thomas. Pour finir, il était parti avec lui, après une discussion abracadabrante dont je n'avais pas compris un traître mot. Sauf que désormais, c'était certain, ils me cachaient tous les deux quelque chose. Je tentai de me remémorer quelques bribes de leur conversation : « *Thomas l'un d'entre eux* », mais c'était qui, *eux* ? « *Ils en ont après Gabe* », mais c'étaient qui, *ils* ? « *L'éveil de Gaby a commencé* », mais c'était quoi, ce délire ?!

Il dut se passer encore une heure avant que la porte d'entrée s'ouvre à nouveau. J'avais les jambes recroquevillées et la tête posée sur les genoux. Mes larmes avaient séché, mais mes yeux étaient encore bouffis quand Sam, Éric et Thomas se plantèrent devant moi. Mon tuteur s'installa dans le fauteuil, la mine déconfite. Thomas se tint à sa droite, et Éric prit place sur un autre siège. Je dévisageai Sam qui avait l'air d'avoir pris quelques années. Une vague de culpabilité m'assaillit aussitôt.

— Sam, je suis désolée, je ne voulais pas te mentir. J'avais décidé de ne plus le revoir à la maison après cette nuit. Je suis navrée, je te le jure !

Ma voix se faisait de plus en plus fébrile et les larmes se remirent à couler quand il posa son regard triste sur moi.

— Gaby, il y a des sujets que nous devons aborder tous les quatre ce soir.

Pourquoi tous les quatre ?! Je n'avais pas envie d'étaler ma vie intime devant Éric ! J'étais assez humiliée comme ça pour en rajouter devant lui. Avant que je puisse émettre la moindre objection, Sam reprit :

— Si Thomas et Éric sont ici, ce n'est pas par hasard. Nous allons devoir t'entretenir de quelque chose que je me suis toujours évertué à te cacher, ma chérie. Tu vas beaucoup m'en vouloir ensuite, mais je te demande de m'écouter jusqu'au bout, c'est très important. Thomas va commencer.

Thomas se fit solennel pendant un instant et évita soigneusement de me regarder dans les yeux. Son étrange comportement me saisit la gorge, j'étouffai sous l'angoisse d'entendre ses mots qui, j'en étais certaine, ne me plairaient pas du tout.

— Toi aussi, tu m'as caché des choses… devinai-je d'une voix blanche.

— Oui.

— Tu sais, si c'est pour cette histoire de faux papiers, je m'en fiche complètement. Sam n'avait pas à fouiner, je sais qui tu es.

— Non, tu ne comprends pas, Gaby. Moi, je savais qui tu étais, bien avant de te rencontrer.

CHAPITRE 10

Ma respiration se coupa. Livide, Éric me dévisageait avec compassion. J'avais un terrible pressentiment quant à la suite de leur histoire. Thomas s'adressa à moi en m'implorant du regard :

— Pour commencer, nous nous appelons bien Thomas et Éric Valérian. Si nous n'avons aucun papier d'identité, c'est parce que nos naissances respectives n'ont jamais été déclarées. Nous sommes nés dans le secret le plus absolu dans un village des montagnes corses. Mais nous n'avons pas été honnêtes sur notre âge… Éric a vingt-trois ans, et moi vingt et un… Gabe, ça va ?

Ça va ?! Il se payait ma tête, en plus ! Je venais juste de me prendre un violent coup de poing dans l'estomac, si bien que je n'arrivais même plus à mettre le doigt sur ce que j'éprouvais. Une porte claqua.

— Si ça va ?! Tu m'as menti ! déclarai-je, folle de rage.

— Laisse-le finir, Gaby, intervint Sam. On en rediscutera après.

Thomas baissa les yeux et continua son récit.

— Alors que nous étions très jeunes, nos parents sont morts tous les deux. La police a conclu à la thèse du suicide. Éric et moi avons donc été placés chez notre oncle, le frère de notre mère, Giuseppe Ferloni. Nous avons vécu dans le plus grand secret à Ochiatanna, un village de Haute-

Corse. Les gens là-bas nous connaissaient, bien sûr, mais en Corse, on ne se mêle pas des affaires des autres, et on protège les siens. Giuseppe avait des contacts solides avec un trafiquant de faux papiers et jusqu'à Sam, personne n'a jamais posé de questions.

— Mais pourquoi de telles précautions ? m'enquis-je, une part de moi sincèrement attristée par la tournure qu'avaient prise leurs vies dès leur naissance, l'autre totalement ivre de colère contre lui.

— J'y viens… Lorsqu'Éric a eu un peu plus de seize ans, il a commencé à avoir des aptitudes hors du commun. Peu après lui, j'ai déclaré les mêmes facultés que mon frère, quelque chose clochait chez nous. Jusque-là, nous avions cru que notre identité secrète tenait du passé de notre père. On le soupçonnait d'être un fugitif. Mais quand nos dons se sont révélés, Giuseppe nous a révélé ce que nous étions vraiment : des *natifs*.

— Des quoi ?!

— C'est très compliqué, Gaby. Je ne suis pas sûr que tu puisses tout assimiler en une soirée.

— Non, mais c'est que tu me prends pour une idiote, en plus !

— Pas du tout, dit-il, penaud. Laisse-moi juste terminer, car c'est une très longue histoire. Les natifs sont, en résumé, des êtres humains qui auraient atteint un type d'évolution supérieur aux gens normaux. Ils sont dotés de facultés innées et propres à leur lignée. Nos parents étaient tous deux des natifs. Les facultés se transmettent par les gènes, mais elles peuvent aussi sauter plusieurs générations. Giuseppe disait que c'était un miracle que nous ayons été deux à hériter du gène. À partir de là, nous avons compris que nous n'étions pas comme tout le monde. Nous avons donc voulu faire plus de recherches sur nos ancêtres et rencontrer d'autres natifs. Giuseppe nous l'a interdit, mais pour les recherches, il était d'accord, à condition de nous révéler uniquement ce qu'il jugerait nécessaire. Alors nous sommes allés à Rome, à Londres, et nous avons fait des découvertes étonnantes en Allemagne. Giuseppe était historien. Il avait passé sa vie à étudier les arbres généalogiques de notre famille et de celles d'autres natifs présumés. Quelque temps avant de mourir, il nous a remis un rapport confidentiel sur le décès de nos parents. Nous avons appris qu'ils étaient morts, ensemble, après une chute spectaculaire du haut de la Canary Wahrf Tower, à Londres. En creusant un peu, la thèse du suicide nous sembla de plus en plus farfelue, mais rien ne venait la remettre en cause, excepté un autre rapport de la police londonienne. Une plainte classée sans suite dans un petit commissariat de quartier. Elle parlait d'un jeune homme qui voulait attenter un procès au propriétaire de la tour, car il avait failli mourir écrasé sur le trottoir de la Canary Wahrf Tower, à la suite de la chute de trois corps, le jour même de la mort de nos parents...

Soudainement, je sentis la glace parcourir mes veines. Je tremblais des pieds à la tête, comprenant à demi-mot où Thomas voulait en venir.

— ... Nous nous sommes mis en quête de retrouver l'identité du troisième corps. Au bout de quelques semaines de recherches, nous l'avons enfin découvert. L'homme en question était lui aussi un natif. Giuseppe accepta de nous confier une partie de sa généalogie. C'était un homme très puissant, sa lignée datant au moins de l'ère médiévale, certainement une des plus anciennes encore connues à ce jour, selon lui. Il devint vital pour nous de connaître la vérité, et de rencontrer la famille de cet homme. Mais Giuseppe est mort peu après ces révélations et avec lui se sont envolées nos ressources d'investigations. Il nous légua l'héritage de nos parents. Une somme astronomique qui nous a permis de poursuivre nos recherches. Pendant deux ans, nous nous sommes évertués à retrouver la descendance de l'homme en question, jusqu'à il y a quelques mois, où nous avons fait appel à un hacker très réputé. Il a réussi à pirater un serveur de l'armée où sont stockées des informations secrètes sur les natifs, et nous avons enfin découvert la vérité sur cet homme.

Thomas se tut. Sam avait la tête enfouie dans ses mains, et Éric me dévisageait d'un air étrange. Ma tête me brûlait, je ne contrôlais presque plus mes tremblements, et j'avais une douloureuse question sur le bout de la langue.

— Comment... s'appelait cet homme ?

— Nathanaël Chène.

Aussitôt le nom de mon père prononcé, je me levai, les yeux enragés. J'eus l'impression qu'une lame chauffée à blanc s'était logée dans mon crâne, mes mains tremblaient convulsivement et mon cœur palpitait, prêt à dévaster ma cage thoracique. Sam et Thomas se jetèrent violemment sur moi.

— Gabe, il faut que tu te calmes !

Des bruits de vaisselle cassée, des objets jetés contre les murs… Je pouvais sentir le sol trembler sous mes pieds. Pendant que je cherchais à contenir ma respiration, je ne réalisais rien de ce qui m'entourait. Je m'en moquais foutrement. Mais après quelques secondes entravée par les mains puissantes de Sam et de Thomas, et sans explication aucune, je pris soudain le contrôle de tout mon corps.

— LÂCHEZ-MOI, TOUS LES DEUX !

Ils furent aussitôt projetés en arrière, comme si je les avais moi-même expulsés à la force de mes bras. La respiration haletante, j'arrivais maintenant à canaliser mes spasmes. Le puzzle tentait de se constituer dans ma tête, mais les pièces refusaient de s'imbriquer tant mon esprit brûlait sous le joug d'une colère noire.

— Vous m'avez menti ! hurlai-je à nouveau. Sam ! Je croyais que mon père était mort en France ! Et seul ! As-tu aussi menti pour ma mère ? Ou pour moi ? Que m'as-tu encore dissimulé ?

Mon débit de parole allait à la vitesse d'une mitraillette déchargée, et je n'étais pas prête à m'arrêter en si bon chemin. Mon regard vrillait déjà dans la direction de Thomas.

— Espèce de salaud ! Tu as couché avec moi ! Tu l'as fait en sachant tout, et tu n'avais pas la moindre intention de me le révéler !

— C'est faux, j'allais t'en parler ! rétorqua-t-il pour se défendre.

— Ah oui ! Après m'avoir sautée dans la cuisine !

Il baissa les yeux. J'aurais pu l'étrangler de mes mains en constatant son misérable air de chien battu.

— Je voulais être sûr que tu étais comme ton père. Tu es une native, Gabrielle. Tu es comme nous, déclara-t-il à voix basse.

— Écoute-moi bien, Valérian, ripostai-je, me retenant de le gifler, tu ne m'approches plus jamais, toi et toutes tes salades. C'est terminé !

Le souffle court, je le considérai, haletante. Ne sachant plus ordonner mes pensées. C'était trop. C'était beaucoup trop. Mon père était mort à Londres. Mon père. Mon père… Ce n'était pas possible ! Qu'est-ce que c'était que cette histoire ? Je ne pouvais plus rien entendre. Je courus jusqu'à l'étage, pris mon sac à dos pour y engouffrer quelques affaires de rechange, mon portefeuille et une brosse à dents. Il fallait que je sorte d'ici, tout de suite. En bas des escaliers, les mines déconfites de Sam et Thomas ne me firent ni chaud ni froid. Je ne relevai même pas le marasme régnant dans le salon, et je partis sans demander mon reste, claquant la porte derrière moi. J'eus tout de même le temps d'entendre Sam s'écrier : « *On n'a pas fini, Gabe, il faut que tu saches que...* »

L'AIR qui s'engouffra dans mes poumons me libéra de cette atmosphère étouffante. Nous étions début janvier et la température glaciale sur ma peau me fit l'effet d'une gifle. Un peu plus calme, je réussis à contenir ma stupeur quand, au bout d'une centaine de mètres, Éric se matérialisa à côté de moi.

— Va-t'en, Éric ! lui ordonnai-je d'une voix polaire.

— Non, je ne te laisse pas seule, rétorqua-t-il, placide. Est-ce que tu sais au moins où tu vas ?

— J'allais me prendre une chambre d'hôtel et ne plus penser au moindre mot prononcé ce soir par ces deux traîtres.

— Gaby, je comprends parfaitement où tu veux en venir et je ne suis pas fier de ne pas tout t'avoir raconté dès le début. Mais tu n'as pas laissé Thomas finir, alors, je te le dis tout de suite, que tu le veuilles ou non, tu ne resteras pas seule, ce soir. Plus tard, tu comprendras pourquoi.

— Le pourquoi, je m'en fous, Éric ! D'une, on n'a pas couché ensemble que je sache, donc ta propre trahison m'importe peu. De deux, je n'ai pas envie de rester auprès d'un Valérian ce soir, c'est clair ?

— C'est clair. Mais je ne te quitte pas, point. Je ne te parlerai pas, mais je reste. C'est clair aussi, pour toi ?

— Grrrrr ! Fais comme tu veux !

En observant son air déterminé et devinant la montagne de muscles cachés sous sa parka, je me dis qu'il serait plus facile de demander à un ours d'hiberner en été. Alors, je cédais et me jurais de ne plus lui adresser le moindre mot.

Nous marchâmes un long moment dans le froid avant d'arriver à la gare. Éric ne savait pas du tout où il mettait les pieds et ne posa aucune question. Nous prîmes le train jusqu'à la gare du Nord et gagnâmes le 10e arrondissement de Paris. Je pris une chambre pour la nuit à l'hôtel Kyriad. La « moins » chère était pourvue d'un lit king size, avec un mobilier simple aux formes angulaires. Un écran plat était accroché au mur, et la salle de bains disposait d'une assez grande douche. J'y filai d'un bon pas, en espérant que toutes ces révélations puissent disparaître avec la saleté. Après ma toilette, j'enroulai une serviette de bain autour de ma poitrine et sortis de la pièce embuée. Je découvris Éric installé dans un fauteuil, les bras croisés, me détaillant de la tête aux pieds de ses yeux brillants. Un frisson me remonta l'échine.

— J'ai oublié mes vêtements pour la nuit, OK !

— Pas de problème, me répondit-il avec son air nonchalant et un sourire en coin.

Je trouvai un shorty en coton et pris un tee-shirt dans mon sac à dos, vêtement normalement destiné à la journée du lendemain. Je savais qu'il m'aurait été impossible de dormir, me sachant nue dans la même pièce qu'Éric, même s'il fallait bien l'avouer, un simple shorty ne couvrait pas grand-chose. J'allai ensuite me glisser sous les draps. Éric n'avait toujours pas bougé quand j'éteignis la lampe de chevet. Toute lumière éteinte, et après une quinzaine de minutes, la culpabilité brisa les dernières défenses de ma colère. Je réalisai qu'Éric n'avait pas insisté pour me raconter la suite de cette histoire ahurissante, car il avait parfaitement compris que je ne pouvais en supporter plus pour l'instant. Je rallumai la lampe.

— Éric, je ne vais pas te laisser dormir sur le fauteuil.

— Tout va bien, Gabrielle, ne t'en fais pas.

— Si, je m'en fais ! Et te savoir là me stresse plutôt qu'autre chose. Va prendre une douche et viens te coucher après. Le lit fait deux mètres, si tu te tiens au bout, je ne vois pas où est le problème.

Il tourna lentement son profond regard brun-vert dans ma direction avec une curieuse expression. Ses yeux énigmatiques se reportèrent ensuite sur les draps, puis sur ma chevelure encore humide. Silencieux, il se leva enfin et se dirigea vers la salle de bains. Il paraissait immense depuis le lit. De sa démarche féline, il entra dans la pièce et ferma derrière lui. Mes pensées s'agitèrent. Je commençai à me demander si c'était bien une bonne idée de passer la nuit en sa compagnie. Dès notre rencontre, Éric avait eu le don de me déstabiliser, et je n'avais pas grand-chose sur moi, ce qui ne faisait qu'augmenter ma nervosité. De plus, c'était le frère de Thomas, alors comment pouvais-je me laisser aller à des pensées pareilles ?! Mon esprit vagabondait vers des idées inavouables. Je me serais mis des gifles. Je repensai soudain à ce que m'avait dit Olivia : « *Je crois qu'Éric est amoureux de toi* ». Non, il ne fallait pas fabuler, d'ailleurs les expressions d'Éric étaient plutôt difficiles à cerner en général, sauf quand il se mettait en colère. Là, un signal « danger » s'émettait instantanément. Il était doté d'un tempérament plutôt calme, même si je pouvais parfois sentir la lave couler dans ses veines. Affichant toujours une détermination sans faille, je le savais déjà loyal et maître de lui. Olivia m'avait toujours soutenu qu'il se comportait comme un gentleman avec elle, enfin, si on oubliait les quelques fois où elle l'avait surpris à me regarder pendant qu'il l'embrassait. Une vision fugitive, tout au plus. Olivia avait-elle rompu ? Lui avait-elle dit pourquoi ? Je fus arrachée de mes réflexions par une fascinante apparition. Éric se tenait dans le cadre de la porte. Les lumières de la chambre étaient éteintes, et un rai du néon de la salle de bains se projetait dans la chambre, faisant scintiller son corps humide d'Apollon. Il portait un simple boxer noir. Sa musculature d'athlète dévoilait des abdominaux, des pectoraux et des trapèzes taillés dans l'acier, tandis que ses longues jambes vigoureuses contournaient le lit. Je tressautai quand il s'installa de son côté et à mesure que son corps se rapprochait du mien, mon cœur s'emballa de plus belle. Puis il s'immobilisa dans sa partie du lit. Pendant un instant, j'aurais voulu qu'il se rapproche et me serre dans ses bras. Je repensai aux élucubrations de Thomas. À la trahison de Sam. Des larmes baignaient mes iris et un sanglot m'échappa. Les draps se soulevèrent légèrement, Éric avait bougé.

— Gaby, ça va ?

— Non, pas vraiment.

— On peut parler, si tu veux.

— Oui, je ne serais pas contre me sortir toutes ces histoires de la tête.

— De quoi veux-tu discuter ?

Je me retournai dans le lit de façon à me retrouver face à lui. Un soubresaut secoua ma poitrine quand je réalisai qu'Éric n'était pas si loin de moi, finalement. Moi, le drap coincé sous le bras, lui, le drap en travers de son torse bien charpenté. Il esquissa un sourire lorsqu'il surprit mon exploration visuelle, mais n'émit pas le moindre commentaire. Bizarrement, je n'étais pas plus intimidée que ça. De toute façon, tout rapprochement était parfaitement impossible entre nous, et cela pour plusieurs raisons. La première : il se trouvait être l'ex de ma meilleure amie. La seconde : il se trouvait aussi être le frère de mon ex. Oui, mon ex maintenant, car le somptueux Thomas m'avait blessée, et au-delà de ce fait, j'avais encore du mal à digérer d'avoir perdu ma virginité avec un garçon qui n'avait pas été parfaitement honnête avec moi. J'étais folle de rage contre moi d'avoir pensé que notre histoire était sérieuse. Et voilà le résultat, ma rencontre avec Thomas avait un rapport étrange avec la mort de mon père. Tout avait été calculé. Thomas avait tout prévu, jusqu'à coucher avec moi pour parvenir à ses fins : rencontrer la fille d'un natif. Un natif de quoi ? D'où, d'ailleurs ? N'appelle-t-on pas natifs les gens qui sont originaires de tel ou tel pays ? Ou était-ce un nom spécifique aux gens comme eux, ou comme *nous* ? Car, d'après Thomas, j'en étais soi-disant une. Je n'avais pas très bien compris ce passage-là, non plus. Mon cerveau me brûlait déjà trop pour pouvoir assimiler davantage d'informations ubuesques. Que devais-je penser des informations au sujet de mon père ? Il ne s'était peut-être pas suicidé, alors que j'avais vécu avec cette certitude toute ma vie, que je m'étais construite à travers ce drame, et Sam était au courant de tout. Il m'avait caché jusqu'au véritable lieu de sa disparition. Finalement, le plus honnête dans cette histoire, c'était Éric. Même s'il avait le même objectif que son frère, il n'était pas prêt à tout, sauf peut-être à cacher les indices de son étrange existence, ainsi que ses réelles motivations quant à la recherche de la vérité sur la mort de ses parents. Soudain, tout fut clair dans mon esprit : si mon père ne s'était pas suicidé, alors c'était un meurtre ! Mais pourquoi ? Et comment mon père s'était-il fourré dans une situation pareille ? Et pourquoi diable quelqu'un l'aurait-il tué ? En y songeant, un voile rouge obscurcit ma vision et un goût de haine se tapit dans le fond de ma gorge.

— Demain, je veux tout savoir, Éric, affirmai-je, résolue.

— C'est entendu.

Éric ne me brusquait jamais, il ne cherchait jamais à engager la conversation, et c'était exactement cela dont j'avais besoin. Je repensai soudain à Olivia, et à la question qui me brûlait les lèvres.

— Tout va bien, avec Olivia ? demandai-je, une fois décidée à la lui poser.

— Elle a rompu, il y a quelques jours.

— Oh ! Je suis désolée.

— Non, ne le sois pas. Je suis étonné qu'elle ne t'en ait pas parlé.

— Pour être honnête, si... un peu, finis-je par avouer.

— Mmmh... et que t'a-t-elle dit ?

— Qu'elle pensait que tu n'étais pas amoureux d'elle, en tout cas, pas autant qu'elle l'aurait espéré.

— Oui, c'est ce qu'elle m'a dit aussi... entre autres.

Je sentis une pointe d'embarras tout à coup. Aller plus loin dans cette conversation risquait de me mettre extrêmement mal à l'aise, mais la curiosité fut la plus forte.

— Tu ne l'as pas contredite ?

— Non, elle a eu des arguments infaillibles, et je ne voulais pas la faire souffrir.

— C'est peut-être mieux, finalement. Olivia mérite d'être heureuse. J'aurais tout de même préféré que ça marche entre vous.

Il se passa quelques secondes de silence. Il n'avait pas détourné les yeux.

— Elle t'a parlé de... ses soupçons ?

— Non, mentis-je.

— Tant mieux.

Et ce fut dans cette position, face à face et à quelques centimètres l'un de l'autre, que nous nous endormîmes. La présence d'Éric m'avait apaisée, et la lourde fatigue accumulée au cours de cette journée avait rendu impossible une réflexion plus attentive sur les révélations de Thomas.

. . .

Je me réveillai dans la nuit. Éric dormait profondément alors je restai immobile dans le lit, pendant que mon cerveau vagabondait. Native… Lignée des plus anciennes… Moyen Âge… Arbre généalogique… J'aurais pu croire que Thomas me menait en bateau, mais pourquoi l'aurait-il fait ? Il savait qu'il prendrait le risque de me perdre s'il révélait ses réelles motivations. Peut-être, d'ailleurs, s'en moquait-il. Et pourquoi accorderais-je le moindre crédit à son histoire ? Parce qu'Éric était présent ? Non, parce que Sam était présent. Si toutes ces divagations étaient infondées, Sam l'aurait jeté dehors immédiatement. Il fallait désormais que je sache tout et comprendre qui j'étais vraiment. Ma tête se tourna vers Éric, ses yeux grands ouverts étaient braqués sur moi.

— Demain, je veux tout savoir, répétai-je.

— C'est entendu.

Le lendemain, enfermée dans la salle de bains, je tentai de rassembler mes esprits en m'aspergeant le visage d'eau froide. Je sortis dans une tenue street-wear sans maquillage. Éric s'enferma à son tour. Il me tardait à présent de savoir ce que lui et Thomas avaient à me dire, car je commençais à me demander si j'étais bien comme les autres, ou si, effectivement, toutes ces années, je me cachais de ma véritable personnalité, partiellement consciente d'une certaine différence. Mais une aptitude… non, je n'en avais pas, ou alors bien dissimulée. Pourtant, Sam avait l'air d'être au courant et Thomas aussi, alors qui étais-je exactement ? Finalement, j'avais digéré ces informations avec beaucoup plus de facilité que je ne l'aurais cru. Comme si une part de moi savait que quelque chose ne tournait pas rond chez moi. Une sensation latente de ne jamais avoir été à ma place.

J'espérais enfin pouvoir reconstituer le puzzle de mon existence.

CHAPITRE 11

Il était six heures trente du matin dans le train du retour. Il n'y avait pas un chat dans le dernier wagon, excepté un jeune couple qui avait visiblement passé une nuit arrosée dans la capitale. Ma surprise laissa place à l'embarras, quand la fille s'assit à califourchon sur son compagnon. Éric sourit et se détourna du spectacle. Je l'imitai. Nos regards se lièrent. Une soudaine sensation glaciale effaça notre amusement.

Mes nerfs se tendirent subitement et l'expression inquiète dans les yeux d'Éric ne me rassura pas. Mon regard vrilla vers l'entrée du wagon où deux hommes nous fixaient de manière farouchement hostile. L'un des deux était un très grand roux, solidement charpenté. Ses cheveux longs, presque filasse, attachés en queue de cheval, étiraient un peu plus ses pommettes pâles et saillantes. Entièrement habillé de noir, il se tenait dans une étrange posture et ses yeux bleus translucides lui donnaient un aspect effrayant et fascinant à la fois. Il se dégageait de l'homme un sentiment de folie destructrice qui me parvint aussi clairement que s'il avait affiché un écriteau « sociopathe » sur son front. Son acolyte était beaucoup plus petit et avait quant à lui la tête de monsieur Tout-le-Monde, châtain aux yeux marron, le ventre bedonnant au-dessus de la ceinture. Son visage, plus avenant, lui donnait l'air moins dangereux que son complice. Ce fut pourtant lui qui sortit une mitraillette le premier.

Tout se passa alors à une vitesse stupéfiante. Éric disparut subitement de son siège et se matérialisa entre les deux hommes. Surpris, ils ne le virent pas venir quand il les attrapa par la gorge. Avec une force incroyable, il les souleva de terre. Le petit homme châtain en fit tomber son arme. Le roux grimaça. Son air interloqué laissa place à un regard haineux envers son assaillant, dont il constatait les facultés impressionnantes. Je les découvrais moi-même, bouche bée. Soudain, Éric balança le plus petit à travers le wagon. L'homme s'évanouit sur le coup, sa tête heurtant brutalement la paroi. Les deux tourtereaux, assis plus loin, hurlèrent de terreur. Diversion qui permit au rouquin de se défaire de l'étau autour de son cou, et de porter un violent coup de poing dans le ventre d'Éric. Ce dernier fut projeté de plusieurs mètres en arrière sous l'impact, puis se releva à la vitesse d'un félin. Il se rua à nouveau sur le grand roux qui bloqua son attaque d'un seul bras. Éric hurla de douleur quand les mains osseuses de l'homme enserrèrent sa gorge. Je tressaillis en entendant son cri effroyable, tandis qu'une vague de haine féroce envahissait déjà la moindre fibre de ma chair. Des spasmes nerveux secouèrent mes membres et ma respiration devint trop rapide. Éric se reprit et asséna au rouquin un uppercut sous la mâchoire qui le désarçonna. Mais le grand homme n'affichait aucune impression de douleur et se jetait déjà, bras tendus, sur Éric qu'il propulsa à travers le wagon. Dans sa course, il brisa deux barres de soutien en métal et arracha plusieurs rangées de sièges. Les yeux effarés, je le vis se relever, péniblement cette fois. Le roux au visage hargneux bondit sur lui, mais Éric fut plus rapide et le surprit en esquivant son poing rageur. S'ensuivit un enchaînement d'esquives et de coups que je ne pus discerner face à leur vitesse prodigieuse. Le wagon était totalement dévasté. Plusieurs fenêtres s'étaient brisées pendant la lutte et laissèrent le vent s'engouffrer violemment dans la rame. Le couple s'était caché derrière une des dernières rangées de sièges encore intactes. Je pouvais entendre les couinements de la jeune femme, morte de peur. Elle hurla au moment où Éric ne put éviter un nouvel assaut du roux et se retrouva à terre juste à ses pieds. Il se releva et utilisa sa rapidité hallucinante pour se planter derrière son adversaire qui, en un mouvement arrière du bras, attrapa sa tête et le projeta à nouveau à travers le wagon. Cette fois, Éric ne bougeait plus.

Mon cœur s'emballa. Ma tête brûlait comme une torche. La fureur se répandit en moi jusqu'au bout de mes ongles. Je m'élançai en direction d'Éric quand, sortant de nulle part, le grand roux me bloqua. Il m'attrapa la gorge et s'exprima d'une voix sinueuse et terrifiante.

— Il ne tient qu'à toi qu'il reste en vie, Gabrielle, susurra-t-il à quelques centimètres de mon oreille.

Mais il n'eut pas le temps de poursuivre qu'il fut catapulté à plusieurs mètres. Je tombai violemment sur le sol, ne sachant comment j'avais réussi à me défaire de mon agresseur. Lui se releva en vacillant et regagna la porte du wagon par laquelle il était venu. Il se baissa pour récupérer le flingue en dessous d'un siège déchiqueté et lança un regard méprisant au petit homme châtain qui gisait encore inconscient. Dans un silence de plomb, il leva ses yeux fous et tira. D'un mouvement machinal, je me jetai sur Éric qui nous releva à une vitesse folle, mais malheureusement trop lente pour échapper à une rafale de balles.

Ce qui se passa ensuite dépassait mon propre entendement. Je ne me souvins que de mes yeux voilés par une ombre rouge carmin, mes bras s'écartant, les paumes ouvertes, comme si je voulais offrir mon corps à la mort, heureuse de l'accueillir. Mais intérieurement, toute mon âme réclamait la vie. Tellement fort que je sentis mon énergie se canaliser et dresser un mur face au danger. J'avais la sensation de m'enflammer de l'intérieur. Je fermai alors les yeux et pris une profonde inspiration. Je n'étais pas morte. J'étais encore là, debout. Il n'y avait plus que l'assourdissant bruit du vent. Éric se tenait à ma droite, son regard troublé posé sur moi.

— Gaby, murmura-t-il seulement.

Je rouvris alors les yeux. Un spectacle pour le moins étrange s'offrit à moi : toutes les balles étaient suspendues dans l'air. J'aurais pu être surprise, voire terrifiée, mais ce n'était pas le cas. Ébahie par cet enchantement que j'étais sûre d'avoir provoqué, j'en avais presque oublié l'homme en face de moi. Je me focalisai enfin sur lui et tressaillis d'horreur au moment où je découvris son grand sourire carnassier. Il n'avait pas l'air surpris une seule seconde par le phénomène des balles volantes. Au contraire, il s'y attendait. Un voile de haine envahit mes yeux, et mon mystérieux adversaire fit aussitôt disparaître ses viles fossettes réjouies. Il se pencha au-dessus de son acolyte et, en un mouvement éclair, le plaça au-dessus de son épaule. Je ressentis une brusque bouffée de colère et, tout en le toisant de mes yeux concentrés, je fis exploser cette rage dans un hurlement. Les balles suspendues traversèrent alors le wagon, détruisant tout sur leur passage. Les vitres se brisèrent sous les impacts destructeurs, mais les deux seules personnes visées ne souffraient d'aucune égratignure. Incapable de retenir un nouvel élan de haine, quatre rangées de sièges s'arrachèrent du sol et se jetèrent dans leur direction. Mais les deux hommes avaient déjà filé par une des fenêtres. C'était terminé.

Un cri perçant retentit au milieu des bourrasques de vent et me déchira les tympans. Mon visage se tourna vers la gauche, où je découvris un jeune homme couvert de sang et sa compagne agenouillée près de lui, en larmes et profondément choquée. L'homme n'était pas mort. Son torse se gonflait, secoué par des soubresauts frénétiques. Il respirait difficilement. Le voir ainsi étendu, baignant dans son sang, calma le bouillonnement souverain qui se jouait de mon corps. Mon esprit se remémora alors mécaniquement le film des événements dans son intégralité, et je poussai un hurlement d'horreur quand je réalisai qu'une des balles avait, dans sa course, blessé cet homme. J'étais désormais absolument certaine d'être la cause de cet accident. Éric tenta de m'arracher de ma torpeur en m'attrapant par les bras.

— Gabe ! Il faut y aller !

— Non… cet homme… il est blessé. Ô, mon Dieu, Éric, qu'est-ce que j'ai fait ?

En une fraction de seconde, Éric rejoignit le jeune homme et vérifia son état. Il leva ensuite la tête dans ma direction.

— Il a une balle logée dans l'épaule. Je vais faire arrêter le train et les secours vont venir, accroche-toi.

Éric tira aussitôt le levier d'urgence, puis s'ensuivit un crissement insupportable et strident. Je manquai de tomber quand les freins s'actionnèrent, mais ne le réalisai même pas. Je demeurais submergée par ce que je venais de comprendre.

— Gaby ! Tu m'entends, il faut fuir !

Fuir ? Pourquoi ? Je voulais au contraire me recroqueviller dans un coin et ne plus jamais en bouger. Éric m'enserra les deux bras, sa voix se fit plus grave encore.

— Gabrielle ! Regarde-moi ! Regarde-moi ! m'ordonna-t-il, le ton empreint d'une profonde inquiétude.

Je me résolus à lever les yeux. La profondeur de son regard me foudroya, je ne l'avais jamais vu si tourmenté, et je pouvais lire l'angoisse qui le tenaillait. Mais peu à peu, je me replongeai dans la torpeur et cette envie irrésistible de me replier sur moi-même. Il me secoua, ne sachant plus quoi faire pour me sortir de ma soudaine léthargie.

— Je t'en prie, reste avec moi !

Pourquoi lui venait-il cette idée saugrenue ? Je ne pouvais pas partir puisque je n'arrivais pas à bouger.

Éric resserra son étau autour de mes bras, tandis que le train achevait sa course. Il ne me quittait plus des yeux et restait là, face à moi, mais je ne le voyais plus. Mes cheveux fouettaient nos visages, et la violence du vent glacial dans le wagon m'avait transie de froid. Je tremblais des pieds à la tête, mais je n'avais plus la force d'avoir la moindre réaction. Éric se mordit la lèvre et son regard devint plus intense. Ses mains emprisonnant mes bras m'attirèrent alors violemment à lui. Sa bouche fondit sur la mienne. La chaleur de ses lèvres m'inonda en un instant, réveillant mon corps glacé. Malgré le contexte apocalyptique qui se jouait autour de nous, il m'embrassait, là, comme si rien dans ce monde n'existait. J'ouvris la bouche. Sa langue s'y invita. Le feu de ses lèvres se répandit dans mes joues, ma nuque, mes épaules, ma poitrine, et parcourut tout mon corps. Il réveilla mon âme.

Sous la violence du dernier coup de frein, je perdis finalement l'équilibre et m'écartai d'Éric et de sa bouche ardente. Il empêcha ma chute de ses mains vigoureuses. Les hurlements effroyables de la jeune femme arrivèrent comme des boulets de canon à mes oreilles et, sans que je le réalise, Éric me souleva et me plaça à califourchon autour de sa taille.

— Accroche-toi !

Instinctivement, je fermai les yeux. Le vent me glaçait violemment le dos. Le corps ballotté dans tous les sens, je gardai la tête enfouie dans le cou d'Éric. Il me tenait fermement. La peur s'était déjà envolée quand, après quelques minutes, il s'arrêta dans une ruelle et me posa délicatement à terre.

CHAPITRE 12

La ruelle était déserte. Éric revenait d'un pas sûr et décidé, après s'être isolé un instant pour téléphoner avec son portable.

— Sam est très inquiet, nous allons les rejoindre dans un hôtel pas loin d'ici.

— Oh… D'accord.

— Tu te sens mieux ? s'enquit-il, d'une voix mal assurée.

— Non… pas vraiment, je… Tout s'est passé si vite. C'était invraisemblable. Les balles ! Les balles !

— Gaby, calme-toi. C'est fini, maintenant. On va tirer tout ça au clair, crois-moi.

Je l'observai, les yeux écarquillés, la respiration incertaine. Je paniquais à nouveau. Il me serra dans ses bras. La joue collée contre son torse, j'écoutais ses battements de cœur accroître sa cadence le temps que dura notre étreinte. La chaleur de son corps contre le mien m'avait presque aussitôt apaisée. Éric était décidément le remède à mes accès de nervosité. Pourtant, une tension se réveilla dans le creux de mes reins, se répandant comme la volute d'un souffle chaud à travers tous mes membres. Comment était-ce possible dans un moment pareil ? La frénésie du combat terminé, était-il normal de ressentir un tel embrasement ? Au rythme effréné des palpitations de son cœur et au contact de sa peau, si mon corps seul avait guidé ma volonté, alors je l'aurais poussé contre le mur et aurais fait l'amour avec lui malgré cette ruelle sordide, malgré l'attaque du train et malgré Thomas. Thomas ! Son visage m'apparut soudain et je me reculai instantanément.

Mais putain, qu'est-ce qui m'arrive ?! Qu'est-ce qui tourne pas rond chez moi ?

— Éric…

— Allons-y, asséna-t-il, comme si rien ne s'était passé.

N'avait-il pas ressenti mon trouble ? J'en doutais, car au fond, j'étais certaine qu'il éprouvait la même émotion que moi. Je le savais. Et la limpidité de cette certitude m'angoissa.

Nous marchâmes en silence près de vingt minutes avant d'enfin atteindre un petit hôtel de Bondy. J'étais frigorifiée. La réceptionniste avait l'air aussi aimable qu'une porte de prison, mais ne parut pas déconcertée par notre allure toute chiffonnée. Elle nous indiqua le numéro d'une chambre prise sous le pseudo d'un certain monsieur Stark.

Dans l'ascenseur menant à notre étage, je n'osais plus lever les yeux vers Éric. Les répliques du baiser dans le train enflammaient encore mes lèvres, et ma confusion s'intensifia lourdement lorsque je me retrouvai nez à nez avec Thomas.

La chambre exiguë était pourvue d'un mobilier bon marché qui allait de pair avec le lit aux couvertures élimées. Thomas, qui avait la tête enfouie dans ses mains, se leva d'un bond à la seconde où il m'aperçut. Il me serra dans ses bras, tandis que Sam se postait derrière lui, le regard empli d'inquiétude.

— Gaby, tu n'as rien ?

— Non, ça va mieux. Maintenant.

— Que s'est-il passé ? demanda Sam, véhément.

J'allai m'asseoir sur le lit, le regard vague. Mon tuteur prit la seule chaise disponible. Éric détailla le récit de notre mésaventure. À mesure qu'il avançait dans son histoire, Sam devenait de plus en plus crispé, un œil inquiet vrillant dans ma direction à chaque fois qu'un phénomène étrange était cité. Thomas resta immobile, mais je pouvais ressentir sa colère tant il serrait les dents pour la contenir. Quand Éric eut terminé, ils s'entretinrent tous les trois comme si j'étais inexistante dans la pièce.

— Que va-t-on faire ?

— Nous devons la cacher.

— Elle ne peut plus retourner chez vous, Sam.

— Ça, je le sais ! Mais que comptez-vous faire ?

— Nous devons quitter la région, lâcha Éric. Je vais aller récupérer quelques affaires. Il faudrait utiliser vos ressources pour nous chercher un coin tranquille, où nous pourrons rester un moment. Je vais vous faire la description exacte des deux individus. Thomas vous a déjà donné celle de l'homme mort dans notre parking, je crois.

Alors Sam était au courant pour lui aussi ! Je ne comprenais rien, mais eux avaient parfaitement conscience de tout ce qui se passait. Même si ma fuite de la veille en était la cause, je ne supportais plus que l'on décide à ma place, et surtout sans aucune connaissance des faits.

— Est-ce que l'un d'entre vous peut me dire ce qui se passe ?!

Sam se pencha vers moi. Vu le peu d'espace dans la pièce, assis sur sa chaise, il pouvait me tenir les mains.

— Nous devons agir vite, Gabe. Éric et moi allons chercher ce qu'il te faut. Thomas va rester avec toi et il t'expliquera, c'est d'accord ?

J'opinai de la tête et Sam reprit :

— Je vais devoir m'absenter un moment pour établir une recherche à partir des renseignements en notre possession. Je te laisse avec eux. Tu dois rester avec eux, c'est entendu ?

— Oui. Donne-moi vite de tes nouvelles.

— Bien sûr. Gaby... je suis très fier de toi, tu sais.

En entendant cette dernière phrase, je ne pus retenir mes larmes. Sam me prit dans ses bras avant de se lever et de quitter la pièce avec Éric. Thomas s'assit à la place de Sam.

— J'aurais dû être là. Je n'aurais jamais dû te laisser ! dit-il sans lever les yeux. J'ai failli te perdre à cause de tous mes mensonges ! Pourras-tu un jour me pardonner ?

— Pour le moment, je veux juste savoir qui étaient ces hommes, répondis-je d'une voix sans timbre.

Thomas accusa le coup. Je n'avais pas la moindre envie de m'étendre sur le sujet de notre relation alors que tant de questions restaient sans réponses. Il n'insista pas et prit une grande inspiration avant de commencer.

— Ils sont certainement des membres de la confrérie, comme le type dans le parking d'ailleurs.

— Quelle confrérie ?

— C'est une sorte de communauté secrète. D'après Giuseppe, elle se serait formée il y a plus d'un millénaire, mais il n'y a jamais eu aucune preuve tangible de leur existence. La quasi-totalité des historiens soutient qu'elle n'est qu'une pure légende.

— Elle a un nom, cette confrérie ?

— Giuseppe la nommait *la confrérie des élus*. Mais elle a d'autres noms. Ils se cachent depuis des siècles, attendant leur heure pour se dévoiler au grand jour. D'après lui, ce serait leur but ultime, se révéler quand ils auront réuni tous les moyens d'asservir les hommes.

— Mais pourquoi ?

— Nous avons découvert qu'ils prévoient que l'un deux sera un jour le catalyseur de leur avènement, car ce sont tous des natifs. Ils considèrent que leurs pouvoirs font d'eux des demi-dieux et qu'à ce titre, ils sont au-dessus de tous les hommes. Mais certains membres n'auraient plus supporté de rester dans l'ombre, alors que leur descendance n'était pas assurée. Devenus impatients, ils auraient décidé de mettre au point une stratégie afin d'accélérer le processus de leur prise de pouvoir. Vers le début du XXème siècle, un homme charismatique, convaincu de leur existence et passionné de sciences occultes, a rencontré certains membres de cette confrérie. Ces derniers lui ont fait part de leur théorie sur une race supérieure qui devait, un jour, soumettre le monde : *les natifs*. C'est ainsi que la confrérie a contribué à l'introduction du IIIème Reich et aux recherches occultes qui s'ensuivirent.

— Tu veux me faire croire que les types qui ont tenté de m'assassiner et toute leur clique ont été à l'origine de la Seconde Guerre mondiale ! C'est invraisemblable. Et quel rapport je peux avoir avec ça ?!

— Je ne sais pas encore exactement pourquoi ils prennent autant de risques pour te mettre à l'épreuve, mais, Gabe, c'est très sérieux, tu m'entends ! La confrérie est capable de se servir de n'importe quel moyen pour arriver à ses fins. Leur rapprochement avec les nazis n'était destiné qu'à servir leurs propres intérêts : préparer l'avènement des natifs, les élus. Avec leur aide et celle d'Himmler, Hitler a fondé une branche d'études scientifiques nazies sur les sciences occultes, nommée *l'ahnenerbe*. On dit que la confrérie aurait fourni à Himmler les souches d'ADN des plus grands natifs de leur rang. Le but était de constituer une légion aux pouvoirs surhumains. Le but d'Hitler étant, bien évidemment, de trouver le moyen de devenir lui-même un surhomme. C'est vite devenu une obsession pour lui et pour Himmler. Il a confié la direction du laboratoire du camp de Dachau à un savant fou, le docteur Rascher, qui a effectué des milliers de tests sur des cobayes humains, afin de combiner l'ADN natif à l'ADN d'un être humain ordinaire. À l'époque, évidemment, la notion même d'ADN était inconnue, mais la confrérie, qui effectuait des recherches depuis des siècles sur leurs origines, guida le début des expériences de Rascher. En plus de mille ans d'existence, ils ont répertorié des lignées entières de natifs à travers les âges, conscients que les facultés se transmettaient de génération en génération. Pourtant, l'héritage du don n'est pas certaine, alors ils entreprirent de surveiller chaque héritier dès l'adolescence. S'il présentait des aptitudes, alors ils le recrutaient par tous les stratagèmes possibles. Le problème, c'est qu'il n'y a toujours eu que peu d'entre nous. Un nombre trop insuffisant pour former une légion. Le seul moyen était donc de les créer. Puis, vers 1944, une rumeur a couru, rapportant que l'*ahnenerbe* avait réussi à convertir trois souches d'ADN. Mais depuis la fermeture du camp, il n'y a eu aucun témoignage sur cette histoire, et le laboratoire a été détruit avant l'arrivée des Américains en 1945. Maintenant, tu sais jusqu'où la confrérie est prête à aller pour provoquer son destin.

Pendant un instant, je tentai de rassembler mes pensées et de comprendre chaque élément de l'étendue des révélations de Thomas. J'en étais incapable.

— Des natifs ? Une confrérie… Mais moi, je suis qui ?

— D'après Giuseppe, tu es la descendante d'Isabelle Castellane, l'une des premières natives de ce monde d'après ce que l'on sait. Mon oncle a toujours pensé qu'elle aurait pu être la plus puissante de tous si elle avait dépassé la vingtaine. Elle a péri sur le bûcher sous les ordres de l'Inquisition, dénoncée comme sorcière. À cette époque, elle ne devait pas avoir conscience de ce qu'elle était vraiment. Elle a pourtant emporté avec elle plus de cinq cents personnes, tout consumant par le feu dans un rayon de deux kilomètres à la ronde. En Ariège, cette histoire est une légende, la légende d'« *Isabelle, l'incendiaire de Lédar* ».

Je restai un moment sans expression, tentant d'assimiler le sens de sa déclaration. J'étais blême.

— Alors… je descends d'une meurtrière !

— On suppose qu'elle ne l'avait peut-être pas voulu. Gabe, tu es douée de télékinésie, et peut-être as-tu d'autres facultés qui ne se sont pas encore révélées. Mais ton pouvoir est directement lié à tes émotions. Qui sait ce qu'Isabelle ressentait au moment de sa mort, de sa douleur, de sa colère… Un pouvoir aussi grand que le sien, s'il n'est pas contrôlé, peut être extrêmement dangereux. C'est pour cela qu'il était impératif de te retrouver.

— Télékinésie ? Alors, tu penses que je suis dangereuse ?

— Non, mais révéler ce que tu es par mégarde pourrait t'apporter une tonne de problèmes. Et crois-moi, il était temps que je te retrouve. C'est d'ailleurs Cédric Fabre qui a fini de nous convaincre que tu étais l'une des nôtres.

Ce nom déclencha un soubresaut dans ma poitrine. Que venait faire dans cette histoire mon ex-petit ami, mort de son état !

— Tu connaissais Cédric ?!

— Nous l'avons rencontré un peu avant de nous inscrire au lycée. Pendant notre investigation, nous avions entendu la rumeur selon laquelle tu étais complètement cinglée. Cela nous a mis la puce à l'oreille, tu t'en doutes. Nous sommes allés voir Cédric et, je te l'avoue, nous l'avons menacé physiquement. Nous n'avions pas vraiment le choix si nous voulions connaître la vérité. Finalement, il nous a révélé que, le jour où il t'avait embrassée pour la première fois, il a vu des objets flotter dans les airs, tous dans un rayon d'un mètre autour de toi. Il a eu la plus grande trouille de sa vie et s'est enfui aussitôt. Pour expliquer sa conduite, il n'a rien trouvé de mieux à faire que de diffuser une rumeur t'accusant d'être dingue, croyant alors que te faire passer pour une folle le convaincrait de ne pas être devenu fou lui-même. Après ça, nous étions sûrs de t'avoir enfin trouvée.

Mon sang se figea, je baissai les yeux avant de lui poser la question, la peur au ventre à l'idée d'en connaître la réponse.

— Est-ce vous qui avez tué Cédric ?

— Bien sûr que non ! Notre seul but était de te trouver et de connaître la vérité sur la mort de nos parents. Nous ne sommes pas des meurtriers !

— Mais tu étais prêt à tout, n'est-ce pas ?

Ma colère revint aussi vite que ma tristesse avait disparu. Dans toute cette histoire, complètement insensée, j'étais la seule à ne rien savoir, et j'avais la douloureuse impression d'être un insignifiant rouage dans l'immense mécanisme du destin. Je savais déjà que ma vie ne serait plus jamais la même, après ça. J'en étais convaincue. Je repensai à Olivia durant un court instant, et les larmes revinrent baigner mes yeux.

— Quoi qu'il en soit, tu ne t'es pas gêné pour coucher avec moi pour confirmer ton histoire ! Tu n'as jamais tenu à moi !

— Tu n'es pas juste, Gabrielle ! Tu ne sais pas tout ! Peux-tu seulement t'imaginer à ma place ? Peux-tu seulement concevoir ce que tu représentes à mes yeux ? J'ai passé plus de deux longues années à te chercher partout dans le monde, à ne penser qu'à une seule chose : toi. Tu es mon horizon depuis tellement longtemps que je n'ai pensé à rien d'autre depuis des mois.

— Pourquoi ne m'as-tu pas dit la vérité, alors ?

— Je n'arrivais pas à m'y résoudre. Tu étais si innocente, si libre d'être simplement… toi. Allais-je donc te révéler un secret aussi lourd, dans ces circonstances ? Je savais que tu découvrirais un jour ou l'autre ce que tu étais vraiment. De plus, et même si j'étais certain que tu étais celle que l'on cherchait, à part les propos de Cédric, je n'en avais aucune preuve. C'est un simple baiser qui lui a révélé tes aptitudes, je savais alors comment m'y prendre. Tu veux que je m'en excuse, mais je refuse. Je ne regrette pas une seule seconde ce que j'ai fait, car t'avoir dans mes bras était, pour moi, la chose la plus naturelle qui soit. Je te voulais avant même de t'avoir rencontrée et ensuite, ce fut pire. Je n'ai pas pu m'arrêter, j'ai eu trop peur de te perdre !

— Je… ne sais plus quoi penser, c'est trop… tout ça. Je ne comprends pas pourquoi je ne m'en suis pas aperçue, enfin c'est dingue !

— Tu n'en as jamais eu conscience, car c'est naturel chez toi, poursuivit-il, plus calmement cette fois. Au bout de quelque temps, tu as inconsciemment contrôlé ta faculté pendant nos… contacts physiques. Mais, pour tout te dire, la première fois que nous avons fait l'amour… tu as… enfin, disons que le lit a lévité d'un mètre au-dessus du sol.

— Un mètre ! Ô, mon Dieu !

— Mais ce n'était plus qu'une question de jours avant que tu ne t'en rendes compte par toi-même. Dès que les facultés apparaissent, la progression va crescendo. C'est l'éveil natif. La télékinésie va devenir aussi naturelle pour toi que d'inspirer l'air dans tes poumons.

— Mais comment est-ce possible ? Dans le train, j'ai ressenti quelque chose, une simple pensée a réussi à bloquer les balles, mais si je n'y étais pas parvenue…

— Mais tu y es arrivée ! C'est compliqué d'expliquer comment cela fonctionne. Il faut considérer que l'univers est un tout, constituant une symbiose entre tous les éléments et la matière. Toi, tu maîtrises la faculté de commander à ces éléments et à la matière. Cela t'a sauvé la vie.

— Et ton frère et toi êtes quoi, exactement ?

— Nous sommes dotés d'une force et d'une rapidité surhumaines. Giuseppe nous a dit que la confrérie appelle les natifs tels que nous des *puissants*.

— Y a-t-il encore d'autres facultés possibles ? Tu as dit tout à l'heure que j'en avais peut-être d'autres.

— Chez les natifs, les dons sont transmis génétiquement, et deux natifs aux pouvoirs différents peuvent transmettre chacun leur gène. Il y aurait des télépathes capables de contrôler les esprits et des médiums en mesure de lire l'avenir. L'alliance de deux natifs peut donc créer un mélange de plusieurs facultés chez leurs descendants. Enfin, c'est une possibilité…

La porte d'entrée s'ouvrit brusquement. Éric se tenait sur le seuil, nous toisant de son regard perçant, un immense sac paquetage militaire sur le dos. Il s'avança pour poser son chargement dans le coin de la chambre et se planta en face de moi.

— Gaby, tout va bien ? demanda-t-il, le visage soucieux.

— Pas vraiment, non ! rétorquai-je alors que la colère me gagnait à nouveau. J'apprends qu'une confrérie malintentionnée en a après moi et, pour couronner le tout, qu'elle a visiblement un lien direct avec l'holocauste. Je viens d'échapper à une tentative d'assassinat et je suis une espèce de monstre incapable de contrôler mon pouvoir. Et, le pire, c'est que toutes les personnes autour de moi étaient parfaitement au courant de cette situation. Sans compter le meurtre de mon ex-petit ami qui a certainement été commandité à cause de moi, et l'homme dans le parking, mort à cause d'un geste de *ma* main. Donc, pour répondre à ta question, Éric, non, ça ne va pas du tout !

Je me levai d'un bond et allai m'enfermer dans la salle de bains. La porte fermée, je me laissai glisser contre le mur. Assise, le front posé sur mes genoux, je pleurais. Était-ce un cauchemar ? Allais-je un jour me réveiller ? Il était impossible que je puisse être liée de près ou de loin à tous ces événements ! Il était invraisemblable que de tels pouvoirs existent ! Et pourtant... j'arrivais facilement à digérer certaines informations parmi d'autres et la découverte de ma télékinésie était l'une d'elles. Je pouvais enfin mettre le doigt sur ce qui clochait chez moi. Mais quel rôle Sam avait-il vraiment joué dans cette histoire ? S'il était au courant pour la confrérie, pourquoi ne m'avait-il pas prévenue de leur possible arrivée ? Une question me traversa soudain l'esprit. Je regagnai la chambre, les yeux bouffis, mais déterminés.

— Comment se fait-il que la confrérie ait essayé de me tuer plutôt que de me recruter ?

— Qui a dit qu'elle voulait te tuer ? me lança Éric.

— Euh... eh bien... nous tirer dessus me paraît être la manière la plus efficace pour se débarrasser de nous, non ?

— Si tu n'es pas capable d'échapper à une fusillade en tant que descendante d'Isabelle Castellane, alors tu ne les intéresses pas, répliqua froidement Éric. Je pense qu'ils en ont au contraire profité pour tester tes aptitudes, et les miennes par la même occasion.

— Ont-ils déjà essayé de vous recruter ?

— Non. Et pour cause, nos parents n'ont jamais déclaré nos naissances. Nous avons été cachés toute notre vie. Sam a fait du bon boulot pour te protéger, mais s'ils étaient déjà au courant de ton existence, ils allaient forcément finir par te retrouver. Maintenant, ils en ont eu deux pour le prix d'un, on dirait.

Je m'assis sur le lit, abattue. Je n'avais pas connu ma mère et très peu mon père, mais à ce moment précis, je ne pensais qu'à eux. J'avais tant besoin qu'ils m'expliquent enfin qui j'étais. D'une voix lasse cette fois, je m'adressai à Thomas.

— S'il y a si peu de natifs, comment est-il possible que les lignées ne se soient pas éteintes avec le temps ? Une poignée n'est pas suffisante pour perdurer des siècles !

Les deux frères échangèrent un étrange regard dont je ne compris pas la signification. Puis, Thomas baissa la tête, laissant la parole à Éric qui se racla la gorge avant de s'adresser à moi :

— Les natifs s'attirent entre eux.

— Mais s'ils s'attirent entre eux, comment se fait-il que vous ayez eu tant de mal à me retrouver ?

— Non, tu ne m'as pas bien compris. Maintenant que tu as connu ton éveil et pris pleine possession de tes pouvoirs, si tu te promenais dans une rue bondée de Paris et qu'un natif se trouvait parmi les passants, tu le ressentirais immédiatement. C'est cette inexorable attraction qui a permis aux natifs de se perpétuer.

— J'ai un peu peur de comprendre… marmonnai-je.

— Il y a une sorte d'alchimie sexuelle qui circule entre natifs, finit par lâcher Thomas. C'est un fait.

Mes yeux s'écarquillèrent à mesure que je réalisais la teneur de ses propos. Tout s'expliquait. Mon envie insatiable de le toucher, la difficulté à contrôler mes ardeurs, cette sensation brutale d'éprouver le désir de l'autre et… mon irrépressible attirance pour Éric.

Thomas leva les yeux pour me dévisager, guettant une réaction qui ne se fit pas attendre. La colère me gagna à nouveau. J'avais été tellement stupide. Johnny avait raison. Rien n'était normal dans notre comportement. Finalement, ce que je croyais être le fruit d'un grand amour était en fait celui d'une inévitable alchimie due à nos gènes. Je refoulai mes larmes.

— Je veux partir, lançai-je, fermement.

— Non ! rétorqua Thomas.

— Je ne vais certainement pas rester planquée dans cette pièce toute ma vie, tu m'entends ! Si la confrérie doit me trouver, elle le fera chez moi, je rentre !

Je me faufilai entre Éric et le lit et me dirigeai vers la porte d'entrée. À peine avais-je posé mes doigts sur la poignée que Thomas se matérialisa devant moi.

— Il en est hors de question !

— POUSSE-TOI ! hurlai-je.

Thomas fut éjecté à travers la chambre et défonça la porte de la salle de bains. Je ne l'avais pas fait exprès, mais considérais finalement cette télékinésie très pratique. Éric, quant à lui, demeura planté au milieu de la pièce. Il n'avait pas émis la moindre objection alors que je refermais la porte derrière moi.

CHAPITRE 13

Lorsque je regagnai la maison, il faisait déjà nuit. J'avais longuement marché, me disant qu'avec l'incident du train, j'allais avoir du mal à reprendre les transports en commun avant un bout de temps. Cette marche avait néanmoins eu l'effet providentiel d'avoir calmé mes nerfs, et cela m'avait donné l'occasion de réfléchir plus logiquement à ma situation. J'avais donc classifié les événements dans ma tête afin de mieux les comprendre.

1. Mon père était mort dans de mystérieuses circonstances.
2. Sam avait mis tous les moyens à sa disposition pour cacher mon existence. Bien qu'il ait échoué dans cette entreprise et qu'il m'ait caché la vérité, une partie de moi lui en était reconnaissante. Mais jusqu'où était-il impliqué exactement, et que savait-il de plus à propos de mes parents ?
3. J'étais dotée d'un pouvoir télékinésique que je ne maîtrisais pas, ou à peine, et qui pouvait se manifester à chaque fois que mes émotions prenaient le dessus, autant dire 80 % du temps.
4. J'éprouvais une inéluctable attirance pour mes semblables, et vice versa. Je comprenais alors mieux pourquoi ma relation avec Thomas était si fusionnelle, si charnelle aussi. Et que dire

d'Éric… Mon trouble n'était lié qu'à cette attraction génétique, et pourtant… cette explication ne me suffisait pas. J'avais le sentiment que, depuis ma rencontre avec les Valérian, ma libido avait explosé. Une attirance même native pouvait-elle expliquer un tel emportement ?
5. *La confrérie des élus.* Que dire d'eux, à part leur effrayant penchant pour la soumission des hommes et leur cruauté ? Savoir qu'ils étaient mêlés à ce qui fut la pire et la plus innommable tragédie de l'Histoire me donnait envie de vomir. Comment ces gens pouvaient-ils supposer que je puisse, un jour, avoir la moindre intention de les rejoindre ?
6. Et moi, dans tout ça, qu'allais-je faire ?

Je ne pouvais pas me terrer indéfiniment. Non, j'allais continuer ma vie telle qu'elle était avant toutes ces révélations et aussi longtemps que possible. J'allais retourner au lycée dès le lendemain, et personne ne m'en empêcherait. Si on considérait la courte espérance de vie des membres de ma famille, je me refusais à perdre le peu de temps qu'il me restait à vivre. J'allais donc prendre ce risque.

Une douche tiède avait fini de replacer tous les éléments dans leur contexte. Je descendis au rez-de-chaussée et m'affalai sur le canapé. Une bougie trônait au-dessus de la petite table du salon. Je fermai les yeux et fis le vide autour de moi. Le silence régnait dans la maison. Ma respiration se fit plus lente, plus détendue, et quand je rouvris mes paupières, reportant toute mon attention sur la bougie, il ne se passa rien. J'essayai encore pendant une bonne demi-heure, sans résultat, jusqu'à ce que, impatiente, je rumine mon échec en lâchant un geste brusque de la main. La bougie alla s'exploser contre le mur de l'escalier, me laissant bouche bée.

Grisée par ce succès, je me mis en quête de toutes les chandelles de la maison et me rendis dans ma chambre. Je planquai les objets les plus délicats – il n'y en avait pas tant que ça, puisque je pensais jusqu'à récemment être une inconsciente maladroite – et j'étalai les bougies sur le lit. Assise en tailleur, je recommençai mon expérimentation mentale, mais elles ne bougèrent pas d'un centimètre. À force de persévérance et après de nombreuses tentatives, une bougie se renversa enfin, une autre voltigea à travers la pièce, et l'une d'elles lévita devant mes yeux ébahis.

Je ne saurais correctement expliquer la sensation que j'éprouvais face à ce phénomène. Je le considérais comme un miracle. Un miracle dont j'avais l'entière maîtrise. Je pouvais faire léviter la bougie à un mètre au-dessus du sol, puis la faire redescendre. Je repérai mon téléphone portable sur mon bureau et le fis venir jusqu'à moi aussi facilement que si je l'avais attrapé de mes propres mains. J'éclatai de rire en composant le numéro.

— Éric ! J'y suis arrivée !

— Veux-tu que je vienne pour une démonstration ? suggéra-t-il de sa voix chaude.

— Carrément !

Il arriva à peine une minute plus tard. Je lui ouvris la porte, alors que j'étais tranquillement assise sur le divan. Ce don allait me rendre très fainéante à l'avenir. Il fut surpris de me découvrir à ma place plutôt que sur le seuil et esquissa un sourire amusé.

— Aussi naturel que d'apprendre le vélo, me lança-t-il, avec une pointe de fierté dans la voix.

— Je n'arrive pas à le croire, c'est... exaltant !

— Je veux bien l'admettre, mais ce n'est qu'une infime partie de tes pouvoirs, ma belle.

— C'est ce que Thomas m'a dit.

— Un natif de ta lignée peut posséder des pouvoirs considérables. On ne sait pas encore jusqu'où peut s'étendre ta faculté.

— J'aimerais bien le savoir.

— Tu le sauras un jour. T'entraîner est une bonne chose, car, mal utilisé, ton pouvoir serait dangereux.

— Tu penses que c'est possible.

— Je ne sais pas.

— Je ne te ferai pas de mal, rétorquai-je, un tantinet trop impétueuse dans ma déclaration.

— Ça, je le sais, répondit-il fermement. C'est pour toi que je m'inquiète.

— Pour moi ? Oh ! Éric, je ne peux plus revenir en arrière maintenant ! Quelle angoisse ! m'emportai-je avant de murmurer. Et si j'arrivais à éviter toute forme de lévitation dès que j'éprouve du désir pour un homme, ça m'arrangerait, à l'avenir.

Le regard d'Éric se voila un instant. Je regrettai mes paroles. Il s'assit lentement sur le fauteuil, ses yeux rivés dans les miens. Je devinais ce qu'il voulait me dire, mais je n'avais aucunement l'intention de revenir sur le baiser échangé après notre tentative d'assassinat.

— Gaby… Il faut qu'on parle de ce qui s'est passé dans le train, car Thomas…

— Éric, je n'ai pas la moindre envie d'avoir cette discussion, le coupai-je. Tu as bien fait de m'embrasser, sinon je ne serais jamais sortie de ma catatonie, alors ne revenons pas là-dessus.

Il sembla réfléchir un moment, la main droite posée sur son front.

— D'accord, concéda-t-il, accepterais-tu néanmoins que je reste dormir sur le canapé, cette nuit ? Je n'aime pas te savoir seule et les sièges de l'Audi ne sont pas aussi confortables qu'on pourrait le croire.

— Tu étais devant chez moi pendant tout ce temps ! réalisai-je, atterrée. J'aurais dû m'en douter vu la vitesse à laquelle tu es arrivé, mais j'avais mis ça sur le compte de ta super-rapidité.

— Non, je discutais juste de certaines modalités avec Thomas. Il est rentré.

— Il était dehors avec toi ?

— Oui.

Je fus profondément touchée par leur geste à tous deux. Ils s'inquiétaient pour moi, au point de passer leur nuit dans une voiture. J'avais certainement brisé le cœur de Thomas en invitant son frère à venir, alors qu'il se trouvait lui-même à ses côtés. Je voulais simplement partager mes impressions avec Éric. Tout paraissait si fluide avec lui, alors qu'avec Thomas, le chaos avait envahi notre relation. Une partie de moi lui reprochait ce qui m'arrivait, alors que, consciente qu'il n'était pas exempt de tous reproches, je savais qu'il n'était absolument pour rien au fait que j'étais et demeurerais… une native.

— Éric, je dois voir ton frère, m'empressai-je de lui dire.

Son attitude masqua une déception mal contenue, mais il ne protesta pas. Il m'emmena immédiatement chez lui dans sa luxueuse berline. Nous n'échangeâmes pas un mot jusqu'à notre arrivée.

— Je serai chez toi s'il y a le moindre problème.

— Merci, Éric.

Mais il avait déjà détourné le regard.

JE SORTIS de la voiture et pris la direction de l'entrée du bâtiment. Je sonnai à l'interphone.

— Qui est-ce ? m'interpella une voix impatiente.

— Thomas, c'est Gaby !

Après quelques secondes de silence, la porte se déverrouilla, ainsi que la deuxième. Je pris l'ascenseur. L'entrée de l'appartement des Valérian était grande ouverte. À l'intérieur, une vision majestueuse me brûla la rétine. Thomas était torse nu, cheveux humides, et ne portait qu'un simple jean clair au-dessus de ses pieds nus. Cette apparition finit de faire disparaître mes derniers ressentiments à son égard.

Il passa devant moi, le regard triste, et alla s'asseoir sur le fauteuil au milieu de la pièce. Il baissa la tête et enfouit ses mains dans ses cheveux couleur d'ébène.

— Gaby ! Je deviens fou. Je comprends ton indignation, mais je ne peux plus supporter cette froideur. Je ne peux pas vivre sans toi, je ne peux pas vivre en sachant que tu me hais. Tu occupes toutes mes pensées, et j'en crève !

Il déballa ses émotions comme s'il les avait gardées pour lui durant des années. Son chagrin m'ébranla instantanément. Je ne pouvais supporter de le voir ainsi. Je n'avais jamais voulu lui faire autant de mal, et le découvrir dans cet état était un véritable supplice. J'avais conscience qu'il n'avait pas été honnête avec moi, mais, avec le recul, je pouvais à présent comprendre son geste. Un lien inébranlable m'unissait désormais aux Valérian, et en particulier à Thomas. Je me jetai à ses pieds et glissai ma tête entre ses genoux. Il releva brusquement son torse, surpris par mon geste, puis glissa lentement ses doigts dans mes cheveux. Son front se posa contre le mien quand il murmura :

— Je t'aime.

Je déroulai mes bras et posai mes mains de chaque côté de son visage. Nous restâmes un moment, le regard rivé dans celui de l'autre, à nous dévisager comme s'il s'agissait de notre première rencontre. Je me rapprochai de lui et effleurai sa bouche du bout des lèvres. Un léger sourire se dessina sur son visage. Il passa une main sur ma nuque et me rendit mon baiser au centuple. Une onde de chaleur inonda ma poitrine et mes joues s'enflammèrent. D'un geste, il m'attira contre lui et passa ses doigts le long de mon dos, alors que son autre main s'enchevêtrait dans mes cheveux. Je me reculai un instant pour reprendre mon souffle tant ma respiration devenait fébrile. Lui m'observait d'un regard incandescent puis m'allongea sur le sol. La suite des événements ne lui laissa aucun doute quant à mes sentiments. Moi aussi, je l'aimais.

Nous étions restés un moment, là, allongés et nus sur le tapis du salon. J'avais encore ma tête dans le creux de son bras et lui embrassais le cou. Je n'avais pas froid, bien au contraire. Un feu ardent couvait encore sous ma colonne vertébrale. J'étais plus heureuse, car il me semblait que tout redevenait normal entre nous. J'étais avec l'homme le plus beau du monde, et il m'aimait. Dans son silence, je n'avais cependant rien senti de son mal-être avant qu'il n'aborde lui-même le sujet.

— J'ai une question à te poser.

— Mmmh… oui, marmonnai-je.

— Es-tu déjà attirée par Éric ?

Aussitôt, je me raidis. Ma stase magique venait de se dissiper, et un sujet on ne peut plus épineux s'annonçait. J'avais moi-même de nombreuses questions au sujet d'Éric. Notre baiser dans le train était si intense que je pouvais encore m'en rappeler physiquement les sensations. Sans compter l'épisode de la chambre au Kyriad : la vision de son corps divin sortant de la douche allait rester imprimée dans ma mémoire jusqu'à la fin de mon existence. Je ne pouvais assurément pas en parler à Thomas. Il ne comprendrait pas, c'était certain.

— Non, mentis-je.

— Ça arrivera un jour. Et ce jour-là, ne me le dis pas, c'est entendu ?

Sa phrase me transperça comme une lame chauffée à blanc. La

culpabilité se pointa en un éclair, et j'avais maintenant la douloureuse sensation de l'avoir trahi. Ma colère envers lui m'avait fait franchir la barrière de la pudeur que je n'aurais jamais dû traverser avec Éric, mais seulement en pensée. L'épisode du train était différent. M'embrasser était le seul moyen pour lui de me sortir de ma tétanie. Éric aurait pu me coller une gifle, mais il avait choisi la manière douce, car il n'était pas homme à frapper une femme. En y repensant, les résonances physiques de cet intense baiser se firent à nouveau ressentir. Mais si tout ceci n'était qu'une excuse pour me convaincre, alors les mots d'Olivia prenaient tout leur sens « *Je crois qu'il est amoureux de toi* ». Et ceux de Thomas étaient encore ancrés dans ma tête « *J'ai passé plus de deux longues années à te chercher, à ne penser qu'à une seule chose : toi. Tu es mon horizon depuis tellement longtemps que je n'ai pensé à rien d'autre depuis des mois.* » Et si c'était aussi le cas pour Éric ? Lui aussi m'avait recherchée pendant tout ce temps. Sans compter cette fichue attraction native. À l'avenir, je devais éviter Éric aussi souvent que nécessaire, c'était vital. Il était hors de question de me fourrer à nouveau dans une situation aussi délicate. Thomas était l'homme à qui appartenait mon cœur, j'en étais certaine.

— C'est entendu, affirmai-je alors, tandis que subtilement je me dressais au-dessus de lui.

Pendant un instant, il me dévisagea, un air suspicieux dans le regard. Alors qu'il s'apprêtait à commenter ma réponse, je fis ce que toute femme aurait fait à ce moment-là. De surprise, il en écarquilla les yeux. Une pensée incongrue me traversa l'esprit : le sexe pouvait donc couper court à toute discussion embarrassante ? Je ne m'étendis guère sur cet aphorisme et m'abandonnai à lui.

CHAPITRE 14

Le lendemain matin, un soleil éblouissant illuminait un ciel dénué de nuages. Il faisait un froid sec en cette matinée hivernale. Je me sentis incroyablement ravivée par cette fraîcheur, mêlée aux rayons chauds caressant mon visage. J'avais quitté Thomas tôt, ce matin-là, car je n'avais rien prévu pour me changer avant de me rendre au lycée. J'éprouvais maintenant une certaine appréhension à l'idée de me retrouver seule face à Éric. Je l'avais laissé en plan cette nuit, alors que je l'avais invité et qu'il était venu me protéger. Pas très fière de moi sur ce coup, je fus soulagée de constater son absence en rentrant chez moi. Je me rendais à l'étage quand mon portable se mit à vibrer dans la poche arrière de mon pantalon. Aucun nom de correspondant ne s'affichait sur l'écran.

— Allô ?

— Gabe, c'est Sam. Écoute, je dois te voir le plus tôt possible. Je rentrerai dans la nuit, alors sois prudente et reste avec les Valérian.

— Où es-tu ?

— En Angleterre, je prends l'Eurostar ce soir. J'ai découvert quelque chose d'extrêmement préoccupant, et je dois vous en parler à tous les trois. Reste bien planquée avec les deux frères.

— Je dois aller au lycée.

— Il en est hors de question !

— Alors qu'est-ce que tu suggères ? Je devrai me cacher toute ma vie, la peur au ventre, dans une chambre d'hôtel miteuse, c'est ça ?

— Non. Mais pour le moment, tu ne dois pas attirer l'attention, c'est une question de vie ou de mort !

— Enfin, personne n'ira faire d'esclandre dans un lycée bondé d'élèves. De plus, Thomas et Éric seront là. Bon, je dois y aller, Sam, à ce soir.

— Gabe…

Je culpabilisais d'avoir raccroché si subitement, mais je savais que je n'arriverais jamais à me faire comprendre de Sam, obnubilé par ma protection.

Après ma douche, je passai un pantalon noir moulant, une tunique marron et des bottes assorties. Je partis en trombe après avoir enfilé mon manteau. Le lycée allait fermer ses portes dans moins de dix minutes, alors une marche rapide s'imposait. En arrivant, je fus surprise de constater l'absence de Thomas à l'entrée. En revanche, Olivia m'y attendait de pied ferme. Je décelai rapidement un problème dans son attitude. Elle me toisait, l'air furax.

— Bonjour, Liliv, lançai-je malgré son regard noir.

— Tiens ! Tu me dis bonjour ? Alors toi, t'es vraiment gonflée !

— Qu'est-ce qui se passe ?

— Tu n'as rien à me dire ? dit-elle, du mépris dans la voix.

— Non, je ne vois pas.

— Ah, ouais ? C'est bizarre. Fatou Mangata travaille avec sa mère dans une boutique de mariage dans le 10e. Elle se tapait l'inventaire de nuit ce week-end, et quand elle est sortie fumer sa clope, devine sur qui elle est tombée ? Éric et toi rentrant tous les deux au Kyriad. Tu es encore sûre de n'avoir rien à me dire ?

Je me décomposai. Le mot « coupable » aurait pu s'afficher sur mon front que je ne m'y serais pas mieux prise. Certes, il ne s'était rien passé avec Éric, mais notre nuit n'avait rien d'une soirée pyjama entre amis non plus.

— Il ne s'est rien passé, je te le jure, Liliv !

— Alors, qu'est-ce que tu foutais avec lui dans une chambre d'hôtel, tu m'expliques ?

— Je ne peux pas te le dire, je suis navrée, mais je te promets qu'il ne s'est rien passé.

— Tu ne peux rien me dire ? Comme c'est pratique… T'aurais quand même pu attendre une semaine ou deux avant de lui sauter dessus.

— Olivia…

— Tu n'as vraiment pas froid aux yeux, Gaby ! vociféra-t-elle. Te taper le propre frère de ton mec ! Tu me dégoûtes ! Ne m'adresse plus jamais la parole !

Elle virevolta et alla rejoindre la bande de Sophéa Chang. Une épée en plein cœur m'aurait fait moins mal. Je tentai de rassembler mes esprits, mais j'étais anéantie. Thomas n'était pas là, mais j'entraperçus Éric sous le porche de *La Rotonde*. J'aurais voulu lui demander s'il savait où était son frère, mais ce n'était vraiment pas le moment, et puis je n'allais pas lui parler sous les yeux d'Olivia. De plus, rien ne laissait supposer qu'il ait envie de m'adresser la parole alors que je l'avais planté seul cette nuit.

PENDANT LES DEUX heures de philo, je repassai sans cesse les mots assassins que ma meilleure amie venait de me cracher au visage. Je l'avais tant fait souffrir. Une chose était certaine, elle n'avait pas complètement tourné la page d'Éric, et, ça, j'aurais dû le deviner. Son attitude avec lui avait été différente. Je réalisai que sa rupture n'avait eu d'autre but que de protéger sa fierté. Elle croyait dur comme fer qu'Éric était amoureux de moi, et je m'en voulais de ne pas avoir su discerner plus attentivement la profondeur de ses sentiments à son égard. De plus, Thomas ne s'était toujours pas montré. Un sentiment de malaise m'envahit alors que, m'apprêtant à quitter le cours de Devesniel, celle-ci m'interpella.

— Mademoiselle Chêne, venez me voir, s'il vous plaît.

Je m'avançai vers elle et découvris son expression indéchiffrable. Elle croisa les bras sur son bureau et me toisa de son regard d'acier.

— Mon cours vous ennuie, Gabrielle ?

— Pas du tout !

— Pourtant, vous avez l'air préoccupée.

— Oh ! Je suis désolée, Madame. Je rencontre quelques… soucis en ce moment, et je suis un peu distraite. Je m'en excuse.

— Mmmh. J'aimerais qu'on en parle.

— Mais j'ai un cours d'anglais dans cinq minutes, dis-je, tentant d'esquiver sa requête.

— Vous terminez à quelle heure ?

— Dix-sept heures, Madame.

— Alors, venez dans cette salle à dix-sept heures, et on en reparlera.

— Mais…

— À ce soir, dit-elle en désignant la porte de la main.

Je sortis encore plus affligée qu'au matin. Toute la journée, je traînai les pieds pour me rendre à mes cours. J'avais voulu revenir au lycée pour continuer à vivre ma vie aussi normalement que possible, mais je réalisai que rien ne pourrait plus jamais être normal. Et puis, après tout, qu'est-ce qu'elle avait de si exaltante, ma vie, finalement ? Excepté les tentatives de meurtre, je n'avais jamais été aussi heureuse que depuis ma rencontre avec Thomas. Il me prit une furieuse envie de l'appeler, mais Johnny m'extirpa de mes réflexions aussi sûrement qu'on arrache un sparadrap.

— Alors, comment ça va, petite cochonne ?

— Johnny ! m'emportai-je, outrée.

— Oh, ça va ! Olivia m'a téléphoné pendant plus d'une heure hier soir, pour me raconter ses malheurs, j'en pouvais plus !

— Je n'ai rien fait avec Éric !

— Bien sûr ! Vous avez joué au Scrabble ! lâcha-t-il, ironique.

— Écoute, il m'a simplement soutenu dans un moment difficile.

— Mais, ma chérie, je m'en contrefous ! Et d'ailleurs, j'ai été parfaitement clair avec Olivia à ce sujet, je ne veux pas m'en mêler. Mais maintenant, arrête de me prendre pour une truffe. Même si tu n'as pas forniqué avec le frère de ton jules, ne me dis pas que, dans une pièce d'à peine dix mètres carrés, un canon tel que lui n'a pas fait bouillonner ce qui te sert de vagin.

— Oh ! Mais non… réussis-je finalement à articuler.

— Mmmh... Quoi qu'il arrive, il va falloir que t'arranges les choses avec Olivia. Elle est furax.

— Je vais arranger ça, je te le promets.

Sur ces derniers mots, je me rendis au cours de Keller. Il ne restait plus qu'une heure à tirer avant de rejoindre Thomas chez lui. À dix-sept heures, j'allai dans la classe de Devesniel en espérant en terminer rapidement. J'avais tenu mon engagement, mais visiblement, j'étais la seule, car il n'y avait pas âme qui vive dans la salle de classe. Je commençai sérieusement à me demander si je devais rebrousser chemin, mais je décidai finalement d'attendre, assise face au bureau de la prof et, par conséquent, dos à la porte. Je n'avais pas entendu entrer l'homme qui se tenait derrière moi.

— Bonjour, Gabrielle, déclara l'inconnu à la voix rocailleuse.

CHAPITRE 15

Je fis volte-face. L'individu à la voix de braise se tenait à quelques centimètres de moi, et il était tellement grand que je dus me lever pour apercevoir son visage.

— Restez assise, je vous prie, m'enjoignit-il en plaçant son imposante carrure derrière le bureau. Je dois m'entretenir d'une chose importante avec vous, Gabrielle.

— Mais… comment connaissez-vous mon nom ? demandai-je, blême.

— Voyons, mademoiselle Chêne, nous connaissons tout de vous depuis très longtemps, lança madame Devesniel, fermant la porte derrière elle.

Un froid indescriptible me figea. J'avais beau essayer, j'étais incapable de bouger le moindre muscle. Seule ma tête restait mobile. J'en conclus aussitôt que les deux individus se tenant maintenant face à moi étaient des natifs. Devesniel était plantée juste derrière l'homme, son attitude révérencieuse laissant deviner qui était le maître entre les deux. L'homme, quant à lui, n'avait visiblement pas plus de vingt-cinq ou trente ans, et son sublime visage métissé était mis en valeur par ses longues dreadlocks tombant en cascade sur ses larges épaules. Ses prunelles scintillaient d'une lueur émeraude, incandescentes et fascinantes. Son nez, fin et robuste, soulignait une bouche avenante. Enveloppé dans son long manteau noir, il me dévisageait avec la convoitise d'un animal venant de capturer sa proie. Il afficha un sourire angélique qui dévoila des dents parfaitement blanches et symétriques. La beauté personnifiée dans un corps d'homme. Il ne me quittait plus des yeux, et mon sonar à émissions natives captait très nettement ses sentiments à mon égard. Lui aussi éprouvait de l'attirance pour moi, cependant, contrairement à Thomas et Éric, ses ondes ne me parvenaient pas comme une bourrasque ardente, plutôt comme des tentacules qui s'enroulaient autour de moi, se mêlant subtilement à mes propres émotions. J'en étais transie. Un instant perdue dans son incroyable regard, je n'en oubliais pourtant pas la situation critique dans laquelle je me trouvais.

— Vous connaissez Sophie, commenta l'homme en désignant Devesniel d'un geste de la main.

— Disons que, jusqu'à maintenant, je ne l'appelais pas par son prénom.

— Je me nomme Carmichael, clama-t-il, ignorant toute forme de sarcasme dans mes propos, et je suis un natif. Tout comme vous, ma chère.

— Je ne vois pas de quoi vous parlez.

— Voyons, Gabrielle, nous savons tous les deux que ce n'est pas l'opération du Saint-Esprit qui a stoppé les balles dans le train. Grégoire a été… disons… fasciné par votre intervention.

— Vous parlez du rouquin qui a voulu me trucider ?

— Il est allé un peu loin, je l'admets. Mais le résultat est plus que probant. Vous faites partie des nôtres, Gabrielle, c'est un fait.

— Alors, c'est maintenant que vous allez me demander de rejoindre la confrérie, n'est-ce pas ?

Ma réplique le désarçonna une seconde, son regard en perdit de son inébranlable prestance. Assurément, il ne s'attendait pas à ce que j'en sache autant sur lui et ça le contrariait.

— Je vois que vous êtes bien informée, même si nous n'avons pas vraiment de nom, vous savez. Je n'aurais pas cru votre tuteur aussi téméraire.

— Sam n'a rien à voir là-dedans, m'empressai-je de dire.

— Ce sont ces frères Valérian, lâcha Devesniel sur un ton méprisant.

— Mmmh… Peut-être que Gabrielle pourrait nous en dire un peu plus sur eux.

— C'est hors de question !

Soudain, un grondement sourd me déchira les tympans. Mon cerveau était assailli par une force invisible, mon faciès n'était plus que souffrance. Je serrai les dents, essayant de contenir le hurlement qui remontait le long de ma gorge, pendant que mon âme semblait se déchirer en lambeaux. Devesniel me toisait d'un regard dément, une veine au milieu du front marquant l'intensité de sa concentration. C'était donc elle qui provoquait cette souffrance et mon immobilité, j'en étais maintenant certaine. Après un de ses ultimes assauts dans mon inconscient, je fus soudain prise d'une envie irrépressible de lui déballer toute la vérité à propos de Thomas et d'Éric. Mes lèvres s'apprêtaient à cracher le morceau quand une vague de haine s'éleva si furieusement dans ma poitrine que mes yeux s'en révulsèrent.

— ARRÊTEZ ÇA ! hurlai-je, tout à coup.

Devesniel fut éjectée en arrière et fracassa le tableau en ardoise si violemment qu'elle en tomba inconsciente sur le sol. Devant ce spectacle, Carmichael n'avait pas sourcillé. Au contraire, il me dévoila un sourire approbateur, à la manière d'un maître fier de son apprenti.

— Tu es redoutable, ma chère, m'assura-t-il en laissant son vouvoiement au vestiaire. Peu de personnes peuvent se vanter de résister aux pouvoirs psychiques de Sophie. C'est admirable.

Libérée de mes chaînes invisibles, je me levai brusquement.

— Je ne suis pas intéressée par votre proposition, lâchai-je alors que je m'apprêtais à quitter la salle.

— J'ai pourtant les moyens de te faire changer d'avis.

Son ton avenant masquait mal la menace de ses propos. Il contourna le bureau et s'assit sur le rebord.

— Tu ne veux pas me parler des Valérian, c'est ton choix. De toute façon, je vais bientôt apprendre d'eux tout ce qu'il faut savoir.

— Laissez-les tranquilles, je vous en prie ! l'implorai-je, devinant parfaitement le type de moyens qu'il était prêt à employer pour parvenir à ses fins.

— Oh ! Je vois... déclara-t-il, l'air pensif, son index tapotant sa lèvre inférieure. Tu as donc goûté aux plaisirs de la chair avec l'un d'entre nous. Sais-tu seulement que jamais tu ne pourras revenir avec un homme normal, après ça ? Les relations avec les humains vont vite te paraître insipides, tu peux me croire. Mais je suis tout de même curieux, lequel a eu la chance de partager ton lit ? Les deux, peut-être ?

Estomaquée, j'en restai bouche bée. Son euphorie malsaine et la véhémence de ses questions me firent frémir. Il remarqua instantanément mon trouble et s'esclaffa.

— Oh, Gabrielle ! Tu es si savoureuse.

— Mais vous êtes dingue ou quoi ?! vociférai-je, ahurie.

En un rien de temps, Carmichael se posta à quelques centimètres de moi, sans que je le voie s'avancer. Sa main droite se glissa délicatement sous mon menton et souleva mon visage. Ce toucher provoqua dans mon cerveau une décharge électrique si forte qu'elle irradia en un instant le reste de mon corps, déclenchant, par là même, des battements de cœur frénétiques et des frétillements incontrôlés dans mon intimité. J'aurais pu me gifler de ressentir un truc pareil ! Et, pourtant, je n'avais aucun moyen d'y résister. Au contraire, mes contractions physiques s'accentuaient de manière convulsive, alors que je cherchais de l'air pour respirer. C'est à ce moment précis que Carmichael posa ses lèvres contre les miennes. Le pire fut que j'accueillis son baiser comme un acte tout à fait légitime. La douceur de ses lèvres me surprit. La chaleur de sa bouche m'enveloppa. La proximité de son corps m'attira à lui. Après un laps de temps que je ne saurais estimer, il s'écarta et observa mes réactions fébriles. Tout contact rompu, je repris péniblement les rênes de mon esprit. Le souffle court, je lui lançai un regard incendiaire en ouvrant brutalement la porte. Carmichael m'agrippa le bras. À son toucher, je pris une profonde inspiration, mais ne détournai pas la tête pour autant. Je voulais fuir. Fuir cet homme, et fuir ce qui venait de se passer.

— Nous nous reverrons bientôt, affirma-t-il. Je voudrais te présenter quelqu'un que tu seras heureuse de rencontrer.

— Ça m'est égal ! Moi, je ne veux plus jamais vous revoir, crachai-je, rageuse, alors qu'une partie de moi me dictait le contraire.

— Pourtant, Gabrielle… Tu seras bientôt mienne.

— Alors ça, ça m'étonnerait !

Je m'élançai dans le couloir sans me retourner. Arrivée sur le seuil de l'escalier, désert à cette heure, je m'adossai contre un mur pour tenter de reprendre le contrôle de ma respiration et retenir les larmes qui ne demandaient qu'à couler. Une partie de moi se sentait affreusement salie, honteuse, et pourtant… Je n'avais jamais éprouvé une telle attraction, même pour Thomas. Je haïssais maintenant l'homme qui m'avait fait éprouver cette chose immonde. Cette attraction native pouvait-elle être plus puissante si la personne était plus âgée ? Je ne pouvais poser la question à qui que ce soit. Ni Thomas, ni Éric, ni Sam ne devaient savoir ce qui venait de se passer. Ce pervers de Carmichael pouvait aller au diable !

— Que t'est-il arrivé, Gaby ?

— Éric ! criai-je en me jetant dans ses bras.

— Mais que se passe-t-il ? Je t'ai cherchée partout. Quelqu'un m'a dit que tu te trouvais dans le bureau de Devesniel.

— En effet ! lança une voix profonde et rocailleuse, en haut des escaliers.

— Carmichael ! lâchai-je.

— Qui c'est, lui ? m'interrogea Éric.

— Je me pose la même question à propos de vous, mon cher, répondit le grand métis. Est-ce vous, l'homme chanceux qui a eu le privilège de déflorer notre amie ici présente ? À voir votre tête, j'en conclus que non. Ce doit être affreusement difficile de résister à la tentation, pourtant. À votre place, j'aurais de la haine pour mon rival, c'est certain.

— Mais vous n'êtes pas à ma place.

— Très juste, déclara Carmichael tout en descendant les marches d'un pas élégant. Mais, malgré tout, vous en mourez d'avoir autant envie d'elle, ça crève les yeux ! Ça vous ferait quelque chose si je vous disais qu'elle sera un jour à moi ?

— Vous prenez vos rêves pour la réalité !

— C'est même elle qui viendra me trouver.

— Jamais ! répliquai-je d'une voix furieuse.

Il s'esclaffa dans un rire de gorge et disparut vers la sortie non sans m'avoir effleuré le visage du dos de la main, provoquant, ainsi, un nouveau soubresaut dans ma poitrine.

— C'est qui, ce type ? demanda Éric. Et où est passé Thomas ?

— Je n'en sais rien ! Je ne l'ai pas vu de la journée.

— Mais tu étais avec lui, ce matin ?

— Oui, mais je l'ai quitté à sept heures pour me changer à la maison. Tu étais déjà parti.

— C'est l'heure où j'ai débarqué chez moi, mais Thomas n'y était pas.

— Qu... quoi ?! Mais où est-il, alors ? m'enquis-je, prise d'un effroyable vertige.

— Je n'en sais strictement rien ! Allons-nous-en d'ici tout de suite.

Éric voulait me préserver de son inquiétude croissante, mais je l'endurais autant que lui. Nous dévalâmes les escaliers et courûmes jusqu'à sa voiture. Je croisais, entre-temps, le regard furibond d'Olivia qui attendait visiblement quelqu'un. Éric ne lui prêta aucune attention, ce que j'aurais préféré étant donné la situation, mais je n'avais pas le temps de m'attarder sur le sujet en constatant qu'il prenait de la vitesse. Il était déjà installé sur le siège conducteur de son Audi lorsque j'arrivai à la voiture. Il ne nous fallut que quelques minutes pour atteindre son immeuble. Aucune trace de Thomas, mais quelques affaires à lui avaient été emportées.

— Explique-moi exactement ce qui s'est passé ce matin, redemanda Éric, solennel.

— Je l'ai laissé sur les coups de sept heures. Il m'a dit : « À tout à l'heure ». Nous avions convenu de nous retrouver à l'entrée du bahut. C'est tout, je te le jure.

— Gabe, essaie de te souvenir si tu as croisé quelqu'un sur le chemin, ou dans l'immeuble ?

— Non. Au contraire, je me suis justement dit qu'il n'y avait pas un chat.

— C'est incompréhensible. Personne n'aurait pu prendre de vitesse Thomas, s'il a été enlevé...

— Enlevé ! Mais de quoi tu parles, bon sang, Éric !

— Écoute-moi bien, Gaby, car il faut que ce soit très clair pour toi.

Hormis quand il est avec toi, jamais Thomas n'est allé quelque part sans me prévenir et vice versa. Ce matin, tu es arrivée au bahut comme une fleur, alors j'étais convaincu qu'il avait séché les cours et qu'il était parti t'attendre chez toi. Je suis allé y faire un tour rapidement, mais il n'y avait personne. Cet après-midi, je lui ai téléphoné à plusieurs reprises et toujours rien jusqu'à ce que je parte à ta rencontre pour te poser la question. Et voilà qu'un mec débarque de nulle part et a l'air de tout savoir sur nous. Ce ne sont pas des coïncidences. Explique-moi maintenant qui est ce type à dreadlocks ?

Son ton abrupt eut le mérite de déclencher mon signal d'alarme interne. Je commençais à entrevoir une conclusion. Mais je n'osais y croire, de peur d'avoir raison.

— Ce type m'a dit s'appeler Carmichael. Il fait partie de la confrérie.

— Comment a-t-il su où te trouver ?

— C'est Devesniel qui m'a convoquée pour parler de ma soi-disant inattention. Quand je suis arrivée, il n'y avait personne, et tout à coup, Carmichael se trouvait derrière moi. Il s'est présenté et Devesniel a débarqué. Elle m'a immobilisée je ne sais comment. Je ne pouvais plus bouger un seul muscle.

— Que te voulaient-ils ?

— J'imagine qu'ils voulaient m'enrôler, mais je pense avoir surpris Carmichael en lui parlant de sa maudite communauté.

— A-t-il demandé comment tu avais eu connaissance de son existence ?

— Oui. Au départ, il en a conclu que c'était Sam qui me l'avait révélée, mais Devesniel lui a parlé de vous. Il a voulu en savoir plus. Elle a failli me brûler la cervelle pour me faire cracher la vérité, mais j'ai tenu bon.

— Qu'a-t-il dit ensuite ?

— Éric… articulai-je alors que je comprenais maintenant le sens des paroles de Carmichael, il a dit qu'il saurait bientôt tout ce qu'il y avait à savoir sur vous.

Éric se recula, le regard vide, et s'écroula sur le fauteuil.

— Que t'a-t-il dit après ça ?

— Rien d'important.

— Gaby !

— Il… a demandé lequel de vous deux avait couché avec moi, lâchai-je finalement, rouge de honte.

— Continue.

Son visage était dénué de toute expression et, pourtant, je devinais la rage qu'il tentait de contenir. Éric était passé maître dans l'art de dissimuler ses sentiments les plus profonds, mais ce n'était pas mon cas. Tout lui déballer était un supplice, mais je lui devais l'entière vérité. Je le devais aussi à Thomas, mais au moment où j'allais poursuivre, mes jambes me lâchèrent. Je tombai net sur le sol. Abattue, je n'avais plus le cœur à continuer sans mon petit ami. Les yeux baignés de larmes, j'avais besoin de lui comme jamais. Éric se précipita vers moi.

— Désolé, je n'ai pas vu venir ton malaise. J'aurais pu te retenir, mais… j'étais distrait, je suis très inquiet.

— Je sais.

— Penses-tu pouvoir continuer ?

— Oui… Ça va aller.

Éric me souleva et me posa sur le divan. Mes sanglots incessants m'empêchèrent de poursuivre, mais au bout de quelques minutes, je réussis enfin à me calmer. Je me tordais les lèvres, ne sachant si je devais lui confier la suite. Ça n'avait aucun rapport avec Thomas et surtout, c'était très embarrassant, mais je décidai finalement d'en parler. Éric pouvait peut-être m'aider à comprendre ce qui clochait chez moi.

— Avant que je ne quitte la salle, continuai-je aussi calmement que possible, il s'est approché de moi… m'a touché le visage et… m'a embrassée.

— Quoi ?! s'étonna Éric, abasourdi. Il… t'a quoi ? Et tu l'as laissé faire ! Il te menaçait ?

— Non, il ne m'a pas menacée. Je… je lui ai rendu son baiser.

— Il t'aurait hypnotisée ?

— Je ne crois pas. Dès le début, je me suis sentie irrésistiblement attirée par lui, et bien au-delà de cette foutue attraction native. Je sentais presque toutes les émanations physiques que son corps pouvait produire, et quand il m'a touché le visage, ça a provoqué enfin… j'ai perdu le contrôle. Pourtant, je le hais, ce type ! Éric, je suis dingue ou quoi ?

Les larmes coulèrent à nouveau. J'étais pathétique. Mon confesseur n'avait toujours pas bronché et demeurait immobile, alors que je cachais mon visage derrière mes mains. Puis Éric s'agenouilla en face de moi.

— Gaby, ce n'est pas ta faute. Hier, nous ne t'avons pas dit l'entière vérité à propos de cette attraction entre natifs. Certains émettent plus que d'autres, et c'est peut-être le cas de ce type, voilà tout. Nous n'avons même pas détecté Devesniel tant ta présence l'occultait.

— Je… ne comprends pas.

— Les natifs dégagent des phéromones très puissantes, reconnaissables uniquement par leurs semblables. On peut tout à fait imaginer que certains puissent développer une dose extraordinaire de ces phéromones et agiraient comme des sortes… d'émetteurs pour les autres. C'est certainement le cas de ce Carmichael et… c'est aussi ton cas.

— Quoi ? Mon cas ? Je serais une sorte de succube natif ?

— Mmmh… Oui, c'est à peu près ça. À part que tu ne tues pas tes victimes.

— Ô mon Dieu ! lâchai-je, estomaquée par cette révélation. Mais comment peux-tu le savoir puisque je suis la seule que tu connaisses ?

— Tu oublies Devesniel. Ton pouvoir d'attraction est si puissant que mon frère et moi ne l'avons même pas remarquée. Alors, rassure-toi, tu n'y es pour rien, Gabrielle. La théorie de Giuseppe à ce sujet est que cette attirance mutuelle native a évolué au fil des siècles pour mieux pérenniser l'espèce. Il était persuadé que c'était une sorte de pouvoir commun à tous nos semblables, mais, comme tout pouvoir, certains peuvent être surdéveloppés. Il pensait aussi que ces pulsions naturelles et primitives nous rapprochent plus des animaux que du commun des hommes, car, comme eux, les natifs ne peuvent résister à leurs instincts primaires. Lorsque nous t'avons rencontrée pour la première fois, nous avons tout de suite compris que tu n'étais pas comme nous. Tu avais cette sorte d'aura autour de toi qui nous attirait comme les aimants d'une boussole. On ne pouvait rien faire contre et nous n'étions pas préparés. Thomas n'était déjà plus maître de lui-même à la seconde où il a posé ses yeux sur toi.

— Et toi ? dis-je avant d'aussitôt regretter ma question.

— Et moi…

Un long silence. Je ne devinais que trop sa gêne, aussi je coupai court à ce douloureux malaise.

— Éric, que va-t-on faire pour Thomas ?

— Je pense que ce Carmichael l'a enlevé. Il a dû être très rusé, car Thomas est plus rapide que moi. Il a toujours eu le dessus sur la vitesse, et moi sur la force. Pour le surprendre, ils ont dû préparer leur plan à l'avance. Ou alors ils l'ont blessé, mais je ne vois aucune trace de sang, donc ils l'ont peut-être drogué. Je penche davantage pour cette dernière option. Nous devons aller chez toi, cet appartement n'est pas sûr. Ta maison non plus, mais ça fera l'affaire au moins une nuit.

— OK, approuvai-je en hochant la tête. Sam arrivera plus tard. Apparemment, il a appris quelque chose d'important à Londres.

— Nous l'attendrons chez toi, mais ne compte pas revoir le bahut avant un bout de temps. Après ton entrevue avec ce natif, c'est hors de question. S'ils peuvent retenir Thomas, ils ne vont pas tarder à passer à l'action avec l'un de nous.

Sur cette affirmation inquiétante, Éric remplit son paquetage avec quelques affaires, puis nous prîmes la direction de la maison. Une nuit sans lune régnait dans un ciel noirâtre. Pas un mot ne fut échangé durant le trajet, et ce n'était pas plus mal. Ma tête bouillonnait d'un trop-plein d'informations. Je me rassurai en me disant que Thomas était en vie. Carmichael avait besoin de lui s'il voulait des réponses, mais après ce qui était arrivé à Cédric Fabre, je craignais qu'il soit exposé à la torture ou à d'autres manipulations extrêmement douloureuses. Je tentai d'effacer cette éventualité de mon esprit.

— Éric, comment fonctionne la télépathie ?

— Les natifs télépathes peuvent lire dans les pensées des humains aussi facilement que dans un livre ouvert. C'est moins efficace quand il s'agit de leurs semblables. Giuseppe disait que les plus puissants pouvaient contrôler les esprits, voire anéantir les consciences. Pourquoi me poses-tu la question ?

— À cause de Devesniel, expliquai-je. Carmichael m'a dit qu'il était très rare que quelqu'un lui résiste.

— Alors c'est qu'elle doit être puissante, et toi aussi si tu lui as résisté.

— Elle va user de son pouvoir sur Thomas pour lui faire cracher le morceau. Mais que cherchent-ils, exactement ?

— Je n'en sais rien, dit-il. Et pourquoi se sont-ils donné autant de mal pour capturer Thomas ? Au moins, nous savons que pour le moment mon frère est en vie, et c'est tout ce qui m'intéresse.

— Tu sais, je me souviens de quelque chose. Carmichael m'a dit qu'il aurait bientôt quelqu'un à me présenter. Tu as une idée de qui il parlait ?

— Non, aucune.

— Éric.

— Oui.

— Demain, j'aurai dix-huit ans.

— Je sais.

— Oh ! Eh bien, je n'aurai pas beaucoup d'avenir si j'arrête le lycée maintenant.

— C'est trop dangereux, Gabrielle. Et nous devons retrouver Thomas.

— Oui, bien sûr, chuchotai-je. Je voulais juste le dire à voix haute, c'est tout.

La maison était éclairée, j'en conclus que Sam devait être rentré. À peine la voiture garée, je me précipitai pour ouvrir la porte, mais, une fois à l'intérieur, la scène qui se dévoila sous mes yeux me glaça le sang. En un quart de seconde, Éric se planta devant moi, les nerfs à vif. Devant nous, Carmichael était tranquillement installé sur un des fauteuils du salon, faisant la conversation avec une Olivia totalement hilare. Lorsqu'elle se tourna vers nous, il n'y avait plus que du mépris dans son regard. Éric éleva aussitôt la voix.

— Olivia, tu t'en vas. Tout de suite !

CHAPITRE 16

Olivia dévisagea Éric d'un air effarouché et profondément blessé, tandis que Carmichael avait toujours les yeux fixés sur elle. Adossé au fauteuil, il avait ramené ses dreadlocks sur son buste et avait pris soin de retirer son manteau. Il portait un tee-shirt près du corps, dont les coutures étaient mises à mal au niveau des biceps. Ses yeux vifs, couleur émeraude, tranchaient singulièrement avec sa peau cuivrée, plus éclatante que jamais. Rien qu'à la voir se dandiner devant lui, je constatai qu'il était assurément du goût d'Olivia.

— Vous voyez ! s'insurgea-t-elle devant Carmichael. Je viens pour avoir une petite conversation avec mon ex-meilleure amie et voilà le résultat, c'est mon ex-petit ami qui me fout dehors. C'est logique, ça !

— Pas du tout ! rétorqua Carmichael, faussement outré. Éric, je trouve que tes manières ne sont pas dignes d'un gentleman.

— OÙ EST MON FRÈRE ?! hurla ce dernier.

Olivia tourna la tête, les yeux ronds comme des billes. Un instant surprise par la réaction d'Éric, elle retrouva néanmoins rapidement son air narquois.

— Tu ne sais pas où est Thomas ? Comme c'est pratique ! Tu peux donc coucher avec Gaby sans problème. C'est bien ce que tu as toujours voulu, non ?

— La ferme ! fulmina Éric, la respiration incertaine.

— Ma chère Olivia, intervint Carmichael qui n'avait pas bougé d'un pouce, vous ne devriez pas trop lui en vouloir, vous savez. Gabrielle a des prédispositions qui sont difficiles à ignorer pour des… hommes tels que nous. N'est-ce pas, monsieur Valérian ?

Éric le fixa de ses prunelles incendiaires. Un silence étouffant s'empara de la maison. Olivia, vexée, avait les yeux pleins de larmes. Carmichael se leva.

— Je ne suis pas venu pour déclencher une rixe, mais uniquement pour parler.

— Comment êtes-vous rentré ? lançai-je, impétueuse.

— Voyons, Gabrielle, penses-tu qu'une serrure et un système d'alarme soient suffisants pour arrêter un homme déterminé ? De plus, j'ai eu la chance de rencontrer ton amie qui est arrivée quelques minutes après moi.

— Vous l'avez entendue, non ? C'est une « ex » amie. Laissez-la partir !

— Non, mais t'es gonflée de dire ça ! lâcha Olivia, blessée.

— Olivia, s'il te plaît, tu ne sais pas à qui tu as affaire !

— Mais toi non plus, rétorqua Carmichael, muni d'un regard plus incandescent que jamais. Je suis là pour discuter, alors installez-vous tous les deux, je vous prie.

C'était le monde à l'envers ! Il rentrait par effraction chez moi et c'était lui qui m'invitait à m'asseoir ! Avec Éric, nous échangeâmes un regard lourd de sens. Olivia était présente, nous ne pouvions donc pas déclencher de scandale. De plus, Carmichael avait toutes les réponses à nos questions, en particulier celles concernant Thomas, alors nous abdiquâmes sans discuter.

— D'où connaissez-vous Gaby ? s'enquit Olivia auprès d'un Carmichael radieux.

— Depuis peu, mais je l'ai attendue toute ma vie. Elle et moi avons des caractéristiques communes, n'est-ce pas… Gabrielle ?

Sa voix grave et chaleureuse prononçant mon prénom me provoqua une bouffée de chaleur. L'image de Carmichael me le chuchotant dans le coin de l'oreille me traversa l'esprit et je dus secouer la tête pour me l'ôter, l'air dégoûté. *Putain, ça recommence...* Carmichael esquissa un sourire, signe qu'il avait parfaitement deviné mon trouble. Un rouge fugace me monta aussitôt aux joues. Dieu merci, Éric avait toujours les yeux fixés sur lui. Ça m'épargnait la honte d'être surprise à fantasmer lascivement sur le kidnappeur de mon petit ami. Quelle horreur ! Je me serais donné des baffes !

— Des caractéristiques communes ? s'interrogea Olivia.

— Oui, commenta Carmichael. Mais un homo sapiens tel que vous ne peut pas comprendre, ma chère.

— Un homo sapiens ?

Olivia médita un instant l'insulte sous-jacente dans les mots de Carmichael, mais, comme elle n'avait pas idée du sérieux de ses propos, elle pouffa d'un rire nerveux. Carmichael l'imita tout en me fixant de ses prunelles de jade. Je n'arrivais plus à me détacher de ce lien invisible qui me liait à lui, mais Éric interrompit cet échange visuel en élevant une voix plus forte que jamais.

— Putain, où est mon frère ?! répéta-t-il, fou de rage.

Carmichael se contracta et se tourna lentement vers Éric. Son visage avait tout perdu de sa mine avenante qu'il affichait depuis notre arrivée.

— Olivia, vous devriez partir, déclara-t-il d'une voix plus sombre. J'ai des affaires d'ordre privé à régler avec vos amis.

— Mais c'est quoi, ces bobards, Gaby ? dit-elle, perdue.

— Liliv, l'implorai-je de toutes mes forces, je te téléphone demain, s'il te plaît !

Furieuse, elle ramassa son manteau et partit en claquant la porte. Je la savais terriblement froissée, mais c'était un problème de moins à régler.

— Enfin seuls ! commenta Carmichael.

— Mon frère ! tonna Éric.

— Thomas est dans d'excellentes dispositions, je vous l'assure.

— Lui avez-vous fait du mal ? demandai-je, le suppliant presque d'être doux dans sa réponse, tant je redoutais de poser la question.

— Non, assura-t-il, je ne renie pas avoir utilisé un stratagème efficace pour le convaincre de nous suivre, mais il va très bien. En revanche, il a paru désagréablement surpris de lire ceci.

Il jeta un journal froissé sur la table basse. Éric et moi nous précipitâmes pour le lire. C'était le journal du jour. *Le Parisien* affichait en second titre « *Un incident étrange sur la ligne E* ». Des photos d'un wagon dont les vitres avaient explosé donnaient la vision d'un endroit frappé par une tornade de force cinq. Le titre disait de se référer à la page 7, ce qu'Éric fit aussitôt.

MAIS QUE S'EST-IL passé dans le dernier wagon du RER E ?

Un incident spectaculaire s'est produit dans le dernier wagon du RER E, dimanche sur les coups de 6 h 30 du matin. Alors que le train débutait son trajet depuis Paris-Gare du Nord, le frein de secours a été actionné, forçant la rame à s'arrêter à proximité de la ville de Bondy. Le conducteur et une équipe de la SNCF se sont rendus sur les lieux du drame. Sur place les attendait une scène apocalyptique. Le conducteur témoignera quelques heures plus tard : « Toutes les vitres ont éclaté et les sièges ont tous été arrachés. Par endroit, le plafond et les parois du wagon sont sévèrement enfoncés, même les barres de soutien en métal sont brisées. Il faut posséder une force colossale pour provoquer de tels dégâts ! » La police nous a confirmé la présence de deux témoins sur les lieux. Un homme de vingt-cinq ans et sa compagne de vingt et un ans, qui rentraient chez eux après une nuit de festivités dans la capitale. Le jeune homme est grièvement blessé, mais ses jours ne sont plus en danger. Quant à la femme, elle serait dans un état de choc proche de la confusion mentale. La police lui fait actuellement passer des examens psychiatriques afin de pouvoir recueillir une déposition. De source sûre, elle a parlé de quatre individus, dont deux hommes armés et d'un jeune couple. Elle a fait la description d'un roux aux cheveux longs, mesurant dans les deux mètres, et d'un homme de taille moyenne aux cheveux châtains. Concernant le jeune couple, elle a décrit un grand blond dans la vingtaine, et sa compagne, une jolie jeune femme brune, à peine adulte. La police tente d'éclaircir l'affaire, mais les propos du témoin sont trop incohérents pour se faire une idée d'ensemble. Le conducteur nous en dira plus sur la description de la femme avant l'arrivée des secours. « Elle a parlé de balles qui flottaient dans les airs, d'une jeune femme étrange et de son compagnon qui se déplaçait avec une rapidité inhumaine. Elle a aussi évoqué un combat avec un grand homme roux, qui se serait jeté du train en marche avec son acolyte sous le bras. À la fin, elle nous a raconté une scène surréaliste : alors que le chaos régnait dans le wagon, le jeune couple aurait échangé un baiser interminable alors que son fiancé se vidait de son sang. » Autant dire que la police aura du mal à faire la lumière sur ce mystère, surtout si on considère que dix-sept douilles d'un même calibre et seulement cinq balles (tirées d'angles différents, dont une logée dans l'épaule du deuxième témoin) ont été retrouvées sur les lieux.

JE LANÇAI un regard d'effroi en direction d'Éric. Il était livide. Je n'espérais évidemment pas que l'incident passerait inaperçu, mais je ne m'attendais pas à ce que la jeune femme puisse révéler autant de détails. Elle avait l'air si proche de la catatonie que je n'avais pas vu la menace qu'elle pouvait représenter pour nous. Une chose était certaine, et je m'en voulais d'avoir la tête à un sentiment aussi futile, Thomas avait lu l'article, donc il savait à présent qu'Éric m'avait embrassée, et dans des conditions pour le moins inattendues. J'aurais pu me confondre en excuses, si je ne lui avais pas effrontément menti le soir même, en lui jurant par tous les saints qu'à aucun moment il ne s'était passé quoi que ce soit avec son frère. Il devait m'en vouloir à mort ! Sans compter la police, qui, à ce rythme-là, pourrait peut-être établir un portrait-robot. J'avais la douloureuse impression de sentir le sol se dérober sous mes pieds.

— Gabrielle, je te rassure, me déclara Carmichael, Thomas est loin d'être en mauvaise compagnie.

— Vous êtes un salaud ! m'écriai-je, les larmes aux yeux.

Éric s'élança de son fauteuil à une vitesse ahurissante et en moins d'une fraction de seconde se matérialisa en face de Carmichael qui lui enserrait déjà le bras. Éric se cabra en hurlant. La voix forte et théâtrale de l'homme noir aux yeux verts submergea la pièce.

— Je ne ferai aucun mal à ton frère, sois tranquille. C'est pour ça que je suis venu. Quand allez-vous comprendre que nous ne voulons pas la guerre ?

Il relâcha Éric, qui s'écroula tout en retenant son bras meurtri. Un silence pesant régna dans la pièce. Carmichael reprit.

— Je n'ai pas pour habitude de me déplacer en personne. Seulement je voudrais vous convaincre de venir avec moi. Vous êtes des natifs et à ce titre, nous formons la même famille.

— Une famille ne tire pas sur ses semblables ! répliquai-je, furieuse.

— En effet. Mais nous ne sommes pas une vulgaire famille humaine. Nous sommes une espèce bien plus évoluée et par conséquent, nous devons mériter notre place parmi les nôtres. Penses-tu vraiment que Grégoire aurait tiré toutes ces balles s'il ne te pensait pas capable de t'en sortir ?

— Je vais être plus clair avec vous : je ne ferai jamais partie de votre putain de confrérie ! Je ne ferai jamais partie d'un groupe qui pense que tout ce qui lui est inférieur ne vaut pas mieux qu'un insecte ! Et enfin, je ne ferai jamais partie d'un groupe qui utilise le meurtre pour parvenir à ses fins ! Vous avez tué Cédric et peut-être même nos parents !

La colère m'assaillit si brutalement que tous les objets du salon se mirent à vaciller. Ni Éric ni Carmichael n'en furent déstabilisés pour autant.

— Je ne suis pour rien dans la mort de ce Cédric, désolé, ma chère. Et en ce qui concerne vos parents, je m'en suis expliqué avec Thomas. Si les nôtres sont mêlés de près ou de loin à leur mort, je peux vous assurer que je n'ai jamais été au courant.

— Vous mentez ! hurla Éric.

— Peut-être, mais il va falloir me croire sur parole, lui rétorqua Carmichael. Je ne renie pas la brutalité de certaines de nos méthodes, et j'avoue volontiers que le sort de la race humaine m'importe peu. Je suis un natif et vu le nombre restreint de nos semblables, je prends les dispositions nécessaires pour rassembler les miens.

— En quête de pouvoir ! m'insurgeai-je, pas dupe de son manège et de son art de jouer avec les mots.

Il s'arrêta pour me dévisager. Ses yeux accrochèrent mon regard. Il sourit et se leva de son fauteuil. Il s'approcha d'Éric, puis, d'un geste rapide, il leva la main et lui toucha le crâne. Éric tomba aussitôt inconscient.

— ÉRIC ! criai-je en me jetant à ses pieds.

— Il n'a rien, ne t'en fais pas, déclara Carmichael à voix basse.

— Mais c'est quoi, votre problème, bordel !

— Je veux m'entretenir seul avec toi, voilà tout !

Voilà tout ?! J'éprouvai une haine si féroce que le fauteuil sur lequel il était assis quelques secondes auparavant se projeta violemment dans sa direction. Il l'arrêta d'une main et s'installa dessus, aussi tranquillement que si je l'avais invité à s'y asseoir. J'en restai coite.

— Gabrielle, me lança-t-il d'un ton un brin paternaliste, tu es capable de faire tellement mieux !

— Je ne vais pas détruire ma maison pour avoir le plaisir de vous voir souffrir !

— Souffrir ?

Il s'esclaffa d'un rire puissant. Éric respirait, alors je me rassis sur le divan, tentant un tant soit peu de retrouver mon calme. Ma seule hâte étant que la visite de Carmichael s'écourte le plus rapidement possible, car j'avais bien conscience que Sam était sur le point d'arriver, et je ne voulais en aucun cas qu'il soit mêlé à cette histoire.

— Pour l'affaire du train, Sophie s'en occupe, vous n'avez aucun souci à vous faire.

J'écarquillai les yeux. Je m'attendais à tout sauf à ça.

— On s'entraide entre natifs, on ne va tout de même pas se laisser coffrer par de vulgaires humains.

Évidemment, le naturel revenait au galop.

— Carmichael, dis-je le plus calmement possible, je ne partage pas votre dégoût pour la race humaine, dont je faisais partie il y a encore quelques jours.

— D'une, c'est tout à fait normal. Tu n'as pas encore assez de recul pour comprendre l'étendue de ton pouvoir, et c'est pourtant lui qui te fera voir les choses autrement. Tes relations sociales avec les humains se dégraderont, d'ailleurs, tu comptes déjà tes amis sur les doigts d'une main, n'est-ce pas ? Et, pourquoi, à ton avis ? Parce que tu es des nôtres. Tu n'as rien à voir avec ces gens-là, c'est un fait. De deux, j'aimerais que tu acceptes de me tutoyer à partir de maintenant.

— En échange de quoi ? répliquai-je fièrement.

Il s'esclaffa. Bizarrement, Carmichael ne m'intimidait pas. Éric m'avait sommée d'être méfiante, et pour cause, nous ne connaissions pas l'étendue de ses facultés qui se révélaient d'ailleurs extrêmement puissantes. Pourtant, et sans pouvoir me l'expliquer, j'avais l'impression étrange d'être assez intime avec lui pour me permettre de le bousculer un peu.

— Alors tu négocies, commenta-t-il, un soupçon de malice dans la voix.

— Absolument, dis-je avec ironie. Rendez-moi Thomas et je vous tutoierai avec le plus grand des plaisirs.

— Il va d'abord falloir te montrer franche avec moi.

— C'est d'accord, si vous promettez de me le rendre.

— Ça, ça dépendra de tes réponses, ma puce.

— OK, alors allez-y, posez vos questions !

Pourquoi la situation me paraissait-elle aussi surréaliste ? J'avais en face de moi un homme qui avait envoyé des types me tuer, qui avait enlevé mon petit ami et qui affichait un égoïsme démesuré, sans compter son racisme revendiqué pour l'espèce humaine. J'allais tout de même engager avec lui une conversation dont je ne connaissais pas encore la teneur, alors même qu'Éric gisait inconscient sur le sol de mon salon.

— Qu'éprouves-tu exactement pour Thomas Valérian ? s'enquit Carmichael, à ma grande surprise.

— Je… je l'aime, voilà tout.

— Voilà tout, en effet. Et pourtant, tu embrasses son frère et tu ne serais pas contre le fait de coucher avec lui, n'est-ce pas ?

— Non ! protestai-je.

— Tu n'as donc jamais ressenti la moindre attirance pour Éric ? Tu n'as jamais eu envie de lui si fort que, sur le moment, tu as cru que ton cœur allait te transpercer la poitrine si tu ne cédais pas à la tentation ?

— Euh… lâchai-je, piégée, ça m'a peut-être traversé l'esprit, mais il est très beau. Il plairait à n'importe quelle femme, c'est normal, non ?

Il esquissa un sourire amusé alors que je n'en revenais pas d'être aussi éloquente sur le sujet. Peut-être qu'il me posait les questions auxquelles je refusais moi-même de répondre. Peut-être allais-je trouver dans cette discussion insensée les réponses que je cherchais. Quelle étrange situation !

— C'est normal si on est une native, poursuivit Carmichael. Tous les natifs sont attirés sexuellement entre eux, mais l'amour est un tout autre problème.

— Je ne vois pas pourquoi.

— Pourquoi ? Parce que des guerres ont été déclarées par amour, des fratries entières ont été décimées par amour, et l'histoire épique d'un membre de ta lignée t'apprendra qu'on peut devenir fou par amour. Ce n'est pas à prendre à la légère. De plus, tu disposes, tout comme moi, de certaines dispositions pour captiver le sexe opposé.

— Cette histoire de succube natif, c'est ça ? lâchai-je sur un ton agacé.

— Succube ! s'étonna-t-il avec délectation. C'est un joli mot pour te désigner, Gabrielle, c'est exactement ça.

— Je…

À peine avais-je débuté ma phrase que Carmichael se matérialisa à mes côtés, la main posée sur le haut de ma cuisse. La chaleur qui se dégagea de ses doigts provoqua une salve de frissons. Je réprimai un hoquet de stupeur, sans avoir néanmoins la volonté nécessaire de retirer sa main. Je restai là, tétanisée. Son visage se rapprocha du mien et sa bouche effleura mon oreille.

— Sais-tu au moins ce que tu fais subir à cet homme qui gît devant toi ? murmura-t-il en désignant Éric.

Mon regard se porta sur son corps inanimé. Son visage, aux traits adoucis par le sommeil, était si fascinant de beauté que j'en retins mes larmes.

— Non, chuchotai-je en guise de réponse.

— Cet homme a envie de toi en permanence, affirma Carmichael sans réjouissance. C'est simple, tu occupes toutes ses pensées. Il ne sera heureux que quand tu seras sienne, car il lutte à chaque moment qu'il passe avec toi. Ne t'étonne pas si un jour il ne résiste pas, et surtout ne t'étonne pas si tu ressens encore plus dans ta chair la ferveur de ses envies, cela émane de ton puissant pouvoir magnétique. Sans parler du fait que tu te trouves en plein éveil natif. Cela ne décuple pas tes pouvoirs, puisqu'ils prendront même de l'ampleur à l'avenir. Mais ton manque de contrôle les rend plus… saisissables.

Figée, je tentai d'assimiler ses mots, qui résonnaient en moi dans un écho infini. Il posa son autre main dans le creux de mes reins. Je dus prendre une profonde inspiration pour me contenir, car je n'étais définitivement plus moi-même.

— Éric n'osera jamais, affirmai-je.

— Mmmh… continua Carmichael lascivement, je ne parierais pas là-dessus. J'ai déjà joué à ce jeu-là avec quelques natives, et aucune n'a résisté.

— As-tu déjà rencontré quelqu'un… comme moi ? Avec ce don aussi puissant ?

Il ne répondit pas tout de suite. Son souffle chaud me caressa la nuque alors que ma libido gravissait des montagnes. Je ne savais pas si j'allais avoir encore longtemps la force de lui résister. C'était presque une torture de ne pas capituler. J'avais conscience de devoir mettre un terme à tout ça, ne serait-ce que dans l'intérêt de ma propre morale. Je savais qu'il y avait quelque chose de dégradant dans ma façon de me comporter et pourtant j'étais prête à céder d'une seconde à l'autre. *Mais que se passe-t-il, bordel ?!*

— Avant toi, jamais, assura-t-il. Et c'est bien tout l'intérêt de la chose. J'ai toujours eu tellement de facilité pour, finalement, si peu de résultats. Certaines natives sont plus attirantes que d'autres, c'est certain, mais il n'y a aucune comparaison possible avec ton pouvoir.

Ses doigts remontèrent le long de ma colonne vertébrale, non sans manquer de provoquer un nouveau hoquet de surprise au passage. Je haletai sous la caresse de ses doigts en feu et tentai de contenir des pulsions inappropriées.

— Quand je te touche, poursuivit-il, j'éprouve des sensations fascinantes. C'est comme si mon âme se déchirait en deux, c'est douloureux, intense, mais délectable en même temps. Il n'y a qu'à voir, je t'ai rencontrée il y a à peine une heure et je n'ai pu résister à l'envie de te revoir.

— Il… il ne faut pas, réussis-je à articuler en tentant de m'écarter.

Tentative avortée puisque Carmichael maintenait son emprise. J'étais maintenant à quelques centimètres de lui, perdue dans l'immensité de ses muscles. À aucun moment, je ne levai les yeux. Son regard aurait pu anéantir le peu de volonté qu'il me restait pour ne pas, dans la minute, m'abandonner à lui.

— Il ne faut pas, parce que tu l'aimes, ou parce que ta morale te le refuse ? susurra Carmichael.

— Les... les deux.

Il rapprocha un peu plus son corps contre le mien, comme si cela était encore possible.

— Carmichael... Ne lui dis rien.

— Tu as ma parole, Gabrielle. Tu n'as pas à avoir honte. Un jour, tu assumeras ton attirance envers moi. C'est notre destin de nous unir l'un à l'autre, et j'ai tellement de choses à te faire découvrir. Des choses étonnantes. Fais-moi confiance !

— Alors, relâche Thomas !

Je réussis enfin à m'écarter de lui, mais j'ignorais alors que j'allais ressentir la douloureuse impression d'être amputée d'un membre. Il dut éprouver un sentiment similaire, car son air heureux s'effaça au même instant.

— Je ne peux pas encore le libérer, répondit-il en soutenant mon regard.

— Tu es prêt à tout pour obtenir ce que tu veux, hein ? m'insurgeai-je alors que les meubles vacillaient à nouveau dangereusement.

— Oui, et alors, qu'est-ce qu'il y a de mal à ça ?

— De mal ? Mais tout est mal dans ce que tu fais. Tu ne peux pas retenir quelqu'un contre son gré juste pour arriver à tes fins !

— C'est là où nos avis divergent, ma puce.

Je ne saurais l'expliquer, mais le fait qu'il m'appelle « ma puce » réussit à m'adoucir un instant. Le mobilier retrouva son immobilité.

— Donne-moi vite de ses nouvelles, c'est tout ce que je te demande.

— C'est entendu, concéda-t-il enfin.

L'horloge du salon sonna minuit. Le temps était comme suspendu. Carmichael était prêt à partir et pourtant, une partie de moi réclamait davantage sa présence. Pourquoi cet homme me faisait-il cet effet ? Comme s'il avait lu dans mes pensées, il m'attrapa par la taille et m'embrassa pour la seconde fois de la journée. Un baiser plus chaste et plus doux que le précédent. Je ne bougeai pas, incapable de comprendre pourquoi je me laissais faire. Quand il se détacha de mes lèvres, ses yeux se plissèrent sous un sourire.

— Bon anniversaire, murmura-t-il avant de disparaître.

Je restai plantée là, au milieu du salon, dans un silence de mort. Mon regard vide fixait Éric toujours inconscient. J'eus tout de même un sursaut de lucidité et fis circuler mon regard dans la pièce. Beaucoup d'objets fracassés jonchaient le sol. Plus rien n'était à sa place, si bien que le séjour n'était plus qu'un grand capharnaüm. Devant ce marasme, je m'effondrai et pleurai une heure avant de réussir à me relever. La démarche lasse, je commençai enfin à nettoyer le salon saccagé, ce qui, finalement, eut le mérite de m'occuper l'esprit. Alors que j'achevais de jeter les derniers débris, Sam rentra en trombe dans la pièce. Il écarquilla des yeux horrifiés et se jeta sur le corps inanimé d'Éric.

— Mais qu'est-ce qui s'est passé ici ?! demanda-t-il, submergé d'inquiétude.

Je n'avais pas la force de lui répondre, alors je continuai à ranger comme une automate. Sam me fixait, interloqué, mais n'insista pas. Il partit chercher un bol d'eau fraîche et le balança sur la tête d'Éric. Ce dernier réagit aussitôt.

— Où est-il ?! s'écria Éric, à peine eut-il repris ses esprits.

— Il est parti.

Éric me dévisagea, sentant que quelque chose n'allait pas. Je n'osai soutenir son regard et allai rejoindre le coin cuisine pour y déposer mon balai. Un silence pesant régna dans le salon, tandis que Sam et Éric m'observaient de plus belle.

— Vous pouvez m'expliquer ce qu'il se passe, bordel ! conjura Sam qui ne masquait plus son angoisse.

Éric l'ignora et se focalisa sur moi.

— Qu'a-t-il dit à propos de Thomas ? Gabe !

Je levai lentement les yeux vers lui, mais la honte envahissait déjà mes joues rosies. Je n'avais plus du tout le désir de revenir sur cette horrible soirée.

— Il a promis de nous donner de ses nouvelles très bientôt, répondis-je, amorphe.

— C'est tout.

— Oui, il m'a dit qu'il ne pouvait pas le libérer pour l'instant, mais qu'il ne fallait pas s'inquiéter. Il a donné sa parole.

— En échange de quoi ? demanda Éric qui avait la fâcheuse habitude de poser les bonnes questions.

— De rien, répondis-je en baissant les yeux.

— Qu'est-ce qu'il t'a fait ?! cria Éric.

— MAIS PUTAIN, QUELQU'UN VA-T-IL M'EXPLIQUER CE QU'IL SE PASSE ?! hurla Sam à son tour.

Éric se retourna vers lui, prenant, cette fois, pleinement conscience de sa présence.

— Thomas a été enlevé.

— Thomas ? répéta Sam. Mais qui aurait pu mettre la main sur lui ?

— Un certain Carmichael, lui répondit Éric.

Sam changea de visage. Il devint blême, ses yeux effarés cherchèrent le fauteuil où il s'écroula la seconde d'après. Son silence en disait long, et Éric n'était pas dupe.

— Vous le connaissez !

— Oui, je l'ai connu il y a quelques années, déclara Sam d'un ton morne.

Sam se tourna alors vers moi, le visage solennel. Une terrible angoisse me tenaillait l'estomac.

— C'était un ami de ton père.

Qu... Quoi ?

CHAPITRE 17

Carcassonne, 1276

« Mon très cher ami,

C'est dans la précipitation que je vous envoie cette missive pour vous expliquer les raisons de ma fuite. En effet, quand vous me lirez, je serai déjà loin du château d'Altérac. J'ai la certitude que vous êtes au fait du récent voyage à Londres de votre frère, et je dois vous rendre compte que, depuis son retour, Magnus n'est plus le même. Je ne sais vers qui me tourner. Ses attentes quant à l'enfant que je porte me remplissent d'effroi. Je ne peux concevoir que ma descendance sera irrémédiablement destinée à ce funeste sort. La prophétie est claire à ce sujet, je ne peux prendre le risque de les élever tous deux. Cette inévitable séparation est une décision insupportable et mon cœur saigne à l'idée de savoir ma fille, Camélia, grandissant loin de moi. Elle restera auprès de Magnus. Je fuirai cette nuit, dans un endroit dont je garderai le secret. Vous le comprendrez, j'en suis sûre. Je mettrai au monde mon second enfant, loin de mon époux et de ses folles espérances. Je ne saurais trop vous demander de veiller aux bons soins de ma fille, s'il s'avère qu'en effet elle est l'élue en question.

Si par mégarde Magnus venait un jour à me retrouver, veillez sur mes enfants et assurez-vous qu'ils ne deviennent pas l'instrument des sombres desseins de leur père.

Adieu,

Éléonore Burton Race »

— QUAND VOUS A-T-ELLE remis cette lettre ? demanda l'homme sur un ton abrupt.

— Il y a deux jours, répondit le cavalier.

— Elle doit être à proximité de Nîmes. Si mon frère ne l'a pas encore retrouvée, elle s'en sortira.

— Avez-vous encore besoin de moi, monsieur Burton Race ?

— Non. Dites à Mélior de venir sur-le-champ !

Le cavalier lui adressa un hochement de tête et se précipita dehors. Quelques minutes plus tard, Mélior, l'homme de main, apparut soudainement derrière son maître.

Mélior était au service de son maître depuis ses seize ans. Ses parents, très pauvres, l'avaient laissé à ce riche gentilhomme avec grand soulagement et une rétribution qui en valait la peine. Depuis lors, Mélior s'était interrogé sur les motivations de son maître. Pourquoi lui plutôt qu'un autre ? Il y avait tant de robustes jeunes gens dans son village, pourquoi ne pas les avoir choisis eux ? Mais plus tard, il avait compris et remerciait chaque jour le ciel d'être au service de l'illustre Blake Burton Race.

— Retrouve Éléonore, elle ne doit pas être loin de Nîmes. Je veux qu'elle vienne ici, TOUT DE SUITE !

Mélior fendit l'air sans attendre. Il connaissait assez bien son maître pour savoir qu'un échec lui coûterait probablement la vie. Le trajet jusqu'à Nîmes allait prendre une heure tout au plus, grâce à sa condition de puissant qui lui conférait une vitesse surhumaine. Mélior était le plus fidèle sujet du maître, il n'avait pourtant jamais vu son seigneur dans un tel état. Il commençait à redouter un malheur et accéléra sa cadence.

. . .

Blake Burton Race resta immobile un moment avant de pulvériser son immense bureau en chêne. Il hurla de rage puis tenta de reprendre une respiration normale. L'angoisse le rongeait.

Rarement inquiet, il tentait de se contenir pour éviter de fracasser tout ce qui lui tombait sous la main. Il maudissait son frère et le jour où celui-ci avait fait la connaissance de sa fille. Car oui, Éléonore était comme sa propre fille. Il l'avait recueillie après la mort de sa mère, morte sur le bûcher de l'Inquisition. Le sort d'Isabelle Castellane était depuis longtemps scellé. L'élevant seule, elle attirait trop les regards, son exécution n'était qu'une question de temps. Mais il ne s'était pas résolu à ce qu'Éléonore subisse le même sort que sa mère. Il l'avait donc soustraite au joug de l'Église pendant les seize premières années de sa vie.

Ce choix n'avait pas été sans conséquence. Il les avait appréhendées chaque jour, car il connaissait déjà l'issue de son acte de miséricorde : il verrait un jour Éléonore mourir. Seulement, il s'imaginait que ce serait après une longue et heureuse vie, et non par la main de son propre frère, Magnus, l'homme qui lui avait arraché son trésor le plus précieux.

Il se souvenait parfaitement du jour funeste où Magnus la rencontra. Ce fut le plus douloureux de son existence. Non pas qu'il n'aimât pas son frère, mais parce qu'il l'avait toujours su proche d'une limite infranchissable. Il avait espéré qu'Éléonore calmerait le loup qui sommeillait en lui, mais, depuis Londres, il savait déjà que son frère avait basculé.

Il n'avait pas eu le choix, se disait-il. Éléonore était une jeune femme déterminée, et rien n'aurait pu la séparer de Magnus après leur rencontre. Il savait trop bien ce que l'attirance entre natifs pouvait provoquer comme ravage. Il avait néanmoins refusé de tourner le dos à sa chère enfant, mais il gardait depuis un profond ressentiment à l'encontre de son frère. Et quelle folie avait pris Éléonore de laisser Camélia, sa petite-fille, dans les griffes de son père, Magnus ! Il n'en était pas question !

Blake se surprit à prier pour qu'Éléonore parvienne à s'échapper. Il savait déjà que, quoi qu'il lui en coûte, il soustrairait Camélia à l'emprise de son frère. Il pensait aussi que, si Éléonore ne s'en sortait pas, Camélia serait la seule personne qui lui resterait dans ce monde. Il fallait qu'il intervienne.

. . .

Blake Burton Race resta silencieux pendant longtemps. Il se leva brusquement quand Mélior fit irruption dans la pièce.

— OÙ EST-ELLE ? hurla-t-il, fou de rage.

— Maître… Elle est morte.

CHAPITRE 18

De nos jours,

JE REÇUS sa révélation comme une véritable gifle.

— Carmichael est quoi ?!

— Un ami du père de Gabe ? répéta Éric, aussi ahuri que moi. Mais il ne doit pas avoir plus de vingt-cinq ou trente ans !

— En effet, commenta Sam, et c'est ce qui fait de lui le seigneur de ce territoire. Ses pouvoirs n'ont jamais été véritablement révélés. Nathanaël était persuadé qu'il possédait, entre autres, la faculté de se régénérer ou quelque chose comme ça. Un pouvoir unique qui ralentirait son vieillissement. Personne ne connaît son âge exact.

— Ils étaient amis ? dis-je d'une voix blanche.

— Oui, affirma-t-il avant de poursuivre. Je crois même qu'ils ont vécu un temps ensemble, au même endroit.

— Mais quel rapport y avait-il entre lui et Papa ?

— Je n'en sais rien, répondit-il à voix basse. Nathanaël m'a parlé de lui peu avant la mort de ta mère. Carmichael voulait qu'il revienne dans la confrérie, mais ta mère était catégoriquement contre. Carmichael n'a jamais plus insisté. J'étais même convaincu que Nathanaël avait fait un compromis qui lui permit, un temps, de mener une vie de famille normale. Quelques mois après la mort de ta mère, il a disparu pendant plus de six mois. Il avait confié ta garde à Carmichael durant tout ce temps.

— Quoi ?! lâchai-je, totalement abasourdie.

— Il ne m'a jamais révélé l'endroit où il était parti durant tous ces mois, mais, en revenant, il a demandé à me voir. Il semblait préoccupé par quelque chose. Carmichael s'était bien occupé de toi, mais Nathanaël n'a jamais voulu que tu grandisses au sein de la communauté native. Il voulait prendre des dispositions en ce sens. Alors, nous sommes allés voir un notaire afin d'y établir son testament. Il m'y confiait ta garde et ses avoirs jusqu'à ta majorité en cas de malheur. Il est mort deux ans plus tard.

— Je n'arrive pas à croire que Papa ait pu être proche de cet homme, murmurai-je, sous le choc. N'avait-il aucun scrupule pour côtoyer des gens pareils ?

Sam hésita. Visiblement, il ne savait pas s'il devait en révéler davantage ou se taire.

— Sam ! tonnai-je. Tu as tout fait pour que j'ignore qui étaient mes parents, et surtout qui j'étais ! Alors, ne te défile pas et déballe tout, tu me dois bien ça !

— Et la vie de Thomas est en jeu ! surenchérit Éric qui se contenait avec difficulté.

— Vous ne comprenez pas, répliqua Sam en baissant les yeux. Avec la visite de Carmichael, il y a bien plus ici en jeu que ce que vous semblez croire. Et avec ce que j'ai appris à Londres sur le propriétaire de la Canary Tower… Non, c'est trop dangereux, Gaby !

— Je m'en fous ! vociférai-je, tandis que la colère me provoquait déjà des tremblements. Tu m'as caché tellement d'éléments de ma vie que je n'aurai plus jamais confiance en toi. Si tu ne déballes pas tout maintenant, je pars avec Éric et tu ne me reverras jamais !

Alors que je m'attendais à ce que cet ultimatum fasse son effet, je constatai qu'au contraire Sam se murait dans le silence. J'étais dans l'incapacité de comprendre son comportement qui m'était étranger jusqu'alors.

— Ça suffit, Gabe, on s'en va ! asséna Éric, fou de rage.

Il m'attrapa le bras et me tira vers l'escalier. Il s'arrêta brusquement et posa ses mains sur mes épaules.

— Va te chercher quelques affaires. Finalement, nous irons chez moi.

J'obtempérai et montai les marches, non sans lancer un regard haineux en direction de mon tuteur. Je flanquai mes vêtements dans une valise et ruminai ma colère, tandis que mes pensées s'entrechoquaient violemment. Des larmes me submergèrent. Je dus prendre un moment pour maîtriser mes sanglots. Ce que j'en avais marre de chialer ! Cette histoire devenait insupportable. Je sortis de la maison sans un dernier regard pour Sam, pour aller m'asseoir sur le siège passager de l'Audi. Éric démarra en trombe. Mon portable se mit à vibrer. Dans un brusque élan d'optimisme, j'espérai que Sam avait changé d'avis et qu'il me demandait de rentrer illico à la maison pour tout m'expliquer.

— Allô ?

— Gabrielle ? me demanda une voix féminine et nasillarde.

— Oui. Qui êtes-vous ?

— C'est Anita Kaprisky. Ma fille est avec toi ?

— Pas depuis vingt-deux heures environ, pourquoi ?

— Cette petite traînée n'est pas rentrée de la nuit et d'habitude elle me prévient quand elle me fait ce genre de plan !

— Oh ! Désolée, mais je ne sais pas où elle est.

— Bien sûr ! rétorqua-t-elle, ironique. Vous faites bien la paire, toutes les deux, à traîner vos fesses dans tous les coins ! Si tu la vois, dis-lui de se pointer vite fait à la maison, elle doit faire les courses demain !

Pendant un instant, je pensai me taire et digérer les insanités de la mère d'Olivia comme j'en avais déjà l'habitude. Mais avec la soirée que je venais de passer, madame Kaprisky n'allait pas s'en tirer à si bon compte.

— Écoutez-moi bien, Anita. Je m'en tape qu'Olivia ne puisse pas faire vos courses demain ! OK ? Et je me fous encore plus de ce que vous pensez de votre fille et de moi, car si vous aviez la moindre jugeote, et que vous décuviez deux minutes, vous vous inquiéteriez un tant soit peu pour elle plutôt que pour votre esclave !

— Dis donc, petite s…

— La ferme ! la coupai-je, enragée. Je vais essayer de la trouver et je vous tiens au courant.

Je raccrochai et me tournai vers Éric.

— Il faut aller voir Johnny.

— Que se passe-t-il, exactement ?

— Olivia n'est pas rentrée chez elle. Vu son état après le numéro de Carmichael, je pense qu'elle a dû se réfugier chez Johnny.

— Alors pourquoi parais-tu si inquiète ?

— Je ne sais pas… répondis-je dans un murmure. Je préfère m'assurer qu'elle se trouve bien avec lui.

NOUS ARRIVÂMES à Montfermeil une dizaine de minutes plus tard. Déjà, les grands immeubles délabrés de la cité des Bosquets se dressaient devant nous. La noirceur de la nuit rendait plus inquiétante encore l'atmosphère de ces lieux, mais, étant venue dans le coin à plusieurs reprises, j'indiquai sans difficulté la voie à suivre pour nous rendre chez Johnny. Éric gara son bolide entre une BMW flambant neuve et une Twingo dressée sur des parpaings. Devant l'entrée de l'immeuble de Johnny, des silhouettes bavardaient. Il était pourtant trois heures du matin. Évidemment, il y avait plus accueillant qu'une cité de Seine-Saint-Denis pour une sortie nocturne. Les bâtiments méritaient un ravalement en profondeur, mais le maire avait plutôt opté pour une destruction pure et simple, dans les années à venir. Les commerces étaient presque inexistants. Les « Fuck Police » tagués sur les murs et les paraboles satellites étaient la seule déco valable dans cet univers aux couleurs tristes et affadies. Avant d'arriver en banlieue parisienne, j'avais entendu parler de communautarisme dans les cités. Moi j'avais plutôt découvert de la solidarité entre personnes dans la même galère. Les gens ici étaient vrais, dans tous les sens du terme, et j'admirais le fait qu'ils ne passaient pas par quatre chemins pour vous dire un truc. J'en eus aussitôt la confirmation.

— Putain ! Gabrielle Chêne ! Ça fait perpète qu'on t'a pas vue dans le coin, lança la voix grave d'un grand noir rasé à la joue droite balafrée. Une petite visite de courtoisie à trois heures du mat ?

À côté de cette armoire à glace se tenaient Mohamed Belhak et Sébastien Bassot qui crachait un molard. Un type du lycée, lui aussi. Il y avait deux autres garçons que je n'avais jamais rencontrés, et tous me toisaient, se demandant ce que je pouvais bien foutre ici en plein milieu de la nuit.

— Salut, Elvis, le saluai-je tout en hochant la tête vers les autres. Je cherche Johnny.

— Les gars, je vous présente Gabrielle, une amie d'Olivia et de mon frangin. Et toi, Gabe, tu nous présentes pas ton pote ?

— Elvis, je te présente Éric. Éric est un ami qui connaît bien ton frère.

— Éric ? Hum… réfléchit Elvis. C'est pas toi le mec qui a jeté Olivia ?

Une tension pesante régna aussitôt. J'avais oublié qu'Elvis avait le béguin pour Olivia depuis la maternelle et qu'il était au courant de tout ce qui la concernait. Je préférai donc rompre le silence avant que cela dégénère.

— Elvis, la mère d'Olivia m'a contactée, elle est très inquiète. Elle n'est toujours pas rentrée chez elle.

— Ça m'étonnerait que sa mère se fasse de la bile pour elle, rétorqua-t-il, son regard se reportant vers moi.

— Non, en effet, concédai-je. C'est plutôt le fait que ses courses ne soient pas faites demain qui l'inquiète. Quoi qu'il en soit, Olivia prévient toujours sa mère, alors je préfère m'assurer qu'elle est ici.

— Je ne l'ai pas vue.

— Alors pouvons-nous voir Johnny, s'il te plaît ?

Elvis sembla réfléchir un instant avant de déclarer :

— OK, viens avec moi. Mais ton pote, il reste là !

— Mais…

— J'attendrai dans la voiture, me coupa Éric, très calme.

— Bon… alors, c'est d'accord.

Nous prîmes le seul ascenseur en fonctionnement pour rejoindre le treizième étage de l'immeuble. Elvis et ses deux mètres prenaient toute la place, et ce fut soulagée de respirer à nouveau que je sortis de cette boîte de conserve. Il passa devant moi, se dirigea vers le fond du couloir et ouvrit la porte. Je rentrai dans le salon des Forbe. Un écran plat gigantesque trônait au mur, un canapé d'angle lui faisait face, et les meubles étaient couverts de bibelots dans les teintes rouges, vertes et jaunes. Ce qui se mariait joliment avec l'étoffe antillaise au-dessus du buffet, dont le motif central représentait la Guadeloupe. Johnny dormait de tout son long en travers du canapé.

— Hé ! Gros ! Réveille-toi, tu as de la visite.

— Quoi ? marmonna Johnny. Elvis, qu'est-ce tu fous, putain, laisse-moi dormir !

— Y'a Gaby !

— Et alors ?

— Johnny, murmurai-je à son oreille en me rapprochant, est-ce qu'Olivia est ici ?

— Non, répondit-il, les yeux toujours clos, avant d'essayer de s'asseoir, pourquoi ?

— Elle n'est pas rentrée chez elle cette nuit.

— Elle est sûrement sortie sur Paris !

— Peut-être, mais… elle n'a pas appelé sa mère. Et tout à l'heure, elle est partie furax de chez moi, alors je m'inquiète un peu.

— Vous vous êtes encore embrouillées ?

— Ouais.

— À propos d'Éric ?

— De ce mec en bas ? lâcha Elvis. Tu rigoles, j'espère ! S'il te crée des problèmes, je peux m'en occuper.

— Oh que non ! lui rétorqua Johnny. Tu te mêles pas de cette histoire, et tu feras aucun mal à ce beau gosse, on ne sait jamais.

— Arrête de faire ta putain de tantouse avec moi, Johnny ! se renfrogna Elvis. Gabe, je serai en bas si tu me cherches… et je ne toucherai pas à ton pote !

Johnny savait y faire avec son frère. Elvis claqua la porte. Il pensait faire largement le poids face à Éric. J'étais la seule à savoir que ce dernier aurait pu le soulever juste avec son petit doigt. Malgré le comportement un peu rustre d'Elvis, je savais qu'il tenait énormément à

Olivia. Il ne paraissait pas inquiet parce qu'il connaissait ma meilleure amie depuis plus longtemps que moi et l'imaginait sans doute en train de faire la fête quelque part. Mais ce vilain pressentiment persistait dans un coin de ma tête. Je me retournai vers Johnny.

— Il m'arrive des tas de problèmes en ce moment, et je ne vais pas retourner en cours de sitôt.

— Quoi ? Mais t'es dingue ! Le bac est dans cinq putains de mois !

— Oui, je sais. Mais je n'ai pas vraiment le choix. De toute façon, ça ne changera plus rien pour moi, maintenant.

Johnny fronça les sourcils et me détailla des yeux pendant un long moment.

— T'es en cloque ?

— Non, pas du tout ! répondis-je, effarée. Je ne peux pas t'en dire plus, mais pour faire simple : je quitte l'école. Je vais chez Thomas et Éric pour ce soir, le temps de savoir ce que nous allons faire. Après, je ne sais pas. Je serai joignable sur mon portable, donc si tu vois Olivia, dis-lui de m'appeler sur ce numéro.

— Elle va péter un câble quand elle va apprendre que tu vis sous le même toit qu'Éric.

— Je n'ai pas le choix.

— Dans quoi tu t'es encore fourrée ?

— Ne m'en parle pas ! lâchai-je, abattue. J'y suis jusqu'au cou ! Mais promets-moi de me prévenir à la minute où tu croiseras Olivia.

— C'est promis.

— Alors... À bientôt.

— Ouais, à plus ! me salua Johnny, tandis qu'il reprenait illico sa position horizontale. Mais la prochaine fois, essaie de passer dans la journée, tu seras gentille.

— Désolée.

Je rejoignis l'ascenseur, puis le groupe d'Elvis sous le porche.

— Téléphone-moi si tu as la moindre nouvelle d'Olivia, s'il te plaît.

— Entendu, répondit le balafré. Mais dis à ton pote qui te demande, qu'ici, les rouquins qui regardent mal, ils ne font pas de vieux os.

— Quoi ? Qui ? Quel rouquin ?

— Il faut qu'on parle, Gabrielle, s'exprima une voix profonde et grave, à quelques mètres sur ma gauche.

Ma tête fit volte-face et mon cœur tressauta quand j'aperçus Grégoire. Le grand rouquin à queue de cheval affichait un rictus effrayant en me faisant signe d'avancer. Mon regard se décala légèrement pour constater qu'Éric se trouvait toujours dans l'Audi, à écouter de la musique, d'ailleurs très fort pour l'heure tardive. C'était bien ma veine ! Je ne devais pas hurler, car Elvis et sa clique allaient vouloir en découdre et se feraient massacrer, c'était certain. Je ne devais pas non plus utiliser mes facultés devant tout le monde, c'était bien trop risqué. D'ailleurs, je ne savais même pas si j'en étais capable dans les moments utiles. J'avais la certitude que Grégoire n'avait pas, en tout cas pour le moment, l'intention de me tuer. Il affichait simplement son plus mauvais sourire et attendait que je le rejoigne. J'eus soudain l'idée de me concentrer sur l'Audi d'Éric, comme je l'avais fait avec les bougies dans ma chambre. La tâche allait être ardue, d'autant que j'étais transie par la peur.

À peine avais-je fermé les paupières que, mentalement, je réussis à éteindre le poste radio de l'Audi et soulevai le bolide de quelques centimètres. J'en restai coite. Il ne fallut à Éric qu'une fraction de seconde pour se planter à un mètre derrière Grégoire. Ce dernier resta impassible. Pire, son sourire s'élargit.

— Je ne suis pas venu pour me battre, déclara-t-il.

— Alors pourquoi êtes-vous ici ? demandai-je aussi calmement que possible.

— Je suis là pour discuter de Carmichael, il paraît que tu l'as vu aujourd'hui ?

Son ton était détaché, mais j'avais dans l'idée que c'était pour mieux dissimuler une certaine curiosité.

— Je ne savais pas que Carmichael devait rendre des comptes à ses sujets.

— Je ne suis PAS le sujet de Carmichael ! protesta Grégoire, qui perdit soudain son sang-froid.

Sa réaction me surprit, mais je ne bougeai pas d'un pouce. En revanche, je sentais des mouvements nerveux derrière moi. Instantanément, je tournai la tête et découvris Mohamed Belhak en première ligne. D'un geste spontané de la main, je les arrêtai, créant une espèce de mur invisible devant les garçons. Je sentis mes muscles se durcir sous l'effet de l'adrénaline que me procurait l'usage de ce pouvoir. Je hochai la tête vers mes dévoués protecteurs, munie d'un sourire reconnaissant. Ils m'observèrent tous en écarquillant des yeux hallucinés.

— Les gars, ne vous en mêlez pas, s'il vous plaît ? les implorai-je. Il ne va rien se passer, n'est-ce pas, Grégoire ?

Après la presque imperceptible surprise qu'il marqua quand j'eus évoqué son prénom, il hocha à son tour la tête en guise de promesse. Nous nous éloignâmes d'une trentaine de mètres, Éric toujours sur les talons du rouquin. Elvis et sa bande se demandaient encore ce qu'il venait de se passer.

— Si vous venez me faire le numéro du recruteur de natifs, ce n'est pas la peine. Carmichael s'en est déjà chargé deux fois, je pense que ça va aller pour aujourd'hui.

— Alors il est donc bien venu te voir une seconde fois... C'est intéressant, commenta Grégoire, intrigué.

— Pourquoi ?

— Pour rien.

Un silence. La tension entre nous trois devenait palpable. Je savais aussi qu'Elvis nous avait à l'œil.

— Pourquoi êtes-vous ici ?

— Je vais t'emmener avec moi, déclara-t-il avec la ferme intention de ne pas me laisser le choix.

Éric s'agita. À présent, le regard diaphane du grand roux me fusillait. Je commençais à comprendre la différence entre Carmichael et cet homme.

— Carmichael n'a rien exigé pour le moment. Pourquoi est-ce donc vous qui devez m'emmener ? demandai-je, le plus calmement possible.

— Mais je ne t'emmène pas chez Carmichael.

Un signal d'alarme retentit dans mon cerveau. Mon regard circula sur la droite, où une silhouette se dessinait déjà entre deux buissons et une autre, derrière Éric, avançait à pas lents sans que je distingue aucun visage. Éric resta immobile. Ses yeux, en revanche, désignaient en trois endroits les individus qui devaient se tenir à proximité derrière moi.

Nous étions encerclés. J'échangeai un regard inquiet avec Éric. Sa nervosité et son inquiétude étaient manifestes. Contre toute attente, je lui souris comme pour le rassurer. N'ayant pas perdu tout espoir, je lui indiquai la marche à suivre dans un mouvement de tête. Il se jeta immédiatement vers la gauche et, en l'espace d'une seconde, mit KO deux adversaires avant de s'arrêter brutalement devant le troisième. Sans se retourner pour analyser ce qui se passait derrière lui, Grégoire esquissa un sourire effroyable qui creusa son visage émacié. Éric semblait lutter contre lui-même, immobile, agité de spasmes nerveux, et dans l'incapacité d'utiliser ses pouvoirs. L'homme qui le maîtrisait était immense et presque blond platine. Il avait l'apparence d'un Scandinave. Sa bouche se tordait presque d'excitation à quelques centimètres de sa victime qui se contorsionnait. De mon côté, je n'avais pas anticipé la rapidité de l'assaut derrière moi. À peine avais-je levé le petit doigt, qu'un type encercla mon cou dans l'étau d'acier de son bras droit. Sur le moment, je n'eus aucune réaction, car j'entendais Elvis et sa clique courir dans notre direction. Ils allaient se faire tuer et le Scandinave compromettait mon premier plan. Le type derrière moi, dont le bras me serrait de plus en plus fort, renifla mes cheveux avant de s'adresser à Grégoire :

— Si c'est elle, on va avoir des problèmes. Il est au courant ?

— Évidemment, assura Grégoire, dédaigneux. Et gare à celui qui la touchera.

— VOUS LES LÂCHEZ TOUT DE SUITE ! hurla Elvis à quelques mètres.

Alors que je cherchais de l'air pour respirer, je remarquai le signe de tête qu'adressa Grégoire à un autre de ses sbires encore disponibles. Son rictus morbide en disait long sur ses intentions. L'angoisse qu'il leur arrive du mal par ma faute m'arracha un hurlement de terreur, malgré la pression qu'exerçait l'horrible type derrière moi. Des convulsions nerveuses firent cependant relâcher la pression qu'exerçait mon assaillant sur ma gorge, et je focalisai aussitôt toute ma concentration vers son bras. Les yeux fermés, je m'imaginai le bouger comme si je le faisais de mes propres mains. En relevant mes paupières, je constatai que c'était le cas. Je lui brisai le cubitus au passage. L'homme hurla. Je pris alors confiance en mes pouvoirs, ces capacités que je voyais, il y a peu, comme une malédiction. Le regard déterminé, je les éjectai violemment. Lui, ainsi que l'individu qui devait se charger de la bande d'Elvis. Mohamed Belhak l'attendit de pied ferme. L'excitation du combat à venir se lisait sur son visage, tout comme celui de Séb Bassot. Ils furent presque déçus de voir le pauvre type en face d'eux heurter de plein fouet le second étage d'un immeuble. Leurs yeux se tournèrent dans ma direction, et il leur fallut un court moment pour qu'ils réagissent avant de s'enfuir en courant. J'étais soulagée, mais à peine avais-je fait un nouveau geste que Grégoire m'encerclait à son tour le cou de ses longs doigts. Je devinai aisément qu'un seul geste de sa main pourrait me briser la nuque.

— Nous allons y aller, que tu le veuilles ou non, insista-t-il. Maintenant, à toi de décider si ton ami doit vivre. Il est invité à nous accompagner, s'il le souhaite.

— C'est hors de question, articulai-je, suffoquant sous la pression de ses doigts.

Je tentai de me concentrer à nouveau pour lui faire desserrer son étau, mais la douleur autour de mon cou, et mes poumons carbonisés, m'empêchaient de le faire bouger d'un millimètre. Grégoire sortit un objet de sa poche ; je ne parvenais pas à distinguer de quoi il s'agissait. Derrière lui, Éric ne s'était toujours pas libéré de l'étreinte mentale et douloureuse du Scandinave. Je tentai vainement de trouver une solution, mais je souffrais trop pour réfléchir à un plan efficace. Puis me vint une idée de génie. Comme je n'arrivais guère à faire fonctionner ce foutu don de native, je devais employer d'anciennes méthodes. Et pour le coup, Grégoire ne le vit pas venir, mon genou dans ses testicules. Il lâcha aussitôt sa prise, mais eut suffisamment de lucidité pour me planter sa seringue dans le bras. La piqûre violente me fit vaciller. Un voile blanchâtre se dessinait déjà devant mes yeux. Grégoire était au sol, à se tortiller de douleur, tandis qu'Éric souffrait toujours mille tourments. Au prix d'un effort surhumain, je réussis à projeter le Scandinave à plusieurs mètres, suffisamment fort pour qu'il s'assomme dans la chute. Mais les autres, ceux qu'Éric avait mis au tapis, se relevaient déjà.

Ce n'était qu'une question de secondes avant que Grégoire en fasse de même. Mais alors que j'entrevoyais la solution du problème, mes jambes me lâchèrent. Chacun de mes mouvements avait l'air de se produire au ralenti. Derrière moi, je crus percevoir des hurlements et des personnes accourir dans notre direction. Je me retournai, des lumières s'avançaient vers moi, puis plus rien. Un flou total me rendit aveugle aux événements. Ma tête était de plus en plus lourde et je m'écroulai sur le sol en béton. Quelqu'un me souleva.

Éric me déposa dans un endroit sombre. J'entendais à peine les sons disloqués des sirènes de police quand il m'empoigna les bras et me secoua comme un prunier.

— Gabe ! Qu'est-ce que t'as ?

— Il a… piqûre… je sais pas…

— Il t'a droguée, comprit-il soudain, alors que je m'efforçais de fixer ses lèvres du regard.

Pendant quelques instants, il resta figé. La minute d'après, il me soulevait de ses bras puissants et partit dans son tourbillon de vitesse.

J'ÉTAIS ALLONGÉE sur un divan, affalée de tout mon long. Je tentais d'ouvrir les yeux, mais la lumière les maintenait closes. Je réussis tout de même à les entrouvrir pour apercevoir Éric, gesticulant dans tous les sens et fourrant brutalement des vêtements dans deux grands sacs balluchons.

— Qu'est-ce que… tu fais ? tentai-je d'articuler.

— Nous devons trouver ce Carmichael.

— Oh… dis-je seulement avant de me rendormir.

QUAND JE ME RÉVEILLAI, un infâme mal de tête me compressait le cerveau. Je ne reconnus pas l'endroit où je me trouvais, mais j'aurais parié sur une chambre d'hôtel. Ma bouche était pâteuse, et je ressentais un besoin urgent de me laver. Je soulevai tant bien que mal mon corps de pierre pour me diriger, le regard brumeux, en direction de ce qui semblait être une salle de bains. Une fois dans la pièce, je constatai que l'ensemble de mes affaires s'y trouvait. De ma valise à ma brosse à dents, jusqu'au cachet de paracétamol posé sur la tablette. Je souris de cette attention si touchante, venant d'un homme si renfermé. Je rentrai dans la douche et réglai la température pour que de l'eau fraîche me fouette le visage. Je me revigorais à la moindre goutte et appréciais la sensation, après cette effroyable soirée. Peu à peu, les souvenirs de la veille me revinrent, dont le dernier : celui d'Éric en train d'envisager de contacter Carmichael. À cette pensée, mon estomac se serra. Cet homme me fichait une trouille bleue, sans compter les réactions en chaîne qu'il provoquait chez moi. J'entendis une porte se fermer.

— Éric ?

— Oui.

— J'arrive dans deux minutes ! criai-je tout en enfilant un peignoir de bain.

Après un rapide, mais efficace, brossage de dents et un coup de peigne dans les cheveux, je m'élançai dans la chambre.

— Qu'est-ce qu'il s'est passé hier soir ?

— Grégoire t'a droguée, mais je pense qu'il n'a pas eu le temps de t'injecter toute sa dope. Ton redoutable coup de genou l'en aura empêché, termina-t-il en souriant.

— Comment on s'en est sortis ?

— Elvis et ses potes ont fait diversion. Ils ont ameuté tout le quartier. Y'avait pas moins d'une centaine de mecs de la cité qui se sont ramenés. J'ai même cru apercevoir Johnny dans le lot. Quoi qu'il en soit, j'ai profité de l'occasion pour nous sortir de là. La police est arrivée, puis une fois la bande de Grégoire partie, ça n'a pas trop mal tourné.

— Comment le sais-tu ?

— J'y suis retourné ce matin pour récupérer l'Audi, poursuivit-il tout en s'asseyant dans le fauteuil qui me faisait face. J'ai croisé Elvis qui avait fait nuit blanche avec une dizaine de ses potes. Il m'a dit que ma voiture n'avait rien à craindre dans la cité. Je l'ai remercié pour la veille et lui ai tendu les clés.

— Pourquoi ?

— Elle est trop voyante. Si la police se mêle de cette histoire et recoupe certains éléments, on se fera bêtement coincer. Et puis, je lui dois bien ça. Grâce à lui, on s'en est sortis hier soir. En échange, il n'a pas posé de questions et demandera aux autres de garder le secret des événements de la soirée.

J'avais déjà oublié l'inspecteur Carrère et espérais que, dans la nuit noire, personne n'avait remarqué notre présence. Je savais d'ores et déjà qu'Elvis et sa bande seraient des tombes, mais si la police venait à m'avoir en ligne de mire, alors j'étais condamnée à me cacher toute ma vie. Éric remarqua mon inquiétude.

— Nous devons contacter Carmichael et j'ai trouvé un moyen de le faire.

Un spasme nerveux me traversa la poitrine et la peur m'immobilisa. C'était moins à cause de Carmichael que de tout ce que ça impliquait pour moi. J'avais le curieux sentiment qu'une page se tournerait définitivement si je me joignais à lui.

— Il est hors de question qu'on les rejoigne, Éric !

— Mais ce n'est pas ce que nous allons faire ! répliqua-t-il immédiatement. Réfléchis un instant, si nous y allons, nous avons une chance de retrouver Thomas. Si Carmichael avait voulu nous faire du mal, il l'aurait déjà fait. Idem pour Grégoire, sauf qu'il a recours à des méthodes bien plus drastiques. Des deux maux, je préfère celui qui ne porte pas une seringue à la main. Et même si toutes ces années j'ai tenté de leur échapper, je suis maintenant convaincu qu'il n'y a que de cette manière-là qu'on en apprendra plus. Dès que nous aurons ce que nous voulons, nous quitterons cette confrérie et ses adeptes.

— Mais Carmichael… il me fait flipper, ce type.

— Il ne te fera rien. D'après Sam, il a été d'une certaine aide pour ton père et ne t'a jamais fait le moindre mal. Pourquoi penses-tu qu'il t'en ferait maintenant ?

Je restai muette. Comment faire comprendre à Éric le mal-être que j'éprouvais dès que je pensais à cet homme ? Et je n'avais aucune envie d'en parler avec lui. Évoquer Carmichael et ce qui s'était passé avec lui, la nuit dernière, était hors de question. Le lien invisible qui me liait à cet homme était aussi limpide pour moi que son toucher.

— Peut-être, finis-je par répondre, mais on ne sait pas qui sera là-bas, ni quels autres natifs en plus de Devesniel seront à sa solde. C'est dangereux !

— Oui, mais qu'avons-nous à perdre ? lâcha Éric, déjà fermement décidé. J'admets que tu as raison pour les autres natifs. À voir ce qu'il s'est passé hier soir, ils ont l'air bien organisés, ont des ressources, et sont à mon avis bien plus nombreux que nous le pensions. Devesniel s'est quand même consacrée deux ans en tant que prof au lycée rien que pour garder un œil sur toi.

— Hum… Je ne sais pas si…

— Gaby ! me coupa Éric. Nous n'avons pas le choix.

Pouvais-je vraiment ignorer les arguments d'Éric ? Soudain, je repensai à Thomas. Avec tous ces événements, j'avais déjà l'impression que plusieurs années s'étaient écoulées depuis sa disparition, qui n'avait eu lieu, finalement, que la veille. Comme une révélation, ma conscience brisa peu à peu le mur d'angoisse qui me retenait prisonnière. Je devais retrouver Thomas coûte que coûte.

— Comment vas-tu le contacter ? demandai-je, à présent résolue à le suivre.

— J'ai déjà contacté Devesniel ce matin.

— Tu l'as fait sans m'en parler ! m'insurgeai-je, estomaquée.

— Désolé, Gabe, mais ma décision est prise à ce sujet. Alors oui, je l'ai fait. J'ai contacté le lycée, puis j'ai prétexté une urgence familiale pour l'avoir au téléphone. Elle m'a demandé un numéro où nous joindre. Je lui ai donné celui d'une cabine téléphonique à cent bornes d'ici. Elle m'a rappelé quelques minutes plus tard.

— Et alors ?

— Ils nous demandent de nous cacher un moment. L'événement d'hier a fait des vagues et il vaut mieux faire profil bas pour l'instant. Le temps aussi qu'ils règlent quelques affaires internes, a-t-elle dit. Devesniel semblait néanmoins curieuse de connaître tous les détails à propos de Grégoire.

— Alors, nous restons ici, finalement ?

— Oui, répondit-il. Pour le moment.

CHAPITRE 19

Deux mois s'écoulèrent sans aucune nouvelle des natifs. Ni Carmichael ni Grégoire ne se manifestèrent. Éric devenait de plus en plus maussade. Devesniel lui avait laissé un numéro à n'utiliser qu'en cas d'urgence, et cela faisait déjà plusieurs fois qu'il tentait de la joindre, en vain. Son inquiétude pour Thomas devenait presque palpable. De mon côté, j'avais l'impression de devenir folle, constamment enfermée dans une chambre d'hôtel.

Nous changions d'endroits deux fois par semaine pour ne pas être repérés. Éric avait acheté une Ford Cougar gris anthracite d'occasion pour une bouchée de pain. Elle nous avait déjà emmenés de l'est de la France jusque dans le sud. Depuis deux jours, nous avions pris nos quartiers en Ardèche, dans le joli village d'Aubenas. Le soleil avait fait sa réapparition depuis peu, et le printemps trouvait son chemin après un hiver particulièrement rigoureux. Le plaisir de découvrir les paysages de mon pays ne m'empêchait pourtant pas de trouver le temps infiniment long. À part Éric, je ne côtoyais personne, et j'avais remarqué à plusieurs reprises que mon compagnon de fuite prenait davantage ses distances, même s'il était toujours à l'écoute de la moindre de mes demandes. Je n'avais même plus de téléphone portable depuis la terrible nuit dans la cité des Bosquets. Je supposais qu'il était tombé de ma veste pendant qu'Éric me secourait. L'ennui, c'est que je n'avais aucune nouvelle, ni de Sam ni d'Olivia. En ce qui concernait mon tuteur, j'étais encore suffisamment en colère pour ne pas m'en offusquer, mais s'agissant d'Olivia, j'étais particulièrement agacée de ne pas pouvoir la joindre. Éric me l'avait interdit, de peur que Grégoire la surveille, mais je n'avais pu m'en empêcher. Un jour, je décidai d'utiliser une cabine téléphonique pour l'appeler. Je tombai sur sa messagerie alors je pris contact avec Johnny. Il parut très intrigué par les événements qui s'étaient déroulés en bas de chez lui, mais face à mon silence, il n'insista pas. Olivia n'avait pas remis les pieds au lycée depuis sa disparition, alors Johnny avait parlé à sa mère. Elle lui avait assuré qu'Olivia allait bien, mais qu'elle devait partir quelque temps pour raisons familiales. Tout comme moi, Johnny avait du mal à la croire, mais, étant donné le besoin vital d'Anita Kaprisky d'utiliser sa fille pour les tâches les plus ingrates de sa maison, je devais admettre que, si Olivia avait bel et bien disparu, sa mère aurait dû être dans tous ses états à l'idée de faire le boulot de son esclave de fille. Or, Johnny l'avait trouvée, au contraire, parfaitement calme. Je décidai alors de me faire une raison, même si ma meilleure amie me manquait horriblement. Quant à Thomas, il occupait mes pensées presque constamment.

À certains moments, je voulais hurler de m'être fourrée dans une telle situation. Ma vie avait pris un tour si particulier que j'avais presque oublié ce qu'était être « normale ». J'étais de plus en plus révoltée et acariâtre, et pour passer mes nerfs, je m'entraînais à développer mes pouvoirs dans les forêts voisines. J'avais à présent compris que la douleur physique pouvait m'empêcher de les utiliser. Il fallait donc que je ne puisse plus être approchée de trop près par mes adversaires, car cela pouvait compromettre toutes mes chances en cas de lutte. J'eus donc la brillante idée de me créer un bouclier de protection. C'était le coup des balles suspendues dans le train qui m'avait donné cette idée. J'érigeais mentalement une barrière invisible autour de moi pour éviter d'être touchée. Au début, je ne le tenais que brièvement. Puis, avec l'aide d'Éric, j'appris à le maintenir beaucoup plus longtemps. Au point qu'il avait l'impression de se heurter à un mur de briques quand il essayait de m'attraper. J'apprenais également à utiliser mes dons sur mon propre corps. Je pouvais à présent léviter et atteindre un endroit précis sans même ouvrir les yeux. J'adorais ça et je devais une fière chandelle à mon compagnon de voyage qui m'aidait dans toutes mes nouvelles tentatives d'entraînement. C'étaient les seuls moments où je pouvais encore sourire, et il en allait de même pour lui. Nous prenions des chambres voisines pour ne plus avoir à dormir dans la même pièce. Éric savait parfaitement se tenir, mais m'avoir sous le nez toute une nuit pouvait réveiller chez lui ses instincts primaires. Moi-même, j'avais déjà passé beaucoup de temps à m'attarder sur son corps, sa démarche et son attitude si séduisante. Éric m'apparaissait de plus en plus captivant, mais j'avais, surtout, désespérément besoin de réconfort, et son comportement fuyant m'empêchait de le trouver chez lui. De plus, j'avais encore en mémoire les mots de Carmichael : « *Sais-tu seulement ce que tu fais vivre à cet homme ?* », alors même si j'avais une totale confiance en Éric, je restais vigilante. Seulement, parfois, les événements pouvaient déraper. Je me souvenais d'une journée où la tension entre nous s'était révélée presque insoutenable.

— Concentre-toi ! m'avait-il dit alors que je m'évertuais à maintenir mon bouclier invisible autour de moi.

J'avais fermé les yeux. Dans la clairière, seuls le pépiement des oiseaux et les tentatives d'Éric pour m'atteindre brisaient le silence de mes pensées.

— Tu sais que tu es particulièrement attirante quand le vent s'engouffre dans tes cheveux et fouette ton visage ?

Surprise qu'Éric me dise un truc pareil, après des semaines à éviter d'entretenir des conversations embarrassantes pour nous deux, mes paupières s'étaient relevées. J'en étais restée bouche bée. Éric avait alors bondi sur moi et percé mes défenses. J'avais basculé en arrière et m'étais étalée sur le sol, l'air violemment chassé de mes poumons. Le poids d'Éric m'immobilisait à même la terre. Ses mains avaient enserré mes poignets. Un sourire s'était dessiné sur ses lèvres ; son regard étincelant m'avait fait déglutir.

— En réalité, c'est facile de te déstabiliser, m'avait-il dit, alors que de petites rides marquaient ses yeux plissés d'amusement.

J'en étais restée coite, sentant son corps allongé contre le mien et la chaleur qui s'en dégageait. Son sourire s'était effacé lentement, mais il avait gardé ses yeux fixés sur ma bouche. J'en avais presque suffoqué. Puis un éclair avait traversé son regard. Il s'était relevé, et j'avais senti le vide engendré par son geste dans ma poitrine.

— Euh... Pardon, avait-il seulement déclaré.

Ses yeux s'étaient baissés, puis il s'était retourné. De dos, il était resté un moment sans bouger. Puis il était parti et m'avait laissée là, clouée au sol, avec le souvenir de son corps chaud contre le mien. Je ne l'avais revu que le lendemain.

Longtemps, ces quelques secondes avaient hanté mon esprit.

Quelques jours plus tard, je le découvris debout à ranger des affaires dans son sac. Je supposai, à nouveau, que nous allions partir pour une nouvelle destination. Mais cette fois, il avait le sourire aux lèvres et j'eus le sentiment qu'il ne tenait plus en place. Cela m'intrigua.

— Il se passe quelque chose ?

— Oui, prends tes affaires, on se casse d'ici.

— OK, on va où ?

— Chez Carmichael, lâcha-t-il, un sourire triomphant sur les lèvres.

Je n'étais pas sûre d'être aussi confiante que lui. Au contraire, mon estomac se noua, me provoquant des suées d'angoisse au passage. D'un autre côté, la perspective de sortir de ce train-train quotidien rendait la proposition plus qu'attrayante, si on oubliait Carmichael et sa communauté. Sans compter sur le fait que nous allions sans doute revoir Thomas. Et, au regard de nos dernières mésaventures, j'en avais plus que besoin. Je terminai ma valise en quelques minutes, une habitude désormais. À peine étais-je installée dans la Ford qu'Éric démarra en trombe.

— C'est loin ?

— Dans le Gard, près d'Anduze, à une heure et demie d'ici. C'est parfait.

— Près d'Anduze ? commentai-je. Je n'aurais pas imaginé le QG des natifs ailleurs qu'à Paris.

Mais qu'est-ce que j'imaginais exactement ? Je n'avais absolument aucune idée de ce à quoi pouvait ressembler la demeure de Carmichael et de toute sa clique.

. . .

La Ford Cougar avala les kilomètres de plus en plus vite, et Éric devenait plus nerveux à mesure que nous approchions. Nous roulâmes sur des routes de campagne dont les virages n'en finissaient pas. Je commençais sérieusement à me sentir mal. Arrivée à Anduze, je pensai qu'enfin nous étions arrivés à destination. Espoir déçu par le GPS qui annonçait encore six kilomètres à parcourir. Éric conduisait comme un fou et son bolide fusait à travers les vignes environnantes. J'allais être confrontée à mon destin dans maintenant moins de huit cents mètres et je tremblais nerveusement. Les bois se firent de plus en plus denses, Éric ralentit l'allure. D'immenses peupliers formaient une allée ombragée et, tout au bout, un portail monumental en fer forgé, érigé au milieu de remparts en vieilles pierres, ouvrait ses portes de cinq mètres de hauteur. En entrant, nous fûmes estomaqués par ce qui se dévoila à nos yeux. Une nouvelle allée nous mena vers une immense cour entourée d'un gazon taillé au millimètre. Une énorme bâtisse nous faisait face. Deux tourelles embrassaient les extrémités d'une large façade en pierre. Des fenêtres à meneaux blanches donnaient de la profondeur à ce paysage de carte postale et le soleil ne rendait que plus fastueuse l'étendue gigantesque de cette demeure restaurée : un authentique château médiéval.

Évidemment, le cadre tranchait singulièrement avec la douzaine de voitures de luxe garées sur le parking de la grande cour d'entrée. J'y découvrais de la Lamborghini Diablo ou le dernier modèle de Mercedes. Sans s'en émouvoir une seconde, Éric gara la Ford Cougar entre une Aston Martin et une Porsche 911.

Du côté des bois, je remarquai deux charmants pavillons d'une époque plus récente, mais qui se mariaient à merveille avec le cadre. Mon regard revint vers le château et j'aperçus, devant l'imposante entrée, Carmichael, les mains croisées dans le dos. Tout de noir vêtu, son débardeur dévoilait de redoutables muscles taillés dans le bronze. Une petite femme se tenait derrière lui. Elle ne devait pas faire plus d'un mètre soixante et sa couleur de cheveux, presque blond platine, relevait sa magnifique peau laiteuse, éclairée d'un rouge à lèvres rouge écarlate.

Son carré plongeant très moderne se mariait à merveille avec sa tenue presque post-apocalyptique, en total contraste avec son environnement. Habillée de cuir des pieds à la tête, elle avait les épaules dénudées et une généreuse poitrine relevée par un bustier au décolleté pigeonnant. Cette tenue, qui aurait pu passer pour outrageusement vulgaire chez certaines filles, lui allait comme un gant. Elle me faisait penser à un personnage de manga japonais, tant elle était parfaite en tout point. Je descendis de la Ford, plus intimidée que jamais.

Carmichael affichait son plus large sourire. De mon côté, je tentais de garder une certaine contenance, mais, après plus de deux mois de quasi-solitude, une partie de moi était presque impatiente de le revoir. La blonde derrière lui me fixait de ses prunelles bleu azur, mais je ne saisissais pas encore si c'était un regard amical ou non. Le fait est que je baissai les yeux instinctivement.

— Bienvenue à Altérac, dans *le berceau des élus*, déclara Carmichael en ouvrant les bras. Je suppose que vous souhaitez connaître ce lieu où vous allez résider…

— Ce n'est que momentané, le coupai-je, cinglante.

— Je ne voyais pas ça autrement, me rétorqua-t-il sans un regard. Suivez-moi.

Nous passâmes la monumentale porte principale et j'eus le souffle coupé en découvrant le faste de l'intérieur. L'entrée était une immense salle voûtée dans le style gothique, bâtie sur des piliers en pierre taillée. Sur chaque côté de la pièce se trouvaient deux lourdes portes en bois, bordées de meubles d'époque Louis XIV, mélangés avec goût au style Renaissance. Le soleil irradiait en ce lieu si majestueux. De somptueux vitraux représentant des corps mêlés dans une sorte de danse surplombaient une immense baie vitrée, dans un joli mariage entre le moderne et l'ancien. À travers les vitres, je découvris la vaste cour-jardin. Parfaitement taillées, des fleurs majestueuses coloraient le cadre, tout comme les premières pousses printanières de quelques grands arbres centenaires. Un chemin caillouteux encadrait le tout et sur une vaste terrasse aménagée aux abords d'une piscine, couverte en cette saison, se dressait un apéritif qui n'attendait que nous. Autour, l'enceinte du château nous protégeait de l'extérieur. D'une hauteur de plus de dix mètres, les murs se rejoignaient sur une énorme tour à mâchicoulis. En m'avançant, j'aperçus une silhouette qui me fixait derrière l'une des fenêtres aménagées de la tour. Elle disparut aussitôt. Bizarrement, ma peur aussi s'était envolée. À présent installée sur une des chaises en rotin de cette terrasse atypique, j'étais irrévocablement sous le charme de ce lieu romanesque.

Éric ne semblait pas aussi subjugué que moi. Il n'avait d'yeux que pour cette petite blonde, mais je le connaissais assez bien maintenant pour savoir qu'une foule de questions se bousculaient dans sa tête. La première de la liste étant : où pouvait bien être Thomas ? Il ne serait pas forcément aisé de le retrouver dans un tel espace.

Carmichael nous servit à boire du thé glacé fait maison et leva un verre triomphant.

— À votre arrivée parmi nous !

La blonde porta aussi le toast, un grand sourire carnassier en direction d'Éric, qui lui rendit bêtement la pareille. Je devais faire contre mauvaise fortune bon cœur ; Éric ne me devait rien, après tout. C'était plutôt moi qui lui devais tout.

— Avant de vous présenter vos quartiers, je tenais à faire le point sur ce qui vous attend ici, déclara Carmichael avant de se tourner vers la blonde. Voici mon assistante et votre hôtesse pendant votre séjour, Naomi. Si vous avez besoin de quoi que ce soit, vous devrez vous en remettre à elle.

Elle hocha la tête en guise d'approbation. Carmichael poursuivit.

— Je suis sûr que vous vous posez une tonne de questions, reprit-il, alors je pense que nous allons commencer par un peu d'histoire. Cette magnifique bâtisse est dans la famille des natifs depuis sa création. Avouez qu'elle a du cachet, non ? Elle a été bâtie sur d'anciennes fondations gallo-romaines et doit son nom à cette époque reculée. Les Romains l'appelaient la « Villa Alterane », c'est d'ailleurs le nom qu'on lui donne entre nous parfois. Les humains l'ont rebaptisée « le château d'Altérac ».

Alors qu'il déroulait son récit sur un ton cérémonieux, je me demandai auprès de combien de natifs il avait fait la même présentation. J'étais néanmoins curieuse d'en savoir plus.

— Le château était davantage une demeure seigneuriale qu'une fortification. Il a connu quelques batailles en son temps et même un gigantesque incendie provoqué à la fin du XVIIIème par les villageois du coin.

— De simples villageois ? l'interrogea Éric.

— Oui, de simples villageois, mais aidés par un natif, disons... rebelle. Mais tout ceci est bien loin et depuis ce jour, nous n'avons cessé d'améliorer cette première place forte native.

— Première ? Pourquoi, il y en a d'autres ?

Cette fois, Carmichael me regarda dans les yeux et je sentis d'emblée les résonances physiques de notre dernière rencontre. Pendant une seconde, j'aurais juré qu'il éprouvait la même émotion. Aussitôt, il détourna le regard comme s'il cherchait à m'éviter. Je cachai mon embarras en buvant une lampée de mon thé glacé.

— Eh oui, il y en a d'autres. Naomi vous expliquera tout en détail un peu plus tard. Quant à moi, je dois vous laisser. Je vais finir de superviser la soirée en l'honneur de votre arrivée.

— Je ne pense pas que nos cœurs soient à la fête, objectai-je alors que la blonde me fusillait du regard. Croyez-vous franchement qu'on va faire comme si nous étions de vieux amis alors que vous détenez Thomas et que...

— Nous n'en demandons pas tant, me coupa Naomi d'une petite voix fluette. C'est pour cela que Thomas se joindra à nous ce soir.

Je restai interdite. Ma tête pivota vers Éric, qui affichait le même air ahuri que moi. Carmichael contempla l'effet que cette nouvelle avait produit avant de disparaître par l'une des portes de l'aile nord, non loin de la grande tour. Je constatai que le visage qui m'était apparu tout à l'heure par une des fenêtres avait repris son poste, sans que je puisse en distinguer les traits. Je me retournai vers la très blonde Naomi, qui me dévisageait scrupuleusement. Elle nous fit enfin signe de la suivre et passa la même porte que Carmichael un peu plus tôt. Nous nous trouvâmes dans un grand salon. Les meubles étaient de style Louis XV et déroulaient leur splendeur en dessous d'un magnifique plafond à la française. Notre hôtesse se dirigea ensuite vers une autre porte et nous entrâmes dans un autre salon, un peu plus petit et dans un style plus contemporain.

— L'aile nord du château est constituée de plusieurs salons en enfilade, expliqua-t-elle. Au-dessus se trouvent deux étages où sont aménagés des appartements en duplex. Vous aurez donc tout le confort nécessaire pour vivre indépendamment des autres. En tout cas, c'est valable pour toi, Gabrielle, car Carmichael a voulu que tu occupes une suite en particulier. Éric, tu auras une des chambres de l'aile sud, mais ne t'inquiète pas, elles sont magnifiques. Et le mieux, c'est que je suis à l'étage juste au-dessus de ta chambre.

Elle avait terminé sa phrase avec un sourire aguicheur. Je réprimai l'envie de lui coller une baffe. Il était évident que je n'avais aucune envie d'être séparée d'Éric, mais qui ne dit mot consent... Et il ne paraissait pas contre une visite nocturne de notre jolie hôtesse.

Nous traversâmes un troisième salon avant d'accéder à un gigantesque escalier en colimaçon, dont la rambarde en fer forgé contrastait singulièrement avec la pierre taillée.

— Ne t'inquiète pas, Gabrielle, m'interpella Naomi. Il y a un escalier similaire dans l'entrée. Tu pourras accéder à ta chambre autrement que par ici. Je voulais seulement te montrer le chemin pour accéder à la salle de Pomone. C'est là que se déroulent la plupart de nos réunions, banquets et autres réceptions officielles natives.

Elle nous indiqua la porte qui menait à cette fameuse salle et monta les escaliers d'une démarche athlétique.

— Un tel endroit ne devrait pas être classé monument historique ? soulevai-je, curieuse.

— Oh si ! répondit-elle. Mais le propriétaire des lieux s'y refuse. Être classé, c'est se soumettre à l'État. Il faut des autorisations pour n'importe quels travaux et d'autres contraintes qu'il n'est pas prêt à endurer.

— J'ai entendu dire que l'État pouvait classer d'office un monument historique, commenta Éric, intéressé, alors que nous gravissions les marches pour accéder au premier étage.

— En effet, mais le propriétaire est une personne aux ressources insoupçonnées. Disons qu'il fait en sorte qu'on nous ignore.

— Vous dites « le propriétaire », ce n'est pas Carmichael ?

— Non.

— Alors qui est-ce ?

— Un homme qui refuse de se soumettre à la volonté des humains, lâcha-t-elle avant de s'arrêter subitement devant une porte. C'est ici.

Elle nous avait conduits dans un immense couloir dont les fenêtres donnaient sur la cour-jardin intérieure. Lasse, je trépignais d'impatience à l'idée de découvrir ma nouvelle chambre et je n'allais pas être déçue.

En entrant dans la pièce, je fus littéralement médusée. Sur ma gauche se dressait un grand lit à baldaquin dont les voilages fuchsia fusionnaient avec les délicats motifs de la couverture de lit. Dans l'angle se trouvaient une baignoire sur pied et une ravissante coiffeuse. Les fenêtres donnaient sur le bois. Dans la continuité du mur, je découvris une agréable commode en chêne massif, surmontée d'une lampe ultra-moderne. À ma droite se tenait le coin salon, mon boudoir privé. Une magnifique table ronde en bois ornée de fleurs sauvages se mariait élégamment avec l'assise des chaises en velours beige. Deux fauteuils faisaient face à une jolie cheminée et au-dessus de l'ensemble trônait un immense lustre en cristal. Naomi me montra le petit escalier dans l'angle droit de la pièce.

— À l'étage, tu as ta salle d'eau ainsi qu'un grand dressing, dit-elle à la manière mécanique d'un agent immobilier. Nous y avons déjà déposé tes valises. Nous avons également pris soin de te racheter quelques vêtements.

J'éclatai de rire nerveusement. Cela faisait deux mois que je portais quasiment les mêmes fringues, alors j'accueillis cette nouvelle avec la joie qui s'imposait.

— Combien y a-t-il de natifs dans cette maison ? s'enquit Éric, bien loin de mes frivoles préoccupations.

— Nous sommes treize à être résidents permanents. D'autres viennent et repartent. Il y a aussi cinq humains et leurs enfants dans les pavillons du château et…

— Des humains ? l'interpella Éric, étonné.

— Oui. Ce sont des descendants ou ascendants natifs qui n'ont pas hérité du don. Ils sont parfaitement au courant de notre secret, vivent ici à nos frais et ne manquent de rien, et cela en échange de leurs services. Ils sont ici chez eux.

— Tous les natifs vivent dans le château ?

— Non, il y en a aussi dans les pavillons du lac. À elle seule, la propriété fait deux cents hectares, dont le château, sept pavillons indépendants et une exploitation viticole. Seules les annexes en contrebas du château n'ont pas été rénovées depuis le grand incendie. Les premiers pavillons que vous avez vus à l'entrée sont ceux des humains. Un autre est à l'orée du bois, presque inhabité. Il y a aussi celui de l'exploitation viticole de l'autre côté de la forêt, et trois autres pavillons se trouvent près du lac. Les autres natifs vivent dans le château même. Carmichael doit beaucoup t'estimer pour te donner cette suite, car, du plus loin que je me souvienne, personne n'y a encore séjourné.

— Et lui, où vit-il ? l'interrogeai-je, feignant d'ignorer sa dernière réplique au ton acerbe.

— Carmichael ne vit pas dans l'enceinte de la villa, répondit-elle sans émotion. Il vit dans l'ancienne chapelle, à une cinquantaine de mètres environ de la grande tour, mais personne n'a le droit d'y entrer.

Elle ne s'étala pas sur le sujet et se retourna, frétillante, vers Éric.

— Maintenant, c'est à ton tour de découvrir ta chambre ! Elle n'est pas aussi luxueuse que celle-ci, mais je suis sûre que tu seras pleinement satisfait. Gabrielle, je pense que tu veux te reposer et prendre un bon bain. Il te suffit de composer le zéro sur le téléphone pour commander ton repas, ou tu peux le prendre directement avec nous dans la salle commune de l'aile sud. Tu y auras accès plus rapidement en traversant la cour-jardin. Éric, si tu veux bien me suivre...

— Je viens dans une minute, lui assura Éric.

Il se tourna vers moi et prit mes deux mains dans les siennes.

— Gaby, ça va aller, toi ? chuchota-t-il, alors que Naomi trépignait déjà derrière lui.

— Oui, ne t'inquiète pas. Je te rejoins tout à l'heure.

Il me jeta un dernier regard avant de la suivre, elle, Naomi, la voleuse d'Éric. À vrai dire, je n'étais pas mécontente de rester seule un moment. J'avais besoin de remettre mes idées en place. Cette venue ne ressemblait en rien à ce que j'avais imaginé. Et la perspective de revoir Thomas me remplissait d'une vigueur nouvelle. Mon cœur s'emballait sous l'anxiété et l'impatience de le revoir. J'étais désormais convaincue qu'il était bien traité. Pourquoi sinon n'avait-il pas pris la poudre d'escampette en utilisant sa super-vitesse ou sa force herculéenne ? Ce qui me tourmentait davantage, c'est qu'il allait se présenter devant nous ce soir, comme si sa capture n'avait jamais existé, comme si les deux derniers mois n'avaient été, en réalité, qu'une terrible illusion. Mais finalement, c'était ce que j'espérais le plus, et je ne pouvais que m'en réjouir. Qu'il fut sain et sauf était tout ce qui m'importait. Et encore, qui me permettait d'être si affirmative sur ce point ? Carmichael m'avait peut-être menti, après tout. Je ne cessais d'ailleurs de m'interroger sur son attitude déconcertante. Je pensais fermement qu'après notre dernière rencontre, il aurait un comportement plus expressif à mon égard. Non que je voulusse qu'il soit aguicheur, bien sûr. Cet homme avait brisé toutes mes certitudes et m'avait rendue malheureuse en me manipulant à sa guise. Jamais je ne m'étais comportée de la sorte, et l'emprise qu'il avait eue sur moi nourrissait encore mon inquiétude. Je n'avais cependant pas envisagé le cas de figure où Carmichael me fuirait délibérément, et c'était pourtant bien ce que son accueil laissait paraître. Réflexion faite, je n'allais pas en faire une jaunisse non plus !

Je fis circuler à nouveau mon regard dans la pièce et contemplai les magnifiques roses blanches posées sur la console près de la fenêtre. Sur le mur de droite, je constatai avec joie qu'il y avait, en plus du reste, un réfrigérateur garni de bouteilles d'eau, de sodas allégés, de trois bouteilles de champagne, de tarama, de blinis et de… caviar ! Pour le coup, je ne me fis pas prier et profitai avec délectation de ce luxe en dégustant le tout en quelques minutes. Je voulus monter à l'étage, mais je devais enlever mes bottes. Il n'était pas question de salir, dès mon arrivée, cet endroit chimérique. L'opération fut plus périlleuse que prévu et je dus me soutenir contre le mur sous l'escalier pour retirer ma deuxième cuissarde.

Sur le coup, j'eus un mouvement de recul en sentant ma main s'enfoncer dans le mur. Un déclic s'était produit. Une porte dérobée s'ouvrit sous l'escalier, soigneusement dissimulée dans le mur par les imperfections de la pierre. À peine aussi large et haute que moi, c'était au mieux un placard totalement vide. Je la refermai et montai aussitôt l'escalier en colimaçon. Parvenue dans la salle d'eau, je découvris l'endroit avec ravissement. Tout était blanc, bleu et mordoré ; les meubles d'aspect contemporain tranchaient avec une faïence en mosaïque joliment érodée. J'allais enfin m'extasier sous une douche royale. En face, le dressing était immense et tout un pan de mur était dédié à des robes de soirée et des chaussures de marque. Avant ce jour, je n'avais jamais croisé une paire de Jimmy Choo. J'en essayai aussitôt quelques-unes, totalement excitée.

Je n'allais pas faire comme si l'endroit ne me plaisait pas, cela aurait été sensiblement hypocrite. De plus, les pièces avaient tant de charme que je commençais à réaliser que je pouvais m'habituer sans problème à toute cette opulence. Je pensai soudain à Sam, qui aurait été fou de rage de me savoir ici. Mais mes plus grandes craintes étaient davantage dirigées vers Grégoire et ses natifs que vers mon père adoptif. J'avais toujours pensé que le but de Grégoire était aussi de me faire venir dans cet endroit sous les ordres de Carmichael. Mais, si ce n'était pas le cas, alors quelles étaient réellement ses intentions ? Seul mon hôte avait les réponses.

CHAPITRE 20

Finalement, je choisis un pantalon slim noir, un top couleur or et des chaussures Louboutin assorties. C'était une tenue parfaitement adaptée à la mystérieuse réception qui m'attendait. Après avoir rangé mes vêtements dans le dressing, je décidai d'aller faire un tour dans le château et, par là même, de partir à la rencontre d'Éric. Il faisait encore jour et j'étais plus que curieuse de découvrir les autres pièces de cet endroit.

Je pris soin de fermer à clé la serrure de ma chambre. Un mouvement de tête me fit remarquer une inscription gravée dans la pierre, taillée au-dessus du cadre de la porte : *Éléonore*. Les deux autres portes, plus loin dans le couloir, se prénommaient *Elizabeth* et *Égéria*. Trois noms de femmes pour des suites royales. Je m'interrogeai aussitôt sur le passé de ces femmes. Elles avaient dû être importantes pour que l'on ait baptisé de leurs prénoms ces splendides appartements. Mais le moment n'était pas à la découverte d'obscurs mystères natifs. Il y avait tant d'énigmes à éclaircir avant d'en arriver là. Je me dirigeai vers le couloir en prenant la direction opposée de celle par laquelle nous étions arrivés un peu plus tôt, puis descendis l'escalier au bout du couloir. D'après la forme circulaire des murs, je devais me trouver dans la tourelle de l'aile nord, pas loin de l'entrée principale. Je débouchai dans une immense bibliothèque. Tous les murs étaient garnis de livres, du sol au plafond, hormis celui de la monumentale cheminée. Le bruit des flammes crépitantes résonnait d'ailleurs comme une douce musique à mes oreilles. Des échelles coulissantes permettaient d'accéder aux œuvres les plus inaccessibles et visiblement les plus rares, au regard des brochures érodées par le temps. Sur le plafond voûté, une gigantesque fresque de style Renaissance dominait le tout. L'endroit était incroyable et l'odeur des vieux grimoires invitait au calme.

— Alors, c'est toi que l'on appelle Gabrielle ? m'interpella une voix masculine qui me fit sursauter.

— Oui, répondis-je vaguement, alors que je me tournais dans tous les sens.

— Tout le monde ne parle que de toi, continua l'inconnu.

La voix provenait d'un des fauteuils face à la cheminée. Je m'approchai, mais, à mesure que j'avançais, mon cœur faisait des bonds dans ma poitrine. Une peur insondable me tordait l'estomac, et mes mains tremblaient frénétiquement. Mon crâne fut inondé d'une douleur fulgurante. Une silhouette en costume blanc se leva du fauteuil qui me faisait face. Une longue chevelure brune, légèrement bouclée, déferlait sur les épaules de cet inconnu qui devait mesurer environ un mètre soixante-quinze, tout au plus. Il daigna se retourner, alors que j'étais maintenant proprement figée à quelques mètres de lui, cherchant en vain à contrôler mes nerfs. À la seconde où son regard noisette croisa le mien, un nombre incalculable de livres furent violemment projetés à travers la grande pièce et le sol sembla remuer sous nos pieds. Puis tout s'arrêta soudain. Plus aucun tremblement. Plus de souffle chaud qui me fouettait la nuque. Même les élancements dans mon cerveau s'étaient évanouis. Un poids énorme se déchargea de ma poitrine. Je respirai calmement et me sentis incroyablement revigorée par cette expérience pour le moins singulière. Incapable de comprendre mon éréthisme soudain, je dévisageai le jeune homme qui se tenait debout devant moi. Malgré son apparence juvénile, son regard déterminé valait bien celui d'un homme averti par les années. Lui aussi m'examinait de la tête aux pieds.

— Qui es-tu ? demandai-je, alors que les dernières traces de ma nervosité avaient définitivement disparu.

— Je suis Ethan.

— Comment sais-tu qui je suis ?

— Tout le monde ici te connaît, répondit-il dans un haussement de sourcils, et je t'ai sentie arriver à la minute où tu es sortie de ta chambre.

— Cela aurait pu être quelqu'un d'autre.

— En aucun cas.

— Et pourquoi ?

— Car il n'y a que toi qui résides dans l'aile nord.

— Ah bon ? lâchai-je, un brin amusée par notre joute verbale. Alors j'en conclus que tu n'as pas le don de voyance.

— En effet, affirma-t-il en m'invitant d'un geste de la main à m'asseoir sur un fauteuil voisin du sien, qu'il avança par télékinésie. Comme toi, Gabrielle, j'ai le pouvoir de déplacer des objets par la pensée, entre autres...

Ce fut avec le sourire aux lèvres que je m'assis, incapable encore de comprendre quelle était la raison de mon engouement soudain à converser avec ce parfait inconnu. Ethan fit de même et je pus observer qu'il n'avait aucun livre dans les mains.

Pendant un moment, nous n'échangeâmes pas le moindre mot. Nos regards restèrent fixés sur le feu crépitant dans l'âtre d'un autre âge. L'image devait être atypique tant je pensais détonner avec le cadre, mais contre toute attente, je me sentais à l'aise, ici, en compagnie d'Ethan.

— Tu es convié à la réception de ce soir ?

— Oui, répondit-il, le regard inexpressif.

— Suis-je suffisamment habillée pour ce genre de soirée ?

— Tu es parfaite.

La fermeté de sa réponse et son ton soudain impétueux me firent sursauter.

— Ethan, je pense que Carmichael t'attend, interpella l'agaçante voix de Naomi, se manifestant derrière nous.

Nous nous relevâmes tous deux et je fus surprise de voir Naomi marquer un pas de recul quand elle croisa le regard de mon voisin. Je déviai instantanément la tête et remarquai l'expression enragée d'Ethan. Il éprouvait distinctement la même antipathie pour elle que moi, et je l'en appréciai d'autant plus.

Naomi portait une robe rouge en taffetas évasée sur les cuisses, avec une énorme ceinture noire qui finissait de customiser l'ensemble. Son léger maquillage et sa blancheur de craie rendaient le tout très glamour. Elle reprit la maîtrise d'elle-même et se tourna vers moi.

— Je t'attends dans la pièce à côté. Éric te rejoindra là-bas.

Sur ces mots, elle tourna les talons. Un silence s'empara de la bibliothèque. Je fis parcourir mes yeux sur tous les livres éparpillés à même le sol de la pièce. Je fus cependant soulagée de constater que les plus anciens étaient encore à leur place. Ethan n'avait toujours pas tombé son masque impassible.

— Alors, tu la trouves aussi agaçante que moi ? me risquai-je à lui demander.

Il tourna son visage vers moi et afficha un large sourire.

— C'est un euphémisme.

J'éclatai de rire. Peut-être était-ce son âge proche du mien ou la similitude de nos pouvoirs qui me donnait le sentiment de me sentir aussi proche de lui. Ou avait-il simplement un don qui me permettait enfin d'être naturelle et en confiance ? De plus, il n'avait émis aucun commentaire sur « l'envolée littéraire » qu'avait provoquée ma peur viscérale de rencontrer d'autres natifs. Je n'avais d'ailleurs jamais soupçonné à quel point ça me remuerait de les rencontrer.

— Je rangerai tout ça, dit-il, comme s'il avait lu dans mes pensées.

Je lui souris et nous reprîmes place sur nos fauteuils près du feu, comme si rien n'avait troublé ce moment.

Sans aucune idée du temps passé dans cet endroit, je trouvais amusant de profiter de la présence d'Ethan pour faire poireauter la fille qui flirtait ouvertement avec Éric sous mes yeux.

— Tu devrais y aller, affirma soudain Ethan.

— Oh ! Tu crois ?

Une soudaine angoisse me tenailla les entrailles. Je réalisais que, dans quelques minutes, j'allais être confrontée à une horde de natifs, et que j'allais revoir Thomas. La rapidité avec laquelle s'étaient déroulées les dernières vingt-quatre heures ne m'avait pas laissé le temps de considérer la situation, tandis que le stress m'enserrait la poitrine. Mon regard se porta aussitôt vers mon nouvel ami.

— Ethan, est-ce que tu serais d'accord pour m'accompagner à la réception ?

— Si tu le souhaites, répondit-il seulement, sans la moindre trace d'émotion.

Il se leva. D'un geste de la main, il me montra le chemin à suivre et me tendit son bras. Je l'agrippai tandis que nous partions en direction du couloir de l'aile nord.

Nous entendions déjà une sorte de tumulte qui résonnait depuis l'endroit où devaient se trouver les invités. Plus nous avancions, plus la peur me tenaillait l'estomac. Au bras d'Ethan, j'arrivais néanmoins à trouver un certain apaisement.

— C'est souvent que vous vous réunissez ainsi ?

— Assez, marmonna-t-il de sa voix monocorde, mais il est rare que je sois convié.

— Pourquoi ?

— Les natifs, en général, ne m'ont pas en sympathie.

— Même Carmichael ?

— Carmichael n'est pas comme les autres, rétorqua-t-il alors que nous arrivions à la porte indiquée plus tôt par Naomi.

Ethan m'ouvrit le passage et nous descendîmes un vieil escalier en pierres taillées grossièrement, où les luminaires ressemblaient étrangement à des torches. Les voix se firent de plus en plus claires. Des phrases et des mots se détachèrent clairement à mes oreilles.

— Nous n'aurions jamais dû permettre cette infamie, Carmichael, dit une voix masculine que je ne connaissais pas.

— Si les choses tournent mal, nous n'aurons aucun moyen de les contrôler ! s'exclama une voix féminine, cette fois.

— Taisez-vous ! ordonna fermement Carmichael, dont la tonalité rocailleuse était reconnaissable entre toutes. Elle arrive.

Le brouhaha ambiant se tut aussitôt. Ethan et moi étions dans une espèce d'antichambre, entre le long corridor d'où débouchait l'escalier et la pièce dont provenaient les voix. Dès que nous nous montrâmes, je sentis un vent froid me glacer l'échine, alors qu'une armée de regards se dirigeait vers nous. Certains natifs étaient assis, tandis que d'autres demeuraient debout. J'aurais juré qu'il y avait une sorte de hiérarchie entre eux. Fait étrange : la plupart étaient transis d'effroi. Gênée, je regardai autour de moi, manière de garder un semblant d'aplomb. Je ne m'attendais pas à un accueil chaleureux, mais tout de même.

La salle de Pomone était une vaste salle circulaire. D'après la structure, il devait s'agir du sous-sol de la tour à mâchicoulis. L'architecture gothique et le manque de fenêtres me faisaient penser à des catacombes, d'autant que cet endroit présentait nettement moins de restauration que toutes les autres pièces. Ici, le temps avait fait son office, et me donnait davantage l'impression d'avoir atterri dans une autre ère. Des piliers soutenaient les voûtes du plafond, et des cavités convexes trouaient les murs de façon régulière. Seule une porte singulière, à l'exact opposé de l'entrée, cernée par deux natifs, laissait présager une autre possibilité de sortie en cas de piège. Au centre de la salle se trouvait une monumentale table ronde en bois massif, dont les motifs taillés se concentraient au milieu pour constituer un blason : un serpent qui se lovait autour d'un faucon. Un buffet avait été dressé non loin, et y était disposée une quantité ahurissante de nourriture. Autour de la table centrale se trouvait une vingtaine de larges fauteuils. Au bout, quatre d'entre eux étaient alignés différemment des autres, à la manière de trônes dressés devant une assemblée. Un seul était occupé par Carmichael, tandis que les autres restaient inoccupés. Ce dernier m'observait du jade brûlant de ses prunelles.

— Gabrielle, je te présente Salomon Perez, Eddy Monteiro et sa femme Wanda…

Carmichael me les désigna de la main, me montrant, à sa gauche, un grand type amérindien aux cheveux longs, et un couple de quinquagénaires dont la femme était pourvue d'une chevelure d'un rouge flamboyant.

— … Les trois hommes que tu vois là sont Ismaël, Marcus et Joseph Van Duren.

L'Amérindien appelé Salomon avait le visage avenant, contrairement aux autres. En tout cas, il ne montrait aucun signe d'hostilité. Le couple, en revanche, avait l'air nettement moins sympathique et me dévisageait scrupuleusement. Quant aux trois hommes, les traits de leur faciès laissaient entrevoir un air de famille, et leur expression belliqueuse me donnait des frissons. Ils portaient tous trois un costume noir sur une chemise couleur ivoire, qui soulignait parfaitement leurs physiques plutôt agréables. Mon regard se reporta vers l'autre côté de la table, et je reconnus immédiatement Devesniel que je ne fus pas surprise de voir chuchoter avec Naomi. Tout près, Éric se tenait debout. Il me fixait de ses yeux incroyables et paraissait préoccupé par quelque chose d'assez grave pour que je le remarque d'emblée. Son regard se porta sur le siège qui se trouvait devant lui.

— Thomas ! m'écriai-je, euphorique de revoir son sublime visage au milieu de tous ces inconnus.

Je me précipitai aussitôt vers lui, mais Ethan m'en empêcha en agrippant fermement mon épaule.

— Attends, m'exhorta-t-il.

Je fis volte-face et le fusillai du regard. Il ne broncha pas, mais quelques natifs autour de nous avaient reculé d'un pas. C'était le comble ! Je mourais de trouille à l'idée de rencontrer ces gens, mais voilà que c'était moi qui les effrayais. J'avais de nouveau rivé mes yeux pleins d'espoir en direction de mon amour, mais je compris aussitôt le geste d'Ethan. Thomas ne daigna pas lever la tête. Il avait le regard plongé sur la table et tentait de dissimuler des tremblements nerveux. Il n'avait pas l'air d'avoir subi de sévices particuliers ; pourtant, à la façon dont il croisait ses mains et à sa manière de tout faire pour éviter mon regard, je compris qu'il avait conscience de ma présence. Il ne daignait tout simplement pas se tourner vers moi. Ma colère, en sommeil jusque-là, ma frustration et mon chagrin se réveillèrent telle l'éruption d'un volcan resté endormi pendant des siècles. Des mois s'étaient écoulés. Tout ce temps à se tordre d'inquiétude, à penser à lui, à m'imaginer le pire, parfois. Je lui avais tout donné, jusqu'à ma vie, qu'il avait, sans commune mesure, changée à jamais. Alors je ruminai l'envie de le broyer sur-le-champ et mon cerveau implosait déjà dans mon crâne. Le plafond se mit à cracher de la poussière alors que ma fureur montait crescendo, la table se mit à vaciller sur elle-même. Ethan retira immédiatement sa main.

— Ethan, viens t'asseoir à ta place ! ordonna Carmichael.

Ethan s'exécuta séance tenante. Il alla s'asseoir au milieu de deux fauteuils vides près de l'Amérindien et non loin de Carmichael. Le fait qu'il s'éloigne de moi me donna l'impression que l'on m'arrachait un membre, mais je n'eus pas le temps de méditer là-dessus, car une bourrasque incendiaire s'abattit sur moi.

Sur le moment, je n'avais pas reconnu *cette* sensation, mais elle avait eu le mérite de me détourner de ma colère. Une pensée furtive me fit comprendre pourquoi la présence d'Ethan à mes côtés était si étrangement rassurante : il n'éprouvait aucune attirance pour moi. Il n'avait jamais fait le moindre geste équivoque ou la moindre allusion pour démontrer son désir. Pourtant, ses pouvoirs me prouvaient qu'il s'agissait bien d'un natif. Le fait est que, depuis qu'il s'était écarté de moi, j'étais un peu comme un agneau entouré par des loups.

Un seul regard sur les natifs me fit comprendre l'étendue de la situation. La tension dans la pièce était presque palpable. Les trois bellâtres en costume me regardaient maintenant avec des yeux libidineux et débordants d'envie. La femme prénommée Wanda empoigna la main de son époux qui me déshabillait lascivement du regard, alors que l'Indien donnait l'impression de lutter contre lui-même. Même Éric serrait les dents et évitait de me regarder. Les autres natifs s'agitèrent sur place, certains quittèrent la salle. Ethan, quant à lui, se prélassait sur son siège comme si la situation lui échappait. Pourtant, le rictus qu'il affichait démontrait qu'il avait parfaitement conscience de ce qui se passait : tous les hommes dans cette pièce considéraient en moi la femelle aux phéromones dévastatrices. Si seulement ça n'avait pas été réciproque, j'aurais pu gérer la situation, mais le fait est que je transpirais presque sous le bouillonnement de leur effervescence malsaine.

Maîtrise-toi, Gaby ! Maîtrise-toi !

Mais je n'y arrivais pas. Devesniel et Naomi me fusillèrent du regard, tandis que mes joues devenaient cramoisies. Parmi toutes ces effusions de part et d'autre se distinguait un rayonnement limpide provenant de Carmichael. C'était comme si d'invisibles antennes m'indiquaient sa direction et que mon corps luttait contre un désir impérieux de se rapprocher de lui. Thomas, lui, n'avait toujours pas levé les yeux vers moi et ses mains tremblaient de plus en plus frénétiquement. Il avait l'air fou de rage.

— Tout le monde se détend ! lâcha Carmichael à toute l'assistance en ébullition. Ethan a manifestement un effet réducteur sur ses dispositions. Cela va passer un peu, contenez-vous. Vous me faites honte !

— Je ne pensais pas que ce serait aussi puissant, commenta l'Amérindien prénommé Salomon.

— Je suis au courant ! répliqua Carmichael, qui faisait ainsi comprendre à tous que je l'attirais bien davantage et que, par conséquent, il était interdit de me toucher.

Apparemment, j'avais vu juste. Chaque paire d'yeux se posa aussitôt sur le blason central de la table. Thomas n'avait toujours pas bronché. Soit il n'avait pas compris où Carmichael voulait en venir, soit il s'en fichait tout simplement. Je penchais nettement pour cette dernière solution. Lasse, j'éprouvais un profond dégoût quant à son attitude. Et ce fut Naomi qui brisa le silence la première, comme porte-parole de la communauté :

— Comment va réagir le Grand Maître quand il va savoir qu'elle est ici ?

— Il ne va rien savoir. En tout cas, pas pour le moment, affirma Carmichael d'un ton ferme.

Un froid envahit l'assistance. Apparemment, les membres de la confrérie éprouvaient de la crainte envers leur Grand Maître et la surprise de savoir que Carmichael n'était pas le seul capitaine à bord ne faisait qu'alimenter ma curiosité à son sujet. Je me demandai aussi pourquoi ce fameux Grand Maître serait intéressé de me savoir dans cet endroit. Éric me tira de mes réflexions.

— Maintenant que nous avons retrouvé Thomas, je pense que Gabrielle, lui et moi devrions partir.

Excepté Ethan et Carmichael, tous les natifs s'agitèrent et se mirent à chuchoter. Carmichael les rappela à l'ordre et s'adressa à Éric.

— Vous ne pouvez pas rentrer chez vous, affirma Carmichael.

— À trois, nous pourrons nous occuper de Grégoire et de ses acolytes, rétorqua Éric.

Carmichael marqua une pause avant de lui répondre, comme s'il cherchait ses mots. De mon côté, je me demandais si l'idée de partir de cet endroit me plairait tant que ça. Pour retrouver quoi ? Un Sam qui avait trahi ma confiance ? Pour me confronter à Grégoire, l'homme qui me fichait la chair de poule. Sans compter Thomas qui allait me quitter assurément si on en jugeait par son comportement. Alors pourquoi aurais-je voulu de cet avenir ? Mais la question la plus importante : pourquoi étais-je en train d'envisager de vivre avec les natifs ? Mes yeux se levèrent vers Carmichael. Il me fixait de son intense regard émeraude, comme s'il lisait en moi.

— Il y a deux raisons pour lesquelles vous devez rester ici, déclara-t-il. La première, c'est que Gabrielle est recherchée par la police.

— Quoi ?! lâchai-je, abasourdie.

— Il y a eu un autre meurtre particulièrement violent dans le cadre de tes connaissances.

— Qui ? m'enquis-je, transie de terreur.

Un terrible flash représentant Olivia me traversa l'esprit un court instant.

— Elle s'appelait Sophéa Chang. C'était apparemment une jeune fille de ton lycée.

— Qu… quoi ? Oh, Seigneur… dis-je, abattue, alors qu'une partie de moi ne pouvait s'empêcher de se réjouir qu'il ne s'agisse pas de ma meilleure amie. Mais… as-tu des nouvelles d'Olivia ?

— Non, pourquoi en aurais-je ?

— Oh ! Mais pourquoi diable la police me recherche-t-elle ? lançai-je, une fois que je me fus un peu ressaisie.

— À vrai dire, votre disparition soudaine a levé quelques interrogations. Cédric Fabre, le premier à qui tu as dévoilé tes pouvoirs, est mort. Tu as abattu un type à la solde de Grégoire dans le parking de l'immeuble des Valérian. Il y a eu l'incident du train, et maintenant la mort de cette fille !

— Mais… je croyais que vous tentiez d'étouffer l'affaire ?

— En effet, mais ce jeune inspecteur Carrère s'avère plus ambitieux que prévu et le plus ennuyeux, c'est qu'il a compris que quelque chose clochait chez toi.

— Ce ne serait pas possible de s'en occuper ? suggéra l'Amérindien, effroyablement sérieux.

— Non, ce serait bien trop flagrant maintenant qu'il fait des pieds et des mains pour retrouver Gabrielle. Il y a tout de même un avis de recherche à son encontre, mais j'ai bon espoir que nous réglions l'affaire sans délai. Sam Gregory, son tuteur, est sur le coup.

Entendre Carmichael évoquer mon père adoptif me submergea soudain de nostalgie et, surtout, m'étonna.

— Mais il y a une autre raison au fait que vous deviez rester. Au moins l'un d'entre vous, en tout cas.

— Laquelle ? demandai-je, en constatant que Thomas avait subitement levé les yeux vers Carmichael.

— Naomi attend un enfant. De Thomas.

— Espèce d'enfoiré ! hurla Thomas, enragé, en se jetant sur lui.

Mes yeux s'arrondirent. Extraordinairement lucide malgré cette révélation, je stoppai net Thomas dans son élan d'un simple geste de la main et l'envoyai valdinguer dans la direction opposée. Carmichael afficha un sourire satisfait, tandis qu'Éric s'élançait vers moi à toute vitesse. Naomi se leva.

— Gaby, je t'en supplie, m'implora Éric, laisse-le s'expliquer avant de tirer des conclusions hâtives.

— Hâtives ?! hurlai-je, folle de rage. Elle est enceinte, ça ne te suffit pas !

— Gabe… articula Thomas, encore étourdi par le contrecoup de sa chute.

— La ferme !

— Pour qui tu te prends pour… lâcha Naomi en se levant.

Je rassis la blonde de force et lui scellai la bouche par la même occasion. Elle n'eut pas d'autre choix que d'obtempérer sous le joug de ma force mentale et de mon regard empli de haine. Non, mais pour qui elle se prenait, celle-là ! Comment osait-elle seulement m'adresser la parole ?! Je tournai les talons comme une furie et me dirigeai vers la sortie. Tout s'entrechoquait dans ma tête. Je n'étais plus capable de réfléchir. C'était un cauchemar…

— Gabe, il faut que tu restes, insista Éric, tu ne sais pas tout.

— Désolée, les présentations avec le reste de ce petit monde et ma montagne de questions attendront que ma colère passe. Quant à ton frère et sa jolie blonde, dis-leur de se tenir *très* loin de moi.

C'était ce qu'on pouvait appeler une sortie fracassante. J'entendais déjà le bourdonnement des voix qui commentaient la scène. Utiliser mes pouvoirs ainsi n'avait peut-être pas été du meilleur effet, mais, à ce moment précis, je pensais que les natifs avaient bien de la chance que je ne les utilise pas contre eux. La rage me fit grimper les escaliers à une allure de gazelle. Je courus plus vite encore pour rejoindre ma chambre et une fois la porte fermée derrière moi, je fondis en larmes.

CHAPITRE 21

Quand je me réveillai, mes yeux bouffis refusèrent de s'ouvrir sous la lumière aveuglante de l'immense plafonnier en cristal. Quelle idiote ! Je m'étais endormie à même le parquet en chêne, alors que le grand lit à baldaquin me tendait les bras. Je me levai, hébétée par cette abominable soirée. Il était une heure du matin. Le silence régnait à l'intérieur du château. Mon premier geste fut de me faire couler un bain, avant de grignoter de façon mécanique des blinis tartinés de tarama et de décapsuler un Coca light. Mon cerveau n'était plus en état de fonctionner. Une fois dans la chaleur du bain moussant, mes larmes ruisselèrent à nouveau. Elles roulaient sur mes joues et brouillaient mes yeux, terriblement froids en cet instant. Qu'allais-je devenir ? J'étais venue ici pour Thomas. Que me restait-il ? Je m'étais coupée des seules attaches que j'avais dans ma vie, Sam, Olivia et Johnny. Et pourquoi ? Parce que j'étais une native. Une erreur de la nature. Je pensais découvrir des réponses et au lieu de cela, j'avais trouvé le malheur et le désespoir. De surcroît, Thomas m'avait non seulement trompée, mais avait aussi mis enceinte une femme que j'avais trouvée antipathique dès notre rencontre. En pensant à elle, je fus de nouveau envahie par une brusque bouffée de haine et une envie furieuse de l'étrangler et de voir la vie quitter son corps de sale briseuse de couple.

Je ne comprenais plus mes accès de colère. Depuis la révélation de mes pouvoirs, j'avais l'impression d'avoir perdu le contrôle. D'autant que cette colère était dirigée contre les mauvaises personnes. Car qui nous avait collés dans cette situation ? Qui avait délibérément kidnappé Thomas pour le séparer de moi ? Et, enfin, qui avait tout fait pour que je vienne dans ce château de malheur, dont le luxe me paraissait bien fade à présent ? Même le bain chaud dans lequel je m'immergeais n'arrivait pas à détendre mes nerfs en pelote. Je n'arrêtais plus de penser à Carmichael, mon fléau. Je le maudissais d'être entré dans ma vie comme dans un moulin. Il était temps que je me confronte à lui, j'en avais l'intime conviction.

Je me levai afin d'attraper une serviette, puis enfilai une longue chemise de nuit blanche et vaporeuse que j'avais préparée pour la nuit. Ainsi vêtue, je ressemblais presque à une femme de l'époque gallo-romaine. Il ne manquait plus qu'une tiare et une ceinture sertie d'or pour bien faire. Je passai donc un perfecto noir pour casser cette allure pittoresque avant de claquer la porte derrière moi. Parvenue en bas des escaliers menant à la grande tour, je repérai une porte qui menait à l'extérieur de l'enceinte. Je me souvenais des indications de Naomi quant à l'endroit où se trouvait l'ancienne chapelle où vivait Carmichael. Par chance, la lune éclairait les arbres. Je pus aisément discerner une croix éclose parmi les feuillages. Je traversai le bois en sa direction et arrivai rapidement aux portes d'une petite bâtisse en pierres de taille. Je toquai à la porte comme une furie.

Carmichael m'ouvrit presque aussitôt. Silencieux, il se tint devant moi, torse nu, ne portant pour seul vêtement qu'un pantalon de lin couleur beige qui faisait ressortir le hâle métissé de sa peau. Mes yeux se posèrent sur ses tablettes de chocolat impressionnantes, se dessinant sur son ventre avec pour seul objectif de me donner envie de poser la main dessus. L'inévitable désir se fit ressentir au moment même où il m'apparut. Et pour cela, je le haïs d'autant plus.

— Tu vas répondre à mes questions, tout de suite ! ordonnai-je, ivre de rage.

Sans même me répondre ni émettre le moindre sourcillement, il se recula pour me laisser libre passage dans son antre pour le moins original. La chapelle n'était pas grande, mais totalement aménagée en chambre avec en prime une baignoire en îlot, le tout dominé par un immense miroir. Des vitraux laissaient entrevoir la lumière de cette nuit étoilée, et le gigantesque lit se dressait à l'endroit où devait se trouver l'autel, avant la réhabilitation de la bâtisse. Tous les murs étaient drapés de tapisseries anciennes, et les bougies disparates donnaient une dimension étrange à cette pièce incongrue. Bien qu'elle soit aménagée avec goût, elle me faisait penser à une crypte de luxe, ou à une garçonnière.

— Tu peux t'asseoir là, me dit Carmichael en désignant un fauteuil en velours.

Une fois installée, je pris une profonde inspiration et restai silencieuse quelques secondes. Carmichael s'était assis sur le divan qui me faisait face.

— Où as-tu connu mon père ?

— Ici, répondit-il, alors que j'écarquillais les yeux devant tant de franchise. Ta grand-mère était une connaissance du Grand Maître. Elle s'est trouvée en difficulté à un moment de sa vie et a vécu parmi nous quelques années. Ton père était à peine adulte quand il est parti.

— Ma grand-mère ?! m'étonnai-je avant de reprendre mes esprits. Tu mens ! Ma grand-mère est morte jeune, bien avant que mon père ne soit adolescent.

— C'est le cas, avoua-t-il, un étrange voile triste traversant ses yeux. Elle est morte ici. Les médecins du coin ont conclu qu'il s'agissait d'une rupture d'anévrisme, et ton père resta encore quelques années.

— Oh ! Alors, qu'est-il arrivé à mon père ? Sam m'a dit que tu t'étais chargé de moi alors que je n'étais qu'une enfant.

Carmichael entretenait son regard fuyant. Celui-là même qu'il affichait depuis mon arrivée. Malgré cela, je souhaitais, coûte que coûte, qu'il me réponde, et je trouvais son temps de réaction bien trop long à mon goût. Sans lever le petit doigt, je pulvérisai un des verres posés sur une petite table contre une tapisserie de période Renaissance. Cette action eut au moins le mérite de détourner légèrement son visage dans ma direction.

— Il menait une sorte d'enquête secrète et m'a demandé de te garder pendant son absence, dit-il d'une voix morne. À son retour, il n'était plus le même et a décidé de t'emmener loin des natifs. Il ne m'a pas dit ce qui lui était arrivé durant cette période, ni pourquoi il était parti. Ensuite, je ne l'ai jamais revu.

J'assimilai ses révélations, circonspecte, tandis que ses yeux se noyaient à nouveau dans le vague. J'avais l'impression de converser au sujet d'un étranger et non de mon propre père. Je réalisai que je ne connaissais rien de lui. Carmichael m'en apprenait plus en quelques phrases que Sam en plusieurs années. Une fois cette conclusion faite, je dévisageai Carmichael à nouveau. Son comportement m'intriguait de plus en plus. Il avait perdu son sourire narquois et l'arrogance qu'il affichait à nos deux premières rencontres. Quelque chose s'était passé, mais j'ignorais encore quoi. Et même si la question me brûlait les lèvres, d'autres, bien plus importantes, ne pouvaient attendre.

— Depuis quand me surveillez-vous, toi et Devesniel ?

— Depuis toujours. Sophie s'est simplement immergée dans ta vie au moment où tes dons devaient apparaître. À ton éveil natif. Nous devions absolument savoir si tu étais l'une d'entre nous.

— Tous les natifs ont droit à ce traitement de faveur ? m'enquis-je, ironique.

— Non, seulement quelques-uns.

— Pourquoi moi ?

— Car tu descends d'une grande lignée. De plus, tu as le don de télékinésie, et c'est un don rare, affirma-t-il, seulement quelques natifs en sont dotés, à des degrés de puissance très différents.

— Et toi, quel est ton pouvoir ?

— C'est une question à laquelle je ne répondrai pas maintenant, rétorqua-t-il.

— Et moi, je pense que tu devrais me répondre, car je n'hésiterai pas à faire s'écrouler ce qui te sert de garçonnière sur nos têtes. Tu oublies que je n'ai plus rien à perdre !

— Tu te trompes, tu as tout à perdre. La question essentielle est : est-ce que tu arriverais seulement à me tuer ?

Son observation n'était pas sans fondement. S'il était encore si jeune, affichant à peine la trentaine, alors peut-être que Sam avait raison, peut-être que Carmichael pouvait se régénérer, et dans ce cas, il n'y avait que moi qui périrais dans cet éboulement. Je décidai donc d'adopter une autre stratégie.

— Pourrais-tu au moins me révéler ton âge ?

— J'ai plus de trois cents ans.

— Quoi ? C'est impossible ! lâchai-je, ahurie, tandis que sa révélation me donnait le vertige.

— Et pourtant c'est bien mon âge. Ma mère était une Haïtienne connue comme étant une des plus puissantes prêtresses vaudoues des Caraïbes. Elle a été à l'origine des premiers soulèvements d'esclaves. Ça intrigua mon père, et comme elle était une native, la nature a fait le reste. Maintenant, si tu n'as plus d'autres questions, je voudrais préparer mon départ.

— Ton départ ?

— Je m'en vais demain, avec Ethan, pour quelque temps.

— Où allez-vous ?

— Régler quelques affaires sans importance. Si tu as besoin de quoi que ce soit, adresse-toi à Salomon.

— Je ne vais pas rester, affirmai-je, résolue, alors qu'en fait je n'avais même pas réfléchi à cette éventualité.

— Il le faut ! s'insurgea soudain Carmichael en se redressant.

Je ne l'avais pas encore vu aussi furieux et détaché de son flegme si habituel. Mais à la seconde où ses yeux brûlants rencontrèrent les miens, un bouillonnement insatiable me souleva le bas-ventre. J'avais réussi à briser sa nonchalance feinte, mais l'attraction puissante de nos premières rencontres me revint comme un boomerang. Mes joues s'embrasèrent. Lui se figea, le regard braqué sur le sol alors que je ne tenais plus en place. J'étais maintenant debout à arpenter la pièce et tentais de contrôler ma fournaise intérieure.

— Et pourquoi devrais-je rester, hein ? Personne ne veut de moi ici ! dis-je, un peu trop ardemment à mon goût. Tu m'as présenté tes copains et, ô surprise ! Ils n'ont aucune envie de me voir. Bien au contraire, puisqu'une de tes jolies groupies s'est fait engrosser par ce qui était, avant de te rencontrer, mon petit ami. Et ne me fais pas croire que tu n'y es pour rien, car ça t'arrange bien qu'il ne soit plus là pour te barrer la route.

— Et pourquoi aurais-je voulu une chose pareille ?

— Ce n'est pas toi qui disais « tu seras mienne » ?

— J'ai tendance à parfois en rajouter.

— Ah oui ?! lâchai-je, stupéfaite par sa réponse.

Je lui faisais face, à moins d'un mètre tout au plus. Il n'avait toujours pas bougé, mais il leva lentement les yeux. Je repris mon souffle, mis à mal par mon enfièvrement incontrôlé et mon débit de parole fulgurant. Carmichael avait maintenant ce regard avide qui lui était propre. Je pus capter son désir aussi sûrement que je pouvais admirer son corps sublime. Il paraissait être en lutte contre lui-même, je ne le comprenais plus. Il bougea imperceptiblement et avant que je puisse réaliser quoi que ce soit, il plaqua mon visage contre sa bouche en feu.

Ensuite, ce fut comme une frénésie, nous nous embrassâmes comme si nos corps voulaient fusionner l'un avec l'autre. Mes bras se lovèrent autour de son cou puissant. Nos langues se trouvèrent et se mêlèrent. J'éprouvais l'incendie en moi comme une résurrection de tous mes sens, je me sentais vivante comme jamais alors que j'embrassais fougueusement l'homme que je rêvais de voir six pieds sous terre. Il passa sa main sous mes fesses et me souleva aussi facilement que s'il avait soulevé une poupée de chiffon. Sa bouche se pressa sur ma poitrine, je retirai mon perfecto encombrant. Mes seins accueillirent ses baisers et pointèrent à l'unisson quand il les mordilla à travers l'étoffe. Un hoquet de plaisir finit de me laisser prendre à l'intensité de la situation. La puissance de son envie, mêlée à la mienne, me faisait l'effet d'une drogue euphorisante. J'en réclamais encore. Ses grandes mains cherchèrent chaque parcelle de mon corps, tandis qu'il m'allongeait sur le lit. Il s'allongea sur moi et je pus mesurer l'étendue de sa ferveur quand son entrejambe frôla ma hanche. Sa bouche ne quittait plus la mienne. Sa langue visitait ma bouche. Je me consumais, à la merci tout entière de Carmichael. Puis, aussi soudainement qu'avait commencé notre effusion, il s'écarta.

— Non, il ne faut pas, déclara-t-il d'une voix hésitante.

Quoi ?!

Quand je compris enfin le sens de ses paroles, je le haïs comme jamais je n'avais haï qui que ce soit. Je me trouvais là, chancelante, sous le feu de notre étreinte, et il me rejetait ! Folle de rage, je l'envoyai littéralement valdinguer à travers la pièce. Il arriva miraculeusement à atterrir sur ses pieds et baissa la tête pour ne pas avoir à affronter le courroux de mon regard. Cette foutue attraction entre nous avait encore réussi à me faire perdre les pédales.

— Comment oses-tu me faire une chose pareille ?! criai-je, à bout de souffle, tandis que je me ressaisissais, honteuse et les yeux baignés de larmes. Arrête de me provoquer ÇA !

— Parce que tu crois que je le veux ! hurla-t-il contre toute attente.

— Évidemment que tu le veux ! Si tu souhaites ruiner ma vie, j'ai un scoop pour toi ! C'est déjà fait !

Cette dernière phrase avait fait son effet, car son expression se transforma en air accablé. Je m'avançai et ramassai mon perfecto avec le peu d'amour-propre qui me restait. Dans un élan de concentration rageuse, je fis exploser la porte d'entrée en bois massif et accueillis avec soulagement l'air qui s'engouffrait dans mes poumons. Je marchais fièrement sur les débris lorsque je quittai ce lieu maudit, sans un dernier regard pour Carmichael.

CHAPITRE 22

J'eus un mal de chien à m'endormir, ne cessant de repenser à l'humiliation que Carmichael venait de me faire subir. D'une certaine façon, je devais admettre que je lui étais reconnaissante d'avoir su stopper notre batifolage à temps. Aller plus loin aurait été une énorme erreur. Certes, cela aurait pu apaiser ma colère, mon chagrin, et mon ressentiment envers Thomas. Pour le coup, je me serais vengée. Mais que serait-il resté de ma dignité après ça ?!

Je jetai un œil sur l'horloge et constatai qu'il était presque dix heures du matin. J'avais à nouveau omis de fermer les volets ; le soleil inondait la pièce, et mon estomac réclamait un véritable repas. Je montai à l'étage prendre une douche, puis j'enfilai un jean et un sweat-shirt avant de me précipiter dehors. Il était hors de question que je commande ma nourriture par téléphone comme dans un hôtel. Je gagnai donc la cour-jardin et remarquai l'Amérindien qui petit-déjeunait sur la terrasse. Sur le moment, je ne sus si je devais me joindre à lui ou non, mais je décidai que je n'allais pas jouer les pestiférées comme au lycée. Il n'était plus question que j'endosse ce rôle. Après ces derniers mois, j'avais changé, et je m'en rendais bien compte. À ce titre, mes pouvoirs m'avaient à jamais transformée.

— Bonjour, le saluai-je.

— Bonjour Gabrielle. Tu dois avoir faim, pas vrai ?

— Tu peux m'appeler Gaby, si tu veux. Eh oui, j'avoue volontiers que mon estomac commence à crier famine.

— OK, je m'occupe de toi, dit-il en fermant les yeux dans un effort de concentration.

Quelques secondes plus tard, une jeune fille rousse, dont les éphélides illuminaient un peu plus le sourire enjôleur, s'avança vers nous, un plateau à la main.

— Bonjour Gabrielle, lança-t-elle tout en dressant un petit déjeuner royal sous mon nez. Je suis Estelle. Si tu as besoin de quoi que ce soit d'autre, demande à Salomon, j'entendrai son appel.

— Tu es télépathe ? demandai-je aussitôt à l'homme aux cheveux longs.

— Oui, et Estelle est celle que j'arrive le mieux à repérer parmi les autres. Son esprit est étonnamment pur pour une humaine.

— Tu pourrais peut-être t'asseoir avec nous ? suggérai-je à la jeune femme.

— Ce serait avec plaisir, mais j'ai encore beaucoup de travail.

— Oh ! S'il te plaît, insistai-je, ravie de rencontrer une personne normale dans un endroit si incongru.

— Je me rends au village faire des courses puis je reviens, d'accord ?

— En vérité, elle utilise ce prétexte pour aller voir son petit ami, déclara Salomon, hilare. Comme ça, personne ne se doute de rien.

— Oh ! D'accord, compris-je, un sourire aux lèvres.

— Alors à tout à l'heure ! lança-t-elle avant de se retirer d'un pas souple.

Comme j'enviais cette Estelle, sur le moment. Sans le vouloir, le souvenir des premiers mois avec Thomas m'était revenu comme une gifle, mais je décidai aussitôt de balayer ces pensées tandis que Salomon me considérait d'un regard énigmatique.

— Tu essaies de lire dans mes pensées ?

— En effet, mais tu m'es hermétique.

— Eh bien, tant mieux ! lâchai-je avant d'enfourner un croissant trempé de café chaud.

— Ce n'est tout de même pas difficile de deviner que tu penses à un homme, rétorqua-t-il, amusé. Or, si ce qu'on m'a dit est exact, et en considérant ta réaction d'hier soir, je dirais qu'il s'agit de Thomas.

— Ne me parle pas de lui, s'il te plaît. Tout ce à quoi je pense, c'est trouver un moyen de retrouver ma vie d'avant.

— Mais c'est impossible. Tu es une native, aucun de nous n'a une vie normale. C'est ainsi.

— Alors quoi ? Tu me conseilles de prendre mon mal en patience et d'accepter la situation, c'est ça ?

— C'est ça.

Je le considérai, dubitative. Nous restâmes un moment dans un profond silence, à déguster le gargantuesque petit déjeuner préparé par Estelle. Une fois qu'il eut terminé, Salomon se cala sur sa chaise et accueillit les rayons du soleil sur sa peau cuivrée.

— Depuis combien de temps vis-tu ici ?

— Six ans. Avant, je vivais en Amérique. Mais je ne m'entendais pas très bien avec le seigneur du territoire.

— Du territoire ? Pourquoi, il y en a d'autres, à part Carmichael ?

— Bien sûr, répondit-il, comme si c'était évident. Il y en a trois. Celui de Carmichael s'étend sur l'Europe et l'Afrique, on l'appelle le Territoire du Milieu, celui de Prisca sur l'Asie, le Territoire de l'Est, et celui de Connor sur l'Amérique, celui de l'Ouest. Les trois étant eux-mêmes dirigés par le Grand Maître. Tu ne le savais pas ?

— Non. À vrai dire, je ne sais que très peu de choses sur les natifs.

— Alors je me dois de te renseigner, renchérit Salomon, que je trouvais de plus en plus sympathique.

— Comment sont choisis les seigneurs ? Et pourquoi « seigneurs » ? C'est un peu ridicule, non ?

— Ça ne l'est que si tu vis parmi les humains. Chez les natifs, la hiérarchie est, et demeurera, car elle remonte à la nuit des temps. Or changer nos habitudes n'a jamais été dans nos prédispositions. Ceci dit, certains ne seraient pas contre un changement d'autorité.

— C'est ton cas ?

— Pas vraiment. Je n'approuve pas les méthodes de Connor, mais je n'ai rien contre Carmichael et Prisca. De plus, je suis parfaitement comblé d'être ici, alors je ne me pose pas ce genre de questions.

— La vie d'ici te plaît ?

— Oh, ça oui ! Altérac est un endroit béni pour notre espèce, nous avons de la chance. C'est un lieu enchanteur, tu ne trouves pas ?

— Si. Ce sont plutôt les événements autour qui me gâchent la vie.

— Mmmh.

— L'oncle d'Éric a dit que la confrérie avait environ huit cents ans, mais à t'écouter parler, on dirait qu'elle est bien plus ancienne encore.

— Et c'est le cas, me répondit Salomon, mais personne ne sait exactement quand les natifs ont vu le jour. Nous savons seulement que nous avons été appelés « natifs », car notre existence remonterait à l'origine du monde. Enfin, c'est ce qu'on dit, mais nous l'ignorons, en réalité. Les moins avertis nous appellent communément « la confrérie des élus », mais nous n'avons jamais porté ce nom. Nous nous considérons simplement comme une espèce, voilà tout. Et dans chaque espèce, il y a des forts et des faibles, du bien et du mal. C'est pareil pour nous. C'est pour cela que les seigneurs sont chargés de veiller à pérenniser notre race et, surtout, à faire respecter un certain ordre.

— Tu ne m'as pas dit comment ils avaient été élus à ce poste.

— Élus ?! s'étonna l'Amérindien en éclatant de rire. Mais ils n'ont pas été élus ! Ils sont frères et sœur, légitimés par le Grand Maître.

— Oh ! lâchai-je, surprise d'imaginer Carmichael entouré d'une famille. Carmichael ne m'a jamais dit son nom de famille.

— Carmichael, Connor et Prisca Burton Race.

Alors que j'assimilais le caractère anglo-saxon de leur patronyme, j'aperçus Éric qui s'avançait vers nous. Vêtu d'un jean délavé et d'une large chemise en lin blanc, il s'assit face à nous, marquant son salut d'un hochement de tête. Salomon l'accueillit avec un grand sourire sur les lèvres.

— Je suppose que la nuit fut longue, à voir ta tête de déterré, lança Salomon comme s'il le connaissait depuis toujours.

— Je ne te le fais pas dire, répondit Éric. Les Van Duren ont la descente facile. Au moins, ça a eu le mérite de changer les idées de mon frère pendant quelques heures.

Son regard d'acier se reporta vers moi. Je restai silencieuse, évitant ainsi de provoquer un esclandre, déçue, il faut l'avouer, qu'Éric évoque son frère en ma présence.

— Je sais que tu lui en veux énormément, Gaby, mais il va falloir que tu le laisses s'expliquer.

— C'est hors de question !

— Pauvre de lui, commenta Salomon. Il est tombé dans les filets de Naomi. Mais si je peux me permettre, Gaby, il n'est pas le seul.

— Alors, parce qu'il n'est pas le seul abruti à être tombé dans le panneau, je devrais faire comme s'il n'était rien arrivé !

— Pas du tout, objecta Salomon. Mais tu dois tout de même savoir quelque chose. Naomi descend d'une lignée qui, dans quatre-vingts pour cent des cas, enfante des natifs avec une prédisposition génétique rare : une certaine attraction. Quand un natif mâle arrive ici contre son gré, et ce fut le cas de Thomas, l'interrogatoire est supervisé par elle. Naomi a une certaine emprise sur la gent masculine, elle les manipule facilement. Elle est dotée d'un don singulier. Un peu comme toi, d'ailleurs, et j'insiste sur le « un peu », car maintenant que je te connais, je sais que le pouvoir de Naomi n'est pas si puissant.

— En effet, confirma Éric.

Je plongeai mon regard sur le sol. Je n'avais pas vraiment envisagé que Salomon luttait, en ce moment même, contre mon puissant pouvoir d'attraction. Mais, à la minute où il l'évoqua, je ressentis toutes les vibrations autour de la table. Éric était incontestablement le plus éprouvé.

— Pourquoi l'avoir enlevé ? continuai-je comme si de rien n'était.

— Parce qu'il n'est pas répertorié chez les natifs, et le Grand Maître tient à tous les connaître, voilà tout. Carmichael a pris le risque de le devancer sur cette affaire.

— Éric non plus n'est pas répertorié ! signalai-je, circonspecte.

— Il n'y a besoin que d'un seul de la fratrie pour vérifier ce qu'il recherche, mais ça, je ne peux pas t'en parler.

— Pourquoi ?

— Car le Grand Maître le devinerait et, crois-moi, personne ne souhaite se le mettre à dos.

— C'est pourtant bien ce que vous faites en me gardant ici, non ? Enfin, c'est ce que j'ai cru comprendre lors de votre réunion d'hier soir.

— En effet, mais c'est Carmichael qui en prend l'entière responsabilité. Je le soupçonne d'avoir plus que de simples questions à ton sujet.

— Devons-nous nous en inquiéter ? s'enquit Éric.

— Je ne le pense pas. Si tu regardes les choses en face, il fait tout pour que Gaby soit dans les meilleures dispositions. Il est très loin d'être un enfant de chœur, mais il ne l'a pas laissée entre les mains du Grand Maître. Et puis d'habitude, c'est à peine s'il adresse la parole à ceux qui lui sont inférieurs. Soit il considère Gabrielle comme son égal, soit il en est amoureux, c'est tout l'un ou tout l'autre !

— Tu parles ! ripostai-je, un peu trop prestement puisque Éric se tourna aussitôt vers moi, les yeux ronds comme des billes. Enfin… je veux dire qu'il a quelque chose derrière la tête, et qu'il ne s'agit pas de sentiments, quels qu'ils soient.

— Mmmh, réfléchissait l'Amérindien, peut-être.

Nous restâmes assis là un moment. Ce bain de soleil eut le mérite de recharger mes batteries. Je me sentis revigorée par cette conversation matinale, qui ne manquait pourtant pas d'originalité. Je n'avais pas oublié la réunion d'hier ni Salomon suggérant de « s'occuper » du flic à mes trousses, mais à bien y regarder, je me sentais en confiance près de lui. Il me faisait un peu penser à Sam. Il voulut se retirer et nous donna rendez-vous pour le repas du soir dans la salle commune de l'aile sud. Je me risquai à une dernière question qui excitait ma curiosité :

— Salomon, pourquoi ne peux-tu pas lire dans mes pensées ?

— Je n'en ai aucune idée, répondit-il. Ça arrive parfois.

— Ah, bon ! Avec qui ?

— Les Burton Race, Ethan et toi. C'est tout, révéla-t-il avant de s'éloigner.

Éric m'observa de son regard aiguisé et je devinai aisément ce qu'il attendait de moi.

— N'insiste pas, Éric.

— Tu devras bien lui adresser la parole un jour ou l'autre. Je ne te demande pas de lui pardonner, mais…

— Encore heureux !

— Il n'a jamais voulu ça, et tu le sais aussi bien que moi.

— Et alors, ça ne change rien au fait qu'il va devenir papa, non ?

— Peut-être, mais il faudra bien que tu lui reparles.

— Je ne pense pas, rétorquai-je en me levant pour lui fausser compagnie.

— Gabe, je t'en prie, reste.

— Alors, ne me parle plus de lui.

— C'est d'accord, s'inclina-t-il. Dans ce cas, que dirais-tu d'une petite balade en forêt ?

— Ça, c'est une excellente idée !

Nous marchâmes jusqu'aux pavillons près du château. Paul, l'intendant, un humain dans la soixantaine, aux services de Carmichael, nous suggéra de prendre des chevaux pour faire le tour de la propriété. Sur le dos de l'animal, je sentais les effluves bienfaisants du printemps me caresser les narines. Sur ma monture, je n'envisageais plus les événements comme je le faisais la veille. J'avais décidé de mieux contrôler mon destin, et de soustraire les hommes de l'équation. À dix-huit ans, c'était insensé de penser de la sorte, mais j'avais maintenant l'impression d'avoir tellement plus. Même si, je devais l'avouer, mes soudains mouvements d'humeur ne reflétaient pas vraiment ma maturité. Mais, de cette façon, Thomas et Carmichael ne pouvaient plus se jouer de moi, ni aucun autre d'ailleurs.

Cette journée se termina et j'avais goûté chaque minute de notre escapade à cheval. Les paysages étaient somptueux, le grand air revigorant et l'endroit si calme... Estelle était venue nous rejoindre en fin d'après-midi. Ma première impression sur la jeune femme et ma sympathie se confirmèrent. Au bout d'une heure, elle dut finalement repartir et promit de se joindre à moi pour ma prochaine balade. Le cœur plus léger, Éric et moi rendîmes les chevaux, et gagnâmes à pied le château avec l'intention de siroter un soda dans ma suite. Une enveloppe sur le paillasson attira notre attention. À l'intérieur se trouvait un CD que j'introduisis aussitôt dans le lecteur DVD de la chambre. L'écran plat accroché au mur nous renvoya, en noir et blanc, et de type caméra de surveillance, un gros plan de l'image de Thomas, assis, les mains liées derrière une chaise, la caméra le filmant dans l'angle droit du plafond de la pièce où il était enfermé.

— Putain, c'est quoi, ça ? s'insurgea Éric.

Je restais silencieuse alors que l'image se déroulait sans le son. Thomas, luttant contre lui-même pour maintenir sa tête droite, était manifestement drogué. L'image sursauta et nous le découvrîmes, les mains libres, mais hagard. La seconde d'après, mes yeux s'écarquillèrent de stupeur. Toujours assis sur sa chaise, Thomas faisait l'amour à une Naomi complètement nue. Elle se balançait sur lui dans des mouvements mécaniques de va-et-vient, les mains enfouies dans les cheveux de Thomas, l'embrassant goulûment pendant que le rythme de ses hanches devenait acharné. Cette garce savait y faire, c'était incontestable, mais je refusais d'en voir une seconde de plus. Éric me devança en stoppant le lecteur, l'air effaré.

Pour ma part, je ne ressentis rien d'autre qu'une colère sourde et féroce. Les images étaient plus qu'éloquentes, mais je n'avais plus de larmes en stock, rien qu'une fureur sans nom. Si Naomi avait un pouvoir sur les hommes, alors Thomas était tombé dans le panneau comme un bleu. Mais loin de considérer cet état de fait, mon ire était davantage dirigée envers elle qu'envers lui. Car qui aurait pu avoir envie de me coller cette vidéo sous le nez si ce n'était une femme emplie de haine ?

Je m'élançai vers la porte de ma chambre, mais Éric tenta de m'en empêcher aussitôt. Je l'en dissuadai en l'éjectant sur le lit par la seule force de mon esprit. Je me rendis ensuite dans la cour-jardin et me mis en quête de mon ennemie. La cour étant déserte, je m'introduisis alors dans l'aile sud et me retrouvai dans un couloir qui devait être celui des chambres. D'autres se trouvaient à l'étage. Longeant l'aile, je parvins dans ce qui devait être la salle commune. Enfin, c'est ce que j'en conclus en constatant la présence d'Ismaël, Marcus et Joseph Van Duren, confortablement attablés devant un repas titanesque. Devesniel était à leurs côtés et, plus loin, dans un fauteuil, je vis celle que je recherchais avec la volonté d'une lionne.

Je renversai son fauteuil d'un claquement de doigts. Elle n'eut pas le temps de toucher le sol que je la fis léviter au milieu de la pièce. Elle émit un hurlement quand je relevai son corps d'un mètre et agita ses jambes comme une proie prise au piège dans un filet. Les Van Duren me considérèrent un moment avec des yeux effarés, mais l'attractivité du spectacle et celle qu'ils ressentaient à mon égard les firent aussitôt changer de faciès. Devesniel hurla pour que je contienne ma rage, mais c'est à peine si j'avais remarqué sa présence. Au contraire, je m'avançai à quelques centimètres de mon jouet et la dévisageai, le regard glacial, un fin rictus au bord des lèvres. Était-ce réellement si mal que j'éprouve du plaisir en de telles circonstances ? Je me demandai s'il était possible de la broyer, de l'étrangler en serrant mes doigts à distance ou de la frapper jusqu'à ce que mort s'ensuive.

Je deviens dingue... Je ne me contrôle plus... Je veux la tuer.

Soudain, une image de fœtus me traversa l'esprit et je me ressaisis, considérant un instant sa grossesse et le bébé qu'elle attendait.

— Lâche-la ! cria une voix dans mon dos.

Une voix que j'aurais pu reconnaître entre toutes. Une voix qui m'avait susurré les plus jolis mots qu'une jeune femme puisse entendre. En repensant à ses mensonges, ma colère redoubla, et je ressentis un contentement non feint en projetant Naomi contre le plafond. À la dernière seconde, je stoppai sa course effrénée et ne laissais que sa joue caresser la pierre froide de la voûte.

Thomas et Éric fendirent l'air afin de se mettre à mon niveau. Sans même me retourner, j'activai mon bouclier invisible, leur barrant ainsi le passage jusqu'à moi.

— Gaby, ce n'est pas toi ! hurla Thomas, haletant.

— La ferme ! rétorquai-je, sans émotion.

— Gaby... renchérit Éric d'une voix sans timbre. Viens, on y va.

— Tu l'as vue, Éric ! Tu l'as vue, cette vidéo ! Qui d'autre qu'elle voudrait que je la regarde ?

— Je ne sais pas de quoi tu parles ! cria Thomas. Mais cette femme est enceinte de mon enfant, alors lâche-la !

Cette dernière phrase me fit l'effet d'une lame chauffée à blanc enfoncée un peu plus profondément dans sa plaie. Je relâchai toute mon attention sur elle et me délectai de voir son corps se précipiter dans le vide. Toutes les personnes présentes retinrent leur souffle. Mais le spectacle de Naomi se fracassant sur le sol fut interrompu par Thomas qui l'attrapa au vol et la posa délicatement. Le visage fermé, il ne lui laissa entrevoir aucune émotion quant à son sort. Je compris que seule la santé de l'enfant qu'elle portait l'intéressait et le constater me fit du bien. Thomas et moi nous dévisageâmes un instant. Il affichait des yeux sidérés et je voyais bien qu'il ne comprenait plus mon attitude. Moi-même, je me l'expliquais à peine. Désormais, le gouffre entre lui et moi était devenu trop profond pour un retour en arrière. Dès que je l'eus compris, je me retirai sans un mot. Éric se joignit à moi pendant le trajet qui menait à ma chambre.

— Repose-toi, maintenant, dit-il seulement en me quittant sur le seuil.

Seule dans ma chambre, je m'exécutai. Un sommeil sans rêves me happa en quelques minutes. Je n'éprouvais plus, je ne ressentais plus. J'étais plutôt comme une enveloppe dont l'âme disparaissait peu à peu. Et le problème, c'est que j'étais encore très loin de me rendre compte à quel point.

CHAPITRE 23

Plusieurs semaines s'écoulèrent sans que le moindre incident survienne. Aucune vidéo scabreuse ne m'avait été adressée et je considérais maintenant le soleil du midi comme une source divine. Je prenais soin d'éviter Thomas et Naomi autant que cela m'était possible. Pour elle, ce n'était pas un problème, car, depuis l'incident de la vidéo, elle faisait tout pour s'écarter de mon chemin. Au moins une chose que j'avais gagnée dans cette mascarade. Il faut dire que vivre dans un château aidait pas mal quand il s'agissait d'ignorer quelqu'un. Toutefois, il m'arrivait de surprendre Thomas, me regardant à travers une fenêtre ou cherchant mon attention lorsque nous dînions dans la salle commune. Mais je me bornais à me préserver coûte que coûte. Ma réaction, après l'épisode Naomi, en avait choqué plus d'un, mais j'avais gagné le respect des Van Duren qui me traitaient depuis comme une véritable déesse. Je n'en avais pas demandé tant, mais les trois cousins m'avaient révélé qu'une de leurs visions avait entériné toutes leurs craintes à mon sujet. Naomi n'avait plus à se soucier de moi, d'après eux. Ismaël, Marcus et Joseph étaient des sortes de pré-cognitifs. Ils avaient le don d'entrevoir l'avenir comme un seul homme. Ils n'avaient pas voulu s'étendre sur le sujet, mais recherchaient activement ma compagnie qui trompait leur ennui. Pour leur bien, je leur avais conseillé d'être prudents sur leur attitude en ma présence, la chaleur de leur effervescence multipliée par trois me provoquait parfois de violents spasmes nerveux, difficiles à contenir. Je lisais leurs intentions comme dans un livre ouvert. Ils me voulaient en même temps, afin de ne faire aucun jaloux, et pariaient leur réussite sur le long terme. J'évitais donc aussi les étranges cousins Van Duren par principe de précaution.

Je passais le plus clair de mon temps avec Salomon et Éric. J'avais aussi eu la joie de mieux connaître Estelle, la jolie rousse qui semblait tout droit sortie d'un épisode de *La petite maison dans la prairie*. Avec elle, j'éprouvais la sensation d'être presque normale, et presque humaine. Elle n'avait jamais eu la moindre parole déplacée envers les natifs et éprouvait une sorte de fascination étrange pour Carmichael. C'était la fille de Paul, l'intendant et dresseur de chevaux, qui lui-même était le frère d'Eddy Monteiro, l'homme qui siégeait avec sa femme à la salle de Pomone. Je commençais à sérieusement m'y perdre avec toutes ces familles et ces fratries, mais la chaleur de la maison d'Estelle Monteiro était un peu mon refuge. Sa mère, Sélène, me préparait régulièrement des cookies faits maison. Estelle, quant à elle, se servait de mon ignorance de la région afin de me faire sortir dans les endroits les plus branchés de Nîmes. Je lui avais pourtant expliqué qu'à mes yeux rien ne valait Paris, mais en réalité, elle se servait de nos sorties pour retrouver son petit ami, Léonard, en douce. C'était un jeune homme adorable qui travaillait pour la mairie d'Anduze. Ces deux-là respiraient tant le bonheur que j'eus le malheur d'inviter Éric à l'une de nos sorties nocturnes pour ne plus avoir à supporter leur béatitude. Finalement, nous nous étions retrouvés à deux pour tenir la chandelle, la tension physique entre lui et moi devenant irrespirable à mesure que Léonard et Estelle témoignaient de leur désir l'un envers l'autre. Il me fallut ensuite plusieurs jours pour me remettre des fantasmes engendrés par cette soirée.

Ce temps me permit également de comprendre d'où venaient les ressources financières des natifs. Grâce au don des Van Duren, Carmichael et les siens spéculaient en bourse. Loin de respirer l'honnêteté, cette méthode avait eu le don de prévoir la redoutable crise financière et d'investir dans des actions plus que lucratives dans la recherche pour l'environnement. Le reste de leur patrimoine dépendait du vin rosé d'Altérac. Les vignes du château étant cogérées par un autre couple d'humains à la solde de Carmichael.

Il arrivait aussi que quelques natifs viennent et repartent du château sans qu'aucun ne cherche à me connaître. Salomon m'expliqua que c'était leur peur indicible du Grand Maître qui les poussait à m'éviter. J'étais stupéfaite d'apprendre de la bouche de l'Amérindien que les natifs étaient en réalité plusieurs milliers. Répartis sur l'ensemble des trois territoires, ils se suffisaient à eux-mêmes, tous dirigés par leur seigneur, et le Grand Maître veillait à la pérennité de la race. Ce fait me fit froid dans le dos. Je n'avais aucune envie d'être soumise à la volonté d'un seul homme, mais Salomon reconnaissait que, sans lui, il n'y aurait certainement plus de natifs en ce monde, et c'était pour cette raison qu'il souhaitait tous les répertorier. Assurer la descendance de l'espèce était l'une de ses priorités. Quand je voulus savoir quelles étaient les autres, l'Amérindien refusa de répondre. La peur de cet homme était toujours présente.

Par une belle matinée ensoleillée, Salomon et moi nous retrouvâmes sur la terrasse de la cour-jardin. Le temps magnifique nous permit ensuite d'enfiler nos maillots de bain et, fous de joie, nous inaugurâmes la première baignade de l'année. Les Van Duren, Estelle et même Sophie Devesniel s'étaient joints à nous, goûtant allègrement la fraîcheur de ce bain matinal. Je ne pouvais décemment chahuter avec Ismaël, Marcus et Joseph comme le faisait Estelle, de peur que leurs instincts primaires ne se déclenchent, mais je humais définitivement le plaisir de cette vie en communauté. Après deux années au banc des pestiférés du lycée et une famille qui se limitait à un militaire peu loquace, je n'aurais jamais pensé y trouver un tel contentement. Une voix que je reconnus aussitôt m'extirpa inévitablement de cette allégresse provisoire.

— Bonjour, nous salua Carmichael alors que je sortais de la piscine toute ruisselante d'eau.

Nous nous toisâmes un moment. Il n'avait pas perdu de son légendaire charisme et me regardait à nouveau avec une lueur de convoitise dans ses prunelles émeraude. À côté de lui se tenait Ethan, le regard absent, mais un sourire entendu sur les lèvres. Je lui rendis son sourire, ravie de le revoir.

— Je vois que vous profitez bien en notre absence, déclara Carmichael, sans me quitter des yeux.

Je ne savais plus comment interpréter son comportement, mais j'avais encore parfaitement en tête la dernière humiliation qu'il m'avait infligée. Je décidai de m'amuser un peu :

— Et c'est rien à côté de la partie de jambes en l'air d'hier soir. Hein, les Van Duren ?

Un froid polaire s'abattit sur le château. Ismaël, Marcus et Joseph s'étranglèrent et regardèrent avec inquiétude Carmichael qui, malgré son manque de réaction, semblait tendu comme un arc. Il fixa les Van Duren d'un air mauvais, mais Ethan brisa le silence en éclatant d'un rire de gorge. Je l'imitai, fière d'avoir provoqué la réaction espérée. Je devais avouer que le rejet de Carmichael, ce soir-là dans l'ancienne chapelle, n'avait fait qu'attiser une envie puérile de vengeance. Je devais donc bien profiter des quelques perches qui m'étaient offertes !

— Je vois que tu t'es familiarisée avec les lieux, Gabrielle, lança Carmichael, redevenu imperturbable. J'en suis heureux.

— Elle est comme un poisson dans l'eau ! dit Salomon, tranquillement affalé sur son transat.

— En effet, confirmai-je, complice, avant de me replonger dans l'eau fraîche de la piscine.

— Tu ne verras donc aucun inconvénient à ce que je te rejoigne, poursuivit Carmichael.

— Absolument pas, répliquai-je. Va donc te chercher un maillot ! Seulement, je ne te garantis pas ma présence à ton retour.

— Alors je préfère m'assurer que tu restes, assura-t-il sans se démonter.

Il enleva ses chaussures et son tee-shirt qu'il expédia sur une chaise de jardin. Il en fit de même pour son jean et… Oh ! Stupeur ! Il n'avait rien en dessous ! Mon cœur tressauta lorsque j'entraperçus un début de forme qui n'en finissait pas. Je surmontai un hoquet de surprise alors que mes yeux effarés se tournaient dans la direction opposée à cet homme au physique divin. J'arrivais difficilement à me remettre de cette vision surréaliste et j'étais plus que stupéfaite du manque de réaction des autres. Tous faisaient comme si l'attitude de Carmichael était parfaitement normale et vaquaient à leurs occupations. J'aurais dû constater le manque de pudeur de l'endroit quand Devesniel avait fait tomber le haut de son maillot de bain, mais je comprenais, en tant que femme, que l'on puisse refuser d'arborer de hideuses traces de bronzage. Alors que je réfléchissais à un moyen de cacher mes joues rosies, Carmichael plongea dans la piscine et, en un temps record, me colla au rebord et me plaça à califourchon autour de son corps d'éphèbe. L'eau et le soleil faisaient irradier sa peau de bronze, tandis que le vert transi de ses yeux me contemplait lascivement. Je tentai par la force de mon esprit de le faire reculer, voire de l'expédier à travers les vingt mètres de la piscine, mais mon pouvoir n'était étrangement pas disposé à fonctionner, alors que l'étau de ses bras d'acier m'empêchait de le repousser de mes mains. Je sentais déjà la lave couler dans mes veines et mon bas-ventre rechercher activement le contact de son fléau.

— Lâche-moi ! lui ordonnai-je, aux bords de l'abîme.

— Et pourquoi ferais-je une chose pareille ? me demanda-t-il, un sublime sourire au coin des lèvres.

— Car tu sais aussi bien que moi que tu vas changer d'avis au dernier moment ! crachai-je, de manière à lui rappeler sa dernière dérobade.

Touché par ma provocation, il lâcha son emprise un instant. Je réussis tant bien que mal à me dégager, persuadée d'une chose : même l'eau glacée de la piscine n'arriverait pas à faire redescendre mes ardeurs. Je sortis en vitesse, enfilai un peignoir et entendis Ethan s'esclaffer alors que je regagnais, en vitesse, la porte de l'aile nord.

ENFIN SEULE DANS MA CHAMBRE, je tentai de dompter mon effervescence sous une douche glacée. Une fois sortie, j'entendis quelqu'un frapper à la porte. Je ne cachai pas ma surprise en découvrant Sophie Devesniel, les joues rosies par le soleil sous ses magnifiques cheveux châtain foncé.

— Pourrais-je entrer ?

— Je vous en prie, l'invitai-je, faisant mon maximum question accueil.

Je n'oubliais pas le jour où elle avait tenté d'extirper mes pensées par la force mentale.

Elle fit circuler son regard dans la pièce avant de s'asseoir sur un fauteuil. Elle m'observa un moment avant d'en venir à l'objet de sa visite.

— Je suis là, car je pense te devoir une explication concernant ces deux années au lycée.

— Je sais déjà que vous étiez sous les ordres de Carmichael, lui assurai-je, sans vouloir m'éterniser outre mesure.

— En effet, mais sais-tu que nous avions convenu de ne rien faire pour empêcher ton isolement des autres ? Tu te doutes bien qu'avec nos ressources, nous aurions pu étouffer dans l'œuf les divagations excessives de ton petit ami, Cédric. C'est comme t'éloigner d'Olivia, l'idée des classes séparées était de moi.

— Mais pourquoi ? demandai-je, estomaquée par ses révélations franches et assassines.

— Nous voulions que tu aies le moins d'attaches possible. Une manière de nous assurer que tu n'aurais pas grand-chose à perdre si tu devais nous rejoindre ici. Nous n'avions évidemment pas prévu la venue des Valérian.

Tout se chamboulait dans ma tête. Surprise, je ressentis un moment de colère inouïe. Elle le remarqua, car elle se tut aussitôt. Mon ire fut cependant vite apaisée, car, quand j'y réfléchissais, j'avais presque l'impression d'évoquer une autre époque. Une page très ancienne que j'avais décidé de tourner quelques jours après mon arrivée à Altérac. De plus, leur intervention ou leur choix délibéré de faire de moi la pestiférée du lycée n'aurait pas changé la suite des événements, de toute manière.

— Je dois t'avouer que j'ai cru que c'était toi qui avais tué le jeune Cédric Fabre, déclara-t-elle au bout d'un moment, alors je me suis peut-être fait des idées préconçues sur ton compte. Depuis la mort de Sophéa, je mène l'enquête pour retrouver le véritable assassin.

— Comment est-elle morte ?

— De la même manière que Cédric.

— Et Olivia, avez-vous eu de ses nouvelles ? m'enquis-je en tentant d'effacer de mon esprit l'image du calvaire qu'avait dû subir feu mon ancienne ennemie du lycée.

— Je sais que le proviseur a contacté sa mère qui lui a dit de se mêler de ses affaires. Elle a aussi dit que sa fille allait bien et qu'elle avait l'âge d'arrêter l'école. Je ne vois pas pourquoi elle mentirait.

— Je trouve étrange qu'elle n'ait pas cherché à me contacter, Johnny ou moi. Je l'ai appelé il y a une quinzaine de jours, et il se pose les mêmes questions.

— Le proviseur pense qu'elle est peut-être partie de chez elle, à cause de l'alcoolisme de sa mère.

— Oui, mais ça ne colle pas. Sa mère ne peut pas se passer d'Olivia. Pourquoi dirait-elle que tout va bien alors ? C'est inquiétant.

— J'essaierai d'en savoir plus à mon retour des vacances scolaires.

— Vous enseignez encore là-bas ! Mais, pourquoi ?

— Pour ne pas éveiller les soupçons du Grand Maître, révéla-t-elle avec un air étrange. Carmichael y tient beaucoup.

Je pensai que ce devait être très frustrant pour elle d'enseigner à de simples humains alors qu'elle pouvait se dorer la pilule au bord de la piscine du château d'Altérac. Mais comme je ne la portais pas franchement dans mon cœur, je n'émis aucun commentaire.

— Il faut que je te parle de Naomi, poursuivit-elle.

— Ça, c'est hors de question ! rétorquai-je.

— Pourtant, il le faut. Mes pouvoirs n'ont plus d'effets sur toi depuis ce fameux jour en classe où j'ai vainement tenté de te contrôler, mais je ne partirai pas tant que je ne t'aurai pas dit ce pour quoi je suis venue.

Je me doutais bien que cette femme n'était pas là pour faire la discussion sur son rôle de chaperonne dans toute cette histoire.

— Ce n'est pas Naomi qui a laissé la vidéo devant ta chambre, continua-t-elle, convaincue.

— Et comment le savez-vous ?

— Je la connais depuis assez longtemps pour ça. Mais surtout, je suis rentrée dans son esprit pour en avoir le cœur net.

— Ben voyons ! ripostai-je, de plus en plus lassée par cette conversation.

— Je sais qu'elle éprouve une jalousie maladive vis-à-vis de toi, mais elle n'est pas du genre à utiliser ce genre de stratagème.

— Non, bien sûr ! ironisai-je, elle préfère utiliser son corps et son pouvoir de femelle en chaleur. Salomon m'a tout raconté. Thomas n'a eu qu'à tomber dans ses filets, alors je ne vois pas pourquoi elle serait jalouse de moi.

— En effet, sauf que sa jalousie n'a jamais été provoquée par Thomas, mais par Carmichael.

— Quoi ? Mais il ne s'est rien passé avec lui !

Ou presque...

— Je ne crois pas que tu comprennes la situation, Gabrielle. Avant que tu apparaisses dans sa vie, Carmichael était avec elle...

Ça ne m'étonnait guère...

— ... une fois qu'il t'a rencontrée, Naomi n'a plus eu le moindre intérêt pour lui. Tu dois aussi te douter que ce n'est pas sans arrière-pensées qu'il a capturé Thomas, même si l'ordre principal venait du Grand Maître. Naomi y a vu une façon de se venger de toi et a tout fait pour parvenir à ses fins.

— Elle n'avait pourtant aucun souci à se faire, car, si vous souhaitez tout savoir, Carmichael a plutôt tout fait pour m'éviter depuis mon arrivée ici.

— Ce n'est pas ce que j'ai vu tout à l'heure, s'amusa-t-elle. Mais tu as raison, je le trouve étrange depuis quelques mois.

— Mmmh... Enfin, Naomi est enceinte de Thomas, il n'a rien à dire de plus.

J'espérais avoir été claire sur mon envie de conclure cette entrevue rapidement.

— Tu as sûrement raison. Mais ce n'est pas une mauvaise fille, au fond, je voulais juste que tu le saches.

— J'essaierai de m'en souvenir, mentis-je alors qu'elle se levait pour partir.

— On se voit au dîner ?

— Bien entendu.

. . .

FINALEMENT, je n'étais pas mécontente de cette visite impromptue. Au contraire, Devesniel m'avait dévoilé plusieurs éléments intéressants. Je n'allais pas pardonner à Thomas sa traîtrise ni m'adoucir sur le cas Naomi, c'était certain, mais son récit sur la mort de Sophéa ne manquait pas de m'intriguer. Deux personnes mortes dans mon entourage, et dans les mêmes conditions, c'était déconcertant. De plus, ça me valait d'être recherchée par la police. J'avais soudain le sentiment qu'il manquait une pièce importante au puzzle, et toutes ces coïncidences commençaient à m'inquiéter sérieusement au sujet d'Olivia. Son portable, sur lequel j'avais laissé de nombreux messages, n'était à présent plus attribué. Je respirai un grand coup afin de calmer mes nerfs. J'avais déjà envisagé d'aller faire un saut sur Paris pour retrouver Olivia, mais Johnny m'y avait fait renoncer en me promettant que lui et Elvis avaient déjà tout tenté pour la retrouver, sans aucun résultat. Johnny pensait, selon ses propres mots, qu'elle avait trouvé un mec plein de fric qui avait « arrosé » sa mère à coup de billets, et qu'elle devait se la couler douce sur une île déserte. Seulement, l'optimisme de Johnny n'était pas contagieux, car je n'y croyais pas une seconde et mon inquiétude grandissait.

APRÈS AVOIR ENFILÉ une petite robe évasée, relevé mes cheveux dans une queue de cheval bien travaillée, je me mis en route pour la salle commune de l'aile sud. La grande table rectangulaire avait été dressée par Sélène, et sa fille Estelle servait l'entrée. Carmichael siégeait en bout de table, tandis que les Van Duren, Devesniel, Salomon et Éric étaient assis côte à côte. En face se tenaient Eddy et Wanda Monteiro, que je voyais pour la première fois depuis le soir de mon arrivée. Naomi, présente aussi, avait le regard rivé sur son assiette. Il ne manquait plus que Thomas et Ethan. Carmichael m'invita à m'asseoir en bout de table, face à lui. Un peu gênée de trôner devant les autres, je m'exécutai néanmoins et évitai, ainsi, une trop grande proximité avec Naomi.

Le repas se déroula sans encombre ni événement particulier. Carmichael avait retrouvé son regard fuyant et se bornait à parler bourse avec

Eddy Monteiro et Marcus Van Duren. Estelle faisait le service – ce qui me gênait toujours autant – et nous autres conversions de tout et de rien pendant la dégustation des bons petits plats de Sélène. Alors que je me délectais de mon délicieux dessert, rien ne laissait encore présager la suite de cette terrible soirée.

CHAPITRE 24

Alors qu'il déblatérait sur l'intérêt de la vente de quelques stock-options, Marcus s'arrêta net. Détail qui aurait pu paraître insignifiant si je n'avais pas décelé une lueur d'inquiétude sur le visage de Carmichael. Mes yeux se portèrent aussitôt vers les autres Van Duren. Les trois restaient figés comme un seul homme, leurs regards absents leur donnaient un air dément. Chaque natif autour de la table, excepté Éric et moi-même, semblait littéralement épouvanté. Visiblement, l'attitude des Van Duren n'était pas bon signe. Tout à coup, la voix des cousins s'éleva comme une seule.

— « *Valérian* ».

Carmichael se leva brusquement, suivi d'Éric qui fusa hors de la pièce.

— Salomon, va trouver Thomas tout de suite ! s'écria Carmichael d'une voix nerveuse.

— Que se passe-t-il ? demandai-je aux Van Duren, qui n'avaient toujours pas repris leurs esprits.

— Gabrielle, suis-moi ! m'ordonna Carmichael.

Inquiète, j'obtempérai. Même si je lui en voulais à mort, je ne souhaitais en aucun cas qu'il arrive le moindre mal à Thomas, et il ne fallait pas s'appeler Einstein pour comprendre qu'il se passait quelque chose de grave. Naomi versait déjà des larmes d'angoisse, et je compris alors qu'elle tenait tout de même un peu à lui. Soudain, nous entendîmes un énorme bruit provenant de l'étage. Je me mis à courir comme une furie alors que Carmichael me distançait de ses longues jambes athlétiques. Débouchant des escaliers, un fracas épouvantable me fit hurler de terreur. Salomon fut pulvérisé à travers le mur de la chambre de Thomas et s'écrasa contre celui du couloir. Carmichael se pencha sur son corps qui gisait immobile au milieu des gravats. Subitement, je sentis une immense fureur me traverser de part en part. Transie par cette haine, j'en eus le souffle coupé quand je réalisai que cette ire n'était pas la mienne. Elle me contaminait et s'insinuait en moi comme un poison. Carmichael se releva et traversa le trou béant creusé dans le mur, il disparut de mon champ de vision.

— Lâche-le ! s'écria-t-il dans la chambre.

Je m'avançai, à pas lents, tétanisée par les sentiments que je captais maintenant aussi clairement que la fureur dans la voix grave de Carmichael. Mais ce n'était pas lui qui m'envoyait ses manifestations rageuses. Je le compris en rentrant, et m'immobilisai, paralysée une nouvelle fois par ce qui se déroulait devant mes yeux.

Thomas était suspendu dans les airs. Inconscient et couvert de sang. Il flottait telle une marionnette, ses jambes inertes pendant au-dessus du sol. Son visage tuméfié laissait entrevoir plusieurs coupures très profondes, tandis que son bras gauche affichait un angle impossible.

— Tu as entendu, lâche-le ! fulmina Carmichael sur un ton à vous glacer d'effroi.

— Il lui a fait du mal ! s'écria Ethan.

« Ethan ! » m'étonnai-je, mentalement.

« Gaby ! »

« Qu'est-ce que… ? »

« On communique par la pensée », déclara-t-il, enjoué, comme si la situation épouvantable dont il était la cause lui échappait complètement.

Carmichael bougea de quelques centimètres et se tourna vers moi d'un regard entendu. Il comprenait la situation, j'en étais certaine. Il me fit signe de gagner du temps, alors je rentrai dans la pièce, hagarde, les yeux toujours vissés en direction du corps torturé de Thomas.

« *Alors c'est ça, ton autre don, Ethan ?* » tentai-je de transmettre, n'ayant aucune idée de la manière dont cette télépathie fonctionnait.

« *Non, c'est le nôtre !* »

« *Quoi ?* »

« *Alors tu n'as pas compris* », pensa Ethan, déçu.

Carmichael avança d'un pas furtif, puis s'arrêta, l'air de rien.

« *Ce que je comprends, c'est que tu es en train de tuer Thomas.* »

« *Ce que je n'aurais pas eu à faire si tu t'en étais chargé !* » s'insurgea-t-il.

« *Mais tu es malade ! Je n'ai jamais voulu le tuer !* »

« *Mon œil ! Je lis en toi comme dans un livre ouvert, tu voulais lui broyer les os !* » asséna-t-il, tel un enfant capricieux.

« *Mais je ne l'aurais jamais fait ! Et d'ailleurs, en quoi ça te regarde ?* » dis-je, désireuse de comprendre, mais inquiète du ton abrupt que j'employais par la pensée, s'il s'entendait du moins.

« *Je pensais que la vidéo t'en persuaderait.* »

« *Alors c'était toi !* » hurlai-je intérieurement, alors qu'une force titanesque faisait à nouveau jaillir ma colère.

Instinctivement, j'utilisai mon pouvoir et plaquai Ethan contre le mur. Sous le choc, il défit son étreinte invisible autour du cou de Thomas, qui s'écrasa comme une pierre sur le sol maculé de sang. Je sentis une vague invisible me pousser à mon tour en arrière et je reculai de deux pas, en luttant de toutes mes forces.

« *Je serai plus violent la prochaine fois, si tu n'arrêtes pas, Gabrielle !* » me prévint Ethan mentalement.

Je le considérai avec incompréhension. Carmichael n'était plus qu'à un mètre de lui à présent. Ethan, trop focalisé sur ma personne, n'avait toujours pas découvert ses intentions.

« *Mais pourquoi fais-tu ça ?* »

« *Parce qu'il t'a fait du mal ! Comme Cédric Fabre et cette petite salope de Sophéa Chang !* »

Je me figeai d'horreur, mon teint passa de rouge fureur à blanc comme un linge. Le puzzle commençait à se constituer alors que j'assimilais les dernières révélations d'Ethan.

« Ô, mon Dieu, Ethan, qu'as-tu fait ? »

Carmichael se jeta sur lui et lui toucha le crâne, comme il l'avait fait avec Éric dans le salon de Sam.

« Ce que je devais faire. Protéger ma sœur », lâcha Ethan, avant de sombrer dans l'inconscience.

CHAPITRE 25

— Ethan ! m'écriai-je en me jetant sur lui. Réveille-le, Carmichael ! Réveille-le !

— Non ! Nous devons prendre des précautions avant.

— Il m'a dit qu'il était mon frère ! hurlai-je, au bord des larmes.

Carmichael se releva et me dévisagea, sans la moindre surprise dans le regard. Il fit volte-face et s'adressa à Naomi qui se tenait dans l'embouchure du mur. Secouée de sanglots, elle n'était plus que l'ombre d'elle-même.

— Dis à Eddy et aux Van Duren de récupérer Éric en bas, ordonna-t-il. Ethan l'a balancé par la fenêtre. Dépêche-toi !

— Ethan ! répétai-je en le secouant violemment.

— Je vais m'occuper de Thomas d'abord, déclara Carmichael. Ensuite, je m'occuperai d'Ethan.

— Tu as grandement intérêt ! balançai-je d'une voix froide, à présent convaincue qu'il savait tout depuis le début.

Carmichael se pencha au-dessus de Thomas. Il lui toucha le front, puis le souleva. Il l'emmena hors de la chambre. J'observais Ethan avec attention. Pourquoi ce qu'il m'avait dit me paraissait-il si crédible ? Pourquoi diable m'aurait-il appris un truc pareil, ou aurait-il exécuté les personnes qui m'avaient fait le plus de mal, si ce n'était la vérité ? Mais c'était impossible. Mon frère était mort à la naissance, en même temps que ma pauvre mère. Je me rappelai ce jour, dans la bibliothèque, et des livres éjectés brusquement à notre première et étrange rencontre, de cette sensation d'apaisement et de tranquillité que je ne trouvais qu'en sa présence. Le fait aussi qu'il n'était, en aucun cas, attiré par moi, et il avait une étrange façon de comprendre à la seconde les sentiments que j'éprouvais. Sa présence atténuait mon pouvoir d'attraction. Mais pouvait-il vraiment s'agir de la vérité ? Il avait la même chevelure brune que moi, quoique légèrement bouclée. Ses traits de jeune adulte laissaient paraître une certaine ressemblance, notamment dans le dessin de notre mâchoire. Mais je n'étais plus objective, maintenant. J'étais irrévocablement persuadée qu'Ethan était mon frère. Mon jeune frère de dix-sept ans, doté des mêmes aptitudes que moi. Devant cette évidence, je m'étonnais de ne pas l'avoir deviné avant.

Carmichael revint une vingtaine de minutes plus tard. Je n'avais toujours pas bougé ni émis le moindre son. Il transporta Ethan jusqu'à l'aile nord, où se trouvait la salle de Pomone. Je le suivis sans un mot. Il prit la direction d'une des cavités de la tour et nous emmena dans un étroit chemin caverneux, jusqu'à une chambre aménagée en prison. Les barreaux épais laissaient entrevoir un grand lit, une télévision, une colonne de livres et des sanitaires, sommairement dissimulés derrière un rideau. Carmichael installa Ethan sur le lit. Il sortit de sa poche un étui et dévoila la seringue qui s'y trouvait. Alors qu'il allait l'introduire dans le bras d'Ethan, par la pensée, je retournai l'objet et l'envoyai à quelques millimètres du propre cou de Carmichael. Mon esprit provoqua ce geste avec une intensité décuplée, si bien que Carmichael se contorsionnait pour ne pas se faire trouer la carotide.

— Que fais-tu à mon frère ? lui demandai-je d'une voix glaciale.

— Ce n'est qu'un puissant sédatif, articula Carmichael. S'il se réveille avec toutes ses capacités, nous ne pourrons peut-être pas le contrôler. Fais-moi confiance.

— Pourquoi ne m'as-tu rien dit ?

— Je voulais le faire, au début. Je t'en avais même parlé, à notre rencontre. Je t'avais dit que j'avais quelqu'un à te présenter. Quand il a su que tu arrivais, il a commencé à se comporter étrangement. C'est lui qui m'a demandé de me taire pour l'instant, et son attitude m'a fait penser que c'était finalement la meilleure chose à faire. Nous avions convenu de t'en parler dès notre retour de Londres. Je suppose qu'il savait déjà la manière dont il allait te l'annoncer.

— Tu savais qu'il était mêlé au meurtre de Cédric Fabre et de Sophéa Chang ?

— Sophie et moi nous en doutions. C'est pour cette raison que je l'ai emmené en voyage avec moi, pour garder un œil sur lui. Mais avant ce soir, nous n'avions aucun moyen de l'affirmer.

— Pourquoi est-il comme ça ? Que lui avez-vous fait ?

— Ethan vit à Altérac depuis deux ans seulement. Il a passé toute son enfance à Londres, avec le Grand Maître.

— Pourquoi ?! criai-je, impatiente, alors que des pas résonnaient derrière moi.

— Parce que le Grand Maître pense que vous êtes tous deux les élus de la prophétie !

— Quelle prophétie ?

— Celle qui parle de deux...

— Carmichael ! hurla la voix d'Éric derrière moi.

— Je suis ici ! signala l'intéressé, l'aiguille de la seringue lui chatouillant encore la peau.

En une microseconde, Éric se trouva à l'entrée de la geôle. Son visage était parsemé d'éraflures dues à sa chute, mais je ne distinguais aucune autre blessure apparente. À l'aide de mes facultés, je le stoppai net dans sa course. À la fois concentrée sur la seringue et sur lui, ainsi que submergée par la foule d'informations que je venais d'assimiler, je n'arrivais plus à penser correctement et baissai ma garde un instant. Il n'en fallait pas plus à Carmichael pour se défaire de mon emprise. Violemment, il flanqua la seringue dans l'épaule d'Ethan. Éric s'engouffra dans une maille de mon filet invisible et m'encercla de ses bras puissants.

— Ils arrivent ! hurla-t-il, alors que je me débattais, incapable de le repousser.

Carmichael se retourna brusquement vers Éric, les yeux effarés. Je n'avais encore jamais vu cette expression chez cet homme toujours maître de lui. S'avançant vers nous, il posa sa main sur mon front. Je sentis la colère s'extirper de moi comme un venin que l'on aspire. Éric relâcha quelque peu son étreinte. Carmichael m'observa.

— Gabrielle, tu dois fuir, maintenant ! déclara le grand métis avant de se tourner vers Éric. Je m'occuperai de Thomas. Il n'est pas en état de bouger. Occupe-toi bien d'elle, s'il te plaît.

— Bien entendu, souffla Éric. Nous utiliserons la même méthode que la dernière fois pour vous joindre.

— Mmmh... oui, répondit Carmichael.

— Qui arrive ? demandai-je, un peu plus lucide tout à coup.

— Grégoire et ses sbires. Les Van Duren disent qu'ils sont nombreux.

— Alors, ne tardez pas, certifia Carmichael qui ne me quittait plus des yeux.

— Je l'emmène prendre des affaires et nous partons.

— Que va-t-il advenir d'Ethan ? réussis-je à articuler, encore engourdie par le toucher de Carmichael.

— Je m'en occupe, ne t'inquiète pas. Il sera traité comme mon propre frère. C'est d'ailleurs toujours ainsi que je l'ai considéré, je t'en fais le serment.

Étrangement rassurée par ces paroles, je me laissai guider par Éric sans lui opposer la moindre résistance. Carmichael éleva la voix une dernière fois.

— Éric !

Les deux hommes échangèrent un regard, puis Éric hocha la tête comme s'il avait lu dans les pensées de Carmichael. J'observai ce dernier, hagarde, puis me retournai vers Éric. Son visage sublime m'envoyait un sourire rassurant. Il m'attrapa dans ses bras et il ne lui fallut que quelques secondes pour atteindre la porte de ma chambre. Soudain, un bruit fracassant fit vibrer les murs du château. Une explosion ! Nous fîmes volte-face vers une des fenêtres du couloir. Une vingtaine de natifs pénétraient dans la cour-jardin à travers le trou béant laissé par la déflagration, à l'ouest de l'enceinte. Tous menés par Grégoire en personne, qui se tenait fièrement au milieu.

— Entre ! s'écria Éric. Les Van Duren pensaient que nous aurions un peu plus de temps. Maintenant, ça va être difficile de s'évader.

— Nous devons sortir par la fenêtre extérieure ! suggérai-je alors qu'il fermait la porte derrière nous.

— C'est trop tard, il y en a partout, dehors. C'est un vrai commando.

Des bruits de pas retentirent dans les escaliers. Épouvantée, je me tournai vers Éric, lorsqu'une idée fulgurante me traversa l'esprit. La cachette sous l'escalier ! Je pris la main d'Éric et l'emmenai près de l'endroit que j'avais accidentellement découvert à mon arrivée. J'actionnai la porte dérobée et fis découvrir le réduit à un Éric circonspect. Peu profond, exigu et mesurant à peine un mètre soixante, l'oxygène allait nous manquer rapidement. Nous rentrâmes précipitamment à l'intérieur. Éric se tenait derrière moi, les genoux fléchis, tandis que j'écartais les jambes pour qu'il puisse les placer sans que nos têtes soient collées au plafond. Il ferma la lourde porte, un fin rai de lumière venant du sol nous évitait d'être plongés dans le noir complet.

Un bruit fracassant se fit entendre dans la pièce ; la porte d'entrée venait, a priori, de voler en éclats. Au bruit des pas sur le sol, nous devinâmes que trois individus s'y trouvaient. L'un inspectait l'étage, les deux autres fouillaient la pièce principale.

— Nous allons nous poster dans le couloir, s'éleva la voix d'une femme présente parmi les trois.

— Entendu, obéit une voix masculine qui sortit en même temps que son autre acolyte.

Dans le réduit, la chaleur devenait presque insupportable. Éric s'agitait de plus en plus, tandis que les muscles de mes cuisses commençaient à devenir douloureux. Soudain, je sentis quelque chose enfler sous mes fesses. Éric tentait de se positionner autrement, mais plus il essayait, plus il se frottait à moi, et plus il aggravait sa situation. Je me mordis les lèvres, morte d'embarras, mes joues s'enflammèrent et mon sang devint de la lave.

— Je dois sortir ! s'emporta-t-il à voix basse.

— Non ! Ils sont juste devant la porte d'entrée de la suite.

— Tu ne comprends pas ! Je ne peux pas rester ici, Gabe !

— Éric, non !

À mesure que son excitation s'amplifiait, je devenais une vraie fournaise. Il bougea sa main pour se dégager. Son pouce frôla un sein qui frémit à son contact. L'effet fut immédiat, je sentis se réveiller une charge électrique dans mon bas-ventre alors que le contact avec Éric devenait plus insoutenable que jamais.

— Gaby ! s'exclama-t-il, dans un murmure.

Je ne mesurais déjà plus le danger qui se profilait autour de nous. Les ondes qu'Éric m'envoyait étaient plus puissantes que jamais, il allait imploser si nous ne sortions pas au plus vite. Mais c'était un guêpier qui nous attendait. Peut-être qu'avec un peu de patience les natifs hostiles quitteraient le couloir, pensai-je. Éric tenta de pousser la porte, mais je l'en empêchai par mon pouvoir plus puissant que sa force, à cet instant.

— Gaby… il faut sortir, dit-il encore, la voix étranglée.

Mes pensées s'entrechoquaient. Je m'enflammais de l'intérieur et, mes émotions devenant plus fortes à chaque seconde, je pris les mains d'Éric dans les miennes. Je les posai sur ma poitrine brûlante.

— Éric, fais-moi l'amour.

— Non !

— Éric…

— C'est hors de question, s'obstina-t-il alors que ses proportions à présent vertigineuses m'irradiaient le bas du dos. Pas ici ! Pas comme ça !

— Éric, je t'en supplie !

Je fis tomber les bretelles de ma robe et orientai ses mains sous le tissu. Le vêtement me tombait à présent sur les hanches. Je sentais la lutte intérieure qui se jouait dans l'esprit de cet homme qui avait, jusque-là, toujours réussi à contrôler ses pulsions face à mes phéromones surdéveloppées.

Il souleva ma robe et, d'un geste brusque, déchira mon sous-vêtement. La violence de son acte ne fit qu'accroître mon excitation. Il empoigna un de mes seins si fermement que j'en eus presque mal, puis fit glisser son autre main entre mes cuisses. N'y tenant plus, il me pénétra si violemment que j'étouffai un cri mêlé à la fois de plaisir et de douleur. Il se retira d'un coup comme s'il regrettait son geste, et alors que je me remettais à peine de ce premier accès d'ardeur, il recommença. Cette fois, il resta en moi. Entre la pression qu'exerçait sa main sur mon pubis et son mouvement de va-et-vient frénétique, mon corps ne contenait plus son embrasement. La respiration suffocante, je cherchais désespérément l'air, les charges d'Éric devenant plus véhémentes. Je ne saurais dire si c'était le manque d'oxygène ou l'intensité de l'action, mais je sentais mon cerveau presque asphyxié, tandis que je luttais pour n'émettre que de faibles gémissements. Je crus me décomposer quand Éric s'arrêta brusquement. Des bruits de pas provenaient de la chambre. Éric détacha sa main de ma poitrine et la plaqua sur ma bouche. La situation devenait plus enivrante que jamais et, mêlée à la frayeur d'être découverte, cela ne fit qu'accroître ma fièvre. Le sang affluait dans mes tempes, mon corps en sueur se consumait et la main d'Éric sur mon visage devenait plus pressante. Toujours immobile, il ne s'était pas retiré. Alors je me mis en mouvement, affamée de le sentir davantage. Il tenta de me maîtriser, conscient, lui, du danger qui se jouait à quelques mètres, mais j'en voulais plus. Je n'étais pas rassasiée de lui et tandis que les pas impatients arpentaient le sol de ma chambre, Éric abdiqua. Ses doigts toujours plaqués sur mes lèvres, il reprit sa cadence à une allure plus mesurée. Il fourra son visage dans mes cheveux et lutta pour ne pas produire le moindre son.

— Grégoire nous demande de le rejoindre dans la cour ! cracha la voix féminine. Ils vont essayer de la localiser mentalement.

En dehors de nos souffles et du bruit que provoquait son corps contre le mien, le silence régnait dans la chambre. Éric accéléra ses mouvements furieux. Il n'avait pas ôté sa main de ma bouche quand je fus prise de violents spasmes. L'effervescence insoutenable me remontait du bas-ventre jusqu'au visage. À défaut de pouvoir m'exprimer, inlassablement bâillonnée par la main de mon amant, des larmes d'extase se mirent à couler sur mon visage. Éric se joignit à moi dans un grondement rauque et mes jambes, que je ne sentais déjà plus, fondirent vers le sol. Il me retint, à bout de souffle.

Il se passa un long silence avant que je puisse retrouver un semblant de respiration. Je replaçai les bretelles de ma robe sur mes épaules encore toutes tremblantes. J'éprouvais encore les répliques provoquées par notre acte quand Éric ouvrit brutalement la porte. Il aspira l'air qui s'offrait à lui comme s'il sortait d'une longue immersion dans les eaux. Il fit brusquement volte-face et considéra mon visage. Ce que je vis dans son regard m'horrifia aussitôt. De la culpabilité.

— Éric… tentai-je de le rassurer, un sourire béat sur mes lèvres.

— Je suis désolé, articula-t-il d'une voix sans timbre.

— Non ! Je le voulais autant que toi, davantage même.

Il me dévisagea un moment, son visage à l'expression d'ordinaire si déterminée était devenu blême. Il secoua la tête, comme s'il refusait ce qui s'était passé. Il recula d'un pas. Alors que j'avais accueilli ce moment avec toute la passion qui m'habitait, lui le refusait comme s'il se sentait coupable de m'avoir violentée.

— Non ! le suppliai-je, incapable de comprendre sa réaction.

Mais il s'était déjà enfui. Le désespoir s'était abattu sur moi aussi vite que la béatitude m'avait quittée. Je me retournai vers le miroir, hébétée. Mon visage était sali par la poussière. Les traces de mes larmes avaient creusé des sillons blanchâtres sur mes joues enflammées. Je compris alors pourquoi Éric avait réagi de la sorte : il était persuadé que je pleurais à cause de lui. Que je m'étais forcée pour ne pas nous faire prendre. Mais ces larmes étaient tout le contraire. Moi, je le savais.

Je m'élançai dans le couloir à sa recherche, mais je n'avais pas passé l'escalier que je sentis quelque chose me piquer la nuque. Je tombai raide, évanouie.

CHAPITRE 26

Mes paupières restaient closes, écrasées par l'immense fatigue qui m'immobilisait des pieds à la tête. J'avais mal au dos. Une terrible puanteur s'insinua dans mes narines et me provoqua un haut-le-cœur. J'avais la sensation de m'enfoncer dans un sol froid. Nouvelle nausée. Des gouttelettes d'eau s'écrasaient dans un écho tonitruant et me perçaient les oreilles. Une respiration forte. Des gémissements. Je replongeai à nouveau dans l'inconscience.

Ultime effort pour ouvrir les yeux. Cette fois, un mince filet de lumière vint irradier mes iris. Qui étais-je et, surtout, où étais-je ? Je distinguais à peine les deux individus en blouse blanche qui m'examinaient sous toutes les coutures. Je pouvais néanmoins sentir leurs doigts traîner sur ma peau nue, mais je n'arrivais pas à déterminer sur quelle partie de mon corps ils s'attardaient.

— Elle se réveille, disait une voix.

— Je vais préparer une autre dose, lui répondit l'autre.

— Non, le maître veut qu'elle soit suffisamment réveillée. T'as fini, de ton côté ?

— Oui, j'ai tous les prélèvements. Je vais demander à Yanosh de la conduire dans sa cellule.

— Putain, c'est vraiment un joli p'tit lot, cette fille, regarde-moi ses nichons ! On en mangerait !

— Tu l'as dit. Un aimant à problèmes, si tu veux mon avis ! Grégoire se tient déjà plus.

— Je t'avoue que je lui glisserais bien mon engin là où je pense ! Regarde, elle ne réagirait même pas.

— Tu ferais mieux de te calmer, le maître serait furieux.

— Dommage.

Plus un bruit. Des pas qui s'éloignaient, me laissant croire que les deux hommes étaient partis. Seigneur ! Mais qu'est-ce que je foutais là ?! Mes paupières étaient encore lourdes, mais je pouvais distinguer des formes floues dans la pièce. Une nouvelle silhouette s'avança vers moi et souleva mon corps inerte. De près, et malgré la brume qui me voilait les yeux, je crus reconnaître l'homme scandinave de l'attaque de la cité des Bosquets. Bercée dans ses bras et terrassée par mon épuisement, et malgré mes efforts de concentration, je sombrai dans un nouveau sommeil sans rêves.

— RÉVEILLE-TOI ! Gabrielle, réveille-toi !

Quelle est cette voix ? Pouah ! C'est quoi cette odeur insoutenable ?!

Je réussis à ouvrir mes yeux bouffis et entrepris de me traîner vers les barreaux de ma cellule. Je vomis aussitôt le peu que contenait mon estomac.

Pourquoi des barreaux ? Et ce mal de crâne…

Je soulevai les bras, mais ils me paraissaient bouger plus lentement que d'habitude, et ils étaient tellement lourds… Mes genoux me faisaient un mal de chien et mes lombaires me tiraillaient le dos. Je posai un regard sur mes jambes en remontant vers mon ventre ; j'étais totalement nue. Je grelottais, transie par le froid glacial qui régnait dans le cachot.

— Ça y est, tu es réveillée ? s'enquit une voix sur ma gauche.

Je fis volte-face, dans un mouvement qui nécessitait bien trop d'efforts pour mon corps endolori. J'écarquillai les yeux en observant le parfait inconnu qui me faisait face. L'homme en question était âgé et squelettique. Son visage sale et émacié tranchait avec le bleu vif de ses yeux. Il portait une espèce de pyjama troué dont la crasse ne pouvait laisser deviner la couleur d'origine. De par son aspect, c'était à se demander comment cet homme pouvait être encore en vie. Ses doigts saillants tenaient les barreaux de sa cellule, conjointe à la mienne.

— Qui êtes-vous ? demandai-je, tout en couvrant ma poitrine et mon bas-ventre de mes mains.

— Je suis Blake. Enfin tu te réveilles ! dit-il, aussi jovial que son état le lui permettait. Toi, tu es Gabrielle et je peux te dire que tu descends de la lignée des Castellane, n'est-ce pas ?

— Comment le savez-vous ?

— Grégoire a prononcé ton prénom quand il est venu te voir, hier. Le reste, je l'ai découvert immédiatement à ton arrivée. Tu es le sosie d'Éléonore.

— Éléonore ? me demandai-je à haute voix, tentant de me rappeler où j'avais bien pu entendre ce prénom, puis l'image me revint clairement. Comme la gravure au-dessus de la chambre d'Altérac ?

— Altérac... répéta-t-il. Alors tu vis avec Carmichael. C'est intéressant.

L'odeur nauséabonde était insupportable. Les barreaux étaient rouillés et d'après ma vue encore floue, je devinai que nous étions emprisonnés au bout d'un couloir obscur. Il m'était impossible de distinguer quoique ce soit à plus de deux mètres, mais c'était suffisant pour observer les détails de ma cellule. Les murs étaient faits de pierres, froides et humides. Un sanitaire était installé à côté de la paillasse répugnante qui me servait de lit. Le tout dans une geôle étriquée de trois mètres carrés au grand maximum. Il n'y avait ni vêtements ni couvertures pour me couvrir. Le froid était intolérable. Blake tenta de se lever, mais il était bien trop faible, alors il rampa dans l'angle de sa cellule et revint avec un linge sale qu'il me jeta à travers les barreaux. Je le roulai aussitôt autour de moi et couvris ma poitrine et le haut de mes jambes. C'était déjà ça.

— Où sommes-nous ? articulai-je en claquant des dents.

— À Londres, poursuivit-il avec impatience, comme s'il n'avait pas parlé à qui que ce soit depuis des siècles, dans les catacombes d'une très vieille bâtisse dont il ne reste plus que cette vieille prison dissimulée. Au-dessus de nos têtes se trouve une grande tour au centre du quartier d'affaires londonien. C'est ton ravisseur qui en est le propriétaire, il possède aussi la Villa Altérane, d'ailleurs. Quel merveilleux endroit, n'est-ce pas ? Depuis le temps que je suis ici, je ne cesse de repenser au calme de la cour-jardin et à mon pavillon d'été au bord du lac.

— Vous connaissez le château d'Altérac ?

— Bien sûr ! Il m'appartenait avant que j'en sois dépossédé par mon frère.

— Votre frère ?

— Oui, mon frère, Magnus, déclara le vieil homme à mi-voix. Celui qui croit régner sur tous les natifs et aussi celui qui te retient ici, ma chère.

— Le Grand Maître ? devinai-je, stupéfaite.

— Oui, même si je jure devant Dieu que jamais je ne le nommerai ainsi.

— Mais qu'est-ce qu'il me veut ?

— Bien des choses, ma chère. Mais s'il a découvert ton visage, les événements ne vont pas se dérouler comme il les avait prévues. Je ne le connais que trop bien et je me fais un grand souci pour toi, Gabrielle. Néanmoins, ça pourrait compromettre ses plans, et ça, c'est plutôt une bonne nouvelle !

Il avait dit ses deux dernières phrases comme si je n'étais plus présente dans la pièce.

— Pourquoi ? demandai-je en me rappelant à lui.

— Parce que tu ressembles beaucoup trop à Éléonore ! rétorqua-t-il, impétueux tout à coup. Ça va le rendre fou et il va te le faire payer. D'ailleurs, il a déjà commencé, n'est-ce pas ? Mais il sera bien obligé d'attendre un peu s'il veut réaliser la prophétie. Oui… il le doit.

Blake se parlait maintenant à lui-même. Je ne comprenais plus un traître mot de ce qu'il marmonnait. Mais une chose était certaine : je commençais à sérieusement m'inquiéter pour mon cas. J'étais loin de l'accueil que m'avait réservé Carmichael au château et je n'avais aucune idée de ce qu'on attendait de moi. Dieu merci, mon voisin de cellule avait l'air d'en connaître un bout sur le sujet. Je lui attrapai le bras à travers les barreaux pour qu'il se tourne à nouveau dans ma direction. Son contact m'envoya une décharge si puissante que je fus éjectée contre le mur. Ma tête heurta violemment la pierre. Une douleur indicible me traversa la colonne vertébrale tandis que Blake refaisait surface.

— Désolé, Gabrielle, vieux réflexe de défense.

La voix qu'il employait maintenant avait un ton dur et abrupt, dénotant une immense confiance en lui. Je ne comprenais plus qui j'avais en face de moi, mais je ne me laissai pas démonter pour autant.

— C'est quoi, cette prophétie ? Carmichael m'en a déjà parlé rapidement, mais il n'a pas eu le temps de s'en expliquer.

— Bien entendu, ironisa-t-il, Carmichael devait vouloir te garder pour lui tout seul. Il aurait été idiot de t'envoyer dans la gueule du loup. C'est une prophétie vieille de sept cents ans : « *Deux élus dont la souveraineté sera toute puissante, frère et sœur de sang, elle seule en sera le cœur, car ils seront à l'origine de l'Avènement de ceux qui ont été choisis. Un pouvoir ultime et si grand qu'un acte isolé à leur encontre provoquera l'annihilation du monde terrestre. L'issue finale ne dépendra que des choix qu'ils feront. Élus dans l'âme ils resteront, élus dans l'âme, ils mourront.* ». Ces mots prononcés par Égéria, notre oracle, resteront gravés dans ma mémoire à jamais, car ils ont été prononcés le jour où mon frère a définitivement basculé.

— Mais qu'est-ce que ça veut dire ?

— Ça veut dire que ça fait des siècles que Magnus recherche une fratrie d'élus pour réaliser ses desseins. Il a longtemps pensé que ce serait ses propres enfants, mais il n'a eu que peu d'enfants natifs, et tous de mères différentes. La seule qui allait lui en donner deux, il la tua alors qu'elle attendait son second enfant. Éléonore.

— Mais je n'ai rien à voir avec tout ça !

— Au contraire, vous avez tout à voir avec cette prophétie, et c'est ce qui m'inquiète ! Magnus veut vous garder près de lui, vous et votre frère : l'Avènement des natifs est plus important pour lui qu'une vague menace de destruction du monde. Il a toujours eu une soif démesurée de pouvoir. L'Avènement a toujours été son ambition, et le sera toujours.

S'il devait échouer, je crois que ça lui serait bien égal que le monde disparaisse. Malgré tout, je ne pense pas qu'il ait prévu votre ressemblance frappante avec Éléonore, et ça pourrait bien compromettre ses projets, mais votre sécurité également.

— Vous pensez qu'il me fera du mal ?

— Oui. C'est possible.

— Je ne comprends rien ! C'est quand même bizarre que je ressemble à cette femme, non ?

— Ça veut surtout dire que vous descendez aussi bien des Castellane que des Burton Race.

— Burton Race ? Comme Carmichael.

— Bien sûr ! Magnus est son père, vous ne le saviez donc pas ?

— Non, répondis-je, à la fois estomaquée et écœurée.

— Carmichael est le fils du chef des natifs, et, par conséquent, mon neveu. Mais il n'a pas la même conception du pouvoir que son père. Tout comme lui, il estime que les natifs doivent vivre entre eux et n'a que faire des humains. La seule différence, c'est que Carmichael n'a pas d'ambition démesurée, cette soif irrésistible d'assujettir tous les hommes ne lui a pas été transmise. Seul Connor a hérité de ce trait de caractère.

Blake ne se rendait sûrement pas compte de la bombe d'informations qu'il venait de lâcher. Mais cette dernière était la plus invraisemblable. Je tentais de reconstituer les derniers événements dans ma tête, mais j'en étais incapable. Réfléchir était un supplice, et aucune de mes idées n'arrivait à se mettre en ordre, et encore moins celle de Carmichael me cachant de son propre père. Connaissait-il le sort que me réservait son paternel ? Y avait-il un rapport quelconque avec son comportement étrange des derniers mois ? En tout cas, je comprenais bien mieux la suprématie des Burton Race sur les natifs. Connor, Prisca et Carmichael Burton Race. Bon sang, ce que j'avais mal au crâne !

— Mais comment puis-je être à la fois de la lignée d'Éléonore et, en même temps, de celle de Carmichael ?

— Éléonore et Magnus ont eu une fille, Camélia. La seule qui ait survécu de la lignée des Castellane. Elle s'est enfuie loin de son père vers la fin du XIIIème siècle et enfanta à son tour. Enfin, c'est du moins ce que l'on peut conclure de votre simple présence.

— Vous êtes en train de me dire que vous avez plus de sept cents ans !

— Oui. Ma vie est interminable. Mais l'âge commence à se faire ressentir. Magnus fait tout pour que cela arrive, d'ailleurs. Mais que devient mon neveu, Carmichael ? C'est, de loin, mon préféré !

— Je n'en ai aucune idée. Nous ne nous sommes pas vraiment quittés en excellents termes.

Je tentai d'ironiser malgré mon état. Mon estomac me faisait un mal de chien.

— Ça a dû le faire beaucoup souffrir, répliqua Blake, soudain acerbe, comme s'il m'accusait de traiter son neveu avec un certain mépris.

— Non, je ne crois pas ! Parfois il m'ignore, parfois il… Enfin, c'est Carmichael.

— Il vous ignore ! Alors ça, c'est très étrange. Étant donné vos prédispositions, je n'en crois pas un mot. S'il ne vous a pas encore sauté dessus, c'est que Magnus y est pour quelque chose.

— Non, je ne crois pas. Je pense simplement que c'était un moyen de plus pour Carmichael de me cacher la vérité sur mon frère.

— Ah… votre frère. Ethan, n'est-ce pas ?

— Oui, comment êtes-vous au courant ?

— Il me reste encore quelques dons, vous savez. Mais vous n'êtes pas comme votre frère, Gabrielle, et je ne saurais trop vous conseiller de rester le plus loin possible de ce jeune homme.

— Pourquoi me dites-vous ça ? Vous ne le connaissez même pas !

— Oh, si, je le connais ! Et je sais de quoi il est capable. Il vient vous voir tous les soirs depuis une semaine.

— Ici !?

— Oui, ici. Votre frère est le soldat le plus loyal de Magnus, après Grégoire, bien sûr.

Un coup de poing dans l'estomac aurait été moins douloureux. Une semaine ! J'étais pétrifiée. Pire, je respirais mal et mon corps n'était plus qu'une plaie béante. Je me calai contre le mur froid de ma cellule et versai des larmes sans même m'en rendre compte. Comment cela pouvait-il être possible ? C'était trop. Beaucoup trop pour moi. La prophétie, le Grand Maître, Éléonore, Carmichael, et mon frère Ethan.

Et pourquoi Carmichael me cachait-il, alors ? Pourquoi mon frère ne m'avait-il pas aidée ? Pourquoi… Pourquoi… Je n'arrivais même plus à dérouler toutes les questions qui se bousculaient dans ma tête. Et cette douleur dans mon crâne… Thomas, Éric, où étiez-vous ? Oh Éric… son image et la vague de souvenirs autour de lui furent aussitôt balayées quand j'entendis des pas qui s'avançaient dans le couloir. Blake se recula dans un coin sombre de sa cellule, faisant mine de dormir. Je reconnus aussitôt Grégoire quand sa chevelure rousse passa devant les barreaux de nos cellules. Il s'arrêta devant la mienne sans même un regard pour Blake.

— Lève-toi ! m'ordonna-t-il.

— Quand j'aurai des vêtements, ripostai-je, avec toute la force qui me restait.

— La ferme ! lâcha Grégoire en me montrant le pistolet à tranquillisant dans la main. Tu te lèves ou je te troue la peau avec une de ces piqûres que tu aimes tant.

Je récupérais à peine mes esprits et gardais le fol espoir de retrouver mes pouvoirs une fois l'effet de la drogue disparu. Je n'eus d'autre choix que d'obtempérer. Les minuscules haillons que m'avait donnés Blake glissèrent à mes pieds. Jamais je n'avais connu de situation aussi avilissante et quand je remarquai le regard lascif de Grégoire qui s'en léchait presque les babines, un frisson me parcourut. J'étais littéralement morte de trouille. Je pensais avoir touché le fond, mais je n'avais, hélas, encore aucune idée de ce qui m'attendait.

Grégoire se dirigea vers une sorte de boîtier métallique, à deux mètres de ma geôle, et composa un code qui ouvrit instantanément la porte de la cellule. Il rentra et m'attrapa violemment le bras en se postant derrière moi, dirigeant son pistolet à tranquillisant à quelques millimètres de ma nuque.

— Maintenant, tu ne bouges plus et tu me suivras sans faire de vagues, t'as compris ?

Je hochai la tête en guise d'acquiescement. De toute façon, dans mon état, c'était à peine si j'étais capable de tenir debout. Grégoire se colla à moi. Je sentis ses doigts se détacher de mon bras pour me caresser le sein. Le dégoût me provoqua un nouveau haut-le-cœur. Une larme perla sur ma joue crasseuse, mais je restai figée. Je tentai de faire évader mon esprit de cet endroit nauséabond en pensant à Éric et à sa dévotion envers moi, mais aussi à sa manière de fuir après… À Thomas et à notre rencontre, quand mon cœur s'emballait au moindre de ses regards. À Carmichael et son talent inné de provoquer chez moi à la fois la haine et la fascination. À Salomon et à son humour décalé, et aux Van Duren et à leur vénération déplacée. Mais je devais me rendre à l'évidence, plus aucun d'entre eux n'était là pour moi. J'étais seule et condamnée à l'horreur. Grégoire m'empoigna l'autre sein et le malaxa aussi délicatement qu'un ours. Sa respiration se faisait de plus en plus haletante, et son excitation était au paroxysme, lorsque le grand Scandinave l'interrompit avec un accent à couper au couteau.

— Grégoire ! Le maître attend !

— Yanosh, tu nous déranges, là !

— Maintenant ! cria le blond, alors que son interlocuteur le fusillait du regard.

Grégoire m'attrapa à nouveau le bras et me tira brutalement. J'avais faim et je tremblais de tous mes membres. Comme je l'avais deviné, mes jambes me lâchèrent au bout de quelques mètres dans le couloir sombre. Yanosh m'empoigna la taille et me releva, tandis que les doigts de Grégoire me tenaillaient le bras. À mesure que nous avancions, je découvrais, ahurie, un ascenseur ultramoderne au milieu de la pierre froide et lugubre de l'endroit. Une fois à l'intérieur, Yanosh actionna une clé qui provoqua immédiatement la montée de la cabine. Le temps me parut interminable pour atteindre notre destination finale. Grégoire en profita pour glisser sa main entre mes cuisses et la retira une fois les portes de l'ascenseur ouvertes. Il redirigea son flingue à shoot sur ma nuque. Je pouvais presque sentir l'aiguille s'enfoncer dans ma gorge, quand Yanosh me tira hors de la cabine.

Nous étions dans une espèce de corridor, le grand blond me tendit une toge en toile blanche, immaculée. Il ouvrit la porte qui nous faisait face et me fit entrer dans une immense pièce, presque totalement vitrée. Il faisait nuit noire, et le panorama offrait une vue imprenable sur la City.

Un bureau monumental siégeait en bout de pièce, avec un équipement informatique high-tech qui tranchait nettement avec la rusticité du meuble. Sur la droite, une vieille femme était endormie dans un fauteuil de velours. Ses longs cheveux blancs se déroulaient sur ses épaules frêles et avachies. Tellement blancs que mon regard n'arrivait plus à se détacher de ce puits de clarté au milieu de la nuit noire. Je trouvai cependant la force d'observer ce qui se trouvait autour de moi. Il y avait une dizaine de natifs présents, mais, dans l'obscurité, je distinguais à peine leur visage. Je devinais pourtant à quel point le danger était proche. Je pouvais sentir sur moi leurs regards lascifs et malsains. De leur groupe se détacha un homme. Il s'avança, reconnaissable entre tous : Magnus Burton Race. Sa démarche noble et sûre, ses yeux bleu turquoise, aussi aiguisés qu'une lame, me saisirent aussi vivement que son impressionnante assurance emplissait l'endroit. Il avait les cheveux noirs, coupés court, et ses tempes grisonnantes lui offraient un charme et une beauté intemporels. Il avait l'apparence d'un homme dans la quarantaine, tout au plus, mais affichait la corpulence d'un jeune de vingt ans, en costume sur mesure. Les légères ridules autour de ses yeux accentuaient leur intensité, et sa bouche aux lignes parfaites s'étirait dans un rictus d'étrange contentement. Son regard restait irrémédiablement fixé sur moi, me pétrifiant sur place. À mesure qu'il avançait, mes nerfs se bandèrent sous l'effet conjugué de l'anxiété et de la peur.

— Te voilà donc, lança-t-il d'une voix caverneuse, incroyablement proche du timbre de celle de Carmichael.

Il se posta face à moi et s'efforça d'afficher un visage avenant. Ses efforts étaient vains, car je pouvais lire dans ses yeux un mélange de curiosité et de mépris. Les autres natifs, y compris Grégoire et Yanosh, transpiraient la terreur à plein nez. Il ne faisait aucun doute que leur maître aurait pu les réduire en poussière en moins d'une demi-seconde, mais pour le moment, leur peur viscérale ne faisait qu'accroître la mienne. L'ouverture d'une porte dérobée m'arracha à ma transe et je découvris, stupéfaite, Ethan qui entrait, le pas léger. Visiblement, la situation lui paraissait tout à fait normale.

— Ethan, commenta Magnus, glacial, tout en le regardant comme un père retrouvant son fils prodigue, ta sœur nous rend visite.

— N'est-elle pas magnifique ?

— C'est un euphémisme, renchérit froidement son maître avec une intonation qui ressemblait presque à du reproche.

— Comment vas-tu, Gabrielle ? me demanda Ethan sans s'émouvoir une seconde de mon apparence.

Je tournai la tête sans un mot. La déception se lut sur le visage d'Ethan un court instant, mais il ne fit aucun commentaire. À ses côtés, je reconnus le petit homme replet qui avait tenté de me tuer dans la rame du RER ; le regard vide, il observait le maître.

— L'accueil que nous t'avons réservé te paraît sans doute froid, poursuivit Magnus, imperturbable, mais c'était nécessaire. C'est d'ailleurs un peu la faute d'Ethan. C'est sa punition pour m'avoir caché des informations à ton sujet. Les liens du sang obscurcissent souvent les esprits les plus futés, mais, bien heureusement, je disposais d'autres ressources au sein d'Altérac et te voilà ici.

Il recula et alla poser sa main sur le front de la vieille femme qui ouvrit instantanément les yeux. Je demeurais là, tétanisée, comme si je pouvais sentir le danger inéluctable qui se profilait au fil des secondes. Ethan alla s'asseoir, sans mot dire, près du fauteuil de son maître. Je ne comprenais décidément pas l'emprise que cet homme avait sur mon frère, mais une partie de moi était soulagée d'apprendre qu'il avait cherché à me protéger durant mon séjour à Altérac. Je ne pus approfondir cette réflexion, car la femme âgée se leva de son siège. Elle me donna l'impression que chaque effort lui coûtait. Elle s'immobilisa quand son maître reprit la parole.

— Je te présente Égéria, notre oracle. Maintenant, Gabrielle, il est temps que tu te joignes à nous.

Je restais murée dans le mutisme le plus total, car je sondais parfaitement ses intentions de domination et de folie. Même si mon sang était imbibé de drogue, mon esprit était encore assez vif pour réaliser que l'homme en face de moi était la cause de tous mes malheurs. Et notamment la mort de mon père. J'avais furtivement remarqué sur un des murs le logo de la Canary Wharf Tower, une coïncidence qui ne pouvait en être une. Mon père ne s'était pas suicidé, j'en étais certaine désormais, comme je l'étais d'avoir en face de moi son meurtrier. Mon expression s'emplit de mépris et de haine. Comme je regrettais de ne pas avoir mes pleines capacités pour me confronter à lui, quitte à en perdre la vie… Magnus capta aussitôt mes sentiments, et un large sourire cruel se dessina sur son visage. J'aurais donné ma main à couper qu'il espérait une réplique assassine de ma part pour me la faire payer au centuple.

Il se tourna vers Égéria, qui s'avança dans ma direction. Quand elle fut proche, je compris, grâce au voile blanc-gris figé à la place de ses pupilles, qu'elle était aveugle. Ses bras se levèrent et ses mains se posèrent de chaque côté de ma tête. Elle se figea aussitôt et sa voix nasillarde s'éleva.

— Elle ne va pas te suivre, Magnus. Pourtant c'est elle, celle que l'on attendait tous. Elle est fertile, Magnus, nous pourrons peut-être lui assurer une descendance.

— NON ! hurlai-je aussitôt, quand je compris le sens de ses mots. Ethan ! Je t'en prie, sors-moi de là !

Ethan se leva, mais Magnus tendit brusquement la main et lui fit signe de se rasseoir. Mes yeux imploraient encore mon frère quand par malheur il baissa les siens. Alors que je tentais d'attirer à nouveau son attention, Yanosh en profita pour me planter une seringue dans le bras. Grégoire fit entendre un rire de victoire, tandis que le poison s'insinuait dans mes veines.

— Juste au cas où, Maître, commenta Yanosh sans une once d'émotion dans la voix, ça devrait la détendre.

— Dis-moi, Yanosh, est-ce que Gabrielle te plaît ? demanda Magnus sur un ton froid et menaçant.

— Oui, mon maître.

— Grégoire, aide donc notre invitée à s'allonger sur la table.

Grégoire balança aussitôt son pistolet à shoot à travers la pièce et m'empoigna les deux bras. Yanosh ne me quittait plus des yeux. Le produit qu'il m'avait inoculé commençait à faire son effet et ma tête pesait des tonnes. Mon corps était pris de vertiges et mes jambes ne me soutenaient plus. Mon cerveau restait en éveil, hélas.

Droguée, anéantie, seule et écœurée par l'inévitable sort qui m'attendait, je tentai de garder un semblant de dignité quand Grégoire me déshabilla devant tout le monde. La grande porte d'entrée s'ouvrit brusquement quand mon vêtement toucha le sol.

— Sophie ! s'exclama Magnus. Ma chérie, rentre !

Devesniel ! Alors c'était donc cette femme qui m'avait vendue à ce fou furieux ! Elle passa en me toisant avec mépris, puis afficha un sourire triomphant.

— Tu étais bien trop dangereuse pour Carmichael et moi, lâcha-t-elle alors que sa jalousie transpirait par tous les pores de son visage. Tu dois aussi savoir que c'est moi qui ai convaincu Naomi de passer à l'acte avec Thomas. Une aubaine, car elle ne me barrait plus le chemin. Mais il a fallu que tu te ramènes. Et voilà le résultat, ma chère. Amuse-toi bien, maintenant !

— Es… pèce de… salope, articulai-je difficilement.

Grégoire s'esclaffa et m'allongea sur la table. Incapable de bouger, mes larmes commencèrent à couler et vinrent s'évanouir à la racine de mes cheveux.

« Ethan ! »

« Ça sera bientôt fini, ne t'en fais pas. »

« Ethan, aide-moi. »

« C'est impossible. Le maître sait ce qu'il fait, ne t'inquiète pas. »

« Je t'en supplie ! »

« C'est impossible… Je… je ne peux pas. Tu aurais dû te montrer plus docile. Ça aurait peut-être pu mieux se passer. »

« Il me hait, Ethan. Il me hait. »

Mais c'était fini, je n'avais plus la force ni la concentration nécessaires pour rétablir le contact. Devesniel alla le rejoindre et admira ce lugubre spectacle.

— Allez-y, mes amis, commenta Magnus, et jouissez de votre récompense.

Je tournai mon regard vers le plafond quand je vis Grégoire et Yanosh dégrafer leur pantalon. Je fermai les yeux jusqu'à la fin.

CHAPITRE 27

« G*abe ! Gabe !* »

Mes yeux s'ouvrirent. Je rassemblai mes forces pour m'asseoir et découvris sans surprise mon retour en cellule. Quelqu'un avait quand même eu la délicatesse de m'allonger sur la paillasse puante et non à même le sol, cette fois.

« Gabe ! Je suis là. »

Ethan. Même par transmission de pensée, je ne voulais plus jamais lui adresser la parole. Les souvenirs de cette horrible nuit se bousculaient dans ma tête, alors j'inspirai profondément pour faire le vide. Une haine brûlante irradiait ma gorge, mais cela me réconfortait d'avoir encore la force de ressentir quelque chose malgré mon état.

« Gabe ! Le maître a voulu te soumettre, car il sait que tu ne le feras jamais de toi-même. Abdique et nous pourrons vivre heureux. »

Heureux. Comment pouvait-il penser une chose pareille ? Je l'ignorai d'autant plus et me traînai jusqu'aux barreaux de la cellule de Blake. Je remarquai avec soulagement que l'on m'avait enfilé un pyjama en toile grise. Même s'il n'avait pas pour but de me protéger du froid, il avait au moins le mérite de me couvrir un peu.

« Gabe, je t'en prie », m'implora Ethan avant de se retirer, cette fois.

Un voile brumeux m'empêchait de voir à plus d'un mètre. Blake attendit le départ d'Ethan pour s'avancer dans mon champ de vision.

— Gabrielle ! Que vous ont-ils fait ?

— Rien qui vaille la peine d'être raconté.

— Mon frère est devenu fou, c'est ça ?

— Je ne sais pas si votre frère a été sain d'esprit un jour, Blake. Mais ça m'est égal. Ce que je veux aujourd'hui, c'est le faire payer.

— Si seulement ! Mais vous en êtes incapable, ma chère, et encore moins dans cet état, je m'inquiète pour vous, vous devriez manger.

— Mmmh, réfléchis-je en regardant l'assiette remplie d'une substance pâteuse et d'une couleur indéterminée, vous êtes ici depuis quand ?

— Trop longtemps pour que je m'en souvienne, mais assez pour savoir que la partie n'est pas gagnée pour vous, il n'est pas aisé de sortir d'un tel endroit sans ses pouvoirs.

— Vous avez déjà essayé ?

— Bien sûr ! Des milliers de fois. Mais on me drogue depuis tellement longtemps… et, surtout, on m'affame constamment pour s'assurer que je ne puisse plus utiliser mes capacités.

— C'est horrible ! commentai-je, épouvantée. Mais que lui avez-vous fait ?

— Je l'ai défié et j'ai échoué. Mangez, maintenant !

— Blake, quelle est la nature de vos pouvoirs, exactement ?

— Je possède les mêmes que Magnus. La force, la rapidité, la télépathie et la télékinésie. Nous avons reçu tous ces pouvoirs réunis avec un degré de puissance très différent.

— Mais vous n'êtes pas voyant, lui fis-je remarquer, pensant un moment que ça aurait pu être utile pour la suite des événements.

— En effet. Ce don est rarissime et, pour cause, il peut rendre totalement aliéné.

— L'autre fois, quand je vous ai touché, vous m'avez expédiée contre le mur, c'est que vos pouvoirs vous reviennent, non ?

— C'était un simple réflexe. Mon corps réagit seul, parfois, signe qu'il reste un petit quelque chose, mais rien de suffisant. Non, croyez-moi, je suis bien trop faible pour organiser une évasion. Je ne mange qu'une ou deux fois par semaine et je n'ai pas marché depuis tellement longtemps que je ne me souviens plus de la dernière fois où mes jambes m'ont porté.

— Alors, prenez mon repas ! lâchai-je, d'une voix déterminée.

— Quoi ? Mais il vous faut manger !

— Vous me laisserez quelques restes.

— Mais vous pourriez mourir, à ce rythme !

— Ce qui m'importe, c'est que nous sortions d'ici, et pour cela, vous devez retrouver vos forces, quel qu'en soit le prix. Si vous êtes suffisamment puissant, alors nous avons une chance de nous échapper.

— C'est vrai que leur drogue n'a quasiment plus d'effet sur moi, réfléchit-il un moment, mais ça prendrait un temps fou !

— Pas plus que mourir à petit feu entre ces murs, rétorquai-je.

Le silence laissa place à sa réflexion. Puis il se décida. Blake dévora littéralement l'épaisse bouillie qui m'était destinée avant que je ne replace l'assiette vide devant les barreaux de ma cellule.

— Gabrielle, à quoi pensez-vous ? me demanda-t-il, visiblement inquiet pour mon état mental.

À ma vengeance...

CHAPITRE 28

Le temps s'écoulait, mais j'étais incapable de savoir depuis quand j'étais enfermée. Je n'avais plus aucune notion du temps, alors tout se confondait et avec la drogue, je somnolais la plupart du temps. J'avais tout de même droit à deux repas par jour. Ce qui concordait avec mon plan d'évasion, qui consistait à faire retrouver ses forces à Blake et à me venger. Évidemment, je ne m'étais jamais sentie aussi mal de toute ma vie, mais ma détermination était telle que c'était à peine si je me nourrissais à présent. Blake m'y obligeait quand même, car je maigrissais à vue d'œil. Cela m'était égal et je me réjouissais d'autant plus d'observer Ethan se morfondre d'inquiétude pour moi. Plus tard, je tombais malade et toussais sans arrêt, alors j'eus droit, en plus de la drogue, à un cocktail d'antibiotiques. Question confort, mon sort ne s'était pas amélioré, excepté une couverture que mon frère avait daigné me rapporter.

Je n'avais pas revu Grégoire et Yanosh depuis cette horrible nuit. C'était le petit homme replet qui me faisait mes injections, maintenant, et Ethan m'apportait mes repas. Le petit homme s'appelait Gilles et utilisait la télékinésie pour m'inoculer le produit. Il était tellement mauvais qu'il avait bien failli me planter une seringue dans l'œil. Il me donnait l'impression de s'entraîner avec ce petit jeu macabre, mais je préférais avoir affaire à lui qu'aux deux autres. Il n'éprouvait d'ailleurs aucune attirance pour moi et restait parfaitement insensible à mes phéromones surdéveloppées. Même Blake m'envoyait plus d'ondes que ce pauvre type. Je ne me l'expliquais pas, mais c'était un problème de moins à gérer.

Ethan tentait toujours de communiquer par la pensée. Je me murais dans le silence, plus résolue que jamais. C'était pourtant grâce à lui que mes violeurs pointaient aux abonnés absents. D'après mon frère, le maître avait abdiqué quand Ethan avait menacé de tuer le grand roux avant de broyer la nuque du Scandinave. J'aurais évidemment préféré qu'il passe à l'acte, mais, dans mon malheur, j'avais au moins la satisfaction de ne plus me trouver en face de ces deux porcs. Mon frère, qui cherchait désespérément à renouer le contact d'une façon ou d'une autre, avait pour la première fois engagé la conversation avec Blake Burton Race. Celui-ci tentait désespérément de le raisonner, mais Ethan restait hermétique, irrévocablement assujetti à son maître. Malgré son entêtement, Blake était persuadé qu'un doute sérieux commençait à voir le jour chez mon frère, notamment parce que Magnus avait, à l'origine, prévu de me retenir dans un des appartements de la tour, et non dans un cachot. Il avait soudain changé d'avis quand il avait découvert mon visage pour la première fois. C'était un détail qu'Ethan ne s'expliquait pas. Pas plus que la torture physique et morale qu'il me faisait subir. Mais il lui trouvait sans arrêt des excuses, bien convaincu par son maître de la nécessité d'agir de la sorte à cause de mon caractère entêté. Blake s'était bien gardé de lui dévoiler la nature de ma ressemblance avec une épouse que Magnus avait assassinée de ses propres mains.

J'en appris d'ailleurs un peu plus au sujet d'Éléonore. Blake se montrait beaucoup plus loquace depuis qu'il reprenait des forces et ne parlait plus tout seul comme un dingue. Il retrouvait de plus en plus d'assurance dans ses propos. Je réalisais que l'homme se ressaisissant dans sa cellule était bien plus déterminé sur ses intentions qu'il ne le laissait paraître. Physiquement, il restait maigre, car il n'avait plus l'habitude de manger autant. Il parvenait difficilement à finir la plus grosse part de l'assiette, et son organisme rejeta toute matière solide les premiers jours. Blake souffrait énormément de cette régénération physique, car personne de normalement constitué n'aurait supporté ce qu'il avait enduré pendant deux ou trois siècles. Lui-même ne savait plus depuis quand il était enfermé ici. Mais il était Blake Burton Race et à présent, je connaissais toute l'histoire.

Et cette histoire avait vraiment commencé le jour où il avait rencontré la fascinante Isabelle Castellane. Adolescente, elle était en visite chez un riche seigneur de Massât, en Ariège, quand il la vit pour la toute première fois. Elle accompagnait son père, un fermier venu vendre son bétail pour subvenir aux besoins de sa famille. Le seigneur, dépourvu d'humanité, avait saisi tous ses biens, laissant le pauvre homme totalement ruiné. Blake n'avait pas bougé le petit doigt pour l'aider, mais il avait remarqué Isabelle. Elle était pour lui plus attirante que n'importe quelle autre femme (à savoir qu'il affichait tout juste trente ans au XIIIème siècle !). Il avait donc requis un entretien avec cette jeune fille qui, comme il le soupçonnait, était en plein éveil natif.

Il n'avait rencontré que peu de ses semblables depuis sa propre naissance et pendant très longtemps, lui et Magnus pensèrent être uniques en leur genre. Ils étaient restés ensemble plusieurs siècles, à arpenter les îles Britanniques. Blake m'expliqua que leur croissance avait ralenti dès leur adolescence. Ce n'est qu'au bout de deux siècles qu'ils comprirent qu'ils passeraient physiquement l'âge adulte et ils fêtèrent leurs vingt ans sous l'ère carolingienne ! Ils avaient établi leur fortune au fil du temps et évitaient de se mêler aux conflits de façon opportuniste et grâce à leurs pouvoirs. Mais au cours d'un banal dîner entre riches gentilshommes anglais, les événements avaient dérapé. Magnus s'était ouvertement vanté d'être le plus puissant de toute la tablée. Ses propos trahissant un cynisme non dissimulé, certains en furent si offensés qu'on l'avait provoqué en duel par trois fois. Il avait emporté les deux premiers sans utiliser ses formidables talents, mais le dernier s'était avéré plus compliqué à déjouer. Son adversaire, fort de l'expérience des deux premiers échecs et incroyablement malin – pour un humain, d'après Blake – avait réussi à blesser Magnus en demandant à l'un de ses amis d'intervenir par surprise et de le poignarder dans le dos. Magnus fut touché, mais son incroyable don de longévité physique le rendait moins sensible à la douleur que n'importe qui. Il avait mis du temps à cicatriser, mais il avait survécu, son corps trouvant toujours le moyen de se remettre de la moindre blessure. Blake possédait le même don. Seulement, pour qu'ils puissent rester en Angleterre, une rumeur sur leurs pouvoirs ne devait en aucun cas s'ébruiter. Blake avait donc assassiné le traître qui avait poignardé Magnus, ainsi que tous les témoins de la scène, puis ils s'étaient tous deux enfuis vers la France. Bien évidemment, ils savaient que, quelques décennies plus tard, plus personne ne se souviendrait de ces deux frères maudits. Ils pourraient donc un jour revenir dans leur pays d'origine.

Je dois avouer que le détachement avec lequel Blake me narra toute l'histoire me fit froid dans le dos. Mais plus il me décrivait le récit de son existence, plus j'étais curieuse d'en savoir plus. Cela avait aussi le mérite de me procurer une distrayante échappatoire quant à ma lugubre situation. Blake était plus qu'heureux d'avoir enfin un interlocuteur à qui parler, car il pensait avoir perdu la raison après toutes ces années de solitude. Ici, les prisonniers n'étaient que de passage et quand ils sortaient de leur cellule, ils ne revenaient jamais. Magnus les affamait, ordonnait à ses sbires de les torturer, puis les tuait de sa main. Depuis longtemps déjà, Blake assistait, impuissant, aux conséquences de la folie démesurée de son frère.

Lors du dîner, plusieurs siècles auparavant, en Angleterre, il avait commencé à remarquer le caractère changeant de son cadet. Sa soif de pouvoir devenait même un sérieux problème, mais, une fois arrivé en France, Blake ne s'était pas résolu à le quitter. Ils allèrent dans le sud, où Magnus était décidé à asseoir son ascendant. Mais leur apparence juvénile et leurs diverses manipulations psychiques ne réussirent guère à les faire admettre parmi l'élite de l'époque. De plus, les remous avec l'Église étaient de plus en plus incommodants. Ils durent plusieurs fois changer de région pour ne pas que l'on remarque leur éternelle jeunesse, ce qui les aurait condamnés au bûcher. Au cours d'une de leurs étapes, ils avaient rencontré une autre native, Égéria. Affichant à peine la trentaine, très jolie et étrangement célibataire, cette femme ne ressemblait à aucune autre. Elle les avait accueillis chez elle, dans le château d'Altérac.

Ils avaient rencontré sur place d'autres natifs, en particulier de jeunes hommes. Égéria usait d'ailleurs parfaitement de ses charmes et s'était constitué un petit réseau chargé de trouver d'autres semblables et de la protéger de l'Église. N'étaient admis au château que de fidèles serviteurs, des proches amis, et quelques natifs plus que ravis de leur sort. Quand elle rencontra les deux jeunes Burton Race et leur accent anglais à couper au couteau, elle avait immédiatement deviné que devant elle se déroulait son destin. Elle était la propriétaire du château, hérité de sa famille au cours des siècles, et possédait un pouvoir non négligeable de télépathie qui lui permettait de retourner toute situation à son avantage, sans omettre son immortalité qu'elle pensait unique jusqu'alors. Le jour de sa rencontre avec les Burton Race, elle avait connu son premier accès de voyance, et comprit qu'elle serait à jamais liée à eux. Magnus avait profité de la meilleure chambre de l'aile nord, tandis que son frère en occupait une autre, dans l'aile sud. Égéria avait, à cette époque, un tel ascendant sur eux qu'elle les avait tous deux pris comme amant. Mais ses visions étaient rapidement devenues insupportables pour sa santé. Elle devait constamment se retrouver dans le noir et esseulée. Elle avait donc pris ses quartiers dans un appartement aménagé pour elle, dans la salle de Pomone, et je me souvins alors de la porte si singulière au fond de cette grande salle circulaire. Elle était isolée de tous. La lente déchéance de celle qui avait été presque aussi puissante qu'une reine pour ses semblables l'avait laissée aveugle et presque muette.

Contre toute attente, elle avait cédé le château à Blake. Magnus en était fou de rage. C'est à ce moment-là qu'il avait développé une sorte de jalousie maladive pour son frère et, quelques années plus tard, une violente altercation avait rompu le lien fraternel qui les unissait depuis tant de siècles. Blake, las du comportement de son frère, lui avait à son tour cédé le château et avait pris sur lui de partir loin de cet endroit. Il avait trouvé une demeure près de Carcassonne où il s'était installé, ne revenant à Altérac qu'occasionnellement. Blake n'avait rencontré Isabelle que quelques décennies plus tard.

Avec le temps, il repensait très souvent à cette jeune fille aux incroyables capacités et se souvenait avec délice de l'irrésistible attraction qu'il avait éprouvée pour elle. Après l'épisode de Massât, il avait entrepris de la retrouver. Elle était devenue une souillon quand il l'avait aperçue près de son village, un bébé dans les bras. Sa démarche digne et déterminée détonnait singulièrement avec sa misérable apparence. Elle l'avait aussitôt reconnu comme l'homme qui avait assisté sans la moindre émotion à la ruine de son propre père. Blake n'avait pas eu le temps de réagir qu'Isabelle l'avait projeté à des kilomètres dans les airs. Il avait atterri si loin et si brutalement qu'il avait mis plusieurs jours avant de retrouver l'usage entier de son corps. Jamais il n'avait observé pareille puissance chez une femme.

Avant qu'Isabelle ne fût mise à mort, elle lui avait envoyé une vieille dame, qui lui demandait d'élever Éléonore. Du fond de sa geôle, Isabelle lui confiait son bébé, après une pénible négociation avec l'Inquisition. Il avait songé que, malgré tous les inconvénients qui allaient découler de cette décision, il se devait d'accorder cette dernière faveur à la jeune femme. Celle-ci était prête à lui confier le trésor de sa vie plutôt que de trouver un humain qui ne pourrait la protéger. Elle avait compris qu'Éléonore devait être éduquée par un natif, pour que jamais elle ne connaisse le même sort que sa mère. Il avait alors appris que, toutes ces années, Isabelle avait su qui il était, sans jamais se manifester. Elle avait seulement compté sur le repentir de Blake. Il avait accepté d'élever Éléonore comme sa propre fille.

Les premières années de sa relation avec l'enfant avaient été les plus heureuses de sa longue existence. Il parlait d'elle avec un sourire béat et son visage si maigre s'en trouvait transformé. Il avait pris son rôle de père à cœur et avait fait d'elle une jeune fille distinguée, dont la beauté n'avait d'égal que son aptitude à captiver les gens autour d'elle. Elle avait hérité des mêmes pouvoirs qu'Isabelle, mais sa douceur en faisait une personne peu vouée à utiliser ses dons de façon arbitraire. Mais, au cours d'une matinée banale et ensoleillée, Magnus avait rendu une visite impromptue à son frère aîné. L'inévitable s'était produit. Son premier regard sur Éléonore avait signé son immuable envoûtement pour la jeune fille. Magnus avait aussitôt perçu son immense potentiel et avait vu dans la jeunesse de ses seize ans un moyen aisé d'utiliser ses formidables pouvoirs à son avantage. Mais, pire que tout, il en était tombé irrévocablement amoureux. Blake avait tendance à croire que le lien unique qu'il partageait avec elle rendait encore plus attirante la jeune fille aux yeux de son frère. Mais il était aussi convaincu que Magnus était réellement épris d'Éléonore. Malheureusement, ces sentiments avaient été réciproques et Éléonore n'avait pas tardé à quitter Blake pour suivre Magnus. Blake était fou de rage et se rongeait chaque jour d'inquiétude pour sa fille adoptive. Jamais il ne s'était pardonné d'avoir laissé cette union s'accomplir sous ses yeux, mais il avait encore le fol espoir qu'Éléonore arriverait à canaliser la fougue de son jeune frère.

Quelques années plus tard, il avait reçu un mystérieux pli de la part d'un membre de l'Église d'Angleterre. Le message lui demandait de se rendre à Londres aux côtés de Magnus, afin de régler une histoire d'héritage vieille de plusieurs siècles. Le message était signé : *un élu*. Blake, poussé par la curiosité, s'était rendu à Londres et avait été passablement étonné de voir son frère présent à cet étrange rendez-vous, accompagné d'Égéria, plus que jamais affaiblie par toutes ses années de calvaire, et murée dans un silence religieux. Un jeune et important homme d'Église les avait reçus ce jour-là. Il disait s'appeler Morgan et connaissait parfaitement les activités de Magnus à Altérac. Durant l'absence de Blake, Magnus n'avait fait qu'accroître son entourage de serviteurs natifs. L'homme de Dieu avait d'ailleurs suivi le même chemin en se constituant un important groupe de fidèles. Ce natif avait une soif de pouvoir telle qu'il se vantait de sa suprématie sur l'Angleterre et de ses relations cordiales avec le pape. Le pays était encore en relation avec le Vatican, à cette époque. Il n'avait pas connu le schisme provoqué, plus tard, par le roi Henri VIII d'Angleterre. Morgan avait même le désir fou d'établir la suprématie native sur le reste du monde et souhaitait, pour ce faire, créer une véritable armée d'élus. Blake et Magnus avaient ainsi découvert ses véritables intentions. L'homme voulait les convaincre de se joindre à lui dans cette croisade. Magnus avait assisté, silencieux, à cet entretien, et n'en avait pas perdu une miette. Blake voyait bien que son frère méprisait Morgan, jaloux de ne pas avoir eu le premier l'idée de ces folles ambitions. Mais, pendant la réunion, un événement inattendu s'était produit. Égéria avait été prise de spasmes très violents et avait hurlé de douleur. Tous impuissants face à la force de son délire, ils avaient immédiatement compris l'importance de ses propos quand elle avait répété inlassablement sa prophétie. Blake avait vu une flamme s'embraser dans les yeux de son frère. Ceux de l'étrange homme d'Église étaient animés de la même passion. Quand ils étaient repartis pour la France, Blake avait hésité. Devait-il revenir à Altérac ? Il n'était pas encore prêt à se décider sur ce point. La suite, il avait encore des difficultés à la formuler, et je compris que là s'achevait la vie de ma si lointaine aïeule.

Au-delà de l'histoire qui s'avérait plus passionnante de jour en jour, Blake entreprit de commencer quelques exercices physiques afin de remuscler ses jambes frêles. Il retrouvait aussi ses pouvoirs psychiques qui, bien que faibles, arrivaient à convaincre Gilles du succès de ses injections sur lui. Blake avait un don certain pour manipuler les esprits les plus faibles, mais sa plus grande spécialité était la puissance physique et télékinésique. Il m'avoua un jour qu'il n'espérait plus les récupérer complètement.

Je voulus en savoir davantage sur la puissance de Magnus et appris que son pouvoir le plus développé était celui de la manipulation mentale. Il pouvait en une seconde réduire un cerveau à néant ou lui faire exécuter son bon vouloir. Mais Blake était convaincu que son frère était incapable d'exercer ce don sur Ethan ou sur moi. Je reconnus dans ces propos ce que m'avait confié Salomon sur son incapacité à lire dans les pensées de mon frère, des Burton Race et dans les miennes. Alors que nous allions échanger sur ce mystère, Grégoire et Yanosh firent à nouveau leur apparition, et m'emmenèrent avec eux.

Le grand roux affichait son sourire le plus effrayant et Yanosh me fixait de ses yeux de marbre. Mon cœur battait à cent à l'heure pendant que l'ascenseur gravissait les interminables étages de la tour. Le souffle court, je m'imaginais leur arracher la tête pour ce qu'ils m'avaient fait. J'aurais pu hurler tant me retrouver en leur présence me révulsait. Je retins une envie de vomir avant de céder à la peur. Je n'osais pas imaginer ce qui m'arriverait une fois que je serais parvenue dans l'antre de Magnus.Et là, je découvris l'inexplicable présence d'une personne que je n'avais pas revue depuis plusieurs mois.

— Olivia !

Pas un mot. Le regard vide. J'étais incapable de savoir si elle comprenait quoi que ce soit à la situation. Elle restait là, à me dévisager, avant de reposer ses yeux absents sur Magnus Burton Race. Ce dernier afficha son plus large sourire en constatant ma surprise.

— Si tu te joins à moi, tu retrouveras un semblant de vie avec ton amie et ton frère, déclara-t-il d'un ton glacial. Souhaites-tu vraiment te laisser mourir dans cette prison, plutôt que de me servir ?

Je restais murée dans un profond silence, mais l'air satisfait de Magnus ne me laissait présager rien de bon. Il hocha la tête en direction de Yanosh qui m'attacha sur une chaise pendant que son maître chuchotait à l'oreille de ma meilleure amie, aussi inerte qu'une poupée de chiffons. Au bout d'un instant, elle s'avança dans ma direction sans mot dire.

— Olivia ! C'est Gaby ! Tu m'entends, c'est Gaby ! répétais-je inlassablement.

Elle se posta devant moi et, avec une force incroyable, m'envoya un coup de poing en pleine figure. Je basculai brutalement contre le sol, à plusieurs mètres d'elle.

— Très beau début ! Encore ! l'encouragea Magnus avant que je m'évanouisse.

CHAPITRE 29

Il me fallut des jours, voire des semaines, pour me remettre de cette nouvelle entrevue. Je n'avais plus aucune notion du temps. Je redoutais plus que jamais une nouvelle visite dans les quartiers du Grand Maître. Ma mâchoire m'avait tant fait souffrir que la morphine s'était conjuguée au reste de mes injections quotidiennes. Je ne cessais de repenser au choc d'avoir revu Olivia, qui n'était rien à côté de la surprise de la savoir aussi dotée d'un pouvoir. Vivait-elle son éveil natif ? Car sa force n'était décidément pas naturelle. Blake la trouvait pourtant un peu âgée. De plus, cela n'expliquait pas son comportement. Elle avait adopté la même attitude que celle de Gilles : détachée et insensible, comme un pantin qui attend ses ordres. Cette fois, j'avais été inconsciente et ne me souviendrai heureusement jamais de ce que m'avait fait subir ma meilleure amie, après son puissant coup de poing sur ma mâchoire. La douleur dans ma joue avait longtemps persisté et mon visage avait viré au violet jaune, après le bleu foncé des premiers jours. Ces violentes retrouvailles avaient passablement affecté ma détermination quant à mon évasion future, mais Blake, qui prenait un peu plus de poids chaque jour, me poussait dans mes retranchements pour provoquer une réaction et que je ne me laisse pas mourir à petit feu dans cet horrible endroit.

. . .

MON ÉTAT AVAIT EMPIRÉ, et je tombai gravement malade, constamment en proie à des quintes de toux et à des vomissements. Blake commença à envisager notre fuite pour les jours à venir, mais il ne voyait encore aucun moyen de parvenir à s'échapper sans se faire attraper par les soldats de Magnus. Puis un jour, alors que Blake tentait d'amorcer une nouvelle discussion, il se figea soudainement et se cacha sur sa paillasse à l'aide d'une couverture. Sur le moment, je fus surprise par sa réaction, car ça faisait un moment qu'il montrait à des visiteurs, tels que Yanosh ou Gilles, son piteux état d'origine à l'aide d'une manipulation psychique des plus simples selon lui. J'entendis les portes de l'ascenseur s'ouvrir et des pas s'avancer dans notre direction. Je restai assise, à l'angle de mon cachot, trop abrutie par la drogue et l'épuisement pour faire le moindre mouvement.

Quand les pas s'arrêtèrent finalement en face des barreaux de ma cellule, je sentis comme une onde chaleureuse me traverser la poitrine. Une sensation qui ne m'était pas inconnue. Était-ce une nouvelle drogue ? Je souris sans m'en rendre compte et rassemblai mes forces pour lever la tête. Je reconnus Carmichael, le visage inquiet, les yeux épouvantés. J'eus un mal fou à rester concentrée. Derrière lui se tenaient Magnus, Grégoire et Ethan. Ce dernier baissa les yeux, honteux de me présenter ainsi à Carmichael.

— Alors tu vois, elle est en vie ! déclara Magnus sur un ton cinglant.

— C'est ça que tu appelles en vie ! répliqua Carmichael, fou de rage. Elle est mourante ! Penses-tu vraiment réaliser tes projets en la traitant de la sorte ?!

Grégoire émit un léger sifflement. Carmichael fit volte-face et se jeta sur le grand roux comme un lion enragé. Il fut aussitôt stoppé dans sa course par son propre père. Carmichael se figea, le faciès déformé par la douleur.

— Tu n'as pas à me faire la leçon concernant cette fille, fulmina Magnus en élevant la voix. Je la traite mieux que mon propre frère ! Il ne tient qu'à elle de changer son existence.

Carmichael m'envoya un dernier regard empli de remords et de mansuétude, avant de se retirer avec mes geôliers.

APRÈS CETTE VISITE, j'étais plus que jamais persuadée d'avoir touché le fond. Je savais à présent que Carmichael ne pouvait rien pour moi, et j'avais pu découvrir l'incroyable emprise que son père avait sur lui, en le maîtrisant sans difficulté. Blake réapparut, soulagé que son frère n'ait vu que du feu quant à son nouvel état physique et, par là même, à ses désirs d'évasion. Mais je n'arrivais plus à retrouver l'insatiable volonté de vengeance éprouvée dès le début de mon calvaire. Je n'avais plus aucune force. Tous ces événements – Ethan qui acceptait la situation sans sourciller, le changement improbable d'Olivia, et Carmichael condamné à rester passif devant son père – avaient fini de briser mes derniers espoirs.

Je m'allongeai à même le sol froid de ma prison et me laissai mourir.

UN COUP DE THÉÂTRE, dans la soirée, vint contrecarrer mes plans suicidaires, quand Ethan réapparut quelques heures plus tard. Il s'agenouilla en face de la cellule de Blake.

— Je sais ce que vous faites, monsieur Burton Race.

— De quoi parles-tu, Ethan ? répondit innocemment son interlocuteur.

— Vous avez retrouvé des forces et vous allez vous évader.

Un long silence pesa dans le cachot tandis que les deux hommes se toisaient. Blake resta muet et tourna son regard vers moi avant de faire volte-face quand Ethan lui déclara :

— Je vais vous aider !

— Si c'est un piège, mon garçon, je crois que tu n'aurais rien à envier à la cruauté de mon frère. Gabrielle ne se relèverait pas d'un échec, tu en es conscient.

— Bien sûr que j'en suis conscient, rétorqua-t-il, agacé. C'est bien pour ça que j'ai attendu le bon moment.

— De quoi parles-tu ? l'interrogea Blake, suspicieux.

— Carmichael n'est pas venu seul. Les Valérian et Salomon sont dehors et attendent son feu vert pour investir la tour.

— Les Valérian ? Tu parles des deux jeunes hommes dont m'a parlé Gabrielle ?

— Absolument. Thomas a mis beaucoup de temps à se remettre de notre… altercation. Il est là, maintenant, et Salomon aussi. Sam, le tuteur de Gabe, nous attendra à un point de rendez-vous aux abords de Londres et nous fera sortir du pays.

— Comment sais-tu tout cela ? continua Blake.

— C'est moi qui leur ai proposé ce plan.

— Toi ?

— Oui, moi ! Je ne suis pas fier de trahir l'homme qui m'a élevé, mais je ne peux plus supporter de voir ma sœur comme ça. Elle ne cédera jamais, et je sais déjà qu'elle a décidé de se laisser mourir.

— Quel est ton plan exactement ?

Ethan sortit de sa poche le pistolet à tranquillisant qu'il avoua avoir ramassé lors de ma première rencontre avec Magnus. Grégoire l'avait bazardé afin d'avoir les mains libres et de me faire subir des sévices que je souhaitais à tout prix oublier. Ethan avait eu la présence d'esprit de s'en saisir et je compris alors que durant tout ce temps, il avait un tant soit peu lutté avec sa conscience pour ne pas intervenir.

— Carmichael se chargera de Grégoire et occupera le maître, tandis que je ferai rentrer Salomon et les Valérian. Ils ne pourront pas parvenir jusqu'ici assez tôt sans que le système d'alarme verrouille le bâtiment. Nous aurons à peine quelques minutes avant que l'armada du Grand Maître nous tombe dessus. Salomon les localisera. Les Valérian et moi-même ferons diversion. Mais il faudra que Gabe et vous réussissiez à parvenir au hall d'entrée par vos propres moyens. Et il y aura le problème Yanosh et Devesniel. Ils sont postés devant l'accès du hall presque constamment depuis l'arrivée de Carmichael.

— Je m'occupe d'eux, coupa Blake d'une voix sinistre.

— Alors il faut coordonner notre attaque et nous y arriverons, lança Ethan en se tournant vers moi.

« Tu m'entends, Gabe ! Ma sœur ! Nous y arriverons. »

CHAPITRE 30

— Gabrielle, il est temps.

Blake lança cette phrase avec une détermination qui en disait long sur son désir d'en découdre. Il avait pourtant conscience de ne pas être assez puissant pour se mesurer à son frère. Auparavant, il m'avait confié avoir échoué en se précipitant, et s'était promis de ne plus jamais commettre la même erreur. Sans m'appesantir sur le sujet, je pouvais néanmoins deviner que si un jour il sortait de ce terrible endroit, il n'aurait de cesse de préparer sa propre vengeance. De mon côté, je n'étais plus qu'une loque, incapable de participer à la bataille qui s'annonçait, et Gilles allait bientôt arriver avec un nouveau shoot qui me replongerait dans ma torpeur habituelle. Mon état ne me permettait plus d'être gagnée par la moindre excitation au sujet de notre projet d'évasion, mais celle de Blake était plus que palpable.

Gilles arriva avec son étui à seringue. Blake s'accroupit dans l'ombre de sa cellule. Le petit homme resta planté près de la mienne un moment et, comme à son habitude, sortit l'objet et le fit voler jusqu'à moi de manière très embrouillée. Je trouvais d'ailleurs toujours aussi étrange qu'un natif soit aussi mauvais dans l'utilisation de son propre don.

Avant que l'aiguille se plante dans mon bras, Blake se redressa droit comme un I, et Gilles recula d'un pas.

La seringue fut projetée contre le mur et éclata aussitôt. Le petit homme fit les yeux ronds. Une peur viscérale le frappa en constatant la nouvelle apparence de Blake. Moi-même, je n'avais pas réalisé jusqu'alors tous les changements physiques dus à son nouveau régime alimentaire. Cela faisait maintenant un moment qu'il ne recevait plus la moindre goutte de drogue en manipulant méthodiquement les esprits de nos geôliers. Comme je n'avais pas ses capacités mentales, il me fallait continuer à supporter cet enfer. Blake ne devait pas s'épuiser en utilisant son pouvoir plus que nécessaire. Il nous fallait toutes ses forces pour le moment de l'évasion. Et c'était bien parti. Il avait repris du poids et toute son assurance. Son visage, que j'avais connu émacié par sa longue et douloureuse captivité, avait retrouvé de l'allégresse malgré sa barbe broussailleuse et ses cheveux sales. Mais le changement le plus remarquable était celui de ses yeux. Il aurait pu percer un mur de brique avec ce regard, et son rictus, à peine dissimulé, en disait long sur sa soif de revanche.

Le visage de Gilles passa de l'effroi à l'inertie en à peine une seconde. Le regard vide, il se retourna et composa le code qui ouvrit instantanément les portes de nos cellules. Son comportement d'automate me rappela soudain celui d'Olivia.

— Olivia… tentai-je d'articuler, tandis que Blake me soulevait.

— Ethan m'a dit que Carmichael ferait tout pour la libérer, mais pour le moment, tu dois penser à toi.

Blake posa ses deux mains sur mes tempes. Une chaleur suffocante me traversa le crâne, si douloureuse que j'en hurlai. Au bout de quelques instants, je sentis une vague de sensations me traverser le corps. Mon cœur s'emballa et mes membres furent pris de spasmes. Mes sens redoublèrent et je fus soudain envahie d'une énergie nouvelle.

— Ne te méprends pas, me lança Blake en rouvrant les yeux et en retirant ses mains, tu ne seras pas assez forte pour utiliser tes dons et cette vivacité ne durera qu'une petite heure, tout au plus. Tout ce que je veux, c'est que tu tiennes ce pistolet à tranquillisant et que tu n'hésites pas à t'en servir.

Il se releva et me regarda avec une expression étrange. Mon corps se souleva du sol et suivit Blake quand il se retourna vers Gilles, le visage dénué de la moindre expression, puis l'éjecta contre le mur sans un geste, uniquement par la pensée. Il lui retira son manteau et le passa. Il était bien trop petit pour ce grand homme, mais avait le mérite de couvrir une partie de sa misérable apparence.

Le pistolet en bout de bras, je lévitais derrière lui. Incapable de savoir ce que Blake avait bien pu faire à mon cerveau en le touchant de ses mains, j'éprouvais un drôle de sentiment alors que quelques-uns de mes sens étaient de nouveau en alerte. Des mois que je n'avais pas ressenti une telle impression, mais c'était comme si mon être tout entier se rééduquait dans un temps trop court pour le faire. Je compris que j'avais sous-estimé les pouvoirs de mon voisin de cellule et commençais à comprendre que, si je n'avais pas été là, Blake aurait pu organiser son évasion bien plus tôt. L'intervention d'Ethan avait dû être l'élément déclencheur qu'il attendait. Je me promis de vouer une amitié sans limites à Blake si jamais nous réussissions miraculeusement à nous évader.

Une fois dans l'ascenseur, il actionna la cabine par sa seule pensée, puis l'arrêta quelques secondes plus tard avant d'écarter les portes avec une force incroyable. À peine au-dessus du seuil de l'étage, il nous fit descendre avec la dextérité d'un jeune homme, tandis que j'observais l'endroit, sorte de sas entre la cabine et la porte de sortie.

— Ils sont derrière cette porte, déclara-t-il à mon intention.

Grâce à l'intervention de Blake, je réussis, bien que difficilement, à rassembler mes forces dans mon bras droit et levai le pistolet. Je brûlais de l'utiliser, désormais. Soudain, un énorme bruit éclata et la porte s'ouvrit instantanément. Devesniel se précipita vers nous, je tirai aussi sûrement que si j'avais pu l'abattre avec de vraies balles. Deux seringues vinrent se loger dans son ventre. Elle s'effondra. Blake s'avança vers la sortie. Yanosh n'était pas à son poste, et le spectacle qui se dévoila sous nos yeux affola mes battements de cœur.

Ethan était seul contre tous. Une quinzaine de natifs se ruaient sur lui. Il parvint à en éjecter la plupart grâce à son don de télékinésie, mais n'échappa pas à certains coups très bien placés qui le déstabilisèrent à plusieurs reprises et l'empêchèrent d'utiliser décemment ses capacités. Son visage n'était plus que sang et tuméfactions, mais je sentais sa rage me parcourir avec la même puissance que le jour où il avait voulu occire Thomas au château d'Altérac. Un peu plus loin, Thomas et Éric se trouvaient dans une très mauvaise posture, eux aussi, face à Yanosh qui les immobilisait à l'aide de son pouvoir psychique. D'autres natifs jouaient au punching-ball avec leur pauvre corps, tandis que Salomon se vidait de son sang à même le sol. Le visage des Valérian était déformé par la douleur et Ethan n'arrivait pas à se défaire de ses adversaires pour leur venir en aide.

Une incroyable détonation fit trembler les murs de la tour. Le bruit ne venant pas du hall d'entrée, je me demandai si Carmichael en était l'origine, lui-même livrant seul sa propre bataille. Blake s'avança en direction de Yanosh, qui n'avait pas encore remarqué notre présence. Il se posta derrière lui et le fit brusquement se retourner sur lui-même. Éric et Thomas furent aussitôt libérés et se figèrent, les yeux effarés, en me découvrant derrière Blake, flottant dans mes haillons, avec toute la misère qu'affichait ma triste apparence. Mon sauveur fit léviter Yanosh et le plaça tout juste en face de moi. Le Scandinave se contorsionna et passa ses mains sur son cou, comme s'il voulait écarter l'étau invisible qui l'enserrait. Son visage rougissait sous l'asphyxie, tandis que je le regardais droit dans les yeux avec toute la haine qu'il m'inspirait, lui et ce qu'il m'avait fait subir. Et ce fut sans aucune émotion que j'entendis le bruit du craquement de sa nuque quand elle se brisa.

Grâce à la libération des Valérian, plus de la moitié des natifs gisaient désormais à terre. Des bruits lointains de sirène commencèrent à s'approcher de la tour. La police allait arriver dans quelques minutes. Éric accéléra le rythme, Thomas l'imita. Leur rapidité m'empêcha de comprendre le fil de l'action, mais les adversaires tombaient comme des mouches. Ethan s'occupa des derniers, et Blake s'avança vers la sortie.

— Mais où crois-tu aller comme ça, mon frère ? fit l'écho d'une voix résonnant dans le vaste hall. Tu ne pensais tout de même pas que mon fils, seul, pourrait me maîtriser.

— Thomas ! hurla Blake tout à coup. Prends Gabrielle dans tes bras !

Par la pensée, Blake me déposa dans les bras de Thomas aussi délicatement qu'un père l'aurait fait avec son nourrisson. Magnus se tenait en haut des marches, prêt à en découdre avec lui. Il était accompagné d'Olivia, toujours aussi étrangement stoïque, et de Carmichael, figé comme une statue.

— Laisse-les partir, Magnus et nous réglerons cette affaire entre nous, déclara Blake sur un ton ferme.

— C'est hors de question, répliqua son frère. Je garde les Chêne et Carmichael, qui va comprendre qu'on ne trahit pas son père impunément.

— Je reste ! cria Ethan à son tour. Mais laisse partir ma sœur.

— Tais-toi, Ethan, lança Magnus, fou de rage. Tu m'as trahi !

— Non ! Je veux juste aider ma sœur ! Tu ne m'as pas écouté et tu aurais dû !

— Je ne la laisserai pas partir ! hurla Magnus.

De rage, il fila un violent coup de pied dans le dos de Carmichael, qui fut éjecté du haut des escaliers dans un terrible fracas. J'entendis ses os se briser dans la chute. Magnus descendit lentement les marches, Olivia le suivant, un mètre derrière lui. Blake s'avança vers son frère.

— Tu ne crois tout de même pas pouvoir te mesurer à moi dans ton état ! déclara ironiquement Magnus. Oublierais-tu ton précédent échec lorsque tu as voulu me défier ?

— Non, je ne l'ai pas oublié, mais je constate que ton assurance t'a encore fait sous-estimer la volonté de cette petite.

— Tu as peut-être raison. Je n'aurais pas cru qu'elle mettrait sa vie en péril pour un homme tel que toi, mon frère. Elle ignore décidément bien des choses.

Pour seul commentaire, Blake lui envoya un sourire. La suite des événements se passa si vite que mes yeux n'arrivèrent pas à suivre. Carmichael s'était relevé malgré ses blessures et jeté sur son père, tandis qu'Ethan soulevait le corps d'Olivia et la projetait directement dans les bras d'Éric.

— Cassez-vous ! hurla Ethan.

Éric plaça Olivia sur son épaule et prit Salomon dans ses bras. Thomas hésita un instant et sortit de la tour avec la rapidité d'un félin. Un vent froid me fouetta le visage. Je n'avais pas senti l'air frais depuis si longtemps que je me pris à sourire. Mais le peu de force mentale et physique inoculée par Blake commençait à m'abandonner, inexorablement.

Au bout d'un moment qu'il m'était difficile d'estimer, Thomas s'arrêta, suivi d'Éric qui, avec le poids de deux corps, avait mis plus de temps à arriver. Devant nous, une camionnette noire s'ouvrit de l'arrière, et Sam en sortit précipitamment.

— Ô mon Dieu ! hurla-t-il en découvrant mon corps décharné. Rentrez-la tout de suite et allongez-la sur le brancard. Pour Salomon, j'ai un kit de secours d'urgence. On s'en occupera dans l'hélico, on ne peut pas rester.

— Mais Ethan ? Carmichael ? Et l'autre type qui nous a aidés ? l'interpella Éric à juste titre.

— Nous ne pouvons pas les attendre, croyez-moi. Si Magnus Burton Race leur échappe, alors on ne fera pas de vieux os.

— Où allons-nous nous cacher ? demanda Thomas.

— Je vous donnerais bien une adresse, mais si un des sbires de Magnus tombe sur moi, ça ne fera pas long feu avant qu'il en connaisse l'endroit. Je ne dois pas être au courant. Je vous donne tout ce qu'il vous faut pour les soigner et je vous dépose en France. Ensuite, vous serez livrés à vous-mêmes, je ne peux malheureusement en faire plus à ce stade.

Nous embarquâmes dans l'hélicoptère qui se trouvait à une demi-heure de là. Allongée sur mon brancard, je plongeai dans l'inconscience. Tout l'effet galvanisant que m'avait insufflé Blake avait irrémédiablement disparu.

CHAPITRE 31

— Elle se réveille ! cria une voix forte qui ne m'était pas inconnue.

— Putain, Gaby ! Tu nous as foutu une de ces frousses !

— Jo… Johnny, articulai-je quand j'ouvris les yeux.

Elvis se tenait à mon chevet, Johnny était debout derrière lui. Mon regard circula dans la pièce. Des affiches d'un vieux concert de NTM, un poster de l'équipe de foot du Paris-Saint-Germain et des graffs un peu partout me laissaient deviner l'endroit dans lequel je me trouvais, allongée sur un lit, une perfusion plantée au milieu du bras gauche.

— T'es dans ma chambre, déclara Elvis. Heureusement que le daron[1] est infirmier, t'étais pas loin de crever !

— Ouais, t'as échappé de justesse à la faucheuse, sacrée Chêne ! renchérit Johnny qui essayait déjà de trouver un moyen de me faire sourire. Cette perf t'aide à retrouver tes forces et à évacuer la drogue de ton organisme. Tu nous as fait de violentes crises de manque pendant des jours, t'as déliré complet ! Heureusement que les voisins n'appellent plus les flics depuis perpète ou on aurait eu droit à une petite visite. Tu hurlais dans ton sommeil, c'était flippant !

— Mais je suis en vie, c'est incroyable.

— Oui, mais faut que tu saches que… poursuivit Johnny, qui eut du mal à terminer sa phrase. Tu as fait une fausse couche.

— N'en parlez à personne ! lâchai-je brutalement, en tentant de me redresser sur le lit.

— OK ! OK ! C'est juste que tu as perdu beaucoup de sang. Mais maintenant, ça va mieux. Seuls mon père, Elvis et moi sommes au courant, alors détends-toi.

Je réfléchis un moment à cette nouvelle. Cela signait définitivement l'échec de Magnus Burton Race et je ne ressentis aucune émotion quant à cette perte. En même temps, cela m'aurait paru invraisemblable qu'un fœtus ait pu survivre à un tel traitement, mais peut-être que ce fou était convaincu du contraire. Peu m'importait, désormais.

— Où est Olivia ? m'enquis-je, soudain ensevelie par les derniers souvenirs de mon évasion.

— Elle est ici, murmura Elvis en baissant les yeux, mais elle va pas fort. Elle reste plongée dans une espèce de transe bizarre. Le père n'arrive toujours pas à la réveiller. Salomon, lui, va beaucoup mieux.

— Éric et Thomas ?

— Ils sont là aussi, ils ne vont pas tarder à arriver.

— Pourquoi suis-je ici ?

— Ils n'avaient pas le choix. Ils voulaient un endroit sûr où ils pourraient te trouver de l'aide et auquel on ne pourrait pas penser facilement. Qui irait bien te chercher dans une cité du 9-3 ?

— Mais Grégoire connaît cet endroit, il est déjà venu !

— Oui, mais il ne sait pas qui te couvrait ici. Et visiblement, Salomon et toi aviez besoin d'une solution urgente, discrète, et des soins appropriés, alors c'était la meilleure décision à prendre.

Je me relevai. Encore fébrile, je remarquai que mes gestes étaient bien plus précis qu'auparavant. Ma tête fonctionnait presque parfaitement et je tentai, dans un élan d'espérance, d'apporter les chaussons près de la porte par la seule force de mon esprit. Je souris timidement quand je les vis s'avancer et se poser sur la descente de lit. Enfin, je retrouvais un semblant de pouvoir. Il allait me falloir du temps avant de récupérer mes pleines capacités, mais c'était déjà ça.

— C'est peut-être un peu tôt pour te lever, Gabe ! suggéra Johnny, l'œil inquiet.

Mais je ne l'écoutai pas et me redressai en appuyant un bras contre le mur. J'arrachai la perfusion avant d'avancer de quelques pas. Passée la douleur de mon geste, je ressentis avec bonheur mes jambes me soutenir, même si j'étais loin d'être prête à courir un cent mètres. Elvis se tenait juste derrière moi, prêt à me réceptionner en cas de chute. J'allai jusqu'au salon et entrepris de m'asseoir sur le divan, alors que Johnny arrivait tout heureux, les bras chargés d'un plateau de nourriture. J'en mangeai à peine quelques bouchées, mon estomac peu habitué refusant le reste. Mais le bonheur de goûter de la vraie nourriture et d'avoir enfin retrouvé mes esprits m'emplissait d'une toute nouvelle allégresse. Je venais à l'instant de remarquer que j'étais propre et vêtue d'une chemise de nuit.

— T'inquiète, biquette ! me lança Johnny. C'est moi qui t'ai vue à poil, tu ne risquais pas grand-chose !

Je lui envoyai un minuscule sourire. Je n'avais plus l'habitude d'utiliser ces muscles autour de ma bouche, et avec l'expérience que j'avais vécue dans la tour de Magnus, c'est à peine si je me sentais capable de rire à nouveau. Mais, revoir le visage de mes deux amis était si réconfortant que j'en oubliai un instant le reste, jusqu'à ce qu'une image me revienne en tête comme un boomerang : celle de Yanosh et Grégoire s'avançant vers moi, les yeux avides. Aussitôt, mon cerveau s'emplit d'une haine froide et si féroce que tout le mobilier environnant se mit à trembler.

— Hé ! Calme-toi, Chêne ! hurla Elvis. Tu vas tout péter !

Mon regard se porta alors vers lui, et je sentis mes nerfs se détendre. C'est à ce moment-là qu'Éric et Thomas firent leur apparition.

— Gaby ! cria Thomas en se jetant sur moi, tandis qu'Éric affichait une expression soulagée.

— Où sont les autres ? demandai-je. Où est Ethan ?

— Ne veux-tu pas en parler plus tard ? suggéra Thomas, inquiet. Tu dois te reposer.

— Non ! Je veux le savoir tout de suite.

— Nous n'avons aucune nouvelle de Carmichael depuis Londres, lâcha Éric qui avait bien compris que je ne renoncerais pas si facilement. L'homme qui t'a aidée a réussi à s'échapper, mais nous ignorons encore où il se trouve. Quant à Ethan… d'après nos sources, il serait retourné auprès de son maître.

— Quoi ?

Je n'arrivais plus à penser et, tandis que mon regard se portait vers l'angle de la pièce, je découvris, stupéfaite, Olivia recroquevillée derrière le buffet. Je me levai et m'agenouillai en face d'elle. Elle n'afficha aucune réaction ; son regard était plus absent que jamais.

— Olivia, c'est Gaby ! Réveille-toi, ma chérie.

Rien. Je me relevai et commençai sérieusement à ressentir le poids de la fatigue physique, mais je préférai l'ignorer.

— Qu'allons-nous faire pour elle ?

Tous baissèrent tristement les yeux. Je compris alors qu'ils avaient déjà tout tenté.

Le soir venu, et après avoir encore dormi deux bonnes heures, j'ouvris les yeux et découvris Thomas assis sur le fauteuil du séjour. Il m'observait attentivement.

— Comment te sens-tu ?

— Bien mieux, maintenant.

— Que s'est-il passé là-bas, Gaby ? demanda-t-il, masquant mal son anxiété.

— Rien qui vaille la peine de s'appesantir dessus. Et Naomi, comment va-t-elle ?

— Le bébé pousse et, comme tu t'en doutes, nous avons décidé de l'élever séparément. La situation ne me laisse pas beaucoup le choix.

— Je comprends.

— Gabe, je suis désolé.

— De quoi ? Tu m'as sauvée, Thomas !

— De t'avoir laissé tomber ainsi, de t'avoir trahie et de ne pas t'avoir protégée quand tu t'es fait enlever !

— Tu n'aurais rien pu faire. Et pour le reste, n'en parlons plus, c'est du passé.

— Mais, Gaby, je n'ai jamais cessé de…

— Thomas… Arrête, s'il te plaît, le coupai-je, loin d'être prête à aborder d'autres sujets pour le moment.

Il se redressa, rongé par la honte, et quitta la pièce, le cœur meurtri. Ses yeux trahissaient une profonde tristesse, mais je n'avais pas la force de le consoler. Je ne lui en voulais plus, c'était certain. Cette horrible expérience avait au moins eu le mérite de panser certaines plaies. Je ne savais même plus si je pouvais encore éprouver de la compassion ou du ressentiment pour quelqu'un. D'ailleurs, je ne savais plus si je pouvais éprouver quoi que ce soit. Mes yeux restèrent fixés sur le plafond un moment. Je cherchai à savoir si, un jour, je réussirais à redevenir la Gabrielle Chène que j'étais avant mon enlèvement, mais, pour l'instant, cela se bousculait tellement dans ma tête que je n'avais même pas remarqué la présence d'Éric, assis à la même place que Thomas un peu plus tôt. Mon regard se reporta enfin sur lui. Il m'observait, mais se taisait. C'était ça que j'appréciais chez lui. Éric savait parfaitement quand il fallait rester silencieux. De longues minutes passèrent avant que je pose un pied au sol. Éric restait là, au cas où mes jambes me lâcheraient, mais je me sentais bien mieux maintenant. Je pris la direction de la salle de bains et fermai la porte derrière moi. Je fis glisser mes vêtements à mes pieds et fus prise de panique quand je me vis nue devant le miroir. Sous le choc, je laissai échapper un cri, ce qui alerta Éric qui explosa le verrou de la porte et entra pour se rassurer. Sans réactions, je demeurai, là, devant le miroir, et constatai les outrages que la captivité avait fait subir à mon corps. Mes épaules étaient saillantes, et on aurait pu compter chaque côte de ma cage thoracique. Mes cuisses n'avaient plus que la peau sur les os et mes bras étaient horriblement décharnés. Mon teint était livide, ma peau presque jaunâtre. Des bleus infâmes marquaient mon corps et des coupures étaient disséminées ici et là. Seuls mes cheveux avaient gardé un semblant de vitalité. Ce détail eut le don de me réconforter un tant soit peu. Éric baissa les yeux et se retira sans un mot. Je me passai sous la douche et sentis avec bonheur l'eau ruisseler sur mon visage. Enfin quelque chose d'agréable. Je pris une serviette et m'essuyai en me promettant que, même si je ne retrouvais pas l'équilibre mental de la Gabrielle Chène d'antan, je ferais tout mon possible pour retrouver son corps. Une fois sortie, je découvris Éric adossé au mur juste à côté de la porte.

— Je suis désolé de t'avoir laissée seule dans la chambre, cette nuit-là. Je ne me le pardonnerai jamais.

— Tu n'as rien à te reprocher, Éric, ne t'en fais pas.

— J'aurais dû rester, je n'aurais pas dû faire ça.

— Encore une fois, tu n'as rien à te reprocher. C'est à moi de te remercier d'être venu me sauver.

— Mais cette nuit-là…

— Est loin maintenant.

Éric me considéra un instant, l'air déconcerté, et n'insista plus. Il m'accompagna dans le salon où la table était dressée. Monsieur Forbe avait préparé une spécialité antillaise au lait de coco. Olivia se tenait en bout de table, toujours aussi rigide. Elvis et Johnny m'envoyèrent un de leurs plus larges sourires, tandis que Salomon et Papa Forbe discutaient en riant. Enfin, je compris que le pire était derrière moi. C'était une chance inespérée de tous les avoir dans ma vie, ils étaient ma famille, désormais. J'esquissai un sourire et allai m'installer à côté d'Olivia, que j'aidai à manger, tandis que Papa Forbe ne cessait de remplir mon assiette.

---

1. *Daron : « père » en argot.*

CHAPITRE 32

Plusieurs semaines passèrent sans aucun incident, mais, à mon grand regret, le comportement d'Olivia demeura le même, et Salomon avait décidé de retourner au château d'Altérac. Éric ne doutait pas un instant qu'il serait assez fort mentalement pour taire l'endroit où nous nous cachions, si quelqu'un essayait de le faire parler.

Grâce à Papa Forbe, j'avais pris cinq bons kilos et avais presque retrouvé figure humaine. Il m'en restait quelques-uns à prendre, mais le résultat était déjà impressionnant. Tous s'étonnaient de ma capacité à retrouver mes forces et s'en réjouissaient chaque jour. Pour me remuscler, Elvis m'avait préparé un entraînement de « retonification musculaire », comme il l'appelait. En véritable coach, il me fit manger les aliments les plus adaptés pour reprendre rapidement du poids, me concocta un programme sportif dont une séance de punching-ball hebdomadaire dans les caves de la cité. Cela avait le mérite de défouler mes nerfs, ce dont j'avais plus que besoin après ces neuf semaines d'emprisonnement. Parfois, en y repensant, la rage me soulevait tellement les tripes que j'avais la sensation d'être au bord d'un précipice. Mon cœur s'emballait d'un coup, mon crâne était traversé d'une douleur aiguë et j'étais sujette à des spasmes nerveux qui m'inquiétaient de plus en plus. Il m'arrivait même de vouloir tomber dans cet abîme et de m'enfermer dans mon mutisme à jamais. Le sport était donc une thérapie bienvenue, mais il fallut un long moment avant que mes forces reviennent. Tout en sachant que le bout du chemin n'était pas pour demain, je me rééduquai avec une détermination sans faille. Mon instinct de survie me le dictait.

Les Forbe ne posèrent aucune question. Ils savaient pertinemment que quelque chose ne tournait pas rond chez nous, mais Papa Forbe était un homme religieux et tolérant. En me découvrant à mon retour de Londres, il avait compris immédiatement que son aide était une question de vie ou de mort, et il me redonna vie grâce à ses soins. Je me montrais reconnaissante envers cet homme qui avait élevé seul deux fils aussi différents dans la vie qu'unis dans la générosité. Elvis jouait le gros dur, mais me traitait comme une reine. Il aimait souvent me reparler de la descente de la cité, l'assaut contre Grégoire et ses sbires. À l'entendre, cela avait été un des épisodes les plus captivants de son existence. Quant à Johnny, il surveillait Olivia nuit et jour. Malgré le mutisme de notre amie, il continuait à lui parler et partageait avec elle les dernières nouvelles du lycée. L'année scolaire venait de s'achever, et Johnny commençait à s'exciter sur le programme de l'été plutôt que sur les résultats du bac.

La présence de ces deux hommes me fit sourire à nouveau. Avec eux, il m'arrivait à certains moments d'oublier…. Je repensais à des choses douces et agréables, mais, le plus souvent, une colère inouïe les chassait aussitôt. J'en étais transie presque constamment.

Ma relation avec Thomas restait limitée. J'avais depuis peu retrouvé mes pleines dispositions natives, en particulier la pire : celle de femelle en chaleur pour mes semblables. Or, depuis le récent départ de Salomon, les deux seuls natifs en ma présence étaient les frères Valérian. Même si je voulais l'ignorer et même si, au début, ce sentiment me révulsait, je dus céder, écrasée sous le poids des ondes que projetait le plus jeune des frères. Son sourire dévastateur faisait encore son effet, bien plus que je ne l'aurais souhaité en tout cas. Il me regardait parfois avec une telle intensité que je baissais les yeux à chacune de nos rencontres. Et elles étaient nombreuses. Il éprouvait toujours la même attirance physique pour moi, mais se contenait autant que faire se peut, alors nous en restions à des conversations amicales. Je commençais à être soulagée par cet accord implicite, jusqu'au jour où il décida de revenir sur *le* sujet.

C'était un matin, après mon entraînement matinal avec Elvis. Je revenais en sueur de ma séance de footing autour du quartier et j'avais encore eu du mal à suivre le rythme. En rentrant, je découvris Thomas assis dans le coin du divan, seul, dans un silence quasi religieux.

— Bonjour, le saluai-je, un peu gênée comme à chacune de nos rencontres. Olivia et Johnny sont là ?

— Dans la chambre de Jo.

— OK. Bon… Bah, je vais prendre une douche.

— Est-ce qu'un jour tu me laisseras te raconter ce qu'il s'est passé avec Naomi ?

J'avais déjà redouté cette discussion, et maintenant que mon état s'était amélioré, je n'allais plus y couper.

— Je ne suis pas sûre de vouloir aborder le sujet, affirmai-je en espérant qu'il en resterait là.

— Gaby, je t'en prie, tu ne m'as laissé aucune chance de le faire à Altérac. Si tu ne veux pas me pardonner, je l'accepte. Mais je veux au moins que tu aies connaissance de tous les faits.

— Mais qu'y a-t-il à savoir ? m'emportai-je, tout à coup.

— Je croyais que c'était TOI ! J'étais totalement stone !

Estomaquée, je le regardai, bouche bée, totalement ahurie par cette révélation.

— Quoi ?!

— Laisse-moi au moins tout t'expliquer depuis le jour de mon enlèvement.

Je cédai et, silencieuse, je m'assis face à lui. Il prit une profonde inspiration avant de commencer, sans me quitter de son regard déterminé.

— Je partais pour le lycée quand un des sbires de Carmichael m'a surpris et drogué avec un pistolet à tranquillisant. Ce premier jour, on m'a amené dans une cellule de la salle de Pomone. Naomi m'a prélevé du sang, et Devesniel est venue le soir même me torturer l'esprit pour me faire révéler qui nous étions, Éric et moi. J'ai honte de le dire, mais elle était trop forte. Je n'ai pas mis longtemps à tout lui déballer. Elle m'a ensuite posé des tas de questions très personnelles à ton sujet, notre couple, nos relations… même physiques. Naomi était là, et Devesniel lui a raconté que tu avais rencontré le propriétaire des lieux, Carmichael, et qu'elle ne l'avait jamais vu dans un tel état. Il y avait donc forcément quelque chose qui clochait chez toi. À cause de mes révélations, elle a eu toutes les réponses qu'elle souhaitait. J'aurais eu besoin de toutes mes forces pour lutter, mais la drogue m'ôtait toute volonté.

— Je connais cette impression, continue.

— Le lendemain, Naomi est revenue me faire une piqûre. Elle était furax contre quelqu'un et resta un moment dans ma cellule. Je ressentais déjà une étrange attraction pour elle, mais, à côté de toi, ce n'était guère impressionnant, et je le lui ai dit pour la provoquer. Elle a redoublé de colère, alors elle s'est décidée à me rendre jaloux. Elle m'a raconté que Carmichael, le Seigneur du Territoire du Milieu, l'un des plus puissants natifs de ce monde, était venu te voir chez toi et que tu étais tombée dans ses filets. J'ai rétorqué, à regret, que ça pouvait bien être le contraire. Elle était folle de rage. Le lendemain, elle m'a expliqué que j'étais fou de croire que tu pouvais m'aimer et m'a montré le journal du jour. Je ne te cache pas qu'au moment où j'ai lu dans l'article que tu avais embrassé Éric, je perdis tout espoir.

Je baissai les yeux. Je n'avais pas repensé à cette histoire depuis ce qui m'avait paru des siècles. Une pointe de culpabilité me fit comprendre que je n'étais pas exempte de tous reproches, d'autant que depuis ce jour-là, j'avais aussi fait l'amour avec son propre frère. Tout à coup, je me mis à regarder Thomas d'un autre œil. Je le comprenais, je lui pardonnais. Je ne connaissais pas la suite de son histoire et je n'en avais plus besoin. J'avais simplement tourné la page. Je décidai de le laisser finir puisqu'il avait tant attendu le moment de cette explication.

— Je suis désolée, déclarai-je en repensant au baiser échangé avec Éric.

— Tu n'as pas à t'excuser, je m'en suis expliqué avec mon frère. J'ai toujours su qu'il t'avait dans la peau, lui aussi, depuis le premier jour au lycée. C'est moi qui ai tout fait pour que tu me remarques le premier. Je n'ai pas été réglo avec lui, dès le début. Quoi qu'il en soit, Naomi avait compris que tu étais un danger pour elle. Après t'avoir rencontrée,

Carmichael n'avait plus un seul regard à lui consacrer. Elle m'a avoué plus tard que tu allais bientôt arriver avec Éric. Même si mon état ne permettait pas de l'exprimer, j'étais fou de joie. Ensuite, et durant une semaine, Devesniel est venue m'interroger tous les soirs, à propos de Giuseppe et de ses découvertes. J'étais complètement shooté. Un soir, elle m'a injecté un produit nettement plus fort que les autres. Tellement puissant que j'en suis devenu aveugle. Je ne me rappelle pas exactement tout ce qu'il s'est passé. J'ai juste entendu des pas, et j'ai ressenti une présence féminine. J'étais en plein délire, alors je t'ai appelée, croyant que tu venais d'arriver au château. Seulement, c'était Naomi. Elle m'a alors fait croire qu'elle était toi, que nous allions partir de cet endroit maudit.

Thomas se ferma un instant. Il serra la mâchoire, et je sentis sa tristesse aussi sûrement que la mienne en comprenant le gâchis qu'avait été la fin de notre relation.

— Et… tu connais la suite, murmura-t-il, avant de reprendre d'une voix ferme. Carmichael t'a fait attendre quelques semaines avant de te faire venir au château, et cela afin de s'assurer que sa stratégie pour m'éloigner de toi avait été efficace. Et ce fut le cas, Naomi était enceinte.

— Comment aurait-il pu le prévoir ? demandai-je, circonspecte.

— Plus tard, Naomi m'a confié que c'était Devesniel qui l'avait poussée à profiter de la situation, cette nuit-là. Certainement sous les ordres de Carmichael, mais je ne peux l'affirmer. Comme Naomi voulait se venger, ses arguments pour la convaincre n'ont pas mis longtemps à la décider. Plus tard, elle m'a juré qu'elle n'avait en aucun cas prévu cette grossesse.

— Devesniel devait savoir qu'elle tomberait enceinte grâce aux prédictions d'Égéria !

Cette explication m'apparut comme une évidence. Je me souvenais encore de cette vieille femme et de sa voix nasillarde, qui révélait à Magnus que *c'était le moment,* car j'étais fertile. C'était à cause de cette horrible vieille peau que j'avais vécu cet abominable cauchemar.

— A-t-elle été touchée par une vieille femme aux cheveux blancs ?

— Je n'en sais rien, commenta Thomas, mais j'ai haï Carmichael. Quand Naomi m'a annoncé la nouvelle, j'ai su que cela signifiait la fin de notre relation. Je voulais tous les tuer. Puis, un jour, pour la première fois, Carmichael m'a rendu visite.

L'histoire de Thomas devenait de plus en plus passionnante. J'étais loin de me douter de tous ces détails et je les découvrais avec stupéfaction. Il était déterminé à tout me révéler.

— Il m'a annoncé que tu allais arriver. Comme c'était notre première rencontre, il s'est montré curieux et a voulu partager ses sentiments te concernant. Il avait découvert ton puissant talent d'attraction et s'interrogeait sur ce que j'avais pu ressentir en ta présence pendant des mois. Il m'a posé des tas de questions très déplacées à ton sujet. Il voulait savoir si tu arrivais à canaliser tes pulsions quand on faisait l'amour, combien de temps ça durait, si tu avais l'air d'aimer ça… puis d'autres, plus banales, comme le genre de musique que tu aimais écouter, ta couleur préférée… Il voulait tout savoir et j'étais déterminé à ne rien lâcher. Puis, finalement, je n'ai pas eu à le faire. Carmichael a terminé en me disant qu'il me comprenait. Que s'il avait été à ma place, il l'aurait aussi gardé pour lui. Malgré tout, il m'en voulait de t'avoir pris ta virginité et, contre toute attente, il m'invita à vivre au château parmi eux. Il m'a dit que je pouvais rester tant que je le voulais, que je pourrais voir grandir mon enfant et que ma place était là-bas. Il s'est excusé pour l'accueil auquel j'avais eu droit, et pour le piège que Naomi m'avait tendu. Mais il n'a exprimé aucun remords. Il m'a expliqué qu'il ne reculait jamais devant rien pour obtenir ce qu'il voulait.

— Ça lui ressemble beaucoup, mais je suis surprise par ce que tu me dis. Carmichael a pris ses distances avec moi dès le jour de mon arrivée.

— Voyons, Gaby, déclara Thomas, presque amusé. Tu penses vraiment qu'un homme, de surcroît natif, peut prendre de sérieuses distances avec toi ? C'est impossible. Surtout Carmichael. Vos prédispositions sont les mêmes. La tension entre vous est palpable et c'est pour moi un supplice de vous voir ensemble.

— J'en suis navrée, je ne contrôle pas tout. J'admets que, par vengeance, il a failli être plus qu'un flirt, mais, en vérité, je le détestais avant qu'il me sauve de cet enfer. Je dois reconnaître que… que j'ai toujours eu cette étrange impression d'être liée à lui d'une manière ou d'une autre.

— Tu ne lui es pas indifférente. À en croire Salomon, depuis votre rencontre, il a changé et je ne me suis pas gêné pour lui dire ce que je pensais de son attitude.

— À savoir ? demandai-je, intriguée.

— Qu'il serait malheureux toute sa vie.

— Pourquoi ?

— Car il te verra mourir, me dit Thomas comme si c'était évident.

Sa réponse me sidéra, et je ne pus m'empêcher de repenser à cette nuit-là, dans la chapelle, où je m'étais sentie si humiliée que j'avais quitté les lieux en explosant la porte. Carmichael aurait pu profiter de moi, mais il s'était retenu. Était-ce pour la raison que Thomas venait d'évoquer ?

J'avais bien conscience que Thomas aurait pu me passer certains détails. Mais il le faisait pour moi, pour que je tourne définitivement la page. Avec certaines réponses à mes questions, je pouvais à présent balayer le passé et débuter un nouvel avenir. J'embrassai tendrement Thomas sur la joue et le remerciai.

Notre relation devint nettement plus amicale. Il lui arrivait même de m'envoyer quelques piques et flirtait encore, à certains moments. Cela m'amusait un peu d'entretenir ce genre de relation avec lui. Je le retrouvai après tout ce temps à l'éviter. Quant à Éric, le problème était tout autre. Il se montrait discret et silencieux, ne me parlait presque jamais et fuyait ma présence dès qu'il en avait l'occasion. Il avait repris son rôle d'ange gardien et respectait une distance de sécurité si grande que cela commençait fortement à m'agacer. Mais je n'avais pas prémédité ce qui allait se passer ce matin-là. J'étais même loin d'avoir anticipé tout ce qui allait se dérouler au cours de cette terrible journée.

Éric et moi étions seuls dans l'appartement. Nous nous rencontrâmes dans l'étroit couloir des Forbe. Il ne put s'empêcher de lever les yeux vers moi et se heurta immédiatement à mon regard. Je captai aussitôt son désir de poser ses mains sur ma peau, de sentir mon odeur, de m'embrasser jusqu'à l'épuisement… Mais cette sensation s'arrêta net lorsqu'il disparut de mon champ de vision et que j'entendis claquer la porte de la chambre d'ami qu'il occupait. Sur le moment, je décidai d'ignorer son attitude fuyante, mais une humeur soudaine me fit changer d'avis. Je me dirigeai vers la chambre et ouvris brutalement la porte.

— Je ne pense pas avoir mérité ça, Éric ! lançai-je, les yeux dangereusement baignés de larmes.

Il resta silencieux, dos à moi. Certes, je n'avais pas cherché à en savoir plus sur ce qui le tourmentait jusque-là, mais je pensais mériter un traitement plus correct de sa part que son attitude fuyante.

— Je m'excuse si c'est ce que tu penses, déclara-t-il à voix basse.

— Cela ne me suffit pas ! Quel est le problème ? Si nous ne pouvons plus nous parler, ce n'est pas la peine que tu restes ici, rien ne t'y oblige !

Il fit volte-face et prit une profonde respiration avant de lever enfin les yeux vers moi. Une chaleur soudaine, une décharge dans la nuque, puis un frissonnement me remonta le long de la colonne vertébrale. Je recommençais à éprouver du désir, sensation qui m'était étrangère depuis des mois. Car, même si je ressentais celui des Valérian, je pensais jusqu'alors que ma propre flamme était éteinte à jamais. Éric la réveilla.

— Tu ne peux pas comprendre ! lâcha-t-il, amer. Je ne sais pas ce qui est arrivé à Londres, mais jamais je n'oublierai ce que j'ai vu là-bas quand tu m'es apparu. Carmichael savait que tu te sacrifiais dans l'espoir que ton voisin de cellule te fasse évader, mais il ne nous a rien dit d'autre. Je suis certain qu'il s'est passé des événements que je devrais connaître ! Ça me rend fou ! C'est de ma faute si tu as été capturée. Je t'ai abandonnée !

Il avait débité ces mots à un rythme que je ne lui connaissais pas. Il avança d'un pas. Je l'imitai, réfléchissant un instant à ce que j'allais bien pouvoir lui dire. Nos regards restèrent soudés un moment, mais il secoua la tête lorsque je posai une main sur son visage.

— Ce n'était pas ta faute, le rassurai-je alors que le contact de sa peau irradiait mes doigts, ça devait arriver. Tout ce que je peux te dire, c'est que tu m'as aidée à tenir le coup. Depuis le début, Éric, tu me protèges, tu me portes à bout de bras. Jamais je n'aurais pu surmonter tout ça sans toi. Que ce soit au lycée ou quand nous traversions le pays à bord de la Cougar. Et même… à Altérac.

— Je ne voulais pas que ça se passe comme ça entre nous. Tu étais avec mon frère et tu t'es trouvée prise au piège avec moi. J'ai profité de la situation !

— Pas du tout ! rétorquai-je en retirant ma main. J'ai entièrement voulu ce qui s'est passé. Je l'ai même désiré aussi fort que de m'évader de cette putain de tour ! Et même si tu as des regrets, moi, je n'en ai aucun.

— Moi, je n'ai que ça, murmura-t-il, accablé. Je voulais être un homme à la hauteur pour toi, mais j'ai perdu le contrôle.

— Éric Valérian, souris-je en repensant à nous dans la cachette, et déterminée à le rassurer. Tu as été à la hauteur de toutes mes espérances, crois-moi. Je trouve seulement dommage que l'on n'ait pas pu vivre ensemble la suite de notre histoire.

— Tu y as songé ?! s'étonna-t-il, les yeux écarquillés.

— Bien sûr, répondis-je. Jamais je n'aurais fait l'amour avec toi, sinon !

— Quand j'ai vu tes larmes, je m'en suis voulu. J'ai pensé que…

— Tu penses trop.

Un long silence. La porte s'ouvrit brutalement derrière nous, Elvis entra à bout de souffle.

— Quelqu'un a vu le rouquin, deux autres hommes et ta putain de prof de philo rôder dans les parages ! VOUS DEVEZ VOUS TIRER TOUT DE SUITE !

Éric prit aussitôt son portable. Thomas se trouvait avec Johnny et Olivia, et tous trois revinrent illico à la cité au moment où nous bouclions nos sacs. Nos adieux aux Forbe furent malheureusement trop brefs et plus douloureux que nous ne les avions imaginés. J'avais la terrible impression de perdre le reste de mon humanité en les quittant. Elvis tendit les clés de l'Audi à Éric, qui récupéra son bien en lui adressant un hochement de tête entendu. L'heure avait sonné de reprendre la fuite.

CHAPITRE 33

— Où allons-nous ? demandai-je, anxieuse, mais soulagée d'avoir pu monter dans la voiture sans encombre.

— En Belgique, répondit Thomas. Sam nous a communiqué l'adresse d'un contact qui connaît des endroits où nous pourrons nous cacher un moment.

— Vous a-t-il dit autre chose ?

Un silence lourd régna dans l'habitacle de l'Audi. Éric le brisa en premier.

— Il n'a toujours aucune nouvelle de Carmichael, mais il est au courant de certaines rumeurs. Magnus a perdu de son influence à la tête de la confrérie. Ton évasion et celle de Blake ont mis en danger sa position de Grand Maître. Il serait en ce moment très occupé à vouloir récupérer son statut, ce qui est un avantage certain pour nous.

— Et Carmichael ? Rien, alors ?

— Non. Il est toujours porté disparu, depuis cette nuit-là.

Même si je le savais retors, et malgré tout ce qu'il avait fait, je ne pouvais penser à Carmichael autrement qu'avec toute la gratitude que je lui devais. Il m'avait sauvé la vie au péril de la sienne, en sachant par ailleurs toutes les conséquences qu'engendrerait son acte. Depuis, je réfléchissais à un moyen de faire pour lui exactement ce qu'il avait fait pour moi. Mais Éric et Thomas refusaient de prendre un tel risque, et ceci à la demande même de Carmichael avant l'attaque. Seule, je n'avais aucune chance d'y parvenir. De plus, rien ne prouvait sa présence à Londres. Les frères Valérian étaient persuadés que Magnus n'avait pas fait l'erreur de l'enfermer là-bas. Je comptais maintenant sur l'interminable existence de Carmichael pour trouver, un jour, une solution et le secourir à mon tour.

— A-t-il dit autre chose ?

— Connor et Prisca Burton Race, les deux autres enfants de Magnus et seigneurs de leurs territoires respectifs, sont arrivés à Londres il y a quelques jours. Ils sont là, soit pour conforter la position de leur père au sein de la confrérie, soit pour secourir Carmichael. Beaucoup de natifs le soutenaient, et Sam pense qu'une guerre intestine pourrait avoir lieu si jamais un opposant se déclarait contre Magnus. Mais tout le monde sait que Connor soutiendra son père.

J'en découvrais encore sur mon tuteur depuis mon retour. En réalité, il connaissait pratiquement tous les natifs, leur histoire et leur évolution à travers les siècles. Son poste au sein de l'armée lui permettait de se tenir informé de certains de leurs agissements. Je comprenais mieux à présent son désir de me protéger à tout prix. Taire la vérité sur ma famille lui permettait de mettre une distance efficace entre Magnus et moi. Sam me manquait, mais je savais que la situation était bien trop dangereuse pour lui, comme elle l'avait été pour Olivia. Je ne supportais plus de regarder ma meilleure amie demeurer dans cet état. Toute sa joie de vivre avait disparu. Tout ce qui faisait d'elle une splendide et rayonnante jeune femme avait été balayé au moment même où elle avait rencontré les natifs. Je ne pouvais m'empêcher de culpabiliser, pensant irrémédiablement que, si elle ne m'avait pas connue, il ne lui serait jamais rien arrivé. Olivia, ma plus fidèle amie, n'avait pas mérité ça. J'espérais encore trouver une solution afin qu'elle redevienne comme avant, mais je n'oubliais pas les événements de Londres et les effets de son incroyable nouvelle force physique. J'en avais parlé à Éric et Thomas, qui ne croyaient pas qu'elle soit une native. Ils n'avaient pas reconnu en elle cette puissante attraction physique qui faisait que tous les natifs mâles ou femelles se reconnaissaient entre eux. Ce qui m'échappait aussi, c'était bel et bien la nature de son comportement. Elle restait indifférente à tout, le regard vague, et semblait à des années-lumière de ce qui se passait autour d'elle. Mais alors que je me faisais cette réflexion, je remarquai, stupéfaite, une certaine agitation dans ses jambes.

— Olivia ? l'appelai-je, en espérant presque qu'elle me répondrait.

Contre toute attente, elle figea ses yeux dans les miens et, pendant un moment qui me parut durer une éternité, elle serra la mâchoire comme si ce qu'elle avait à me dire restait bloqué dans sa gorge. Son teint devint rouge écarlate, et un cri épouvantable sortit enfin de sa bouche.

— Ils arrivent ! hurla-t-elle avant de replonger dans sa catatonie.

— Où sommes-nous ? demandé-je avec précipitation, morte de trouille.

— Sur l'autoroute A1, rétorqua calmement Thomas dont j'admirais l'assurance. Je vais prendre la prochaine sortie, mais s'ils savent comment nous retrouver, on n'ira pas bien loin.

Soudain, une berline Mercedes noire se posta juste à côté de nous et nous fonça dessus. L'Audi fut éjectée sur le bas-côté et percuta la glissière de sécurité si violemment, qu'elle la coucha au sol, avant de faire plusieurs tonneaux. Je mis quelques minutes à me remettre du choc. La ceinture de sécurité m'avait sauvé la vie. Je sortis mon corps endolori de la carcasse du véhicule en me traînant sur le ventre. À l'avant, Éric était inconscient, mais l'airbag l'avait protégé. Thomas reprit connaissance et je tendis les bras pour l'aider à sortir de l'habitacle. Il souffrait d'une douleur à la jambe et réussit tant bien que mal à porter son frère, malgré l'inquiétant filet de sang qui coulait sur ses chaussures. Je compris alors que sa blessure allait lui ôter ses capacités. Olivia avait les yeux ouverts et n'avait pas l'air blessée. J'éjectai la portière pour la faire sortir, puis la fis léviter derrière moi, comme l'avait fait Blake avec mon propre corps lors de notre évasion.

— Gaby ! cria Thomas. On doit courir jusqu'à cette espèce de ferme en tôle là-bas.

Il m'indiqua un édifice à moitié rouillé, isolé au milieu des champs. Un chemin de terre y menait, mais un bon kilomètre bordé d'un parc éolien nous séparait de l'endroit. Les géantes de fer trônaient sur la gauche du chemin, face à une immense parcelle de blé. Thomas se mit à courir avec son frère inconscient sur l'épaule. Sa jambe le faisait trop souffrir et l'empêchait d'utiliser sa super-vitesse. Je me retournai et entendis des crissements de pneus derrière moi. La Mercedes faisait demi-tour à contresens sur l'autoroute, avant de se diriger droit sur nous. Elle enfonça la glissière endommagée et traversa le champ à une allure insensée.

Je fermai les yeux pour me concentrer et tendis mon bras, paume ouverte droit dans sa direction. La Mercedes fut violemment projetée en arrière et se fracassa au sol. Alors, je pris mes jambes à mon cou et courus en direction de la ferme, Olivia toujours en suspension derrière moi. Thomas faisait son maximum pour ne pas trébucher, mais sa course ralentissait. Je me retournai un instant et aperçus quatre silhouettes qui se relevaient au loin.

« Gabrielle ! Arrête-toi ! »

« Ethan ! »

« Arrête-toi ! »

« Non ! Pourquoi es-tu là ? Pour me capturer à nouveau ? Tu as déjà oublié tout ce qu'ils m'ont fait subir ! »

« Ça ne se passera pas comme ça cette fois, je te le promets. »

Je les voyais avancer rapidement et pouvais déjà apercevoir la tignasse brune de Sophie Devesniel, Gilles, le bourreau maladroit, Ethan et Grégoire. Quand mes yeux rencontrèrent le grand homme à la chevelure rousse, mon sang se figea dans mes veines. Je fus prise d'une convulsion violente et mon cœur battit à tout rompre dans ma cage thoracique. Ma fureur se canalisa dans mon cerveau. Je levai les yeux au ciel et considérai l'immense éolienne qui me faisait face. Prise d'une frénésie irrépressible, je concentrai mon pouvoir télékinésique. Je brisai le rotor en bout de mât et projetai l'hélice de ce géant tubulaire droit sur mes assaillants. Je n'eus étrangement aucun mal à réaliser ce prodige. Ils s'arrêtèrent net, et j'entendis Devesniel pousser un cri d'effroi quand une des pales se planta à une dizaine de mètres devant eux. Thomas s'arrêta et me dévisagea, effaré, avant de reprendre sa course. Je l'imitai et entendis un bruit sourd m'indiquer qu'Ethan employait la même méthode que moi. Mais les pales se plantèrent trop loin pour ralentir la course de Thomas qui n'était plus qu'à quelques mètres. Une tache rousse passa devant moi et je compris que Grégoire avait toutes ses capacités, lui. Il stoppa Thomas d'un violent coup de poing bien placé dans l'abdomen. Je tendis le bras loin devant moi, comme si je voulais saisir sa queue de cheval, et l'éjectai à plus d'une centaine de mètres de là. Thomas resta à terre à se tordre de douleur, tandis qu'Éric revenait à lui. Il considéra son frère un instant pour évaluer son état et la situation, puis se jeta dans ma direction. Je n'eus pas le temps de dire ouf qu'il me soulevait d'un bras et calait Olivia sur son épaule. Nous étions déjà à l'abri quand Éric ramena Thomas à son tour. Ce dernier se releva, étourdi, en se tenant péniblement le ventre.

— Mais putain, qu'est-ce qu'il lui prend, à Ethan ? hurla-t-il, fou de rage.

— Je crois que Magnus lui a de nouveau lavé le cerveau, lança Éric. On a peu de temps, alors voilà ce qu'on va faire : Thomas et moi allons nous cacher et nous nous occuperons de Grégoire, Devesniel et l'autre bonhomme. Gabe, tu restes avec Olivia. Tu vas devoir te mesurer à ton frère, car c'est à peine si nous pouvons le toucher, il est très fort. Toi seule peux le ramener à la raison.

Je hochai la tête et la tension dans nos regards respectifs ne fit qu'alimenter la lourdeur du silence qui s'ensuivit. Chacun partit de son côté tandis que je restai auprès d'Olivia. Éric s'était dissimulé derrière une énorme moissonneuse-batteuse. Thomas se tenait dans l'angle d'un mur, en embuscade derrière des caisses.

— Ça va bien se passer, ne cessai-je de répéter à Olivia, avant qu'une explosion fasse céder la porte.

Des pas s'avancèrent lentement, nos ennemis suspectant un piège. Éric et Thomas leur tombèrent dessus dès qu'ils furent à quelques mètres.

« Ethan ! »

« Viens, Gaby ! On s'en va. »

« Non ! »

« Ne discute pas, tu dois me suivre ! »

Thomas se précipita sur Devesniel, qui le stoppa dans sa course comme l'avait fait Yanosh avec Éric dans la cité. Elle avait pris possession de son esprit et le torturait avec une satisfaction malsaine. Éric affrontait Gilles ; ce dernier l'éjecta à plusieurs mètres, mais il n'était pas suffisamment fort pour blesser le colosse qu'était Éric. Celui-ci l'assomma d'un geste bien placé derrière la tête. Mais Grégoire profita de la situation pour faire un tour de passe-passe, et avant que je puisse intervenir, il effectua une violente clé de bras à Éric, au point que son épaule se brisa dans un craquement abominable. Mon ange gardien hurla de douleur.

En comprenant notre actuel désavantage, mes yeux épouvantés se reportèrent sur Devesniel. Elle m'inspirait tant de haine qu'il ne me fut pas difficile de soulever son corps et de l'éjecter violemment contre la moissonneuse-batteuse. Elle perdit aussitôt connaissance. Thomas s'effondra sur le sol, tandis que Grégoire plaçait un poing gauche assassin sur le pauvre visage d'Éric.

Les Valérian gisaient tous deux à terre. Seule face à mes assaillants, y compris Devesniel qui tentait de se relever au même moment, je me retournai pour m'assurer qu'Olivia allait bien. Je tentai de réfléchir à une stratégie efficace, mais Grégoire se jeta sur moi. Au moment où je voulus le stopper, il m'esquiva et attrapa ma meilleure amie dans sa course. Il enserrait déjà son cou avec une main. Affolée, je dévisageai Olivia avec angoisse. Ma respiration s'arrêta net lorsque je découvris avec effarement que ses yeux pleins de larmes, d'ordinaire absents, étaient rivés dans les miens. Secouée par la surprise de la voir reprendre vie sous mes yeux, les miennes coulèrent aussitôt. Elle m'envoya un léger sourire que je reçus aussi fort que si elle m'avait embrassée un matin dans la cour du lycée et, sentant que c'était la seule chose à faire pour la rassurer, je lui souris à mon tour. Je voulais que Grégoire défasse l'étreinte de ses mains crasseuses autour de sa gorge délicate, mais je devais être prudente, car elle pouvait être blessée par mégarde. Entrevoyant une solution, je rassemblai ma concentration sur chaque doigt de la main de Grégoire sans lâcher du regard ma meilleure amie. Mais un craquement sourd m'empêcha d'exécuter mon plan. Il venait de lui briser la nuque.

Ma respiration se coupa. Mon cœur manqua un battement. Un

silence abominable envahit l'endroit. Éric et Thomas se relevèrent, épouvantés. Je demeurai immobile, sans expression. Quand enfin je réalisai ce qui venait de se passer sous mes yeux, quand je fus sûre que la mort d'Olivia n'était pas un horrible cauchemar, alors mon corps tout entier se souleva au-dessus du sol. Je tournai la tête en direction d'Éric et Thomas, qui reculèrent d'un pas.

— SORTEZ ! hurlai-je, dans un ultime cri de désespoir.

Je ne contrôlais plus rien. Ni mes membres traversés de tremblements nerveux, ni mon cœur qui battait à tout rompre, ni la douleur béante au fond de mes entrailles. Le chagrin se diluait comme un poison dans mes veines, tandis que mon âme se déchirait de toute part. L'homme roux de la confrérie me contemplait avec des yeux déments. Il attendait ce moment depuis le tout début. Devesniel, qui affichait d'ordinaire un sang-froid à toute épreuve, vacilla. Terrorisée, ses yeux passèrent furtivement de son acolyte à moi, se demandant si c'était le bon moment pour fuir. Quant au troisième, mon frère, il m'observait d'un regard froid. J'aurais tant voulu qu'il me vienne en aide, qu'il me soutienne en cette heure si sombre. Jamais je ne lui aurais fait le moindre mal, alors pourquoi m'en faisait-il ?

Un nouveau déferlement d'émotions funeste me submergea. Je suffoquais. Ma tête hurlait. Je devais en finir. Mon ire s'amplifia encore. Elle allait exploser. Cette violente fureur qui m'habitait depuis mon éveil, chaque jour plus puissante, se canalisait dans chaque parcelle de ma chair. J'en étais transie. Mon esprit catalysa cette rage latente. Tous mes membres tremblaient. Une nouvelle convulsion me secoua tout entière.

— NON ! hurlai-je, sentant que je perdais tout contrôle.

Subitement, je me figeai. Mon frère m'avait pris la main. Une onde chaude se glissa à travers mon bras, m'inondant de la tête aux pieds en quelques secondes, et les tremblements cessèrent. À présent, je n'éprouvais plus que le néant. Plus de sentiments, plus de chagrin, plus de mal, mon corps fusionnait avec la matière. Un trou noir dans l'univers.

« Laisse-toi aller. »

Je regardai Ethan. Ses yeux ardents de détermination eurent raison de mes dernières certitudes. Ça devait se finir ainsi, de toute façon, c'était inévitable. Mais avec lui à mes côtés, je me sentais plus puissante que jamais.

« Nous sommes tous les deux à présent, personne ne nous séparera. »

« Je sais », dis-je en serrant ses doigts un peu plus fort.

Ensemble, nous les toisâmes avec toute la haine qui nous consumait. Nous ne faisions plus qu'un. Cette fois, la femme se précipita vers la sortie, détalant à toute vitesse. Le roux tressaillit en comprenant avec horreur ce qu'il avait laissé se produire sous ses yeux. Je penchai un peu la tête pour apprécier cette scène si délectable, tandis que j'accueillais avec bonheur le vide qui emplissait ma conscience. Quelqu'un devait payer. Quelqu'un *allait* payer. Si objet de mort je devais être, alors j'allais être redoutable.

Notre pouvoir commun se révéla au-dessus de nos espérances les plus macabres. Le sol à quelques mètres sous nos pieds s'émietta comme du papier brûlé. Une tornade de poussière nous entoura. Mon regard ne quittait plus Grégoire. Il recula, les yeux remplis de terreur. Gilles se releva à son tour. Ethan serra ma main et notre conscience commune le pulvérisa en cendres. Devesniel tenta de briser la muraille invisible que j'avais érigée autour de la ferme, et qui la séparait de la sortie. Prisonnière, elle subit le même sort que son acolyte et son corps se désagrégea comme du papier brûlé. Mes yeux se reportèrent à nouveau vers Grégoire que je gardais pour la fin, mais il avait disparu. Je le soupçonnai d'utiliser incessamment sa super-vitesse pour ne pas être pris pour cible aussi bêtement que ses compères. Et malgré toute notre volonté, le grand rouquin resta invisible. Cet échec alimenta ma rage et un cri inhumain s'échappa de ma gorge en feu. Une gigantesque explosion dévasta tout sur des centaines de mètres à la ronde.

QUAND LE CALME revint en bordure de l'autoroute A1, deux individus et un cadavre lévitaient au-dessus d'un cratère géant.

ÉPILOGUE

Hameau d'Astien, Ariège
Deux ans plus tard

ETHAN et moi étions cachés à l'abri du monde, depuis ce jour funeste au milieu des éoliennes. Nous avions enterré Olivia près de la cité. Johnny s'était chargé de prévenir sa mère, Elvis étant bien trop affecté pour s'en occuper. Nous apprîmes par la suite qu'Anita Kapriski avait reçu une belle somme d'argent pour taire la disparition de sa fille, ainsi que le service de quelques serviteurs. Tout s'expliquait.

Je contactais Sam tous les six mois environ. La première fois, je voulais juste le rassurer. Ensuite, il me fit part d'un stratagème pour réussir à le joindre sans être repéré. Il m'envoya, sur une boîte postale, une somme d'argent conséquente qui nous permit de tenir un moment, ainsi que de faux papiers d'identité. Personne, y compris Sam, n'était au courant de l'endroit où je me trouvais. Grâce à lui, j'appris avec soulagement qu'Éric et Thomas avaient échappé à l'explosion. Thomas était père d'un petit garçon et vivait toujours à Altérac, tout comme Salomon et les Van Duren. Naomi avait quitté le château peu après la naissance de l'enfant. Visiblement, son goût pour la maternité se limitait à se reproduire, mais Thomas s'en sortait à merveille. Estelle, la jeune servante humaine d'Altérac, allait bientôt se marier avec Léonard, son employé municipal. D'autres nouvelles étaient moins réjouissantes. Je fus accablée d'apprendre qu'Éric cherchait toujours à me retrouver. Malgré les recommandations de mon tuteur, il n'avait jamais abandonné ses recherches et le harcelait sans cesse afin d'entrer en contact avec moi. Je lui vouais un amour et une reconnaissance démesurés, mais j'avais toujours su, au fond, que notre relation n'avait été qu'une douce utopie, et qu'elle le resterait. J'aurais voulu qu'il consente à me laisser partir et qu'il refasse sa vie, sans avoir à se soucier de ma situation. Mais un lien indestructible nous unissait l'un à l'autre, et il ne se passait pas une journée sans que je pense à lui.

Plus personne n'avait entendu parler de Carmichael. La rumeur courait que Magnus l'avait tué de manière définitive, mais je restais absolument certaine qu'il était en vie. Lui aussi était devenu omniprésent dans mes pensées. Je revoyais sans cesse son sourire envoûtant et entendais encore sa sombre voix rocailleuse et son rire tonitruant. Je pouvais encore ressentir l'effet qui trahissait en moi un désir profond de le revoir. Je n'arrivais pas à m'expliquer cet attachement étrange qui me liait à lui, car j'avais bien conscience de ne pas l'aimer. Alors pourquoi avais-je la douloureuse impression d'être une moitié de moi-même quand il n'était pas là ? Malgré ces deux années, je n'avais toujours pas réussi à répondre à cette question. Et ce ne fut pas la seule sans réponse, car, à mon grand désarroi, je n'avais jamais eu la confirmation que Grégoire était mort ce jour-là. Comme un bourdonnement sans fin dans un coin de ma tête, je ne cessais de me répéter qu'il fallait que j'abandonne l'idée de m'en assurer à tout prix. Je ne pouvais que vivre avec le doute qu'il était passé de vie à trépas lors de notre dernière rencontre.

Magnus avait conservé son statut de Grand Maître. Sam me révéla que sa position était plus que compromise au sein de la communauté, mais qu'il s'évertuait à maintenir son pouvoir en place. La perte de plusieurs de ses subordonnés, dont Carmichael, l'avait considérablement affaibli, mais il s'accrochait à son fauteuil de maître comme un mollusque s'accroche à son rocher. Le bruit courait qu'une révolte imminente couvait dans les rangs natifs et je ne pouvais qu'ardemment souhaiter son succès. Je devais aussi considérer que tous ces tumultes l'empêchaient de se focaliser sur son désir acharné de remettre la main sur mon frère et moi.

Quant à ma situation, elle était plutôt convenable. Je vivais avec Ethan, chez la vieille Honorine. C'était l'histoire d'Isabelle Castellane qui m'avait fait penser à l'Ariège, magnifique département au cœur des Pyrénées. Les montagnes accueillantes offraient une verdure éblouissante durant la saison printanière et des paysages splendides durant l'hiver. Je respirais chaque jour l'odeur de la nature environnante et j'avais déjà eu le loisir d'arpenter ses nombreuses pistes de randonnées. Avec ses cols et ses lacs, ses ruisseaux et ses grottes, l'Ariège était un lieu enchanteur et idéal pour une vie d'ermite. Nous logeâmes à Astien, un hameau de quelques habitants, non loin du village d'Engomer. Notre rôle était de veiller sur Honorine et de nous occuper des tâches courantes. J'avais fait installer un ordinateur équipé d'Internet qui lui permettait d'être livrée par les commerçants du coin et de vendre le bois de sa petite exploitation familiale qu'elle refusait d'abandonner. Un bûcheron âgé d'une soixantaine d'années la gérait jusqu'à notre arrivée, mais il partait à la retraite. Ethan était donc venu prendre sa place. Avec ses pouvoirs télékinésiques, le travail fut pour lui un jeu d'enfant. Son seul souci était de veiller à ne pas être découvert. Grâce à lui, les affaires florissaient. Moi, je tenais compagnie à cette drôle de femme qui ne posait aucune question. Une aubaine. Elle avait certes des doutes et ne comprenait pas pourquoi de jeunes gens tels que nous étaient venus s'enterrer dans un trou pareil. Mais l'efficacité de notre travail et de notre présence constante la fit renoncer à en savoir plus sur nous.

En Ariège, les gens parlaient peu et s'occupaient de leurs affaires. C'était l'idéal pour se cacher, et jusque-là, nous avions vécu sans le moindre problème. Je devais bien avouer que la solitude me pesait par moments et je repensais souvent à la douceur de vivre au château d'Altérac. Je savais bien qu'aucun retour n'était possible. Pas après ce que mon frère et moi avions fait. J'étais encore terrifiée par le cumul de nos pouvoirs et par leurs capacités destructrices. Isolée de tout, il m'était plus facile de garder un œil sur lui. Il n'éprouvait aucun remords et n'en parlait jamais. Il n'était animé que par le désir de rester à mes côtés. Si j'avais décidé de le quitter, son retour auprès de Magnus aurait eu lieu dans la seconde. Voilà ce qu'était mon frère, un jeune homme presque sans âme qui savait se retourner dans à peu près n'importe quelle situation. Je le savais dangereux et m'évertuais depuis deux ans à lui faire apprécier un semblant de vie de famille, fort différent de ce qu'il avait connu à Londres. Ici, il s'était pris de passion pour la pêche et il lui arrivait même de rire parfois. Quand ça se produisait, mon cœur se soulevait de joie. Je voulais le meilleur pour Ethan, mais j'avais conscience que quelque chose s'était brisé en lui, depuis fort longtemps. J'enviais parfois son absence de regrets, car il m'avait fallu des mois avant d'oublier la mort atroce que nous avions fait endurer à Gilles et à Devesniel. Mais il suffisait de me remémorer cet épisode pour revoir aussi le dernier sourire d'Olivia…

C'ÉTAIT un jour comme un autre à Astien, le soleil brillait, et les chiens errants trépignaient sous le porche, en attendant que je leur verse quelques croquettes dans une gamelle. Ils se ruèrent sur leur nourriture, affamés qu'ils étaient.

— Du calme ! J'en ai d'autres ! leur dis-je quand les coups de museau devinrent plus virulents.

— Gabrielle Chêne en dompteuse de cabots ! Ça, c'est une surprise !

En entendant mon véritable nom prononcé par une voix que j'aurais reconnue entre mille, ma tête se leva brusquement. Mais l'individu qui me faisait face m'était inconnu. Il souriait et me dévoilait des dents parfaitement blanches. Ses cheveux noirs et plaqués en arrière étaient parsemés de quelques cheveux blancs ici et là. L'homme n'avait pas plus de quarante ans et se trouvait être un bellâtre en costume. Il s'avança d'une démarche élégante et me dévisagea comme s'il ne m'avait jamais vue auparavant.

— J'ai besoin de toi, Gabrielle, déclara-t-il en souriant de plus belle. Prête pour la guerre ?

Et c'est ainsi que mes deux années d'exil s'évanouirent, au moment même où ressurgit ma fidélité envers cet homme à qui je devais tout. Je savais déjà que je suivrais Blake Burton Race partout où il me le demanderait.

Je ne connaissais pas encore son plan. Je ne connaissais pas encore mon destin. Et la vérité, c'est que je m'en moquais. J'avais juste besoin des miens.

REMERCIEMENTS

À Ana Frazao, ma sœur de cœur, et Keltiome Hadadji, aka Doudou, mes premières fans et amies, sans lesquelles ce roman en serait encore à l'étape de projet. Quelle chance j'ai de vous avoir dans ma vie !

À Sophie Garzon, Patrice et Muriel Peyronnet, qui furent parmi les premiers à m'encourager.

À Lynda R., ma première lectrice inconnue.

À ma mère, dont j'ai puisé la force.

À mon père, dont j'ai hérité les goûts.

À mon frère, mon jumeau de cinq ans de moins.

À mon homme, mon amour et ma vie, ainsi qu'à mes enfants, que j'aime à la folie.

AVIS LECTURE

Vous avez aimé NATIVE, Le berceau des élus ?

Laissez 5 étoiles et un joli commentaire pour motiver d'autres lecteurs !

Vous n'avez pas aimé ?

N'hésitez pas à m'écrire pour me faire part de vos remarques.

Dans tous les cas, sachez que j'apprécie d'échanger avec mes lecteurs, et je réponds à tous les messages.

Laurence

LA SAGA NATIVE

Volume 1 : La trilogie de Gabrielle

Le berceau des élus

Tome 1

Le couronnement de la reine

Tome 2

La tentation des dieux

Tome 3

Volume 2 : La Quadrilogie d'Isabelle

Les héritiers du temps

Tome 4

Compte à rebours

Tome 5

La Malédiction des immortels

Tome 6

L'éternel crépuscule

Tome 7

POURSUIVEZ LES AVENTURES DE GABRIELLE DANS LE TOME 2...

NATIVE
Le couronnement de la reine

Après deux ans d'exil, Gabrielle ne s'est toujours pas remise des souffrances du passé. De retour parmi les siens, elle souhaite reprendre sa place dans la communauté, mais tout ne se passe pas comme prévu...
De sombres événements mettent en péril la sécurité des natifs et le château devient le théâtre de nouvelles rencontres, de surprises et de dangers multiples.
Et si le Grand Maître n'était pas le pire de ses ennemis ?
Et si toutes ses certitudes n'étaient en fait que de terribles illusions ?
Un changement s'opère pour les natifs, une menace pèse, un destin se dessine...

« Une suite qui tient ses promesses : actions, sentiments, péripéties, retournements de situation, trahison... tout est réuni pour faire de cette lecture un excellent moment » LES REINES DE LA NUIT

★★★★★

« Action, romance, désir et révélations ponctuent ce tome 2 qui ne peut laisser indifférent. La fin révèle à quel point le tome 3 sera passionnant, et donne déjà envie de le dévorer... » LES ROMANCIÈRES DU CRÉPUSCULE

À PROPOS DE L'AUTEUR

Retrouvez toute l'actualité de Laurence Chevallier sur...

Instagram : laurencechevallier_
https://www.instagram.com/laurencechevallier_/

Facebook : Laurence Chevallier Auteure
https://www.facebook.com/laurencechevallier.auteure

Printed by Amazon Italia Logistica S.r.l.
Torrazza Piemonte (TO), Italy

21600196R00187